國家古籍整理出版專項經費資助項目
全國高等院校古籍整理研究工作委員會直接資助項目（0456）
國家社會科學基金一般項目（11BZW050）

石門文字禪校注

一

〔宋〕釋惠洪 撰
周裕鍇 校注

上海古籍出版社

圖書在版編目(CIP)數據

石門文字禪校注 /（宋）惠洪著；周裕鍇校注. —
上海：上海古籍出版社，2021. 9（2022.8重印）
（中國古典文學叢書）
ISBN 978-7-5732-0019-8

Ⅰ. ①石…　Ⅱ. ①惠…　②周…　Ⅲ. ①宋詩—選集②古典散文—散文集—中國—北宋　Ⅳ. ①I214. 412

中國版本圖書館 CIP 數據核字(2021)第 139425 號

中國古典文學叢書
石門文字禪校注
（全十册）
［宋］釋惠洪　撰
周裕鍇　校注
上海古籍出版社出版發行
（上海市閔行區號景路159弄1-5號A座5F　郵政編碼201101）
（1）網址：www. guji. com. cn
（2）E-mail：guji1@guji. com. cn
（3）易文網網址：www. ewen. co
上海展强印刷有限公司印刷
開本 850×1168　1/32　印張 148. 25　插頁 53　字數 2,750,000
2021 年 9 月第 1 版　2022 年 8 月第 2 次印刷
ISBN 978-7-5732-0019-8
I·3576　定價：598. 00 元
如有質量問題，請與承印公司聯繫
電話：021-66366565

前世幾冤孽，磨難在今生。嚴懸連月梢去，童子獨伶仃。試牒東華香霧，尋勝西湖煙雨，吳楚縱雲行。雪嶽啼猿夜，綺語未忘情。

詩相伴，禪作侶，浪為名。十分春瘦，方丈圜土任枯榮。尚友淵源坡谷，護法綱宗師祖，之傳并疏經。風固摧林秀，千載意難平。

校注石門文字禪有感惠洪身世調寄水調歌頭
華陽夢蝶居士周裕鍇撰并書

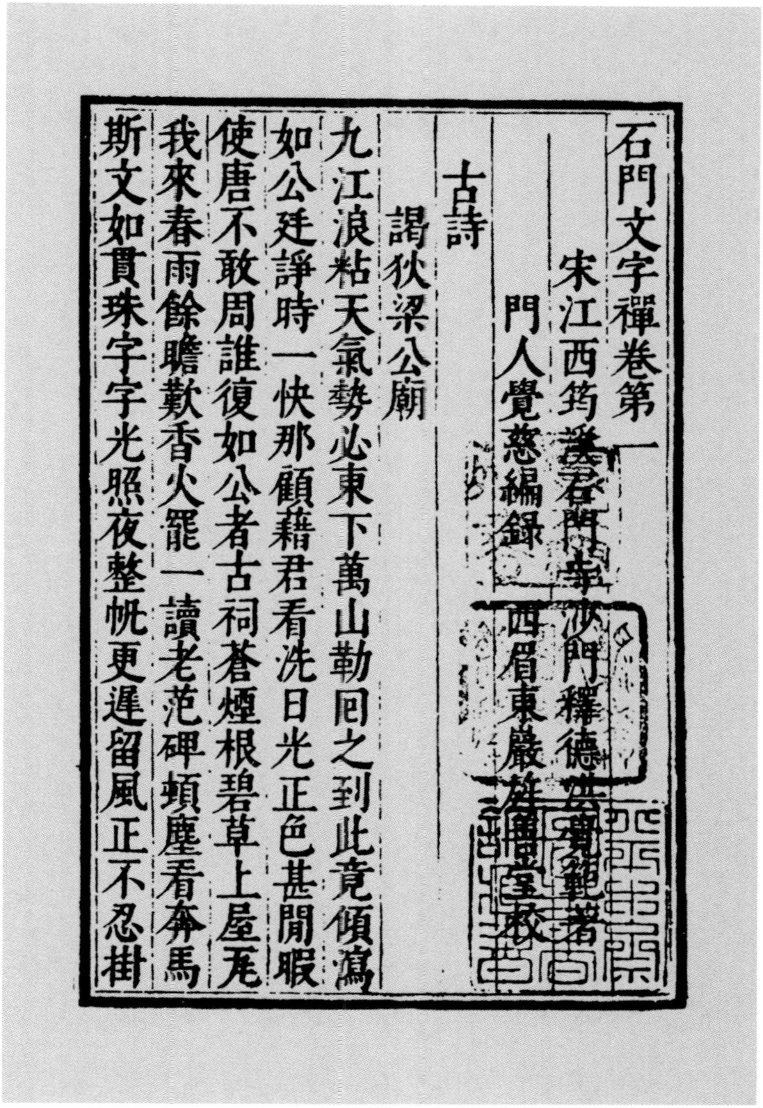
石門文字禪卷第一

宋江西筠溪石門寺沙門釋德洪覺範著

門人覺慈編錄

古詩

謁狄梁公廟

九江浪粘天氣勢必東下萬山勒回之到此竟傾瀉
如公廷諍時一快那顧藉君看洗日光正色甚閒暇
使唐不敢周誰復如公者古祠蒼煙根碧草上屋瓦
我來春雨餘瞻歎香火罷一讀老范碑頓塵看奔馬
斯文如貫珠字字光照夜整帆更遲留風正不忍掛

《四部叢刊》初編影印萬曆徑山寺本書影

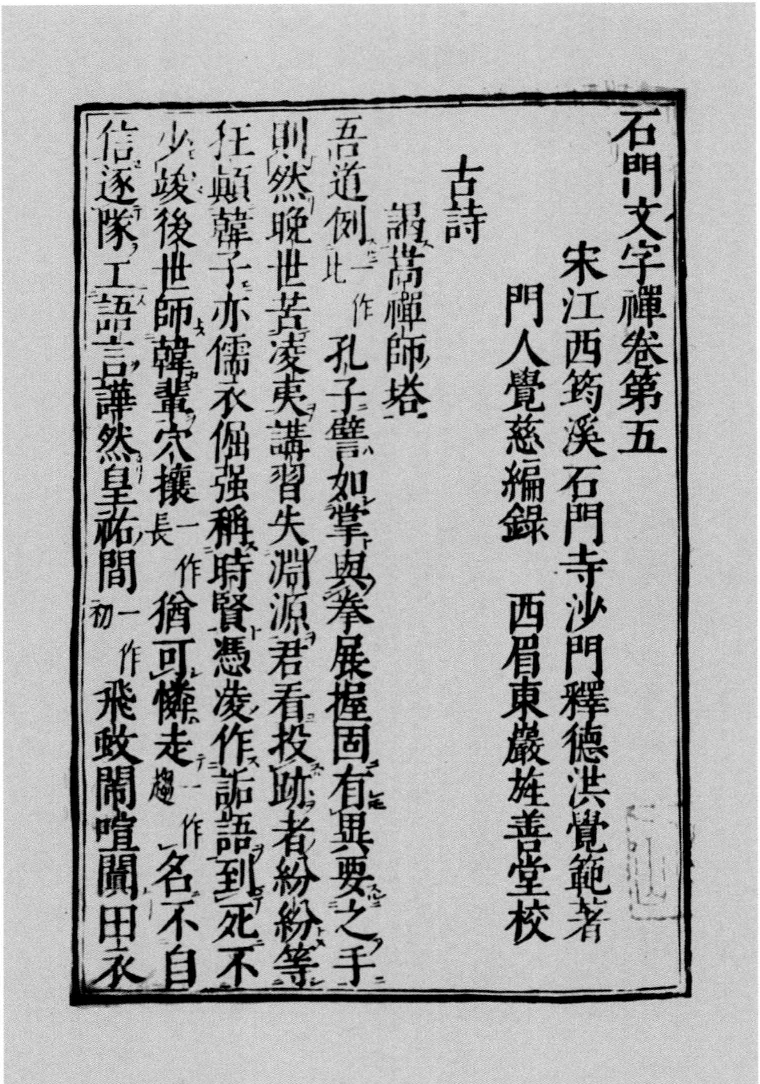

石門文字禪卷第五

宋江西筠溪石門寺沙門釋德洪覺範著

門人覺慈編錄　西眉東巖旌善堂校

古詩

謁嵩禪師塔

吾道例一作比孔子譬如掌與拳展握固有異要之手則然晚世苦淩夷講習失淵源君看投跡者紛紛等狂顛韓子亦儒衣倔强稱時賢憑凌作詬語到死不少悛後世師韓輩穴壤一作長猶可憐走一作趨名不自信遂隊工語言譁然皇祐間一作初飛鼓鬧喧闐田衣

日本寬文四年二條通鶴屋町田原仁左衛門刻本書影

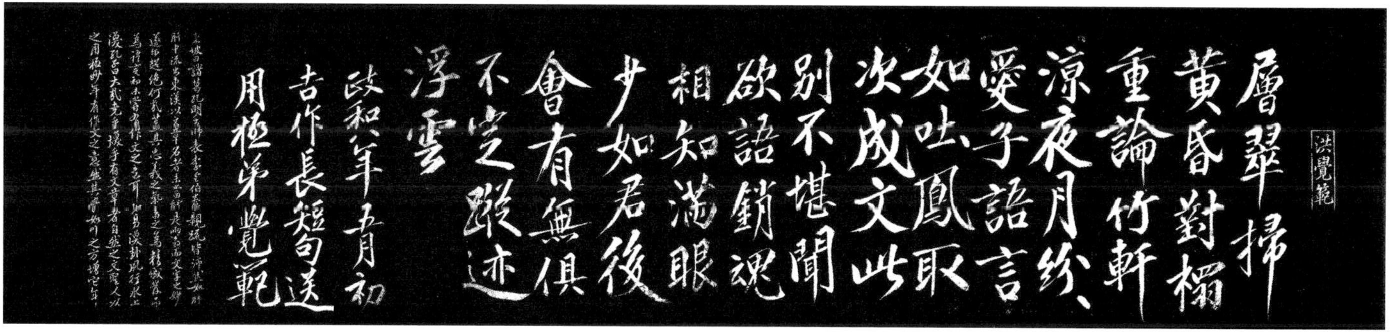

《鳳墅帖》所載惠洪書法（見《中國法帖全集》第八冊）

惠洪像（見日本寬永七年廓門《注石門文字禪》）

前言

宋代名僧惠洪是中國佛教史和文學史上一個不可多得的奇才，其著述範圍之廣，在兩宋禪林中可稱第一，後世僧人也罕有其匹。他既致力於佛教論疏、禪門旨訣、僧史僧傳、禪門筆記、語録偈頌的撰寫，又流連於世俗詩文詞賦的吟唱與詩話、詩格的創製，甚至會偶爾旁及儒書注釋。惠洪的詩文集石門文字禪（下文引用其詩文時簡稱「本集」）正是他整個撰述理念以及寫作内容的集中代表，不僅體現了佛教内部禪教合一的傾向，如明僧達觀揭櫫的那樣，「禪與文字有二乎哉」（石門文字禪序），而且也顯示出僧人借鑒士大夫文學傳統而交融儒釋的自覺努力，如宋僧祖琇稱其「規模東坡，而借潤山谷」（僧寶正續傳卷二明白洪禪師傳），同時還提供了一個掙扎於出家忘情與世俗多情之間的詩文僧的絶佳樣板，即其自供的「以臨高眺遠不忘情之語爲文字禪」（本集卷二〇懶庵銘）。

石門文字禪收録了惠洪一生的詩文詞作品，跨度近四十年，因此，從知人論世的角度看，要閱讀本書，最好先了解惠洪的大致生平。

惠洪（一〇七一～一一二八），字覺範，世稱洪覺範。自號寂音尊者，又號明白庵、甘露滅、冷齋、石門精舍等。江西筠州人，俗姓彭氏，一説姓喻氏。十四歲父母雙亡，到本鄉三峰山禪院裏爲童子。十九歲至東京開封府，冒惠洪名，於天王寺試經得度。四年後南下師從真淨克文禪師於廬山歸宗寺、靖安縣寶峰寺，凡七年，得臨濟宗旨。二十九歲開始遊方，往返於吴、楚之間。他曾在杭州禮拜永明延壽和明教契嵩禪師遺跡，深受禪教合一觀念的啓發。又在湖南長沙與黄庭堅相會，得其傳授詩法。從三十六歲起，因受地方官員朱彦、吴幵之請，他先後住持撫州北景德寺、江寧府清涼寺。爲人告發冒名度牒，下江寧制獄，得赦，還俗。到東京謁丞相張商英，再得度，改名德洪。因太尉郭天信奏，賜號寶覺圓明大師。張、郭爲蔡京黨羽排擠打擊，惠洪連坐而下開封府獄，遭削除僧籍，刺配海南朱崖軍牢。在海南三年，自稱「海上垂鬚佛，軍中有髮僧」，曾訪問蘇軾遺跡，作補東坡遺詩若干首。遇赦，北歸筠州故里，於石門、洞山、九峰一帶，著儒生冠巾而説佛法。其間又曾兩次下獄，即證獄太原與入南昌右獄。再遇赦，晚年住長沙谷山，遷南臺寺，潛心撰寫僧史僧傳，注疏佛教經論。宣和七年北上襄州，靖康元年恢復僧籍。北宋亡後避居廬山，移居建昌縣同安寺。建炎二年卒。諸傳燈録將其列爲南嶽下十三世，屬臨濟宗黄龍派。惠洪一生經歷神宗、哲宗、徽宗、欽宗、高宗五朝，見證過哲宗朝元祐、紹聖的新舊黨爭，親歷過徽宗朝張商英與蔡京的黨爭，遭遇過宣和初崇道排佛的宗教大事件，更經受了靖康之變的亡國慘痛。這些經歷在其詩文中或隱或顯有所表現。當然，作爲宗教徒，惠洪更關心的是佛教興衰的問題，故其詩文中對禪林的墮落尤爲痛心疾首，而其志向也在試圖用自己的枯筆一支，以文字爲禪，「光輔叢林」（僧寶正續傳本傳），痛斥飽食終日無所事事的禪風，力挽禪宗的頹勢。

惠洪平生博覽羣書，好論古今治亂，是非成敗，喜結交士大夫，關注世事，因而屢受政治牽連，下獄流放，遭遇極爲坎坷。但他始終將以文字弘揚宗教視爲己任，并始終將吟詠情性的詩文詞作爲畢生的嗜好，歷盡艱辛而手不停筆。據各種僧傳、書志記載，惠洪一生著述有二十多種，一百多卷。僅僧寶正續傳本傳便稱他：「著林間録二卷、僧寶傳三十卷、高僧傳十二卷、智證傳十卷、志林十卷、冷齋夜話十卷、天厨禁臠一卷、石門文字禪三十卷、語録偈頌一編、法華合論七卷、楞嚴尊頂義十卷、圓覺皆證義二卷、金剛法源論一卷、起信論解義二卷，並行於世。」加上郡齋讀書志、通志、直齋書録解題、文獻通考、宋史藝文志、四庫全書總目、江西通志諸書及惠洪自己的石門文字禪記載，尚有筠溪集十卷、甘露集九卷（嘉泰普燈録作三十卷）、物外集三卷、臨濟宗旨一卷、雲巖寶鏡三昧一卷、易注三卷、五宗綱要旨訣（卷次未詳）、注華嚴十明論（卷次未詳）、證道歌一卷等。去其亡佚和重出，今存著述尚有十種一百零四卷。詳情可參見拙著宋僧惠洪行履著述編年總案附録一惠洪著述著録情況一覽表。此外，全宋詞輯有其詞二十一首，我嘗作全宋詞輯佚補編，又得其詞十六首，再加上本書從鳳墅帖、永樂大典、樂府雅詞中所輯四首，則目前所見的惠洪詞共有四十一首，亦近一卷。

我們説石門文字禪是惠洪撰述理念以及寫作内容的集中代表，理由在於本書内容的豐富性、包容性和駁雜性，它與惠洪其他各種性質的著述多有關涉，其間的互文性交織爲一張複雜的網，舉本書而證以羣書，頗有綱舉目張之效。比如卷二三的昭默禪師序、定照禪師序，可能是禪林僧寶傳中惟清、道楷禪師傳的藍本。卷二五的題古塔主論三玄三要法門、題古塔主兩種自己，其大致内容也見於林間録與禪林僧寶傳，題靈驗金剛經則可參見冷齋夜話的記載。卷三〇的十世觀音應身傳、鍾山道林真覺大師傳，可能是對慧皎高僧傳的改寫，卷二五題修僧史説明改寫的理由，卷四的追和帛道猷一首也可作旁證。卷二四的記西湖夜語中的討論，林間録有簡要論述。卷二五題谷山崇禪師語，略同於禪林僧寶傳之谷山崇禪師傳的贊詞。卷一五與韓子蒼六首，其詩寫作背景可參詳智證傳的記載；合妙齋二首的本事，則見於冷齋夜話卷六鍾山賦詩。卷二三五宗綱要旨訣序，所述有與臨濟宗旨相類者。卷二五題光上人書法華經記蓮生齒頰間事，既見於卷二一隋朝感應佛舍利塔記，又見於法華經合論卷五。

石門文字禪共收古近體詩（含偈頌）一千六百五十八首，收各體文五百三十五篇。古近體詩中除去卷一七述古德遺事作漁父詞八首漁家傲詞以及卷八雨中聞端叔敦素飲作此寄之以下十八首浣溪沙詞以外，尚有一千六百三十二首。此外，在各種内外典籍中，我們還輯得惠洪詩（含偈頌）三十四首，斷句若干，詞四首，文五篇。

惠洪的詩文創作主要繼承了以蘇軾、黄庭堅爲代表的元祐文學傳統，同時借鑒了佛教禪宗的思維方式及部分語言特点，文字與禪的雙向交流融會，使其成爲宋代禪僧文學書寫的典範。惠洪的文學觀念受蘇軾影響甚深，主張「風行水上，涣然成文」（本集卷二七跋達道所蓄伶子于文），「沛然從肺腑中流出」（冷齋夜話卷三）。他寫詩作文常以快意爲主，所謂「横口所言，横心所念，風駛雲騰，泉涌河決，不足喻其快也」（許顗智證傳後序），便很有幾分蘇軾的風格。而佛教義學經論的博辯無礙，禪宗語録的靈活通透，則從般若智慧方面給惠洪更多的助益。他自稱學出世法之後，「忽自信而不疑，誦生書七千，下筆千言，跬步可待也」（本集卷二六題佛鑑蓄文字禪）。圓悟克勤禪師稱他「筆端具大辯才，不可及也」，僧傳也稱他「落筆萬言，了無停思」（僧寶正續傳本傳）。

與一般詩僧相比，惠洪詩無清瘦寒儉的「蔬筍氣」，題材廣泛，内容豐富，體裁多樣，風格豪放，頗爲當時及後世論者推崇。論題材則包括詠史、詠物、贈别、紀行、紀事、登覽、雅集、節序、讀書、論詩、題畫、談禪、説理、書懷等等，尤善寫世俗與方外的日常生活。論體裁則包括五古、七古、五排、五律、七律、五絶、七絶，甚至六言絶句。六言絶句有九十首，其數量居北宋詩人第一。同時代王庭珪便讚歎其詩「惠休島可没已久，二百年來無此作」（盧溪文集卷三同陳思忠訪洪覺範）。許顗彦周詩話更稱其詩「頗似文章巨公所作，殊不類衲子」。清吴之振、吕留良等編宋詩鈔稱其詩「雄健振踔，爲宋僧之冠」。延君壽老生常談稱其「今體七律殊佳」，「真能於蘇黄外，又作一種筆墨，讀之令人神清骨爽」。近代陳衍宋詩精華録稱其詩「古體雄健振踔，不肯作猶人語，而字字穩當，不落生澀，佳者不勝録」，又稱所選數詩「何止爲宋僧之冠，直宋人所希有也」。其經典作品如題李愬畫像，歷代衆口一詞，推崇備至，宋許顗稱「此詩當與黔安（黄庭堅）並驅也」（彦周詩話）；清錢謙益稱此詩「佛子之忠義鬱盤，揚眉努目現火頭金剛形相者也」（牧齋有學集卷四九題南谿雜記）；張宗柟稱其「有豫章風骨，通體氣亦清遒，是能不以禪寂自縛者」（帶經堂詩話卷二〇案語）。竹尊者一詩，黄庭堅極稱賞，「以爲妙入作者之域」（僧寶正續傳本傳），後世士大夫和僧人追步其韻唱和者甚多。上元宿百丈詩，也膾炙人口，惠洪在世時就爲禪僧所喜，雖受胡仔譏評，然方回瀛奎律髓稱「詩未嘗不佳，故取之」。鰍䱇詩，明徐𤊹徐氏筆精卷四稱「詠鰍䱇詩以洪覺範之作爲最」。舟行書所見一詩，宋趙蕃分别敷衍該詩四句每句爲一詩（淳熙稿卷一七用洪覺範詩爲首作四絶），足見其爲人喜愛。至於惠洪的瀟湘八景詩，首次將宋迪瀟湘八景圖的「無聲句」轉换爲「有聲畫」，開啓了後世瀟湘八景詩的寫作傳統，對南宋以降的中日禪林書寫影響深遠。此外，惠洪的名句也頗爲歷代詩話所欣賞，如「方收一霎挂龍雨，忽作千林擲鵶風」，「麗句妙於天下白，高才俊似海東青」，「文如春在花，氣如水行川」，「一川秀色浩凌亂，萬樹無聲寒妥貼」等等，被譽爲「奇句」，「古今人未嘗道」，「句意俱工」（見苕溪漁隱叢話等）。

韓駒曾見過惠洪寫詩的情景，「雲巖寺寺僧三百，各持一幅紙求詩於覺範，覺範斯須立就」。韓勸他「詩當少加思」，惠洪笑答：「取快吾意而已。」（苕溪漁隱叢話前集卷五六）這種快意的書寫與詩僧的苦吟傳統形成鮮明對照，然而這種寫作態度是一把雙刃劍，一方面使其詩氣韻流行，無晦澀艱難之病，另一方面也有不少詩因過分隨意而難免顯得粗糙。惠洪將自己的寫作比作「決堤」，然而在滔滔滾滾的同時，也往往挾泥沙俱下。尤其是他的應酬詩，命意布置，遣詞造句，幾成套路，句意多有重複互見之處。

惠洪之文文體多樣，據石門文字禪目録就有贊、銘、詞、賦、記、序、記語、題、跋、疏、書、塔銘、行狀、傳、祭文等等。其文深受北宋古文運動影響，以意爲主，擅長議論，不拘一格。陳振孫直齋書録解題卷一七稱惠洪「其文俊偉，不類浮屠語」。四庫全書總目卷一六四北礀集提要指出：「第以宋代釋子而論，則九僧以下大抵有詩而無文，其集中兼有詩文者，惟契嵩與惠洪最著。」稱惠洪文「多宣佛理，兼抒文談，其文輕而秀」。大抵直齋所謂「其文」乃就詩文統稱，且偏重於其詩，故言「俊偉」；四庫館臣則但指其文，而不含詩，故稱「輕而秀」。惠洪之文由於宣揚佛理，所以在禪門裏比其詩評價更高。清道霈禪師聖箭堂述古甚至説：「往歲讀東坡赤壁賦，既愛其文之敏妙，又愛其理之精深，以謂世無有過之者。後讀覺範此記（畫浪軒記），以畫浪説法，傾盡佛祖底藴，且其文縱横浩蕩若此，不知其胸中已吞吐幾赤壁也。此豈文人才士之所能爲哉！」這個評價或許並不公允，但也足見惠洪文的成就不容小覷。明僧達觀真可特別欣賞其邵陽別胡强仲序，稱讚文中表現出來的「居縲絏，濱九死，而飲食談笑如平時，死生不入其懷」「超然而自得」的人生態度，從其文中看到惠洪「洞徹自心，圓用自心」的禪悟境界（紫柏老人集卷一五跋宋圓明大師邵陽别胡强仲叙）。又如題華嚴十明論，以勾踐、伍員雪恥復讎之事作對比，喻破滅無明煩惱之決心，其智勇也深受真可的推崇。石門文字禪中一些傳叙性質的文章，具有佛教史料價值，如潭州大溈山中興記、五慈觀閣記、潛庵禪師序、題光上人書法華經、夾山第十五代本禪師塔銘、鹿門燈禪師塔銘、嶽麓海禪師塔銘、花藥英禪師行狀等，皆爲明釋明河撰補續高僧傳所採用。

石門文字禪中有三種文體在禪林書寫史上具有一定的示範意義。其一是疏文。在惠洪之前，雖有九峰鑒韶禪師曾作疏請大覺懷璉住明州阿育王山之例，但就現存僧疏作品而言，第一位大家非惠洪莫屬。石門文字禪卷二八收疏七十一首，其中含山門疏、諸山疏、升座疏、藥石榜、茶榜等各種請疏，又有浴佛、抄經、化藏、修造、祈謝雨晴、長生、化供、設粥、酬經、薦經、追薦、設水陸等諸種功德疏。這些佛事四六文具有宋代新體四六文的特點，不事華藻，謝絶雕琢，文筆流動自然，對仗靈活，善用宗門公案，間使經史故事，樸實而不失典雅。這種注重應用功能的疏文，隨著石門文字禪在僧人群體中的廣泛傳抄，爲南宋禪林的四六文書寫作了很好的示範。後來如釋大觀物初賸語中三卷一百四十多篇疏文，應間接受其一定影響。而南宋江湖疏這类四六文流播至日本，更成爲五山禪林文學的重要組成部分。其二是題跋。在惠洪之前，契嵩鐔津文集題跋僅有六篇，四篇題史傳，一篇題文集，一篇題影堂。石門文字禪則有一百五十九篇題跋，開拓疆域，蔚爲大國，内容既包括佛教經論、語録、燈録、僧史、偈頌，又涉及儒家史傳、筆記小説，更涵蓋僧人和士大夫的詩詞、文稿、書法、繪畫等。其議論感慨，評騭玩賞，佳作甚多。以至於明毛晉刻津逮秘書，於僧人只收録石門題跋，以與蘇軾、黄庭堅、晁補之、陸游等文章巨公題跋並置。特别是其書畫方面的題跋，傳達出禪林中人與士大夫審美趣味相投合的新傾向。後來有詩文集傳世的禪僧，如寶曇、居簡、善珍、大觀、道璨等，例有書畫題跋，與惠洪如出一轍。其三是字序，也稱字叙、字説，申説爲他人的人名取字的理由。惠洪之前，僅天台僧智圓寫過一篇叙繼齊師字（閑居編卷二七），禪門契嵩寫過兩篇，其中一篇與月上人更字叙，爲僧人而作（鐔津文集卷一一）。石門文字禪中則收有九篇，皆爲僧人而作。衆所周知，北宋蘇氏父子的字説非常有名，如蘇洵仲兄字文甫説，其中表達的「風行水上涣」爲「天下之至文」的文學觀念，對惠洪影響很大。惠洪仿效蘇氏父子，將此文體移植到禪林中，通過對字義的闡發，宣揚其佛教觀念。從此以後，在南宋和日本五山禪林文學中，爲僧人作字説蔚然成風，成爲最常見的文體之一。

在石門文字禪以外，惠洪嘗試借鑒北宋古文運動的成功經驗，用新古文撰寫禪林高僧的傳記，其禪林僧寶傳不僅打破了歷代僧傳由義學律師壟斷的局面，而且改變了續高僧傳、宋高僧傳「户婚按檢」的撰述風格，完全採用儒家史傳的叙述方法，以至於被譽爲「宗門之遷、固」（侯延慶禪林僧寶傳引）。此後僧人撰述的續禪林僧寶傳、僧寶正續傳、南宋元明僧寶傳皆遵其體例。而他的林間録，則借鑒東坡志林的書寫方式，開出禪林筆記一途。南宋以降，宗門武庫、羅湖野録、雲卧紀談、叢林盛事、人天寶鑑、枯崖漫録、山庵雜録等，大抵仿效林間録之撰述風格。無盡居士張商英一見惠洪之面，便稱讚他爲「天下之英物，聖宋之異人」（本集卷二九答張天覺退傳慶書）。若從惠洪在佛教文學的貢獻方面來看，這個讚譽並不過分。

惠洪在文化史上是個頗富爭議的人物。無論是生前還是身後，無論是禪林還是士林，人們對他的評價都有毁有譽。其師友如黄庭堅稱他「不肯低頭拾卿相，又能落筆生雲煙」（豫章黄先生文集卷六贈惠洪），賞其高格和文章。謝逸稱他爲「體道之士」，「心如明鏡，遇物便了」，故兼有「妙思」「美才」（溪堂集卷七林間録序）。許顗稱他「人品問學，道業知識，皆超妙卓絶，過人遠甚」（智證傳後序）。侯延慶稱他「嘗涉患難，瀕九死，口絶怨言，面無不足之色」，故所著書「其識達，其學詣，其言恢而正，其事簡而完，其辭精微而華暢，其旨廣大空寂、窅然而深矣」（禪林僧寶傳引）。

惠洪才華過人，性格外放，身爲僧人，却「與士大夫遊，議論衮衮，雖稠人廣座，至必奪席」（僧寶正續傳本傳）。這是很容易招致人嫉妒甚至討厭的性格，所以他的朋友一再規勸，如韓駒「嘗戒之使遠禍」（寂音尊者塔銘），徐俯怪罪他「作詩多，恐招禍」（本集卷一二）。後人更批評他：「工呵古人，而拙於用己，不能全身遠害，峻戒節以自高，數陷無辜之罪。抑其恃才暴耀太過，而自取之邪？」（僧寶正續傳本傳）同時，就禪林而言，惠洪所提倡并履行的「文字禪」，賦詩作文，疏經造論，違背了禪宗「不立文字，教外别傳」的祖訓，因而甚至與他關係密切的靈源惟清禪師，也斥責他箋注楞嚴經是「依他作解，塞自悟之門」（靈源筆語）。就士林而言，惠洪平生所尊崇或所結交的士大夫如蘇軾、黄庭堅、張商英、陳瓘、鄒浩、李之儀等人，多爲蔡京政敵，入元祐黨籍，所以史稱惠洪「于士大夫則與黨人皆厚善」（直齋書録解題卷一七）。惠洪屢次下獄或被人誣告，多少與此政治立場相關。韓駒在寂音尊者塔銘中稱他「好文致憎，友賢招怨」，可謂相當準確地概括了他平生在禪林與士林的真實處境。

南宋以後，無論是士林還是禪林，對惠洪的評價更出現高下相懸的兩極分化現象。一方面，推許他的人品詩品的不少，如曾紆謂其「豪放之氣塞乎宇宙，故能蹈禍不慄，老當益壯，暮年詩語高古如是」（鳳墅帖續集卷三與蕭郎論詩附曾紆跋）。劉辰翁也將他引爲同道：「覺範者，豫章公之無本，鉢盂後之王何也，今亦豈易得哉！使吾及此老，與之夜話，證寂音，續僧史，豈非山間世外之一快？」（須溪集卷二小斜川記）清宋長白稱「寂音於宋僧中，吟詠有絶佳者，不僅石門文字禪也」（柳亭詩話卷五）。翁方綱認爲惠洪詩中不僅題李愬畫像可與黄庭堅並驅，而且「其他篇亦有氣格近山谷處」（石洲詩話卷四）。盧世㴶喜歡惠洪，是因「東坡、山谷二老，乃石門所皈依者。夫既皈依坡、谷矣，其文安得不佳，其人安得不佳」，並自稱「閱鈔石門文字禪，特愛其文字耳。就中題跋一部，尤可愛，乃盡録之」。他特别欣賞的是「每至悲涼嗚咽、慷慨激烈處，輒見其涕出淚流，肩摇骨涌，蓋尊宿中一片有心人也。披誦之餘，肅然起立」（尊水園集略卷七鈔書雜序）。另一方面，惠洪因詩文「不類浮屠語」，在某些士人眼裏便成爲一種罪過。胡仔指責惠洪：「忘情絶愛，此瞿曇氏之所訓，惠洪身爲衲子，詞句有『一枕思歸淚』及『十分春瘦』之語，豈所當然？」（苕溪漁隱叢話前集卷五六）四庫館臣也指出：「身本緇徒而好爲綺語，能改齋漫録記其上元宿嶽麓寺詩，至有『浪子和尚』之目。」（四庫全書總目卷一五四石門文字禪提要）在石門文字禪之外，一些士人因學術或道德的立場，也對惠洪多加貶斥，如宋吴曾稱「冷齋不讀書」（能改齋漫録卷三），吴垌説他「荒唐不學，世無其比」（五總志）。晁公武評惠洪諸書：「著書數萬言，如林間録、僧寶傳、冷齋夜話之類，皆行於世，然多誇誕，人莫之信云。」（郡齋讀書志卷一九洪覺範筠溪集十卷提要）陳振孫評冷齋夜話十卷「所言多誕妄」（直齋書録解題卷一一）。甚至也有惡意詆毁者，如孫覿對惠洪尤爲痛恨，並誣陷惠洪僞作黄庭堅贈其詩（鴻慶居士集卷一二與曾端伯書）。其後陳善捫虱新話、朱熹朱子語類、方回瀛奎律髓、四庫館臣皆不加考辨，接響傳聲，認定黄山谷贈惠洪詩爲惠洪僞作，山谷外甥徐俯誤收，而洪芻、洪炎信以爲然。關於黄詩的真僞，我已在拙著宋僧惠洪行履著述編年總案崇寧三年下詳加考辨，兹不贅述。

在禪林中，堅守以心傳心祖訓的正統禪師，對惠洪的各種撰述甚爲輕視。如上藍長老説：「覺範聞工詩耳，禪則其師猶錯，矧弟子耶？」（臨濟宗旨）惠洪的一些論禪的文字，也屢遭後世禪師的質疑甚至痛斥，如僧祖琇作代古塔主與洪覺範書，反駁其説（僧寶正續傳卷七）。至於者庵惠彬著叢林公論，多處針砭惠洪著述，評禪林僧寶傳「傳多浮誇，贊多臆説，謬浹後學」，評冷齋夜話「以是知寂音曾不悟宗門之旨」，評智證傳更詆毁爲「蟊生於禾，害禾者蟊也，寂音尊者似之」。然而，惠彬之説未必爲禪林真正「公論」，宋釋正受便指責「近有作公論者，肆筆詆訶，多見其不知量也」（楞嚴經合論卷一〇統論）；明釋無愠也説公論「斯其論之過當也」（山庵雜録卷二）。降至晚明，達觀真可將惠洪「所著諸經論文集，皆世所不聞者，盡搜出刻行於世」（紫柏老人集卷首釋德清達觀大師塔銘）。這些著述一時風靡禪林，頗爲禪僧及習禪士人所喜愛。達觀真可平生於石門文字禪「稱之不去口」（紫柏尊者别集卷末附顧大韶跋紫柏尊者全集），以至於時人稱其爲「覺範後身」（紫竹林顓愚衡和尚語録卷五答孝則車公）。其後憨山德清、漢月法藏、覺浪道盛、山翁道忞、蕅益智旭等禪師及錢謙益、陳繼儒、馮夢禎等士人，都對惠洪讚譽有加。當然，也有永覺元賢、俍亭淨挺等禪師對其説禪的文字提出批判和商榷。

平心而論，惠洪詩文受人譏評也是事出有因。所謂「浪子和尚」之説，固然不足以評論其上元宿百丈的内容，但他作品中的確有不少對「紅粧聚看眼波俊」場景的艷羡（本集卷一次韻寄吴家兄弟），有對「我有僧中富貴緣」身份的津津樂道（本集卷四郭祐之太尉試新龍團索詩），流露出與出家人身份不符的世俗趣味。此外有部分與達官貴人、官宦子弟的應酬祝壽之作，格調不高。然而古人全集往往有此弊病，未足深責。至於禪門内部對惠洪的指責與詆毁，則屬於禮學觀念和禪宗派别之間的衝突，是非難以遽定，可以存而不論。

惠洪的詩文，在他生前就被傳抄，這從本集卷二六題所録詩、題弼上人所蓄詩、題言上人所蓄詩、題自詩等文中就可看出。甚至尚未最終編定的石門文字禪已在他生前被好事者抄録，如本集卷二六有題佛鑑蓄文字禪，卷一六與法護禪者更記載了僧人「手抄禪林僧寶傳，暗誦石門文字禪」的行爲。有的僧人抄其詩文甚至不擇真僞，「飯沙俱一吞」，全部照抄（本集卷六送瑫上人往臨平兼戲廓然）。

本編石門文字禪是惠洪弟子覺慈所編。覺慈，初字敬修，後改字季真，比惠洪小三十歲。南渡後曾在袁州仰山寺當書記。建炎二年五月惠洪卒於同安寺，卷一三有夏日同安示阿崇諸衲子詩，當爲其絶筆。所以本編應是覺慈於惠洪死後編成的。據韓駒所説，與惠洪相别十年，覽其遺編，本欲删去冗長，定取精深數十百首，然而「僧中初無具詩眼者，已刻版於書肆，每以爲恨」（苕溪漁隱叢話前集卷五六）。可知石門文字禪在惠洪死後不久就已刊刻印行，晁公武、陳振孫著録的石門文字禪三十卷，與覺慈所編卷次吻合，或許就是韓駒所説的刊本，然而最初的刊本可能因飽受批評而流傳未廣。祝尚書宋人别集叙録稱：「宋代各本皆久佚，刊刻情況不詳，疑由僧寺印行。」（卷一四石門文字禪叙録）其説可從。

今天我們能看到的最早刊本，是萬曆二十五年丁酉（一五九七）浙江杭州徑山興聖萬壽禪寺（徑山寺）募緣刊刻的版本，即收入徑山藏支那撰述的石門文字禪三十卷，由明釋達觀（真可）作序。原書每卷下題「宋江西筠溪石門寺沙門釋德洪覺範著，門人覺慈編録，西眉東巖旌善堂校」。每卷末長方框中刊刻施主、校者、書手、刻工的姓名，如卷一末框爲：「刑部郎中金壇于玉立施刻此卷，了緣居士對，徐普書，端學堯刻。萬曆丁酉仲秋徑山寺識。」各卷刻工不同，卷二末爲「建陽鄒友刻」，卷三末爲「上元李爗刻」，卷四末則爲「溧水芮一鶚刻」，如此等等。這個版本是今存最古老的版本，也是唯一傳本，中國和日本皆有著録。今日通行的各種石門文字禪，皆出自這一版本系統。四部叢刊初編即據此萬曆本影印。四庫全書總目著録内府藏本，提要稱「此本即釋藏所刊也」。所謂釋藏，即萬曆徑山藏。清光緒二十五年（一八九九），錢塘丁氏嘉惠堂將此書刊入武林往哲遺箸後編。民國十年（一九二一）常州天寧寺刻本，也出自萬曆徑山寺本。臺灣新文豐出版公司於一九七三年影印此刻本，並將其納入新文豐影印出版的嘉興藏。天寧寺刻本將萬曆本所闕之文字全部補上，可惜所補皆無依據，多爲臆測，實不可信。

石門文字禪傳入日本的具體時間已不可考，但至遲在室町時代初期。虎關師煉撰於康永元年（一三四二）的禪儀外文集中就已收有惠洪的疏文數首，皆置於山門疏、諸山疏兩類疏文之首，這已可坐實其疏文在南宋和日本五山禪林的示範意義。其後五山禪林諸文集中，還能看到不少對石門文字禪中某些詩文的徵引評論。遺憾的是，日本今存的版本，仍然都出自萬曆本系統。如寬文四年甲辰（一六六四）二條通鶴屋町田原仁左衛門的刻本，版式與萬曆本全同，只有幾處句子旁夾注異文，略可供校勘。元禄二年（一六八九）京都堀川小林半兵衛刻筠溪集單卷一册，見於積翠文庫，又爲駒澤大學收藏。該書正文首頁二、三行靠下分别題有「宋石門比丘釋德洪著」、「明石倉居士曹學佺閲」。該書並非像學者蕭伊緋所説爲「海内孤本」，而其實是明末曹學佺石倉十二代詩選宋詩選中的筠溪集。該書晚於萬曆徑山寺本，而且作爲詩選，在文字上頗有改動删節，校勘價值不高。值得注意的是，寶永七年庚寅（一七一〇），日本曹洞宗僧人廓門貫徹費時二十年的注石門文字禪刊刻問世。其注本的底本雖依然出自萬曆本，極少量文字小有差别，然而該注本是迄今爲止石門文字禪的唯一注本，承載著中日文化交流的成果，因而意義重大。石門文字禪注本的出現，似是惠洪著述自室町以來深受日本禪林推崇的必然産物。二〇一二年，張伯偉、郭醒、童嶺、卞東波等人整理校點的注石門文字禪由中華書局出版，嘉惠中國學林，爲功匪淺。這個注本在版本學、校勘學、注釋學上的價值，張伯偉已在該書前言裏詳加評述。可以説，日僧廓門注在中國的出版，對於宋代文學、禪學、域外漢學、中日文化交流研究都具有重要意義。然而，廓門的注釋受制於其時代、地域、知識結構的局限，多有紕繆之處，其於儒釋的「古典」尚有會心，而於兩宋士林、禪林的「今典」則多付諸闕如，因而頗顯粗疏。而中華書局整理本在文字校勘和標點斷句方面，尚存在著不少訛誤和可堪商榷之處，未能盡愜人意。

爲了推進中日兩國宋代文學與禪學研究的發展，以一個中國學者的身份與日僧廓門貫徹展開相隔三個世紀的對話，同時也爲了使惠洪詩文集的價值更清晰地展示給讀者，十多年前，我爲自己設定了重新全面校注石門文字禪的任務，以期利用自己長期研究宋代禪宗文學與校注蘇軾全集的經驗，利用當今大數據時代帶來的古籍檢索的便利條件，盡可能給讀者呈獻上一部更爲完善、更便於閲讀的新注本。

這部石門文字禪校注以四部叢刊初編影印萬曆徑山寺本爲底本，參校以廓門注本、四庫全書本、武林往哲遺箸本、天寧寺本、石倉詩選本、寬文刊本等，同時參校歷代選本，尤其是宋元明選本，如聲畫集、宋高僧詩選、瀛奎律髓、古今禪藻集、宋藝圃集、宋詩鈔等，以及日本漢籍中疏文、僧詩、偈頌選本，如禪儀外文集、重刊貞和類聚祖苑聯芳集、新撰貞和分類古今尊宿偈頌集等，還參校宋人詩話筆記，如詩話總龜、苕溪漁隱叢話、能改齋漫録等，尤其是惠洪自己著作如冷齋夜話、林間録、禪林僧寶傳、智證傳等，再參校佛禪典籍，如僧寶正續傳、補續高僧傳、羅湖野録、雲卧紀談、人天眼目、禪宗頌古聯珠通集、樂邦文類、禪林類聚、禪宗雜毒海等，此外參校以各種類書方志，如錦繡萬花谷、古今合璧事類備要、永樂大典、輿地紀勝等。

然而，本書所用底本爲惠洪弟子編定，在禪林中傳抄，雖曾有刊刻，但其性質基本接近抄本，所以文字上魯魚豕亥甚多。苦於諸本同出自萬曆徑山寺本，無别本參校，即使廣證羣書，所涉詩文終究有限。有鑒於此，本書在校勘方面，除了用對校法勘證異同之外，更多採用三種其他校勘法。一是本校法，以石門文字禪本書前後内容互證，定其正誤高下。二是他校法，以惠洪其他著作或他人著作校對本書。三是理校法，根據上下文文意，融會貫通，校正不成辭的文句。其基本判斷爲「涉形近而誤」與「涉音近而誤」兩類，尤以前者爲多，這種錯誤的産生是底本最初的抄録性質所致。以注釋説明校改理由，是本書採用理校法的一個重要前提，這樣可盡量避免校勘者的主觀臆斷。出於對底本的尊重，本書在校改時均將底本原文文字用括號標出，讀者在閲讀或使用本書時，也可知底本原貌。

注釋方面，考慮到石門文字禪一書編排近乎雜亂無序，廓門注本亦無一首繫年，因此本書依據抽撰宋僧惠洪行履著述編年總案的考證，同時根據注釋過程中的新發現，爲絶大多數作品作了繫年，力求做到頌其詩、讀其書，而知其人、論其世。注釋過程中，除了注明音讀、解釋詞義、説明修辭、引證典故、疏通文意、闡明思想之外，盡可能考證人名、地名、本事，推求出與惠洪作品相關的時間、地點、人物、事件，力求爲讀者了解宋代禪林和士林的基本狀況提供助益。石門文字禪中有大量涉及佛教禪宗的作品，注釋時也力求介紹各種佛教知識和禪門習語，引證並解讀相應的佛教文獻，以使讀者能初步讀懂。然而限於我自身佛教修養的欠缺，本書的注釋不可避免地會留下含混疏漏之誤，懇請讀者諒解。

石門文字禪中有些作品爲後人詩選、詩話、題跋、筆記所評論，本書將相關評論列於「注釋」之後，名爲「集評」。有些作品爲惠洪與詩友唱酬次韻之作，詩友中有詩文集傳世者，如李之儀、謝逸、李彭、洪芻、饒節、韓駒、王庭珪等，本書則在「注釋」之後設置「附録」一欄，附上該詩友作品，以備參考；如惠洪有追和蘇軾詩者，則附上蘇軾原作；如後人有追和惠洪詩者，將追和之詩附上。

除了石門文字禪所收詩文之外，惠洪的單篇作品尚有不少散落於各種内典外典之中，全宋詩、全宋文已有補遺收録，但遠未完備。本書在其基礎上，搜羅羣籍，輯佚詩文若干篇（含詞四首），名爲「惠洪詩文詞輯佚」，置於書末。此外，爲了讀者和研究者的方便，本書在書末另附有「惠洪傳記資料」「惠洪著述序跋」「惠洪年譜簡編」三種，以供參照檢閲之用。

周裕鍇　二〇一九年二月於四川大學江安校區

凡例

一、本書所用底本爲四部叢刊初編影印萬曆徑山寺本，以下簡稱底本。參校諸本如影印文淵閣四庫全書本簡稱「四庫本」，日本寶永七年釋廓門貫徹注石門文字禪本簡稱「廓門本」，常州天寧寺刻本簡稱「天寧本」，日本寬文四年二條通鶴屋町田原仁左衛門刻本簡稱「寬文本」，曹學佺石倉十二代詩選宋詩選之筠溪集（即日本元禄京都堀川小林半兵衛刻筠溪集）簡稱「石倉本」。

二、其他參校之詩選、類書、筆記、禪籍等皆用全稱，光緒間錢塘丁丙嘉惠堂刻武林往哲遺箸本則簡稱「武林本」。

三、校改底本文字之處，在正文中將底本原文文字用括號標出，如「便覺玉山（川）照映人」，「山」爲校改後字，「川」爲底本原文。

四、注釋第一條爲作品繫年，繫年依據爲拙撰宋僧惠洪行履著述編年總案，有少部分作品繫年與總案略異，以本書繫年爲準。不可考者注明「作年未詳」。

五、注釋引用一般儒經、諸子、史傳只注篇名，不出卷次。引用文人別集，一般大家、名家作品只注篇名，若引詩文集注本相關資料，則標卷次。小家別集一般注明文集、卷次及篇名。注地名（含佛寺、古跡）等，盡可能引用南宋以前方志，若其無考者，亦酌情引用元明清後出方志。

六、人名注釋，宋前名人及宋朝名人注釋從簡，提示參見其史書本傳。宋人若生卒年可考者，注文中首次出現時標注其生卒年，重出則省略。宋僧人可考者，則略述其法系。

七、史傳、僧傳失載者，盡量搜其軼事以供參閲。其考證文字可補全宋文、全宋詩、全宋詞作者小傳之闕，或補僧傳、燈録乃至畫史之闕。

八、所涉地名，均以惠洪所處北宋時爲準。如「筠州」，只注其治高安縣，宋屬江南西路。若涉古地名，略注其地理沿革，標其宋之地名，不注其今日地名。蓋因今日地名及行政區劃隨時變動，難爲標的。

九、石門文字禪簡稱「本集」。注文若需前後參照，則標明「參見本集某卷某篇」。本集注文相互參見爲本書特點之一，主要爲説明惠洪文本的互文性，有助於提示其書寫慣例、句法特點，並有助於文字互相參校。

十、注釋於需要疏通文義處，略作串講，若佛典之義未明，亦試作提示。力求引證内典、外典出處，考「古典」與「今典」對應之處。

十一、本集已有日僧廓門注本，本集將擇善而從。注釋時若贊同廓門其説，則引其注文，並曰「其説甚是」。若不贊同其注，則詳加辨析，於引文後説明「其説殊誤」「不確」「失考」。

十二、廓門注本所引文獻資料，有可資參考處，則適當引用，然均重新核對資料原始出處，注明卷次篇名。

十三、引述古籍時卷數從簡，如「卷第四百八十四」簡寫爲「卷四八四」、「卷第二十一」簡寫爲「卷二一」之類。若徵引古書及他人著作，則卷數書寫均依照舊録，不改原文。

十四、「集評」所引用評論資料，按評論者時代先後爲序，若有日本評論者，則放在中國之後。「附録」所引用唱和作品，排列順序同「集評」。

十五、凡底本中的異體字、俗字等，均統一改爲現行規範字，不出校。如「窓」「窻」「牕」「牎」等字，均統一改爲「窗」。

十六、惠洪詩文詞輯佚所輯佚作，依詩（含偈頌）、文（序、論）、詞歸類。先列輯自惠洪本人著述者，按石門文字禪、冷齋夜話、禪林僧寶傳、林間録、智證傳、臨濟宗旨、法華經合論、楞嚴經合論順序排列；後列輯自他人著述者；同一文獻，按卷次先後排列。所輯佚作，若原始出處本有題目，則照原題；若原始出處無題目，則依内容另擬。

十七、底本原署名爲「宋江西筠溪石門寺沙門釋德洪覺範著」，然德洪爲惠洪後來改名，並不通行。今考惠洪著述如禪林僧寶傳署爲「宋明白庵居沙門惠洪撰」，智證傳署爲「宋寂音尊者慧洪覺範撰」(「惠」通「慧」),法華經合論署爲「宋寶覺圓明禪師慧洪造」,臨濟宗旨署爲「宋明白庵居沙門慧洪撰」,又四庫全書總目卷一五四石門文字禪提要署爲「宋僧惠洪撰」,又稱「惠洪有冷齋夜話,已著録」。爲與諸書作者名稱統一,故本集封面和版權頁署名爲「〔宋〕釋惠洪撰」。

石門文字禪序

夫自晉、宋、齊、梁，學道者爭以金屑翳眼。而初祖東來，應病投劑，直指人心，不立文字。學後之承虚接響，不識藥忌者，遂一切峻其垣，而築文字於禪之外，由是分疆列界，剖判虚空。學禪者不務精義，學文字者不務了心。夫義不精，則心了而不光大；精義而不了心，則文字終不入神。故寶覺欲「以無學之學，朝宗百川」；而無盡歎民公「南海波斯，因風到岸」。標榜具在，儀刑不遠。嗚呼！可以思矣。蓋禪如春也，文字則花也。春在於花，全花是春；花在於春，全春是花。而曰禪與文字有二乎哉？故德山、臨濟，棒喝交馳，未嘗非文字也；清涼、天台，疏經造論，未嘗非禪也。而曰禪與文字有二乎哉？逮於晚近，更相笑而更相非，嚴於水火矣。宋寂音尊者憂之，因名其所著曰文字禪。夫齊、秦構難，而按以周天子之命令，遂投戈卧鼓，而順於大化，則文字禪之爲也。蓋此老子向春臺，擷衆芳，諦知春花之際，無地寄眼，故横心所見，横口所言，鬬千紅萬紫於三寸枯管之下。於此把住，水泄不通；即於此放行，波瀾浩渺。乃至逗物而吟，逢緣而詠，竝入編中，夫何所謂禪與文字者夫！是之謂文字禪。而禪與文字有二乎哉？噫！此一枝花，自瞿曇拈後，數千餘年，擲在糞掃堆頭。而寂音再一拈似，即今流布，疏影撩人，暗香浮鼻，其誰爲破顔者？

明萬曆丁酉八月望日釋達觀撰。

目録

第一册

卷一

古詩

卷二

古詩

第二册

卷三

古詩

卷四

古詩

卷五

古詩

第三册

卷六

古詩

卷七

古詩

卷八

古詩

第四册

卷九

排律

五言律詩

卷十

七言律詩

卷十一

七言律詩

第五册

卷十二

七言律詩

卷十三

七言律詩

卷十四

五言絶句

六言絶句

第六册

卷十五

七言絶句

卷十六

七言絶句

卷十七

偈頌

第七册

卷十八

贊

卷十九

贊

卷二十

銘

第八册

卷二十一

卷二十二

記

卷二十三

序

卷二十四

序

記語

答郭公問傳燈義 …… 三七五三
記福嚴言禪師語 …… 三七六一

第九册

卷二十五

題

卷二十六

題

卷二一七

跋

第十册

卷二十八

疏

卷二十九

書

塔銘

偈頌

論

序

附録

卷一

古詩

謁狄梁公廟〔一〕

九江浪粘天〔二〕，氣勢必東下。萬山勒回之〔三〕，到此竟傾瀉。如公廷諍時〔四〕，一快那顧藉〔五〕。君看洗日光〔六〕，正色甚閒暇〔七〕。使唐不敢周㈠，誰復如公者〔八〕？古祠蒼煙根〔九〕，碧草上屋瓦。我來春雨餘，瞻歎香火罷〔一〇〕。一讀老范碑㈡〔一一〕，頓塵看奔馬〔一二〕。斯文如貫珠，字字光照夜〔一三〕。整帆更遲留，風正不忍挂〔一四〕。

【校記】

㈠ 敢：古今禪藻集卷八作「改」。

㈡ 老范：石倉本作「范公」。

【注釋】

〔一〕紹聖元年春作於彭澤縣，時惠洪隨其叔彭几赴京師途經此地。　狄梁公：即狄仁傑，字懷英，唐并州太原人。高宗初爲大理丞。天授二年入爲地官侍郎同鳳閣鸞臺平章事。爲酷吏來俊臣誣害下獄，密使其子訴於武后，得免，貶彭澤令。至神功元年復相，力勸武后立唐嗣。聖曆三年卒，年七十一。贈文昌右相，謚曰文惠。睿宗時封梁國公。新舊唐書有傳。宋王象之輿地紀勝卷三〇江州引繫年録：「狄梁公祠，在彭澤縣。紹興七年，名唐相梁國公狄仁傑廟曰顯正廟。」宋祝穆方輿勝覽卷二二江州祠廟：「狄梁公祠，在彭澤縣。」又人物：「狄仁傑，唐天授中爲來俊臣所誣，貶彭澤令。生祠記云：武后革唐爲周，公至邑，塑高宗聖像於修真觀，朔望朝拜。」

〔二〕九江：宋樂史太平寰宇記卷一一一江南西道九江州：「江州，潯陽郡，今理德化縣。禹貢荆、揚二州之境。書曰：『彭蠡既瀦。』又曰：『九江孔殷。』彭蠡在州東南五十三里，九江在州西北二十五里是也。」方輿勝覽卷二二江州事要：「九江，晁氏志：太湖一湖而名曰五湖，昭餘祁一澤而名曰九澤，九江一水而名曰九江。」又山川：「九江，尚書注：江於此分爲九道，在德化縣。一烏江，二蚌江，三烏白江，四嘉靡江，五畎江，六源江，七廩江，八隄江，九箘江。與前説不同，當考。」　粘，同黏，膠結，貼合。粘天，猶言連天。唐韓愈祭河南張員外文：「洞庭汗漫，粘天無壁。」

〔三〕萬山勒回之：以勒馬喻山阻江流。宋蘇軾遊徑山曰：「衆峰來自天目山，勢若駿馬奔平川。中途勒破千里足，金鞭玉蹬相迴旋。」此處化用其意。

〔四〕如公廷諍時：宋宋祁新唐書狄仁傑傳：「稍遷大理丞，歲中斷久獄萬七千人，時稱平恕。左威衛大將軍權善才、右監門中郎將范懷義坐誤斧昭陵柏，罪當免，高宗詔誅之。仁傑奏不應死，帝怒曰：『是使我爲不孝子，必殺之。』仁傑曰：『漢有盜高廟玉環，文帝欲當之族，張釋之廷諍曰：「假令取長陵一抔土，何以加其法？」於是罪止棄市。陛下之法在象魏，固有差等。犯不至死而致之死，何哉？今誤伐一柏，殺二臣，後世謂陛下爲何如主？』帝意解，遂免死。」又曰：「會后欲以武三思爲太子，以問宰相，衆莫敢對。仁傑曰：『臣觀天人未厭唐德。比匈奴犯邊，陛下使梁王武三思募勇士於市，逾月不及千人。廬陵王代之，不浹日，輒五萬。今欲繼統，非廬陵王莫可。』后怒，罷議。」五代後晉劉昫舊唐書狄仁傑傳：「史臣曰：『天子有諍臣七人，雖無道，不失其天下』。致廬陵復位，唐祚中興，諍由狄公，一人以蔽。」

〔五〕一快：謂一時痛快。蘇軾慈湖夾阻風五首其四：「暴雨過雲聊一快，未妨明月却當空。」　顧藉：猶言顧忌。

〔六〕洗日光：喻匡復唐室。唐呂温狄梁公立廬陵王傳讚曰：「取日虞淵，洗光咸池。潛授五龍，夾之以飛。」

〔七〕正色：謂神色莊重嚴肅。書畢命：「正色率下。」唐孔穎達疏：「正色，謂嚴其顏色，不惰慢，不阿諂。」蘇軾王元之畫像讚叙：「如漢汲黯、蕭望之、李固，吴張昭，唐魏鄭公、狄仁傑，皆以身徇義，招之不來，麾之不去，正色而立於朝。」　閒暇：悠閒從容。

〔八〕「使唐不敢周」二句：新唐書后妃傳上：「高宗則天順聖皇后武氏，并州文水人。……太后知威柄在己，因大赦天下，改國號周，自稱聖神皇帝，旗幟尚赤，以皇帝爲皇嗣，立武氏七廟於神都。」新唐書狄仁傑傳贊曰：「武后乘唐中衰，操殺生柄，劫制天下而攘神器。仁傑蒙耻奮忠，以權大謀，引張柬之等，卒復唐室，功蓋一時。」宋范仲淹范文正集卷一一唐狄梁公碑：「武暴如火，李寒如灰。何心不隨，何力可回？我公哀傷，拯天之亡。逆長風而孤騫，愬大川以獨航。金可革，公不可革，孰爲乎剛？地可動，公不可動，孰爲乎方？一朝感通，羣陰披攘。天子既臣而皇，天下既周而唐。七世發靈，萬年垂光。噫！非天下之至誠，其孰能當？」

〔九〕古祠蒼煙根：古祠籠罩於蒼煙之下，寫荒涼景象。唐杜甫送樊二十三侍御赴漢中判官：「慟哭蒼煙根，山門萬重閉。」此借用其語。

〔一〇〕香火罷：謂無人祭祀。

〔一一〕老范碑：老范指范仲淹（九八九～一〇五二），字希文，北宋名臣。嘗貶守鄱陽，移丹徒郡，道過彭澤，謁狄仁傑廟，作唐狄梁公碑。見注〔八〕。元柳貫待制集卷一九跋范文正公黄素小楷伯夷頌：「文正公以寳元元年赴潤，道謁狄梁公廟，爲之作記，立碑。」舊題宋彭乘墨客揮犀卷二：「彭淵材初見范文正公畫像，驚喜再拜，前磬折，稱『新昌布衣彭几幸獲拜謁』。既罷，熟視曰：『有奇德者必有奇形。』乃引鏡自照，又捋其鬚曰：『大略似之矣，但只無耳毫數莖耳，年大當十相具足也。』」彭几字淵材，其自稱「新昌布衣」，當在至京師中進士前。范仲淹畫像，疑亦在狄梁公廟中。

〔二〕頓塵看奔馬：宋黄庭堅題伯時頓塵馬：「忽看高馬頓風塵。」此借用其語，指駿馬抖落塵土奔逸之狀。本集好以頓塵駿馬喻言談詩文，如卷二贈王敦素兼簡正平：「夜談詞辯出神駿，頓塵赤兔真權奇。」卷七次韻讀韓柳文：「柳文馬頓塵，驕嘶不忘驟。」卷八和杜撫勾古意六首之一：「頓塵忽驕嘶，逸韻發奇想。」卷二七跋養直詩：「讀之如觀飛菟頓塵，追風趁日也。」

〔三〕「斯文如貫珠」二句：禮記樂記：「纍纍乎端如貫珠。」成串珍珠爲貫珠，後世以喻疾圓玉潤之詩文。晉葛洪抱朴子内篇卷四祛惑：「凡探明珠，不於合浦之淵，不得驪龍之夜光也。」

〔四〕「整帆更遲留」二句：謂已登船而不忍挂帆，表依依不捨之意。唐王灣次北固山下：「潮平兩岸闊，風正一帆懸。」此反其意而用之。

【集評】

清錢謙益云：（寒鐵道人）苦愛洪覺範、陸放翁，目爲南谿二友，其言曰：「石門，文中之佛也；放翁，文中之仙也。」余爲通其意曰：「石門謁梁公、魯公廟、李愬畫像諸詩，佛子之忠義鬱盤，揚眉努目現火頭金剛形相者也。」（牧齋有學集卷四九題南谿雜記）

謁蔡州顏魯公祠堂㈠〔一〕

開元天寶政多暇〔二〕，孽臣姦驕濁清化〔三〕。尺八横吹入醉鄉〔四〕，國柄倒持與人把〔五〕。漁陽番將易漢官，在廷之臣無諫者〔六〕。吴綾蜀錦光照眼㈡〔七〕，更覺霓裳韻和雅〔八〕。叛書夜到華清宫，侍臣（狩吕）骨驚天子訝㈢〔九〕。二十四城陷同日，長嗟乃爾忠臣寡〔一〇〕。鬧傳平原城壁堅〔一一〕，穴鼻可以牿牛馬〔一二〕。譬如灔澦屹中流，江勢遠來波倒射〔一三〕。吾知守職事主耳，行藏初不較用捨〔一四〕。公時風姿入睿想〔一五〕，貫日精誠震天下〔一六〕。我行上蔡黄犬門〔一七〕，驚風急雪吹平野。嬌鴉暮集村不囂〔一八〕，古祠窈窕連桑柘〔一九〕。聖朝亦旌異代忠〔二〇〕，軒然眉鬢入圖畫〔二一〕。和如戲泚盧杞題〔二二〕，儼若夢令希烈怕〔二三〕。至今握拳透爪地〔二四〕，想見怒詞猶慢駡〔二五〕。聲光自與日月争〔二六〕，事之成敗其天也〔二七〕。此詩我欲掃東壁〔二八〕，入字端宜擘窠寫〔二九〕。便覺雲收六合陰〔三〇〕，春隨喜色生晴野。

【校記】

㈠ 顏魯公：宋詩鈔石門詩鈔、淵鑑類函卷一二九作「顏公」。

㈡吴綾蜀：三字原缺，今據宋詩鈔、淵鑑類函補。天寧本作「蟠龍衣」，乃妄補。參注〔七〕。

㈢侍臣：原作「狩呂」，誤，今改。參見注〔九〕。鍇按：武林本作「相臣」。

【注釋】

〔一〕政和五年正月作於蔡州。時惠洪證獄太原遇赦，自京師返故鄉新昌，途經蔡州。蔡州：宋屬京西北路，治汝陽縣。顏魯公：顏真卿字清臣，唐臨沂人。開元進士，累官至監察御史，以忤楊國忠出爲平原太守。料安禄山必反，豫爲之備。天寶十四載禄山反，真卿與從兄杲卿共起兵，附近十七郡響應。亂平，入官京師，連遭讒貶黜。後爲刑部尚書。肅宗、代宗朝數正言，爲大臣所不喜。德宗建中三年，李希烈自稱天下都元帥，陷汝州。真卿受命前往勸諭，持節不屈，遇害。因嘗封魯郡公，世稱顏魯公。真卿善正、草書，筆力沉著雄渾，爲世所寶，稱顏體。新舊唐書有傳。

〔二〕開元天寶：開元元年至二十九年，天寶元年至十五載，均唐玄宗李隆基年號。政多暇：謂玄宗晚年疏於政事，閒散無營。書酒誥：「成王畏相，惟御事厥棐有恭，不敢自暇自逸。」

〔三〕孽臣姦驕濁清化：謂安禄山等逆臣邪惡驕横，使政教變清爲濁。孽臣：忤逆之臣。鍇按：新唐書列安禄山於逆臣傳之首。清化：清明之教化。

〔四〕尺八横吹入醉鄉：宋釋贊寧宋高僧傳卷一八唐京兆法秀傳：「釋法秀者，未詳何許人也。

居於京寺，遊於咸鎬之間，以勸率衆緣，多成善務，至老未嘗休懈。開元末，夢人云：『將手巾袈裟各五百條，可於迴向寺中布施。』覺後問左右，並云無迴向寺。及募人製造巾衣，又遍詢老舊僧俗，莫有此伽藍否。時有一僧，形質魁梧，人都不識，報云：『我知迴向寺處。』問要何所須并人伴等，答曰：『但賫所施物，名香一斤，即可矣。』遂依言授物，與秀偕行。其僧徑入終南山，約行二日，至極深峻，初無所覩。復進程，見磧石一具，驚曰：『此人迹不到，何有此物？』乃於其上焚所賫香，再三致禮哀訴，從午至夕。谷中霧氣彌浸，咫尺不辨，逡巡開霽，當半崖間有朱門粉壁，緑牖璇題，刹飛夭矯之旛，樓直觚稜之影。少選，見一寺，分明雲際，三門而懸巨牓，曰迴向寺。秀與僧喜甚，攀陟遂到，時已黃昏，而聞鐘磬唱薩之聲。門者詰其所從，遲迴引入，見一老僧，慰問再三，倡言曰：『唐皇帝萬福否？』處分令別僧相隨，歷房散手巾袈裟，唯餘一分。指一房空榻無人，有衣服坐席，似有所適者。既而却見老僧，若綱任之首，曰：『其往外者當已來矣。』其僧與秀復欲至彼授手巾等，一房但空榻者，亦無人也。又具言之，老僧笑令坐，顧彼房内，取尺八來至，乃玉尺八也。老僧曰：『汝見彼胡僧否？』曰：『見已。』曰：『此是將來權代汝主者。京師當亂，人死無數。此胡僧名磨滅王。其一室是汝主房也。汝主在寺，以愛吹尺八，罰在人間，此常所吹者也。今限將滿，即却來矣。』明日遣就齋，齋訖曰：『汝當迴，可將此尺八并袈裟、手巾，與汝主自收也。』秀禮拜而還，童子送出，纔數十步，雲霧四合，則不復見寺矣。乃持手巾、袈裟、玉尺八進上。玄宗召見，具述本末。帝大感悦，凝神久之，取笛吹之，宛是先所御者。後數年，果有祿山之禍。秀所見胡僧，即祿山也。」尺八：管樂器名，因管長一尺八寸而得名。竹製，豎吹，六孔，旁一孔蒙竹膜。玄宗所吹爲玉製。

〔五〕國柄倒持與人把：唐郭湜高力士外傳：「上因大同殿，思神念道，左右無人，謂高公曰：『朕自住關内，向欲十年，俗阜人安，中外無事。高止黄屋，吐故納新，軍國之謀，委以林甫。卿謂如何？』高公頓首曰：『臣自二十年已後，陛下頻賜臣酒，往往過度，便染風疾，言辭倒錯，進趨無恒。十年已來，不敢言事。陛下不遺鄙賤，言訪芻蕘，縱欲上陳，無裨聖造。然所聞、所見，敢不竭誠？且林甫用變造之謀，仙客建和糴之策，足堪救弊，未可長行。恐變正倉盡，即義倉盡，正義俱盡，國無旬月之蓄，人懷饑饉之憂。和糴不停，即四方之利不出公門，天下之人盡無私蓄，棄本逐末，其遠乎哉？但順動以時，不逾古制；征税有典，自合恒規。則人不告勞，物無虚費。軍國之柄，未可假人。威權之聲，振於中外；得失之議，誰敢興言？伏惟陛下圖之。』上乃言曰：『卿十年已來，不多言事。今所敷奏，未會朕心。』」宋司馬光資治通鑑卷二一五唐紀三一玄宗天寶三年：「上從容謂高力士曰：『朕不出長安近十年，天下無事，朕欲高居無爲，悉以政事委林甫，何如？』對曰：『天子巡狩，古之制也。且天下大柄，不可假人；彼威勢既成，誰敢復議之者！』上不悦。力士頓首自陳：『臣狂疾，發妄言，罪當死！』上乃爲力士置酒，左右皆呼萬歲。力士自是不敢深言天下事矣。」

〔六〕「漁陽番將易漢官」二句：資治通鑑卷二一七唐紀三三玄宗天寶十四載：「二月，辛亥，安祿山使副將何千年入奏，請以蕃將三十二人代漢將，上命立進畫，給告身。韋見素謂楊國忠曰：『祿山久有異志，今又有此請，其反明矣。明日見素當極言；上未允，公其繼之。』國忠許諾。壬子，國忠、見素入見，上迎謂曰：『卿等有疑祿山之意邪？』見素因極言祿山反已有跡，所請不可許，上不悦，國忠逡巡不敢言，上竟從祿山之請。」

〔七〕吴綾蜀錦光照眼：新唐書楊貴妃傳略曰：「妃每從游幸，乘馬則力士授轡策。凡充錦繡官及治瑑金玉者，大抵千人。每十月，帝幸華清宮，（楊家）五宅車騎皆從。家別爲隊，隊一色。俄五家隊合，爛若萬花，川谷成錦繡。」宋樂史楊太真外傳：「宮中掌貴妃刺繡織錦數百人，雕鏤器物又數百人。」　吴綾蜀錦：泛指華麗奢侈之絲織品。唐釋齊己白蓮集卷一〇讀李賀歌集：「吴綾蜀錦胸襟開。」宋徐積節孝集卷三贈玉師失鸂鶒詞：「足穿蜀錦茜靴牢，身著吴綾紺袍小。」蘇轍欒城集卷四和柳子玉紙帳：「吴綾蜀錦非嫌汝，簡淡爲生要易供。」李綱梁谿集卷二二山居四詠紙帳：「斜風細雨吴綾暖，萬草千花蜀錦鮮。」蓋吴綾蜀錦對舉，乃詩詞之套語。底本「吴綾蜀」三字缺，天寧本妄補作「蟠龍衣」，無據，今從宋詩鈔、淵鑑類函補。廓門注：「按通鑑綱目第四十三卷唐玄宗開元二年曰：『秋七月，焚珠玉錦繡於殿前。上以風俗侈靡，制乘輿、服御、金銀、器玩，令有司消毁，以供軍國之用。其珠玉、錦繡焚於殿前，后妃以下皆毋得服。敕百官所服帶及酒器、銜鐙，三品以上聽飾以玉，四品以金，五品以銀，餘皆禁之。婦人從其夫子。自今天下更毋得采珠玉、織錦繡等物。罷兩京織錦坊。司馬公曰：明皇之始，欲爲治，能自刻厲，節儉如此。晚節猶以奢敗，甚哉，奢靡之易以溺人也！詩曰：「靡不有初，鮮克有終。」可慎哉！』愚謂：闕字不得稽考，恐言此義歟？俟後人高評而已。」鍇按：此注不確，蓋「吴綾蜀錦光照眼」乃指玄宗晚年事，言其錦繡光鮮，華麗奢靡，非謂開元初年焚珠玉錦繡、刻厲節儉之事。

〔八〕更覺霓裳韻和雅：楊太真外傳：「妃醉中舞霓裳羽衣一曲，天顔大悦。方知迴雪流風可以迴天轉地。」宋王灼碧雞漫志卷三：「霓裳羽衣曲，説者多異。予斷之曰：西涼創作，明皇潤色，又爲易美名。其他飾以神怪者，皆不足信也。唐史云：河西節度使楊敬忠獻，凡十二遍。白樂天和元微之霓裳羽衣曲歌云：『由來能事各有主，楊氏創聲君造譜。』自注云：『開元中，西涼節度使楊敬述造。』鄭愚津陽門詩注亦稱西涼府都督楊敬述進。予又考唐史突厥傳，開元間，涼州都督楊敬述爲暾欲谷所敗，白衣檢校涼州事。樂天、鄭愚之説是也。劉夢得詩云：『開元天子萬事足，惟惜當年光景促。三鄉陌上望仙山，歸作霓裳羽衣曲。仙心從此在瑶池，三清八景相追隨。天上忽乘白雲去，世間空有秋風詞。』李肱霓裳羽衣曲詩云：『開元太平時，萬國賀豐歲。梨園進舊曲，玉座流新製。鳳管迭參差，霞衣競摇曳。』元微之法曲詩云：『明皇度曲多新態，宛轉浸淫易沉著。赤白桃李取花名，霓裳羽衣號天落。』劉詩謂明皇望女几山，持志求仙，故退作此曲。當時詩今無傳，疑是西涼獻曲之後，明皇三鄉眺望，發興求仙，因以名曲。『忽乘白雲去，空有秋風詞』，譏其無成也。李詩謂明皇厭梨園舊曲，故有此新製。元詩謂明皇作此曲多新態，霓裳羽衣非人間服，故號天落。然元指爲法曲，而樂天亦云：『法曲法曲歌霓裳。政和世理音洋洋，開元之人樂且康。』又知其爲法曲一類也。夫西涼既獻此曲，而三人者又謂明皇製作，予以是知爲西涼創作，明皇潤色者也。……按唐史及唐人諸集、諸家小説，楊太真進見之日，奏此曲導之。妃亦善此舞，帝嘗以趙飛燕身輕，成帝爲置七寶避風臺事戲妃，曰：『爾則任吹多少？』妃曰：『霓裳一曲，足掩前古。』而宮妓佩七寶瓔珞舞此曲，曲終珠翠可掃。故詩人云：『貴妃宛轉侍君側，體弱不勝珠翠繁。冬雪飄飄錦袍暖，春風蕩漾霓裳翻。』又云：『天閣沈沈夜未央，碧雲仙曲舞霓裳。一聲玉笛向空盡，月滿驪山宮漏長。』又云：『霓裳一曲千峰上，舞破中原始下來。』又云：『漁陽鼙鼓動地來，驚破霓裳羽衣曲。』又云：『世人莫重霓裳曲，曾致干戈是此中。』又云：『雲雨馬嵬分散後，驪宮無復聽霓裳。』又云：『霓裳滿天月，粉骨幾春風。』帝爲太上皇，就養南宮，遷於西宮，梨園弟子玉琯發音，聞此曲一聲，則天顔不怡，左右歔欷。」

〔九〕「叛書夜到華清宮」二句：新唐書逆臣傳上安禄山傳：「凡七日，反書聞，帝方在華清宮，中外失色。車駕還京師。」　華清宮：太平寰宇記卷二七關西道三昭應縣：「唐開元十年，置温泉宮於驪山，至天寶六年改爲華清宮，始移於岳南。又造長生殿以祠神。玄帝歲嘗幸焉。」　侍臣：原作「狩吕」，不辭。廓門注：「有師曰：『狩吕，侍臣之寫誤也。』」鍇按：

「狩吕」當作「侍臣」，涉形近而誤，今改。

〔一〇〕「二十四城陷同日」二句：新唐書顏真卿傳：「玄宗始聞亂，歎曰：『河北二十四郡，無一忠臣邪？』」宋朱翌灊山集卷二顏魯公畫像：「千五百年如烈日，二十四州惟一人。」

〔一一〕「鬧傳平原城壁堅」：新唐書顏真卿傳：「安禄山逆狀牙孽，真卿度必反，陽托霖雨，增陴濬隍，料才壯，儲廥廩。日與賓客泛舟飲酒，以紓禄山之疑。果以爲書生，不虞也。禄山反，河朔盡陷，獨平原城守具備，使司兵參軍李平馳奏。……時平原有靜塞兵三千，乃益募士，得萬人，遣録事參軍李擇交統之，以刁萬歲、和琳、徐浩、馬相如、高抗朗等爲將，分總部伍。大饗士城西門，慷慨泣下，衆感勵。」 鬧傳：紛紛傳言，意同「鬨傳」。此詞惠洪獨創，本集屢用之，如本卷送英老兼簡鈞夫：「鬧傳詩膽抵身大。」卷四戒壇院東坡枯木張嘉夫妙墨童子告以僧不在不可見作此示汪履道：「鬧傳秀色絕今古。」卷一八請靈源升座：「鬧傳法馭之肯來，故已輿情之喜愜。」新唐書顏真卿傳載，清河太守使郡人李崿至平原郡乞師，稱「河朔恃公爲金城」，金城即「城壁堅」之義。

〔一二〕穴鼻可以牿牛馬：謂平原郡在平禄山之亂中地位重要，如以繩穿牛鼻而牿牛馬般牽制叛軍。 鍇按：馬不可穴鼻，此言牛馬，乃偏指牛。 牿牛馬：語本書費誓：「今惟淫舍牿牛馬。」牿：牛馬圈欄。漢許慎説文解字牛部：「牿，牛馬牢也。」

〔一三〕「譬如灩澦屹中流」二句：喻顏真卿守備平原郡抗擊勢力强大之叛軍，如長江中之灩澦堆，屹立中流，不可動摇，致使江波倒激。灧預堆：長江三峽瞿塘峽中之險灘，亦稱淫預堆。北魏酈道元水經注卷三三江水：「（白帝城西）江中有孤石，爲淫預石，冬出水二十餘丈，夏則没。」唐李肇唐國史補卷下：「大抵峽路峻急……四月、五月爲尤險時，故曰：『灧預大如馬，瞿塘不可下；灧預大如牛，瞿塘不可留；灧預大如襆，瞿塘不可觸。』」

〔一四〕「吾知守職事主耳」二句：謂顔真卿只知忠於職守，而不計較是否爲帝王所任用。新唐書顔真卿傳：「帝自陝還，真卿請先謁陵廟而即宫，宰相元載以爲迂，真卿怒曰：『用舍在公，言者何罪？然朝廷事豈堪公再破壞邪！』載銜之。」論語述而：「子謂顔淵曰：『用之則行，舍之則藏，唯我與爾有是夫！』」

〔一五〕公時風姿入睿想：謂顔真卿之人品風貌已受玄宗懷想。新唐書顔真卿傳：「及平至，帝大喜，謂左右曰：『朕不識真卿何如人，所爲乃若此！』」睿想：皇帝之挂念。睿，稱皇帝之敬詞。杜甫投贈哥舒開府二十韻：「智謀垂睿想，出入冠諸公。」

〔一六〕貫日精誠：指感動上天之忠義赤誠。貫日，猶言遮蔽日光。史記鄒陽列傳：「昔者荆軻慕燕丹之義，白虹貫日，太子畏之。」南朝宋裴駰集解引應劭曰：「燕太子丹質於秦，始皇遇之無禮，丹亡去，故厚養荆軻，令西刺秦王。精誠感天，白虹爲之貫日也。」

〔一七〕上蔡黄犬門：指蔡州。史記李斯列傳：「李斯者，楚上蔡人也。……二世二年七月，具斯五刑，論腰斬咸陽市。斯出獄，與其中子俱執，顧謂其中子曰：『吾欲與若復牽黄犬俱出上蔡東門逐狡兔，豈可得乎！』遂父子相哭，而夷三族。」

〔一八〕嬌鴉暮集村不囂：蘇軾十二月十四日夜微雪明日早往南溪小酌至晚：「誰憐破屋眠無處，坐覺村飢語不囂。惟有暮鴉知客意，驚飛千片落寒條。」此化用其意。嬌鴉：可愛之烏鴉。鵶，同「鴉」。唐杜牧偶游石盎僧舍：「鳧浴漲汪汪，鴉嬌村冪冪。」蘇軾立春日小集戲李端叔：「牛健民聲喜，鴉嬌雪意酣。」不囂：安靜，不喧嘩吵鬧。

〔一九〕窈窕：深邃貌，此形容宫室。唐喬知之秋閨：「窈窕九重閨，寂寞十年啼。」

〔二〇〕聖朝亦旌異代忠：謂宋朝廷亦旌表如顏真卿輩異代忠臣。宋史仁宗本紀四皇祐四年：「録唐顏真卿後。」宋史禮志八：「元祐六年，詔相州商王河亶甲冢、沂州費縣顏真卿墓並載祀典。」宋李彭日涉園集卷四亦有蔡州顏魯公祠詩，可知該祠當爲北宋所建，以旌表顏真卿之忠，然其祠今已不可考。

〔二一〕軒然：高昂貌，形容氣度不凡。

〔二二〕和如戲泚盧杞題：謂顏真卿畫像氣定神和，當令盧杞羞愧。孟子滕文公上：「其顙有泚，睨而不視。夫泚也，非爲人泚，中心達於面目。」漢趙岐注：「顙，額也。泚，汗出泚泚然也。……中心慙，故汗泚泚然出於額。非爲他人面慙也，自出其心。」題：額，意與顙同。新唐書顏真卿傳：「及盧杞，益不喜，改太子太師，並使罷之。數遣人問方鎮所便，將出之。真卿往見杞，辭曰：『先中丞傳首平原，面流血，吾不敢以衣拭，親舌舐之，公忍不見容乎？』杞矍然下拜，而銜恨切骨。李希烈陷汝州，杞乃建遣真卿：『四方所信，若往諭之，可不勞師而定。』詔可，公卿皆失色。」新唐書盧杞傳：「李希烈反，杞素惡顏真卿挺正敢言，即令宣慰其軍，卒爲賊害。」錯按：盧杞父盧奕，任御史中丞，爲安禄山叛軍所害，傳首平原郡。顏真卿與盧奕均爲唐室忠臣，盧杞傾陷真卿，有辱家門，故謂當慙而汗出其額。

〔二三〕儼若夢令希烈怕：謂顏真卿畫像神色莊嚴，足令李希烈夢中亦懼怕。儼：莊重貌。

〔二四〕握拳透爪地：指顏真卿遇害處。太平廣記卷三二神仙三二顏真卿：「賊平，真卿家還喪上京。啓殯視之，棺朽敗，而尸形儼然，肌肉如生，手足柔軟，髭髮青黑，握拳不開，爪透手背。」宋蘇軾東坡志林卷一：「張睢陽生猶駡賊，嚼齒穿齦；顏平原死不忘君，握拳透掌。」冷齋夜話卷五東坡屬對引蘇軾語「穿」作「空」，「掌」作「爪」。

〔二五〕想見怒詞猶慢駡：新唐書顏真卿傳：「希烈大會其黨，召真卿，使倡優斥侮朝廷。真卿怒曰：『公，人臣，奈何如是？』拂衣去，希烈大慙。時朱滔、王武俊、田悦、李納使者皆在坐，謂希烈曰：『聞太師名德久矣，公欲建大號，而太師至，求宰相，孰先太師者？』真卿叱曰：『若等聞顏常山否？吾兄也。禄山反，首舉義師，後雖被執，詬賊不絶於口。吾年且八十，官太師，吾守吾節，死而後已，豈受若等脅邪？』諸賊失色。……希烈弟希倩坐朱泚誅，希烈因發怒，使閹奴等害真卿，曰：『有詔。』真卿再拜。奴曰：『宜賜卿死。』曰：『老臣無狀，罪當死，然使人何日長安來？』奴曰：『從大梁來。』駡曰：『乃逆賊耳，何詔云？』遂縊殺之。」

〔二六〕聲光自與日月爭：黄庭堅跋顔魯公壁間題：「魯公文昭武烈，與日月爭光可也。」

〔二七〕事之成敗其天也：謂顔真卿討伐叛軍、宣慰希烈雖功業未就，然此乃天命，非人力所能爲。左傳成公十六年：「文子執戈逐之，曰：『國之存亡，天也，童子何知焉？』」

〔二八〕掃東壁：猶言壁上題詩。掃，畫抹之意。

〔二九〕擘窠：書法之一種，指大字。古寫碑版或題額者，多分格書寫，使其點畫停匀，稱擘窠書。顔真卿顔魯公集卷三乞御書天下放生池碑額表：「緣前書點畫稍細，恐不堪經久，臣今謹據石擘窠大書一本，隨表奉進。」故後通稱大字爲擘窠書。

〔三〇〕六合：天地四方。

同彭淵才謁陶淵明祠讀崔鑒碑〔一〕

武王既伐紂，乃不立微子。雖有去惡仁，終失存商義〔二〕。夷齊不肯臣，甘作首陽死〔三〕。下視莽操輩，欺孤奪幼稚〔四〕。汗面亦戴天〔五〕，恃猴而冠耳㊀〔六〕。桓玄（公）弄兵權㊁〔七〕，劉裕竊神器〔八〕。先生於此時，抽身良有以㊂〔九〕。袖手歸去來〔一〇〕，詩眼飽山翠㊃〔一一〕。追還聖之清㊄〔一二〕，太虛絶塵滓〔一三〕。長恨千載心，斷絃掩流水〔一四〕。崔子果何人？賞音乃知此〔一五〕。與君讀此碑，相視一笑喜㊅。

【校記】

㊀「武王既伐紂」十句：石倉本作「晉室東渡後，主弱祇如寄」，無據。　面：永樂大典卷八七八三九江府志引此詩作「赤」。　猴：永樂大典作「向」。

㊁玄：原作「公」，石倉本作「温」，均誤，今據永樂大典改，參見注〔七〕。

㊂抽：石倉本作「潔」。

㊃詩：永樂大典作「雙」。

㊄還：永樂大典作「懷」。　之：永樂大典作「人」。

㊅視：四庫本作「見」。　喜：永樂大典作「耳」。

【注釋】

〔一〕紹聖元年春作於江州德化縣柴桑里，時惠洪隨其叔彭几赴京師途經此地。　彭淵才：彭几（？～一一一三），字淵材，筠州新昌人。本集作彭淵才，冷齋夜話及其他宋人著述均作彭淵材。墨客揮犀卷二：「彭淵材初見范文正公畫像，驚喜再拜，前磬折，稱：『新昌布衣彭几幸獲拜謁。』既罷，熟視曰：『有奇德者必有奇形。』乃引鏡自照，又捋其鬚曰：『大略似之矣，但只無耳毫數莖耳，年大當十相具足也。』又至廬山太平觀，見狄梁公像，眉目入鬢，又前再拜贊曰：『有宋進士彭几謹拜謁。』又熟視久之，呼刀鑷者使剃其眉尾，令作卓枝入鬢之狀。家人輩望見驚笑。淵材怒曰：『何笑！吾前見范文正公，恨無耳毫；今見狄梁公，不敢不剃眉，何笑之乎！耳毫未至，天也；剃眉，人也。君子修人事以應天，奈何兒女子以爲笑乎！吾每欲行古道，而不見知於人，所謂傷古人之不見，嗟吾道之難行也。』」彭几卒於政和三年，參見本集卷二八又几大祥看經。正德瑞州府志卷一〇人物志方伎：「新昌彭攀龍，字淵材，工於樂，嘗獻樂書，爲協律郎。」據此，則淵材一名攀龍。　陶淵明祠：輿地紀勝卷三〇江州：「陶潛宅，在德化縣西南九十里柴桑里，今即其故居爲靖節先生祠堂。」梁沈約宋書隱逸傳陶潛傳：「陶潛，字淵明。或云淵明字元亮。尋陽柴桑人也。曾祖侃，晉大司馬。」宋李公煥箋注陶淵明集卷末附梁昭玥太子蕭統陶淵明傳：「陶淵明，字元亮。或云潛，字淵明。世號靖節先生。」　崔鑒，北魏人。北齊魏收魏書崔鑒傳略曰：「崔鑒，字神具，博陵安平人。鑒頗有文學，自中書博士轉侍郎。延興中受詔使齊州，觀省風俗，行兖州事。出爲奮威將軍、東徐州刺史。」鍇按：崔鑒出仕北魏，一生行跡未至尋陽，似無作九江陶淵明碑之可能。崔鑒碑亦未見記載。豈另有名崔鑒者作此碑乎？待考。

〔二〕「武王既伐紂」四句：謂武王伐紂，而未立微子啓爲商君。故雖有除惡之仁，然失君臣之義。此處議論本蘇軾武王論，其略曰：「武王，非聖人也。昔者孔子蓋罪湯、武，顧自以爲殷之子孫而周人也，故不敢，然數致意焉。世之君子，苟自孔氏，必守此法，國之存亡，民之死生，將於是乎在，其孰敢不嚴！而孟軻始亂之，曰：『吾聞武王誅獨夫紂，未聞弑君也。』自是學者以湯、武爲聖人之正，若當然者，皆孔氏之罪人也。使當時有良史如董狐者，南巢之事，必以叛書；牧野之事，必以弑書。而湯、武仁人也，必將爲法受惡。使文王在，必不伐紂，紂不見伐，而以考終，或死於亂，殷人立君以事周，命爲二王後以祀殷，君臣之道，豈不兩全也哉！」武王伐紂事，見史記殷本紀，其略曰：「帝乙長子曰微子啓，啓母賤，不得嗣。少子辛，辛母正后，辛爲嗣。帝乙崩，子辛立，是爲帝辛，天下謂之紂。紂愈淫亂不止。微子數諫不聽，乃與大師、少師謀，遂去。周武王於是遂率諸侯伐紂。紂亦發兵距之牧野。甲子日，紂兵敗。紂走，入登鹿臺，衣其寶玉衣，赴火而死。周武王遂斬紂頭。封紂子武庚禄父，以續殷祀，令修行盤庚之政。周武王崩，武庚與管叔、蔡叔作亂，成王命周公誅之，而立微子於宋，以續殷後焉。」

〔三〕「夷齊不肯臣」二句：史記伯夷列傳略曰：「伯夷、叔齊，孤竹君之二子也。伯夷、叔齊聞西伯昌善養老，盍往歸焉。及至，西伯卒，武王載木主，號爲文王，東伐紂。伯夷、叔齊叩馬而諫曰：『父死不葬，爰及干戈，可謂孝乎？以臣弑君，可謂仁乎？』左右欲兵之。太公曰：『此義人也。』扶而去之。武王已平殷亂，天下宗周，而伯夷、叔齊恥之，義不食周粟，隱於首陽山，采薇而食之。及餓且死，作歌。其辭曰：『登彼西山兮，采其薇矣。以暴易暴兮，不知其非矣。神農、虞、夏忽焉没兮，我安適歸矣？于嗟徂兮，命之衰矣！』遂餓死於首陽山。」蘇軾武王論：「伯夷、叔齊之於武王也，蓋謂之弑君，至恥之不食其粟，而孔子予之。」

〔四〕「下視莽操輩」二句：謂王莽、曹操之流均因欺幼帝、篡國柄而爲人所恥。晉書石勒載記下載石勒語曰：「大丈夫行事當礌礌落落，如日月皎然，終不能如曹孟德、司馬仲達父子，欺他孤兒寡婦，狐媚以取天下也。」蘇軾孔北海贊曰：「晉有羯奴，盜賊之靡。欺孤如操，又羯所恥。」漢書王莽傳記王莽篡漢事略曰：「迎中山王奉成帝後，是爲孝平皇帝。帝年九歲，太后臨朝稱制，委政於莽。平帝崩，大赦天下。時元帝世絶，而宣帝曾孫有見王五人，列侯廣戚侯顯等四十八人，莽惡其長大，曰：『兄弟不得相爲後。』乃選玄孫中最幼廣戚侯子嬰，年二歲，託以爲卜相最吉。」「始建國元年正月朔，莽帥公侯卿士奉皇太后璽韍，上太皇太后，順符命，去漢號焉。」資治通鑑載曹操篡漢事，卷六六漢紀五十八獻帝建安十八年五月：「以冀州十郡封曹操爲魏公。又加九錫。」卷六七漢紀五十九建安二十一年五月：「進魏公操爵爲王。」卷六八漢紀六十建安二十四年十二月：「操曰：『若天命在吾，吾爲周文王矣。』」卷六九魏紀一文帝黄初元年略曰：「正月，武王（操）至洛陽，庚子，薨。明旦，以王后令，策太子即王位。改元延康。冬十月，乙卯，漢帝告祠高廟，使行御史大夫張音持節奉璽綬詔册，禪位於魏。十一月，奉漢帝爲山陽公。」

〔五〕汗面：汗出於面，暗示心中羞愧。參見謁蔡州顔魯公祠堂注〔一二〕。　戴天：猶言當皇帝。春秋元命包：「黄帝戴天履地，秉數制剛。」

〔六〕特猴而冠耳：謂篡國者如獮猴戴帽，喬裝人樣，而本質爲獸類。史記項羽本紀：「項王見秦宫室皆以燒殘破，又心懷思欲東歸，曰：『富貴不歸故鄉，如衣繡夜行，誰知之者！』説者曰：『人言楚人沐猴而冠耳，果然。』」裴駰集解引張晏曰：「沐猴，獮猴也。」司馬貞索隱曰：「言獮猴不任久著冠帶，以喻楚人性躁暴。果然，言果如人言也。」漢書項籍傳亦載此事，顔師古注：「言雖著人衣冠，其心不類人也。」此詩乃用師古注之義。

〔七〕桓玄弄兵權：晉書桓玄傳：「桓玄字敬道，一名靈寶，大司馬温之孽子也。」資治通鑑卷一一三晉紀三十五載其篡晉事，略曰：「（安帝元興二年九月）侍中殷仲文、散騎常侍卞範之勸大將軍玄早受禪，陰撰九錫文及册命。丙子，册命玄爲相國，總百揆，封十郡，爲楚王，加九錫，楚國置丞相以下官。十一月，詔楚王玄行天子禮樂，妃爲王后，世子爲太子。丁丑，卞範之爲禪詔，使臨川王寶逼帝書之。庚辰，帝臨軒，遣兼太保、領司徒王謐奉璽綬，禪位於楚。十二月，庚寅朔，玄築壇於九井山北。壬辰，即皇帝位。」　桓玄：原作「桓公」，誤。鍇按：此詩於篡國者如王莽、曹操、劉裕均直呼其名諱，於桓玄不當獨尊稱「桓公」，況史上亦無稱桓玄爲「桓公」之例。蓋宋人諱「玄」字，此或因其避諱闕筆形近「公」字而誤。

〔八〕劉裕竊神器：宋書武帝本紀：「高祖武皇帝諱裕，字德輿，小名寄奴，彭城縣綏輿里人，漢高帝弟楚元王交之後也。」資治通鑑卷一一八晉紀四十略曰：「安帝義熙十四年六月太尉裕始受相國、宋公、九錫之命。十二月，宋公裕以讖云『昌明之後尚有二帝』，乃使中書侍郎王韶之與帝左右密謀酖帝，而立琅邪王德文。戊寅，韶之以散衣縊帝於東堂。裕因稱遺詔，奉德文即皇帝位，大赦。」卷一一九宋紀一略曰：「武帝永初元年六月，傅亮諷晉恭帝禪位於宋，具詔草呈帝，使書之。帝欣然操筆，謂左右曰：『桓玄之時，晉氏已無天下，重爲劉公所延，將二十載，今日之事，本所甘心。』遂書赤紙爲詔。甲子，帝遜於琅邪第，百官拜辭。丁卯，王

（裕）爲壇於南郊，即皇帝位。奉晉恭帝爲零陵王。」 神器：指皇帝位。六臣注文選卷四七晉袁彦伯三國名臣序贊：「董卓之亂，神器遷偪。」唐呂向注：「神器，帝位也。時卓偪遷獻帝於長安也。」又卷三八張士然爲吴令謝詢求爲諸孫置守冢人表：「破董卓於陽人，濟神器於甄井。」唐李善注引韋昭曰：「神器，天子璽符也。」山谷内集詩注卷六卧陶軒：「卯金扛九鼎。」宋任淵注：「劉裕盗晉之神器，故曰扛九鼎。」

〔九〕「先生於此時」二句：蕭統陶淵明傳：「自以曾祖晉世宰輔，恥復屈身後代，自宋高祖王業漸隆，不復肯仕。元嘉四年將復徵命，會卒。」 抽身：謂棄官引退。蘇軾李頎秀才善畫山以兩軸見寄仍有詩次韻答之：「詩句對君難出手，雲泉勸我早抽身。」

〔一〇〕袖手：縮手於袖，表示不參預其事。晉書庾敳傳：「參東海王越太傅軍事，轉軍諮祭酒，時越府多儁異，敳在其中，常自袖手。」 歸去來：陶淵明有歸去來兮辭。

〔一一〕詩眼：指詩人之眼光。蘇軾僧清順新作垂雲亭：「天公爭向背，詩眼巧增損。」又次韻吴傳正枯木歌：「君雖不作丹青手，詩眼亦自工識拔。」鍇按：惠洪好用「詩眼」，本集例極多，如卷三奉陪王少監朝請遊南澗宿山寺步月二首之二：「詩眼愛空翠。」卷五寄題彭思禹水明樓：「議郎詩眼發天藏。」題王路分容膝軒：「詩眼愛雲泉。」卷六景醇見和甚妙時方閲華嚴經復和戲之：「詩眼不知夜。」次韻周達道運句二首之一：「詩眼艶秋水。」不勝枚舉。 飽山翠：謂飽覽青山風光。

〔一二〕追還聖之清：謂陶淵明追隨伯夷之行，不肯臣竊位者。　聖之清：指伯夷。孟子萬章下：「伯夷，聖之清者也。」宋孫奭疏：「伯夷之行，爲聖人之清者也。是其不以物汙其己，而成其行於清也。」宋蔡絛西清詩話卷上：「詩家視淵明，猶孔門視伯夷也。」

〔一三〕太虛絶塵滓：南朝宋劉義慶世説新語言語：「司馬太傅齋中夜坐，於時天月明淨，都無纖翳。太傅歎以爲佳。謝景重在坐，答曰：『意謂乃不如微雲點綴。』太傅因戲謝曰：『卿居心不淨，乃復强欲滓穢太清邪？』」　太虛，猶太清，指天。

〔一四〕斷絃掩流水：吕氏春秋本味：「伯牙鼓琴，鍾子期聽之。方鼓琴，而志在太山，鍾子期曰：『善哉乎鼓琴，巍巍乎若太山。』少選之間，而志在流水，鍾子期又曰：『善哉乎鼓琴，湯湯乎若流水。』鍾子期死，伯牙破琴絶絃，終身不復鼓琴，以爲世無足復爲鼓琴者。」列子湯問、韓詩外傳卷九亦載此事，文字略異。　晉書隱逸傳陶淵明傳：「性不解音，而畜素琴一張，絃徽不具，每朋酒之會，則撫而和之，曰：『但識琴中趣，何勞絃上聲。』」

〔一五〕賞音：知音。　語本三國志吴書周瑜傳裴松之注引江表傳：「瑜曰：『吾雖不及夔、曠，聞絃賞音，足知雅曲也。』」此指識陶淵明斷絃琴之意者。

題李愬畫像〔一〕

淮陰北面師廣武，其氣豈止吞項羽㈠〔二〕。君得李祐不肯誅，便知元濟在掌股㈡〔三〕。

羊公德化行悍夫，卧鼓不戰良驕吳〔四〕。公方沈鷙諸將底，又笑元濟無頭顱㊂〔五〕。雪中行師等兒戲，夜取蔡州藏袖裏〔六〕。遠人信宿猶未知，大類西平擊朱泚〔七〕。錦袍玉帶仍父風，拄頤長劍大梁公〔八〕。君看鞬櫜見丞相，此意與天相始終〔九〕。

【校記】

㊀豈止：石倉本作「便可」。

㊁便：石倉本作「已」。

㊂又：石倉本作「早」。

【注釋】

〔一〕政和五年正月作於蔡州，時惠洪自京師南歸新昌，途經蔡州。李愬，字元直，唐臨潭人，李晟之子。有謀略，善騎射。元和十年，淮西節度使吳元濟反，朝廷遣裴度宣慰淮西行營，以愬爲鄧州節度使，率兵討伐。十二年，愬率師雪夜襲蔡州，生擒吳元濟，淮西平，以功封涼國公。新舊唐書有傳。清王士禛居易録卷四：「蔡州有吳元濟廟，宋王質知蔡，始毁之，更建狄仁傑、李愬祠。」李愬畫像當在祠内。

〔二〕「淮陰北面師廣武」二句：史記淮陰侯列傳載，趙王、陳餘不用廣武君李左車之策，故趙軍於井陘口之戰中爲韓信所破。韓信斬陳餘，擒趙王，「乃令軍中毋殺廣武君，有能生得者購千金。於是有縛廣武君而致戲下者，信乃解其縛，東鄉坐，西鄉對，師事之」。廣武君遂爲韓信籌策，攻下齊地，復破楚將龍且於濰水，楚王項羽大恐。淮陰：指韓信。信本淮陰人，初從項羽，後歸劉邦，以破楚功封楚王，因人告其謀反，降封淮陰侯。北面：指執弟子禮。漢書于定國傳：「定國乃迎師學春秋，身執經，北面備弟子禮。」

〔三〕「君得李祐不肯誅」二句：新唐書李愬傳贊曰：「愬得李祐不殺，付以兵不疑，知可以破賊也。祐受任不辭，決策入死，以愬能用其謀也。」舊唐書李祐傳：「李祐，本蔡州牙將。事吴元濟，驍勇善戰。自王師討淮西，祐爲行營將，每抗官軍，皆憚之。元和十二年，爲李愬所擒。愬知祐有膽略，釋其死，厚遇之。推誠定分，與同寢食，往往帳中密語，達曙不寐。人有耳屬於外者，但屢聞祐感泣聲。而軍中以前時爲祐殺傷者多，營壘諸卒會議，皆恨不殺祐。愬以衆情歸怨，慮不能全，因送祐於京師，乃上表救之。憲宗特恕，遂遣祐賜愬。愬大喜，即以三千精兵付之。祐所言，無有所疑，竟以祐破蔡，擒元濟。」元濟，淮西節度使吴少陽子。元和九年，父死自立，不爲朝廷所許，遂據蔡州而叛。舊唐書有傳。在掌股：猶言玩弄於掌股之上，喻易於掌握控制。語本國語吴語：「大夫種勇而善謀，將還玩吴國於掌股之上，以得其志。」以上四句以韓信比擬李愬，韓信用廣武君之策而困項羽，李愬依李祐之計而平淮西。廣武、李祐，皆本敵將也。

〔四〕「羊公德化行悍夫」二句：羊公，指羊祜，字叔子，西晉名將。晉代魏立，祜都督荆州諸軍事以伐吴，屯兵不戰，採取懷柔政策，收服吴人之心，以掩蓋滅吴企圖。晉書羊祜傳：「祜率營兵出鎮南夏，開設庠序，綏懷遠近，甚得江漢之心。與吴人開布大信，降者欲去，皆聽之。」「每與吴人交兵，剋日方戰，不爲掩襲之計。將帥有欲進譎詐之策者，輒飲以醇酒，使不得言。人有略吴二兒爲俘者，祜遣送還其家。後吴將夏祥、邵顗等來降，二兒之父亦率其屬與俱。吴將陳尚、潘景來寇，祜追斬之，美其死節而厚加殯斂。景、尚子弟迎喪，祜以禮遣還。吴將鄧香掠夏口，祜募生縛香，既至，宥之。香感其恩甚，率部曲而降。祜出軍行吴境，刈穀爲糧，皆計所侵，送絹償之。每會衆江沔游獵，常止晉地。若禽獸先爲吴人所傷而爲晉兵所得者，皆封還之。於是吴人翕然悦服，稱爲羊公，不之名也。」　德化：以德行感化。　悍夫：勇悍蠻横之武夫。　卧鼓：息鼓，以示無戰事。　良：誠然。　驕吴：使吴軍傲慢自負而喪失警惕。

〔五〕「公方沈鷙諸將底」二句：李愬外示懦庸，而暗中備戰，以爲驕敵之計。且推誠待士，收服人心，以爲己所用。新唐書李愬傳：「愬以其軍初傷夷，士氣未完，乃不爲斥候部伍。或有言者，愬曰：『賊方安袁公之寬，吾不欲使震而備我。』乃令於軍曰：『天子知愬能忍恥，故委以撫養。戰，非吾事也。』衆信而安之。乃斥倡優，未嘗嬉樂。士傷夷病疾，親爲營護。蔡人以嘗敗辱霞寓等，又愬名非夙所畏者，易之，不爲備。愬沈鷙，務推誠待士，故能張其卑弱而用之。賊來降，輒聽其便，或父母與孤未葬者，給粟帛遣還，勞之曰：『而亦王人也，無棄親戚。』衆願爲愬死，故山川險易與賊情僞，一能曉之。居半歲，知士可用，乃請濟師。」　沈鷙：深沉勇猛。　底：裏，中。　無頭顱：指性命不保。　舊唐書吴元濟傳：「元濟被囚至京師，斬之於獨柳。其夜，即失其首。」

〔六〕「雪中行師等兒戲」二句：指李愬雪夜襲蔡州平吴元濟事。新唐書李愬傳略曰：「於時元和十一年十月己卯。師夜起，會大雨雪，天晦，凛風偃旗裂膚，馬皆縮慄，士抱戈凍死於道十一二。愬道分輕兵斷橋以絶洄曲道，又以兵絶朗山道。行七十里，夜半至懸瓠城，雪甚，城旁皆鵝鶩池，愬令擊之，以亂軍聲。賊恃吴房、朗山戍，晏然無知者。祐等坎墉先登，衆從之，殺門者，發關，留持柝傳夜自如。黎明，雪止，愬入駐元濟外宅。蔡吏驚曰：『城陷矣！』元濟尚不信，曰：『是洄曲子弟來索褚衣爾。』及聞號令曰：『常侍傳語。』始驚曰：『何常侍得至此？』率左右登牙城。田進誠兵薄之。愬計元濟且望救於董重質，乃訪其家慰安之，使無怖，以書召重質；重質以單騎白衣降，愬待以禮。進誠火南門，元濟請罪，梯而下，檻送京師。」　等兒戲：極言其輕鬆，等同兒戲一般。　藏袖裏：猶言探囊取物般容易。

〔七〕「遠人信宿猶未知」二句：謂李愬平蔡州如其父李晟平朱泚，百姓隔夜仍渾然不知。新唐書李晟傳略曰：「(晟)遣京兆尹李齊運部長安、萬年令，分慰居人，秋毫無所擾。坊人之遠者，宿昔乃知王師之入也。露布至梁，帝感泣，羣臣上壽，且言：『晟薦夷兇慝，而市不易廛，宗廟不震，長安之人不識旗鼓，雖三代用師，不能加之。』」新唐書李愬傳：「始，晟克京師，市不改肆。愬平蔡，亦如之。」此化用其意。　遠人：此處指蔡州人。論語季氏：「故遠人不服，則修文德以來之。」　信宿：連宿兩夜。左傳莊公三年：「凡師一宿爲舍，再宿爲信，過信爲次。」引申爲三日。後漢書蔡邕傳論：「董卓一旦入朝，辟書先下，分明枉結，信宿三遷。」李賢注：「謂三日之間，位歷三台也。」　西平：即愬父李晟，字良器，唐洮州臨潭人。任右神策軍都將，德宗建中四年擊破盤據長安之朱泚，收復京師。累官至太尉兼中書令，封西平郡王。新舊唐書有傳。　朱泚：唐幽州昌平人。任盧龍節度使。建中四年，涇原節度使姚令言軍在長安嘩變，德宗奔奉天。姚軍擁泚爲帝，國號大秦，年號應天。旋改爲漢，改元天皇。李晟收復長安，泚出逃，爲部將所殺。新舊唐書有傳。

〔八〕「錦袍玉帶仍父風」二句：讚譽李愬儼然有乃父風範。錦袍玉帶乃其裝束，長劍拄頤乃其姿態，二句點畫像之題。新唐書李愬傳：「（愬）又以玉帶、寶劍遺牛元翼，曰：『此劍吾先人嘗以揃大盜，吾又以平蔡奸。今鎮人逆天，公宜用此夷之也。』」　拄頤：形容劍長拄到面頰。戰國策齊策六載：田單攻狄，童謡有「大冠若箕，修劍拄頤」之語。　大梁公：新唐書李愬傳：「有詔進檢校尚書左僕射、山南東道節度使，封涼國公。」又新唐書李聽傳：「以功封涼國公。」李聽，愬弟。愬長於聽，故稱大涼公。「梁」字恐誤。然杜牧題永崇西平王宅太尉愬院六韻曰：「家呼小太尉，國號大梁公。」則「大梁公」亦有所本。

〔九〕「君看鞬櫜見丞相」二句：稱讚李愬分上下之禮，其意在教化蔡州之人，行使天命。新唐書李愬傳：「乃屯兵鞠場以俟裴度。至，愬以櫜鞬見，度將避之，愬曰：『此方廢上下分久矣，請因示之。』度以宰相禮受愬謁，蔡人聳觀。」鍇按：平蔡之事，宰相裴度力排衆議，請身督戰，任淮西宣慰招討處置使，一軍之主帥。時武人專横已久，李愬平蔡後，以禮見裴度，乃欲使蔡人見朝廷之禮儀。　鞬櫜：盛弓箭之器，此代指戎裝。説文革部：「鞬，所以戢弓矢。从革，建聲。」左傳昭公元年：「伍舉知其有備也，請垂櫜而入。」杜預注：「櫜，弓衣也。」

【集評】

宋許顗云：近時僧洪覺範頗能詩，其題李愬畫像云：「淮陰北面師廣武，其氣豈止吞項羽。公得李祐不肯誅，便知元濟在掌股。」此詩當與黔安（黄庭堅）並驅也。（彦周詩話）

清張宗柟云：惠洪題李愬畫像，起處云：「淮陰北面師廣武，其氣豈止吞項羽。君得李祐不肯誅，便知元濟在掌股。」數語有豫章風骨，通體氣亦清遒，是能不以禪寂自縛者。（帶經堂詩話卷二〇案語）

清翁方綱云：許彦周詩話云：「覺範題李愬畫像，當與黔安並驅。」然其他篇亦有氣格近山谷處。（石洲詩話卷四）

同景莊游浯溪讀中興碑〔一〕

上皇御天功最盛，生民温飽卧安枕〔二〕。醉凭艷姬一笑適〔三〕，薄夫議之無乃甚〔四〕。長安遮天胡騎塵㈠〔五〕，潼關戰血深没人〔六〕。哥舒臣賊不足惜〔七〕，要臠國忠如膾鱗〔八〕。蒼黄去國食不暇〔九〕，馬嵬賜死謝天下〔一〇〕。反身罪己成湯心〔一一〕，奈何猶有譏之者㈡〔一二〕。取非其子又遽忽㈢〔一三〕，靈武君臣無怍容〔一四〕。何須嗚咽讓衮服㈣，自控歸鞍八尺龍〔一五〕。誰磨石壁湘江上〔一六〕，揩（楷）拭雲煙濺驚浪㈤〔一七〕。龍蛇飛動忠義詞㈥〔一八〕，顔元色莊儼相向㈦〔一九〕。與君來游秋滿眼〔二〇〕，閒行古寺西風晚〔二一〕。道人與廢了不知〔二二〕，但見游人來讀碑〔二三〕。

【校記】

㈠ 胡：石倉本作「邊」。

㈡「奈何」七字：石倉本作「寧歎郎當雨淋夜」。

㈢ 忽：天寧本作「怱」，誤。

㈣ 何：石倉本作「詎」。

㈤ 揩：原作「楷」，誤，今從四庫本、石倉本、古今禪藻集卷九作「揩」。

⑥詞：石倉本作「祠」。

⑦色莊：石倉本作「二公」。　儼：石倉本作「澟」。

【注釋】

〔一〕宣和二年九月作於湖南永州祁陽縣，時惠洪自長沙至祁陽訪夏倪。　景莊：陸弁，字景莊，宣和間爲祁陽縣令。　清陸增祥輯八瓊室金石補正卷九一浯溪題刻二十七段黃庭堅詩：「子發秀才家廼以私錢刻之中興頌碑之側。同來相視，南陽何安(中)(得)之、(上缺，祁陽)令陸弁景莊。浯溪伯新宣和□子十二月廿日書，無諸釋(可)環模刻(以上全缺)。」「宣和□子」當爲宣和庚子，即宣和二年。宋王庭珪盧溪文集卷三有送陸景莊提幹詩，當即此人。　浯溪中興碑：在永州祁陽縣。宋王存元豐九域志卷六永州零陵郡：「浯溪石崖上有元結中興頌碑。」方輿勝覽卷二五永州：「浯溪，在祁陽縣南五里，流入湘江，水清石峻。唐上元中，容管經略使元結家焉。結作大唐中興頌，顏真卿大書，刻於此崖。結又爲峿臺、㢈亭、石室諸銘。陳衍題浯溪圖云：『元氏始命之意，因水以爲吾溪，因山以爲吾山，作屋以爲吾亭，三吾之稱，我所自也；制字從水、從山與广，我所命也。三者之自皆自吾焉，我所擅而有也。』」鍇按：大唐中興頌見唐元結次山集卷六，以肅宗收復長安、洛陽爲大唐之「中興」。

〔二〕「上皇御天功最盛」二句：謂唐玄宗在位期間，締造開元、天寶盛世。舊唐書玄宗本紀史臣曰：「於時垂髫之倪皆知禮讓，戴白之老不識兵戈。虜不敢乘月犯邊，士不敢彎弓報怨。『康哉』之頌，溢於八紘。所謂『世而後仁』，見於開元者矣。年逾三紀，可謂太平。」 上皇：指唐玄宗。安禄山之亂發生，玄宗出奔西川，留太子於靈武，監天下兵馬。太子在靈武自行即位，即肅宗。玄宗聞訊予以追認，自爲太上皇。 御天：易乾卦彖曰：「時乘六龍以御天。」文言：「時乘六龍，以御天也。」唐李鼎祚周易集解引荀爽曰：「御者行也。陽升陰降，天道行也。」此處比喻皇帝治理天下。 生民：老百姓。詩大雅有生民篇。 卧安枕：漢董仲舒春秋繁露立元神：「其君安枕而卧，莫之助而自强。」

〔三〕艷姬：指楊貴妃。廓門注：「通鑑玄宗天寶四年八月：『以楊太真爲貴妃。』質實按：『許子真記：太真，容州普寧縣雲陵里人。父維，母葉氏。生妃，有異質，都部署楊康求爲女。時楊玄琰爲長史，又從康求爲女，攜歸京。後進入壽王宫，玄宗召爲貴妃。』」南朝梁江淹恨賦：「別艷姬與美女。」 一笑適：杜甫哀江頭詠楊貴妃事曰：「翻身向天仰射雲，一笑正墜雙飛翼。」此用其意。蘇軾和歸園田居六首之六：「長吟飲酒詩，頗獲一笑適。」此用其語。

〔四〕薄夫：淺薄之徒。孟子萬章下：「聞柳下惠之風者，鄙夫寬，薄夫敦。」 無乃甚：太過分。唐權德輿答柳福州書：「失權衡重輕之本，無乃甚乎。」

〔五〕長安遮天胡騎塵：杜甫哀江頭詩曰：「黄昏胡騎塵滿城。」此化用其意。 胡騎：指安禄山叛軍。舊唐書安禄山傳：「安禄山，營州柳城雜種胡人也。」據新舊唐書及資治通鑑，禄山於天寶三載爲范陽節度使，十四載十一月反於范陽，十二月陷東京洛陽，次年正月自稱大燕皇帝，六月，破潼關，玄宗出逃西川。資治通鑑卷二一八唐紀三十四肅宗至德元載：「安禄山不意上遽西幸，遣使止崔乾祐兵，留潼關。凡十日，乃遣孫孝哲將兵入長安。……孝哲豪侈，果於殺戮，賊黨畏之。禄山命搜捕百官、宦者、宫女等，每獲數百人，輒以兵衛送洛陽，王侯將相扈從車駕、家留長安者，誅及嬰孩。」

〔六〕潼關戰血深没人：天寶十四載十二月，玄宗以哥舒翰統領二十萬大軍守潼關，次年六月與安禄山將崔乾祐戰，大敗。資治通鑑卷二一八唐紀三十四記唐軍潼關敗狀曰：「關外先爲三塹，皆廣二丈，深丈，人馬墜其中，須臾而滿，餘衆踐之以度。士卒得入關者，纔八千餘人。」潼關失陷，玄宗遂出奔。潼關：在陜西華陰縣，爲長安東面要塞。宋張耒柯山集卷一一讀中興頌碑：「潼關戰骨高於山。」此襲其句意。

〔七〕哥舒臣賊：指哥舒翰戰敗後降於安禄山。資治通鑑卷二一八記其事：「會賊將田乾真已至，遂降之，俱送洛陽。安禄山問翰曰：『汝常輕我，今定何如？』翰伏地對曰：『臣肉眼不識聖人。今天下未平，李光弼在常山，李祗在東平，魯炅在南陽，陛下留臣，使以尺書招之，不日皆下矣。』禄山大喜，以翰爲司空同平章事。……翰以書招諸將，皆復書責之。禄山知不效，乃囚之苑中。」

〔八〕要斲國忠如膾鱗：言奸相楊國忠誤國，應當千刀萬剮。國忠：楊國忠，本名釗，楊貴妃之從祖兄。天寶十一載任右相，天寶十五載隨玄宗出奔，在馬嵬爲軍士所殺。新唐書外戚傳楊國忠傳載軍士殺國忠事：「右龍武大將軍陳玄禮謀殺國忠，不克。進次馬嵬，將士疲，乏食。玄禮懼亂，召諸將曰：『今天子震蕩，社稷不守，使生民肝腦塗地，豈非國忠所致？欲誅之以謝天下，云何？』衆曰：『念之久矣，事行身死，固所願。』會吐蕃使有請於國忠，衆大呼曰：『國忠與吐蕃謀反！』衛騎合，國忠突出，或射中其頞，殺之，爭啖其肉且盡，梟首以徇。」　臠：漢書王莽傳顔師古注引三輔舊事：「臠，切千段也。」　膾鱗：細切魚肉。漢劉熙釋名：「膾，會也。細切肉令散，分其赤白異，切之已，乃會合和之也。」鱗，代指魚。漢王褒僮約：「膾魚炰鼈。」

〔九〕蒼黄：急遽貌。南朝齊孔稚珪北山移文：「一蒼黄飜覆。」　去國：指玄宗逃離長安。食不暇：無暇進食。書無逸：「不遑暇食。」舊唐書玄宗本紀，記其出逃之日，「辰時，至咸陽望賢驛置頓，官吏駭散，無復儲供。上憩於宫門之樹下，亭午未進食。俄有父老獻麨，上謂之曰：『如何得飯？』於是百姓獻食相繼」。

〔一〇〕馬嵬賜死謝天下：新唐書玄宗本紀：「（天寶十五載六月）丁酉，次馬嵬，左龍武大將軍陳玄禮殺楊國忠及御史大夫魏方進、太常卿楊暄。賜貴妃楊氏死。」新唐書楊貴妃傳：「禄山反，以誅國忠爲名，且指言妃及諸姨罪。帝欲以皇太子撫軍，因禪位。諸楊大懼，哭於庭。國忠入白妃，妃銜塊請死，帝意沮，乃止。及西幸，至馬嵬，陳玄禮等以天下計，誅國忠。已死，軍不解，帝遣力士問故，曰：『禍本尚在。』帝不得已，與妃訣，引而去，縊路祠下。裹屍以紫茵，瘞道側，年三十八。帝至自蜀，道過其所，使祭之，且詔改葬。禮部侍郎李揆曰：『龍武將士以國忠負上速亂，爲天下殺之。今葬妃，恐反仄自疑。』帝乃止。」

〔一一〕反身罪己：舊唐書玄宗本紀：玄宗於天寶十五載（即至德元載）七月至蜀。八月朔日，「御蜀都府衙，宣詔曰：『朕以薄德，嗣守神器，每乾乾惕厲，勤念生靈，一物失所，無忘己罪。聿來四紀，人亦小康，推心於人，不疑於物。而姦臣兇豎，棄義背恩，割剥黎元，擾亂區夏，皆朕不明之過也。今巡撫巴蜀，訓厲師徒，仍令太子諸王蒐兵重鎮，誅夷兇醜，以謝昊穹，思與羣臣重弘理道。可大赦天下。』」此即「罪己詔」。　成湯心：指罪己之心。南朝梁劉勰文心雕龍祝盟：「祕祝移過，異於成湯之心。」成湯，商開國之君。契之後，子姓，名履，又稱天乙。夏桀無道，湯伐之，遂有天下，國號商。湯既黜夏命，復歸於亳，作湯誥。書湯誥曰：「其爾萬方有罪，在予一人。」

〔一二〕譏之者：指不同情玄宗「罪己」之史家。新唐書玄宗本紀歐陽修贊曰：「溺其所甚愛，忘其所可戒，至於竄身失國而不悔。」宋范祖禹唐鑑卷一〇：「至白刃流矢交於前，六親不能相保而始覺也，不亦晚乎！」

〔一三〕取非其子又遽怱：謂唐肅宗不經玄宗傳位，而擅自怱促即皇帝位。舊唐書玄宗本紀：「（至德元載八月）癸巳，靈武使至，始知皇太子即位。丁酉，上用靈武册稱上皇，詔稱誥。」新唐書肅宗本紀歐陽修贊曰：「由是言之，肅宗雖不即尊位，亦可以破賊矣。蓋自高祖以來，三遜於位，以授其子。而獨睿宗上畏天戒，發於誠心，若高祖、玄宗，豈其志哉！」　遽怱：怱促。宋人口語多作「怱遽」，如司馬光王陶乞除舊職劄子：「臣當時怱遽，未有以對。」蘇軾答舒煥書：「怱遽裁謝，草草。」蘇轍論御試策題劄子：「事出怱遽，則民受其疲。」此爲湊韻，故倒乙爲「遽怱」。

〔一四〕靈武君臣無怍容：謂肅宗君臣擅立朝廷而不知羞愧。新唐書肅宗本紀略曰：「肅宗文明武德大聖大宣孝皇帝諱亨，玄宗第三子也。（天寶十五載）七月辛酉，至於靈武。壬戌，裴冕等請皇太子即皇帝位。甲子，即皇帝位於靈武，尊皇帝曰上皇天帝，大赦，改元至德。賜文武官階勳爵，版授侍老太守、縣令，裴冕爲中書侍郎同中書門下平章事。」　靈武：唐李吉甫元和郡縣志卷四關内道靈州：「天寶元年又改爲靈武郡。至德元年肅宗幸靈武，即位，陞爲大都督府。乾元元年復爲靈州。」范祖禹唐鑑卷一一：「肅宗以皇太子討賊，至靈武遂自稱帝。此乃太子叛父，何以討禄山也？唐有天下幾三百年，由漢以來享國祚最爲長久，然三綱不立，無父子君臣之義，見利而動，不顧其親。是以上無教化，下無廉耻。」　怍容：愧色。世説新語任誕「襄陽羅友」條：「得食便退，了無怍容。」

〔一五〕「何須嗚咽讓衮服」二句：謂肅宗矯情做作，欲讓出帝位，盡孝子之禮。資治通鑑卷二二〇唐紀三十六肅宗至德二載十二月：「丙午，上皇（玄宗）至咸陽，上（肅宗）備法駕，迎於望賢宮。上皇在宮南樓，上釋黄袍，著紫袍，望樓下馬趨進，拜舞於樓下。上皇降樓，撫上而泣，上捧上皇足，嗚咽不自勝。上皇索黄袍，自爲上著之。上伏地頓首固辭。上皇曰：『天數人心皆歸於汝，使朕得保養餘齒，汝之孝也。』上不得已受之。」又曰：「丁未，將發行宮，上親爲上皇習馬，而進之上皇。上皇上馬，上親執鞚，行數步，上皇止之。」　衮服：皇帝所著衮龍衣，即黄袍。　八尺龍：指馬，周禮夏官廋人：「馬八尺以上爲龍。」

〔一六〕湘江：大唐中興頌刻於浯溪流入湘江處石壁上，故云。參見注〔一〕。

〔一七〕揩拭：擦抹。黄庭堅山谷集外集卷六子弟誡：「揩拭几研，如改過遷善。」　揩：底本作「楷」，誤。與「拭」連用，當作動詞。鍇按：古抄本刻本文字「木」旁與「扌」旁常混用，本集整理皆改爲正體。

〔一八〕龍蛇飛動：喻書法筆勢遒勁生動。蘇軾東坡樂府卷上西江月（三過平山堂下）：「壁上龍蛇飛動。」宋何薳春渚紀聞卷六賦詩聯詠四姬：「嘗出先生（蘇軾）醉墨一軸，字畫攲傾，龍蛇飛動。」冷齋夜話卷九草書亦自不識：「張丞相好草書而不工，當時流輩皆譏笑之，丞相自若也。一日得句，索筆疾書，滿紙龍蛇飛動。」鍇按：張耒讀中興頌碑：「太師筆下蛟龍字。」古今事文類聚别集卷一三録作「龍蛇字」。

〔一九〕顔元：顔真卿與元結。明李賢明一統志卷六五永州府：「顔元祠，在祁陽縣治南浯溪上，祀唐顔真卿、元結，宋許尹記。」按許尹之記未見，然任淵注黄庭堅、陳師道詩，其山谷内集詩注卷首有紹興乙亥許尹作黄陳詩集注序，則許尹其人當兩宋之間，與惠洪同時而稍後。惠洪游浯溪時，當已有顔元祠。「色莊儼相向」或指祠中塑像而言。儼：莊重貌。唐張説詠鏡：「隱起雙盤龍，銜珠儼相向。」此用其語。

〔二〇〕秋滿眼：王安石酬裴如晦：「濁酒一杯秋滿眼。」

〔二一〕古寺：指浯溪寺，亦名中宫寺。惠洪詩友黄彦平三餘集卷二歸途次韻有「春風喬木浯溪寺」之句。又宋高斯得恥堂存稿卷七有題浯溪寺詩。明一統志卷六五永州府：「中宫寺，在祁陽縣浯溪上，即唐元結舊宅址。」

〔二二〕道人興廢了不知：張耒讀中興頌碑：「百年廢興增歎慨。」此反其意用之。道人：修道之人，此指僧人。大智度論卷三六：「如得道者名爲道人，餘出家未得道者，亦名爲道人。」宋葉夢得避暑録話卷下：「晉宋間佛學初行，其徒猶未有僧稱，通曰道人，其姓則皆從所授學。」

〔二三〕但見游人來讀碑：張耒讀中興頌碑：「時有游人打碑賣。」此點化其意。

【集評】

清王士禛云：余撰浯溪考，頗搜奇秘，如李清照二長句，得之陳士業寒夜録，此從來所未習見者。近又從石門文字禪得洪覺範二長句，亦前所未覩。（漁洋詩話卷中）

陳氏貫時軒〔一〕

春風著萬物，粉飾相明鮮〔二〕。雪霜摧壓之，不情如世權〔三〕。問誰不可犯〔四〕，揖此蒼玉（王）椽㊀〔五〕。斫頭未易屈，槍地猶傲然〔六〕。相逢凋零中，秀色披晴煙〔七〕。陳侯我輩人〔八〕，逸氣傾羣賢〔九〕。開軒冷相向，酬酢忘歲年〔一〇〕。我來作風聽〔一一〕，夜雨雜山泉。攜被願假宿，與子對牀眠〔一二〕。

【校記】

㊀玉：原作「王」，誤，今從四庫本、石倉本、武林本。

【注釋】

〔一〕元符元年作於撫州臨川縣。陳氏：指陳公美，臨川人，生平未詳。宋謝逸溪堂集卷五有與諸人集陳公美書堂觀雪以朔雪洗盡煙嵐昏爲韻探得煙字。續古逸叢書收宋本謝薖謝幼槃文集，卷三貫時軒「玉潤映連璧」句下自注：「陳公美作軒，無逸名之曰貫軒（疑「貫」字下脱一「時」字）。」可知貫時軒爲陳公美所作，謝逸（字無逸）爲命名。宋饒節倚松詩集卷一有爲謝無逸賦陳氏貫時軒，宋洪芻老圃集卷上有寄題貫時軒詩，均爲陳公美而賦。鍇按：謝逸、謝薖、饒節、洪芻均爲江西宗派圖中之人，惠洪此詩，可視爲與江西詩人同題競唱之作。　貫時：喻竹之性。禮記禮器：「其在人也，如竹箭之有筠也，如松柏之有心也。二者居天下之大端矣。故貫四時而不改柯易葉。」陳氏於軒旁多種竹，故謝逸取此義以名之。本集卷二〇童亳竹銘序：「霜筠粉節，貫四時而不凋者，竹之性也。」

〔二〕粉飾：傅粉妝飾。　明鮮：明麗鮮妍。此句謂春花競相開放，如婦女傅粉妝飾，顏色鮮艷。

〔三〕不情：無情，不近人情。　世權：指世俗之權勢。

〔四〕不可犯：不可侵犯。蘇軾過建昌李野夫公擇舊居：「思之不可見，破宅餘修竹。四隣戒莫犯，十畝森似束。」

〔五〕揖：拱手行禮，謂尊敬。　蒼玉椽：竹之美稱。宋王禹偁黄州新建小竹樓記：「黄岡之地多竹，大者如椽。」黄庭堅從斌老乞苦筍：「煩君便致蒼玉束，明日風雨皆成竹。」

〔六〕槍地：觸地。黄庭堅題伯時頓塵馬：「竹頭槍地風不舉，文書堆案睡自語。」

〔七〕「相逢凋零中」二句：謂冬日萬物凋零之時，而竹猶顏色蒼翠。

〔八〕陳侯：指陳公美。侯：古士大夫之尊稱。

〔九〕逸氣：謂俊逸之氣，超脱世俗之氣概。

〔一〇〕酬酢：應酬交往。

〔一一〕作風聽：宋人常以竹與風相聯繫，如謝薖貫時軒：「龍吟秋夜永，卧聽風摵摵。」洪芻寄題貫時軒詩：「君看竹得風，夭然向人笑。」

〔二〕與子對牀眠：於風雨之夜對牀而眠，喻朋友相聚之歡樂。唐韋應物示全真元常：「寧知風雪夜，復此對牀眠。」唐白居易雨中招張司業宿：「能來同宿否？聽雨對牀眠。」

洞山祖超然生辰〔一〕

希郎真吾道門友〔二〕，初見忘年今耐久〔三〕。天機深穩道骨清〔四〕，詩句誰令愕人口〔五〕。可憐佳處未全知〔六〕，但見兹篇氣渾厚。我生癡魯人所棄〔七〕，洞視胸中了無有〔八〕。但忻所至有青山〔九〕，依倚叢林遮百醜〔一〇〕。君才一籌勝却我〔一一〕，胡爲包腰反隨後〔一二〕？人生嗜好調自殊〔一三〕，海上舊聞人逐臭〔一四〕。江南長憶好雲泉，今日雲泉長入手〔一五〕。萬頃蒼然几案（桉）間㊀〔一六〕，作詩舉以爲君壽。理毫聊爲試冰華〔一七〕，小字明窗看揮肘。

【校記】

㊀案：原作「桉」，同「案」，今從廓門本、古今禪藻集卷九。

【注釋】

〔一〕建中靖國元年作於筠州新昌縣。　洞山：禪宗曹洞宗祖庭之一，唐良价禪師嘗住持於此，爲江南名刹。輿地紀勝卷二七江南西路瑞州：「洞山院，在新昌縣太平鄉西南五十里，有太宗、仁宗所賜碑。」江西通志卷一一一寺觀一：「洞山寺，即普利寺，在新昌縣太平鄉。」　祖超然：僧希祖，字超然。據本集卷二五題黃龍南和尚手抄後三首之二「修水祖超然出雲庵所蓄此書」，可知希祖爲修水人，修水代指分寧縣，宋屬洪州。續傳燈録卷二二真淨克文禪師法嗣有谷山希祖禪師，即此僧，後住持袁州仰山。輿地紀勝卷二八江南西路袁州：「希祖禪師，住仰山，參學者不遠千里而來。師平日重擇交游，惟張無盡、陳了翁相與莫逆。」本集卷二三潛庵禪師序稱爲「弟希祖」，亦可知希祖爲惠洪法弟。宋禪僧常以法名與表字連稱，名取簡稱，即法名第二字，字取全稱。以本集所見，如洪覺範、平無等、如無象、睿廓然、慧廓然、一萬回、珪粹中、權巽中、太希先、規方外、因覺先、忠無外、超不羣、端介然、修彦通、演勝遠、清道芬、津汝楫等等，均屬此例，祖超然亦同此稱。冷齋夜話卷四五言四句詩得於天趣稱「吾弟超然善論詩，其爲人純至有風味」。正德瑞州府志卷一〇人物志遺逸據此曰：「彭超然，覺範之弟，爲人純厚，善論詩，極有風味。」乃誤讀冷齋夜話，不明宋僧稱呼慣例。所謂「吾弟」者，指法弟，非世俗同胞之弟，蓋希祖修水人，惠洪新昌人，本非一族，「彭超然」之名無據。

〔一二〕希郎：希祖。高僧傳卷一康僧會傳附支謙傳：「其爲人細長黑瘦，眼多白而睛黄。時人爲之語曰：『支郎眼中黄，形軀雖細是智囊。』」釋氏要覽卷上稱謂支郎：「古今儒雅，多呼僧爲支郎者。」惠洪仿其例，舉一反三，稱親密僧友爲「某郎」，如本集有「希郎」「睿郎」等。 鍇按：據宋僧稱呼慣例，當省稱其法名第二字曰「祖郎」，然亦偶有例外者，如本卷贈器之禪師稱「器禪」，省稱法名第一字，即此「希郎」之例。　道門友：同門道友，惠洪與希祖同爲真淨克文弟子，故稱。

〔三〕忘年：即忘年交，不拘年歲而爲莫逆之交。 古今事文類聚前集卷二三爲忘年交：「禰衡有逸才，少與孔融交，時衡未滿二十，而融已五十，爲忘年交。」　耐久：即耐久朋，長久保持友誼之朋。 舊唐書魏玄同傳：「玄同素與裴炎結交，能保終始，時人呼爲耐久朋。」

〔四〕天機：列子說符：「若（九方）皋之所觀，天機也。」晉張湛注：「天機，形骨之表。」　深穩：杜甫韋諷録事宅觀曹將軍畫馬圖歌：「顧視清高氣深穩。」蘇軾書唐氏六家書後：「永禪師書骨氣深穩。」　道骨清：王安石俞秀老忽然不見：「道骨雖清不畏寒。」

〔五〕詩句誰令愕人口：贊歎希祖詩句警絶，令吟誦者驚愕。 冷齋夜話卷四五言四句詩得於天趣：「吾弟超然善論詩……嘗曰：『陳叔寶絶無肺腸，然詩語有警絶者。如曰：「午醉醒來晚，無人夢自驚。夕陽如有意，偏傍小窗明。」王維摩詰山中詩曰：「溪清白石出，天寒紅葉稀。山路元無雨，空翠濕人衣。」舒王百家衣體（指集句詩）曰：「相看不忍發，慘澹暮潮平。欲別更攜手，月明洲渚生。」此皆得於天趣。』予問之：『句法固佳，然何以識其天趣？』超然曰：『能知蕭何所以識韓信，則天趣可言。』予竟不能詰，歎曰：『溟涬然弟之哉！』」而據此詩，希祖非僅善論詩，亦善作詩。鍇按：本集常以「愕人口」之語贊譽他人詩句，如卷一次韻龔德莊顔柳帖：「坐客口爲愕。」卷三贈癩可：「吐語愕衆口。」卷五余游侯伯壽思孺之間久矣而未識季長昨日見之夜歸作此寄之：「天葩奇芬衆口愕。」季長見和甚工復韻答之：「公雖不怪傍人愕。」卷六又得先字：「詩成愕衆口。」卷七次韻讀韓柳文：「奇變愕衆口。」鄭南壽攜詩見過次韻謝之：「袖中出詩愕坐客。」幾成套語。

〔六〕佳處未全知：蘇軾太虚以黄樓賦見寄作詩爲謝：「佳處未易識，當有來者知。」此化用其語。

〔七〕我生癡魯人所棄：本集卷二〇明白庵銘序曰：「余世緣深重，夙習羈縻，好論古今治亂是非成敗，交游多譏訶之。」

〔八〕胸中了無有：謂胸中空空如也，猶言胸無點墨。此自謙語。

〔九〕忻：喜。

〔一〇〕叢林：衆僧聚居參禪修道之處。宋釋善卿祖庭事苑卷二：「梵語貧婆那，此云叢林。大論云：僧伽，秦言衆，多比丘一處和合，是名僧伽。譬如大樹叢聚，是名爲林。一一樹不名爲林，如一一比丘不名爲僧。諸比丘和合故名僧，僧聚處得名叢林。」亦泛指寺院。遮百醜：宋釋祖慶拈八方珠玉集卷二：「正覺云：『若是山僧，即不然，一白遮百醜。』」明吴之鯨武林梵志卷四記五代長耳和尚事跡：「常募人作福。或問：『和尚作福，有何形段？』答曰：『能遮百醜。』」鍇按：長耳和尚即釋行脩，宋高僧傳卷三〇有傳，然未載「遮百醜」之語。

〔一一〕一籌：籌本古投壺記勝負之具。山谷内集詩注卷一五謝答聞善二兄九絶句之九：「更覺嵇康輸一籌。」任淵注引御史臺記：「楊纂怒尹君不同己判，遽命筆，復沉吟，少選，乃判曰：『纂輸一籌。』」

〔一二〕包腰反隨後：指希祖攜帶行囊追隨自己。鍇按：元符二年惠洪違禪規，遭删去，希祖與之同行。包腰：腰間挎一包囊。宋時俗語，惠洪好用之，如本集卷二七跋了翁書：「珠包腰一鉢，苦硬有膽氣。」卷三〇雲庵真淨和尚行狀：「既焚其疏義，包腰而南。」林間録卷上：「下座包腰而去。」又卷下：「包腰徑入方丈。」不勝枚舉。

〔一三〕人生嗜好調自殊：韓愈酬司門盧四兄雲夫院長望秋作：「雲夫吾兄有狂氣，嗜好與俗殊酸鹹。」黄庭堅翠巖真禪師語録序：「各夢同牀，不妨殊調。」

〔一四〕海上舊聞人逐臭：此自謙語，謂希祖從己如逐臭。吕氏春秋遇合：「人有大臭者，其親戚、兄弟、妻妾、知識，無能與居者。自苦而居海上。海上人有説其臭者，晝夜隨之，而弗能去。」三國魏曹植與楊德祖書：「海畔有逐臭之夫。」蘇軾江瑶柱傳：「海上遇逐臭之夫。」

〔一五〕雲泉：指隱逸之處。李白贈盧徵君昆弟：「明主訪賢逸，雲泉今已空。」

〔一六〕萬頃蒼然几案間：蘇軾六一泉銘：「故吾以謂西湖蓋公几案間一物耳。」南朝齊謝朓宣城郡内登望：「寒城一以眺，平楚正蒼然。」

〔一七〕冰華：絹帛之美稱，代指紙，蓋以潔白如冰且華美。語本南朝梁沈約謝勑賜絹葛啓：「素采冰華，絺文霜潔。」本集卷一次韻寄吳家兄弟：「筆鋒落處風雷趁，冰華百番一揮盡。」卷一四夏日睡起步至新豐亭觀雲庵墨妙詩題中有「冰華矮牋」，均可證「冰華」指紙。廓門注：「冰華言墨水，井華之謂也。」其說殊誤。參見後次韻寄吳家兄弟注〔一〇〕。

懷慧廓然〔一〕

蕭蕭暑雨過，空山成夜晴。月出東南峰，娟娟風露清〔二〕。飛螢自開合，寒蟬亦悲鳴〔三〕。興來忽獨往〔四〕，聽此落磵（礀）聲㊀〔五〕。永懷西湖上〔六〕，絶景玉壺明〔七〕。松際倏然姿〔八〕，振策自經行〔九〕。即欲呼就語，忽隔千里程。何時徑尋子，夜航過臨平〔一〇〕。呼猿何足道〔一一〕，摩雲亦虛名〔一二〕。未若擇法眼〔一三〕，能識廓然兄。應知像教末〔一四〕，大法欲欹傾〔一五〕。談笑復一出，要使萬世驚〔一六〕。燈火作朝夕，已有相似情。願隨人天會〔一七〕，仰看辯縱橫。

【校記】

㊀磵：原作「礀」，誤，今從石倉本、武林本、廓門本、古今禪藻集卷九。

【注釋】

〔一〕約宣和三年夏作於長沙。本集卷二三臨平妙湛慧禪師語録序曰：「余與禪師游舊，且少相好，不見之二十年。宣和三年十月初吉，有仲懷禪者過余湘上，出其示徒語爲示。昔蓮花爲聰道者作禮曰：『雲門兒孫猶在。』余則以手加額，望臨平呼曰：『豈雪竇顯公復爲吴人説法乎？何其似之多也。』」此詩有「何時徑尋子，夜航過臨平」之句，亦當作於慧禪師住持臨平之時，姑繫於宣和三年。　慧廓然：僧思慧（一〇七一～一一四五），字廓然，號妙湛。嗣法大通善本禪師，爲雲門宗青原下十三世。嘉泰普燈録卷八福州雪峰妙湛思慧禪師：「錢塘人，族俞氏。俞氏方貴且富，師抗志慕出家爲童子。大通見之，與語如流，即與染削。讀圓覺，至『知幻即離，不作方便。離幻即覺，亦無漸次』，豁然自契。求證於通，通曰：『汝試向未開口時道一句來。』師震威一喝而出，通大笑。於是道聲藹著。次謁真淨。淨一見，知非凡材。留三年，力烹煉之。因歸禮大通，則曰：『未始有異也，第人各行之耳。』故道俗爭挽，出住雪川道場。法席不減二本之盛。繼徙徑山、淨慈，詔居京師智海，又移補顯親、黄檗、雪峰。……紹興甲子，罷寺居東庵。明年秋，絶食清坐，出二指示門人曰：『更兩日在。』至期，易衣，儼然而逝。時七月甲寅也。壽七十五。塔全身於東庵。」據此，則思慧亦嘗參真淨克文，與惠洪爲學友。思慧初名思睿，故惠洪早年詩文稱其「睿廓然」，參見本集卷三遇如無象於石霜如與睿廓然相好故贈之注〔一〕。

〔二〕娟娟風露清：蘇軾醉翁操：「月明風露娟娟，人未眠。」此借用其語。

〔三〕寒蟬：蟬之一種。禮記月令：「（孟秋之月）涼風至，白露降，寒蟬鳴。」鄭玄注：「寒蟬，寒蜩，謂蜺也。」孔穎達疏引郭璞云：「寒螿也，似蟬而小，青赤。」

〔四〕興來忽獨往：王維終南別業：「興來每獨往，勝事空自知。」此化用其語。

〔五〕磵：同「澗」。底本作「礀」，誤。鍇按：礀，玉石貌。三國魏劉楨遂志賦：「磷磷礀礀，以廣其心。」此言暑雨後山溪水聲，故當作「磵」。

〔六〕永懷：長久思念。詩周南卷耳：「我姑酌彼金罍，維以不永懷。」　西湖：指杭州西湖。

〔七〕玉壺：喻明月。唐朱華海上生明月：「影開金鏡滿，輪抱玉壺清。」

〔八〕翛然：自然超脱貌。莊子大宗師：「翛然而往，翛然而來而已矣。」唐陸德明釋文：「向云：『翛然，自然無心而自爾之謂。』」

〔九〕振策：猶言揮動拄杖。莊子齊物論：「師曠之枝策也。」釋文：「司馬云：『枝，拄也。策，杖也。』」文選注卷一一晉孫興公遊天台山賦：「振金策之鈴鈴。」李善注：「金策，錫杖也。」　經行：佛教語，謂旋繞往返於一定之地，佛教徒作此行動，爲防坐禪而欲睡眠，或爲養身療病，或表敬意。

〔一〇〕臨平：此指臨平寺。宋李洪芸庵類藁卷二宿臨平寺：「客裏疲奔走，禪關暫艤舟。」杭州東北臨平山下有臨平湖，亦名鼎湖，寺當在湖畔。參見宋潛説友咸淳臨安志卷二四、卷三四。

〔一一〕呼猿：指西天僧慧理。宋釋遵式白猿峰詩序：「西天慧理，畜白猿於靈隱寺，月明長嘯，清音滿室。」方輿勝覽卷一臨安府：「呼猿洞，在飛來峰下，其洞有路可透天竺。」咸淳臨安志卷二三：「呼猿洞：陸羽云：『宋僧智一善嘯，有哀松之韻。嘗養猿於山間，臨澗長嘯，衆猿畢集，謂之猿父。』又遵式白猿峰詩序云：『西天僧慧理，蓄白猿於靈隱寺。』詩云：『引水穿廊走，呼猿繞檻跳。』澗則有飯猿臺，寺僧舊施食於此。」

〔一二〕摩雲：指唐釋道標。宋高僧傳卷一五唐杭州靈隱山道標傳略曰：「釋道標，富陽人也。俗姓秦氏，其遠祖與嬴同姓，世爲汧隴大族。及晉東渡，衣冠隨之，後爲杭人也。標經行之外，尤練詩章，辭體古健，比之潘、劉。當時吴興有晝，會稽有靈澈，相與酬唱，遞作笙簧。故人諺云：『霅之晝，能清秀；越之澈，洞冰雪；杭之標，摩雲霄。』」

〔一三〕法眼：謂菩薩爲度脱一切衆生而照見一切法門之眼。此處當指敏鋭精深的眼力。

〔一四〕像教末：指像法之末季，或直指末法。佛教稱佛滅後五百年爲正法時，次一千年爲像法時，後一萬年爲末法時。隋釋吉藏法華義疏卷四：「大論佛法凡有四時：一、佛在世時。二、佛雖去世，法儀未改，謂正法時。三、佛去世久，道化訛替，謂像法時。四、轉復微末，謂末法時。」　像教：以佛像爲教化。又佛教亦稱像教。

〔一五〕大法欲攲傾：此處謂大乘佛法已遭後世曲解。臨平妙湛慧禪師語録序：「近世禪學者之弊，如碔砆之亂玉。枝詞蔓説似辯博，鉤章棘句似迅機，苟認意識似至要，懶惰自放似了達。始於二浙，熾於江淮，而餘波末流，滔滔汩汩於京洛、荆楚之間，風俗爲之一變。識者憂之。」

〔一六〕「談笑復一出」二句：贊思慧能振興佛教，建萬世功業。臨平妙湛慧禪師語録序：「俄有叢林老成者，嶄然出於東吳，説法於錢塘。諸方衲子願見爭先，川輪雲委於座下。法席之盛，無愧圓照、大通。於是天子聞其名，驛召至京師，住大相國寺智海禪院，是謂妙湛禪師慧公。未嘗貶剥而諸方屈伏，不動聲氣而萬僧讓雄，彼以似之而非者，不攻而自破。如郭中令之單騎見虜，孔北海之高氣讋魏。以其荷負大法，故稱法窟龍象；以其搏噬邪解，故稱宗門爪牙也。」

〔一七〕人天會：猶言貴賤上下平等參與之法會，即衆人共聽講説佛法之集會。人天：六趣中人趣與天趣。

同超然無塵飯柏林寺分題得柏字〔一〕

沙村宿雨餘，炊煙淡寒色。山墟罷市休〔二〕，野飯漁舟隔〔三〕。忽逢柳際門，知有道人宅〔四〕。扣扉山答響㊀，童子出迎客〔五〕。空庭竟何有，凍死千歲柏㊁。鐘鳴食時至〔六〕，老僧揖就席。香秔定宿舂〔七〕，露葵應曉摘〔八〕。差（羌）飢一鈑美㊂〔九〕，何啻萬錢直〔一〇〕。風軒納山翠，引手捫石壁。愛此玉崔嵬〔一一〕，歲久自崩坼（拆）㊃〔一二〕。下有洄渦泉〔一三〕，甘涼冰齒頰〔一四〕。勿輕一脉微，去漲萬頃澤〔一五〕。吾行無疾徐〔一六〕，住佳去亦得〔一七〕。欲收有聲畫，絶景爲摹刻。興來勿復緩，轉顧成陳迹〔一八〕。

【校記】

㈠扣：石倉本作「叩」。

㈡歲：古今禪藻集卷八作「年」。

㈢差：原作「羌」，武林本作「充」，均誤，今從石倉本，參見注〔九〕。

㈣拆：原作「拆」，同「拆」；天寧本作「折」，誤，今從石倉本。參見注〔一二〕。

【注釋】

〔一〕元符二年春作於洪州靖安縣，時在寶峰寺從真淨克文學道。超然：即希祖，惠洪師弟，見前洞山祖超然生辰注〔一〕。無塵：亦惠洪師弟，法名本明，字無塵，晚號幻住庵。希祖、本明嘗從惠洪游。洪違禪規遭删去，二人亦同行。參見本集卷三〇祭雲庵和尚文。大觀元年（一一〇七），本明嘗刻惠洪林間録。謝逸溪堂集卷七林間録序曰：「洪覺範得自在三昧於雲庵老人，故能遊戲翰墨場中，呻吟謦欬，皆成文章。每與林間勝士抵掌清談，莫非尊宿之高行，叢林之遺訓，諸佛菩薩之微旨，賢士大夫之餘論。每得一事，隨即録之，垂十年間，得三百餘事。從其游者本明上人，外若簡率而内甚精敏。燕坐之暇，以其所録析爲上下帙，名之曰林間録。……人皆知明之有是録也，所至之地，借觀者成市。明懼字畫漫滅，而傳寫失真，於是刻之於板，而俾余爲序，以傳後世。」政和四年（一一一四），惠洪自海外歸新昌，本明已失明。政和七年，本明卒。本集卷一五雪後寄荷塘幻住庵盲僧四首、卷二六題自詩寄幻住庵、卷三〇祭幻住庵明師弟文，皆爲本明作。　柏林寺：古以柏林名寺者甚多，以趙州柏林寺最著名。此柏林寺當在靖安縣境。　分題得柏字：「分題」似當作「分韻」，蓋惠洪與希祖、本明三人相約賦詩，以「柏林寺」三字爲韻，惠洪分得「柏」字，依韻作詩。此與分探題目作詩略有不同。然本集分韻題詩者多稱「分題」，亦自成體例，如卷五同游雲蓋分題得雲字、陪張廓然教授游山分題得山字，均屬此例。

〔二〕山墟：山村集市。　蠶市：宋高承事物紀原卷八：「仙傳拾遺曰：蜀蠶叢氏王蜀，教人蠶桑，作金蠶數千，每歲首出之，以給民家。每給一，所養之蠶必繁，孳罷即歸於王。王巡境内，所止之處，蠶成市。蜀人因其遺事，每年春有蠶市也。」東坡詩集注卷一四和子由蠶市趙次公注引蘇轍蠶市詩序曰：「眉之二月望日，鬻蠶器於市，因作樂縱觀，謂之蠶市。」本集卷一三次韻嘉言機宜：「蠶市村囂憶故墟。」合此詩觀之，則宋時湘贛亦有蠶市，非僅蜀之風俗。

〔三〕野飯：猶言野餐。

〔四〕道人：學道之人，此指僧人。

〔五〕童子：梵語究摩羅，爲八歲以上未冠者之總稱，特指希出家而寄侍於比丘所者。唐釋義淨南海寄歸内法傳卷三十九受戒軌則：「凡諸白衣，詣苾芻所，若專誦佛典，情希落髮，畢願緇衣，號爲童子。或求外典，無心出離，名曰學生。」

〔六〕鐘鳴食時至：寺廟鳴鐘召喚僧徒進餐，因有飯鐘之説。唐元稹元和五年予官不了罰俸西歸詩：「酒醒聞飯鐘，隨僧受遺施。」

〔七〕秔：稻之不黏者。

〔八〕露葵：蓴菜。顔氏家訓勉學：「梁世有蔡朗者諱『蓴』，既不涉學，遂呼蓴爲露葵。」王利器集解：「古文苑載宋玉諷賦：『烹露葵之羹。』即指水産之蓴，則蔡朗所呼，不無所本。」王維積雨輞川莊作：「松下清齋摘露葵。」

〔九〕差飢：底本「差」作「羌」。廓門注：「有師曰：『羌』當作『差』。筠溪集作『差』。」蘇軾答畢仲舉書：「菜羹菽黍，差飢而食，其味與八珍等；而既飽之餘，芻豢滿前，惟恐其不持去也。」差，同嗟。據此，則底本誤，當從石倉本作「差飢」。

〔一〇〕何啻萬錢直：李白行路難：「玉盤珍羞直萬錢。」此借用其語而反其意，謂香秔露葵之珍貴。　何啻：何止，豈止。　直：價值。

〔一一〕玉崔嵬：謂石壁似玉，高峻聳立。宋劉敞公是集卷五初雪：「開門將爲誰？南山玉崔嵬。」王安石臨川集卷二〇次韻和甫詠雪：「奔走風雲四面來，坐看山壟玉崔嵬。」本形容積雪之山，此借用其語。

〔一二〕崩坼：倒塌斷裂。元結異泉銘序：「山巔是秋崩坼，有穴出泉。」

〔一三〕洄渦：迴旋渦流。

〔一四〕甘涼冰齒頰：蘇軾至秀州贈錢端公安道並寄其弟惠山山人：「陸子遺味泉冰齒。」又道者院池上作：「井好泉冰齒。」此借用其語。

〔一五〕「勿輕一脉微」二句：蘇軾東坡居士過龍光求大竹作肩輿得兩竿詩：「竹中一滴曹溪水，漲起西江十八灘。」此化用其意，以水喻禪。

〔一六〕吾行無疾徐：蘇軾出都來陳所乘船上有題小詩八首不知何人有感於余心聊爲和之之四：「我行無疾徐。」又峽山寺：「我行無遲速。」此借用其語意。

〔一七〕住佳去亦得：清陳錫路黄嬭餘話卷一晉人帖：「晉人帖：『寒食近，小住爲佳耳。』辛稼軒詞：『明日落花寒食，得且住爲佳耳。』用晉人語，人稱其工。釋惠洪柏林寺詩：『吾行無疾徐，住佳去亦得。』又妙得翻用法。」

〔一八〕「欲收有聲畫」四句：謂美景有觸於心，須趁詩興勃發之時儘快描寫出來，否則稍一遲緩，再看便爲陳舊印跡，使人了無興致。蘇軾臘日遊孤山訪惠勤惠思二僧：「作詩火急追亡逋，清景一失後難摹。」此化用其意。

有聲畫：指詩。本集卷八有詩題曰：「宋迪作八景絶妙，人謂之無聲句。演上人戲余曰：『道人能作有聲畫乎？』因爲之各賦一首。」鍇按：宋元祐詩人主張詩畫相通，蘇軾韓幹馬：「少陵翰墨無形畫，韓幹丹青不語詩。」張舜民畫墁集卷一跋百之詩畫：「詩是無形畫，畫是有形詩。」黄庭堅山谷集卷一四寫真自贊五首之一：「既不能詩成無色之畫，畫出無聲之詩。」而「有聲畫」之語，則首見於本集。除此詩外，又如本卷華光仁老作墨梅甚妙爲賦此：「東坡戲作有聲畫，竹外一枝斜更好。」卷四次韻天錫提舉：「戲爲有聲畫，畫此笑時興。」

次韻超然遊南塔〔一〕

遶塔不忍去，新涼生早秋。不見江西月〔二〕，一水空悠悠。龕燈耿晝影〔三〕，遺像青雙眸〔四〕。永懷皇祐間〔五〕，曾此狎沙鷗〔六〕。往事已陳迹，豐碣撐高樓〔七〕。公昔從吾祖，來往亦風流〔八〕。但餘松菊在〔九〕，井臼遺林丘〔一〇〕。高風不可攀，落日令人愁。倚杖哦清詩，溪風波白頭㊀〔一一〕。脉脉不能語〔一二〕，歸心浩難收〔一三〕。今已不如古〔一四〕，無復相綢繆〔一五〕。何當效船子，華亭從釣舟〔一六〕。

【校記】

㊀ 波：武林本作「披」，誤。

【注釋】

〔一〕紹聖年間作於廬山東林寺。時惠洪從真淨克文於廬山歸宗寺。超然，即希祖，惠洪法弟，已見前注。南塔之名甚多，此疑指石門南塔，在東林寺旁石門澗。詩有「公昔從吾祖」

句，「吾祖」指黄龍慧南禪師。惠洪嗣法克文，克文嗣法慧南，故惠洪稱慧南爲「吾祖」。「公」當指東林常總禪師。常總（一〇二五～一〇九一），延平尤溪縣人，俗姓施氏。嗣法慧南，爲惠洪師伯。元豐三年，詔革江州東林律居爲禪席，知洪州王韶請總爲第一代住持。五燈會元卷一七列其爲臨濟宗黄龍派南嶽下十二世。惠洪禪林僧寶傳卷二四東林照覺總禪師傳略曰：「初至吉州禾山依禪智材公，材有人望，厚禮延之，不留。聞南禪師之風，辭材至歸宗。久之，無所得而去。歸宗寺火，南公遷石門南塔，又往從之。及南公自石門而遷黄檗積翠，自積翠而還黄龍，總皆在焉。二十年之間，凡七往返。（元祐）六年八月示疾，九月二十九日浴罷安坐，泊然而寂。十月八日，全身葬於雁門塔之東。閲世六十七，坐四十九夏。贊曰：予嘗游貝林，覽觀太息。」慧南法嗣中，唯常總於皇祐間便從之游，且嘗從之於石門南塔。此詩有「遺像」「豐碣」之語，與惠洪游東林覽觀太息事相合，可證此南塔在廬山。廓門注：「按：袁州仰山南塔歟？」無據。

〔二〕江西月：喻指常總禪師。王安石記夢：「月入千江體不分，道人非復世間人。」以月喻高僧。

〔三〕龕燈耿晝影：謂供奉佛像之神龕上長明燈耿耿不滅如同白晝。宋釋道潛參寥子詩集卷九夏夜偶興：「龕燈閟古殿，梵唄無餘音。」

〔四〕青雙眸：指雙眼青瞳，炯炯有神貌。唐釋貫休禪月集卷七天台老僧一首：「白髮垂不剃，青眸笑更深。」

〔五〕皇祐：宋仁宗年號，公元一〇四九～一〇五四年。

〔六〕狎沙鷗：喻隱逸。列子黄帝：「海上之人有好漚鳥者，每旦之海上，從漚鳥遊。漚鳥之至者，百住而不止。」漚，通「鷗」。

〔七〕豐碣：猶言豐碑，高大之碑碣。此指常總之墓碣。

〔八〕來往亦風流：杜甫寄贊上人：「與子成二老，來往亦風流。」此借用其語。

〔九〕但餘松菊在：陶淵明歸去來兮辭：「三徑就荒，松菊猶存。」此化用其意。

〔一〇〕井臼：水井和石臼，代指房舍、庭院。唐盧綸尋賈尊師：「井臼陰苔遍，方書古字多。」

〔一一〕溪風波白頭：謂風翻虎溪白波如人之白頭。語本唐鄭谷雲臺編卷中淮上漁者：「白頭波上白頭翁，家逐船移浦浦風。」

〔一二〕脉脉不能語：文選注卷二九古詩一十九首之十：「盈盈一水間，脉脉不得語。」李善注：「爾雅曰：『脉，相視也。』郭璞曰：『脉脉，謂相視貌。』」景德傳燈録卷二六廬山歸宗寺義柔禪師：「古人便道：『相逢不相喚，脉脉不能語。』」此借用其語。

〔一三〕歸心浩難收：蘇軾和子由聞子瞻將如終南太平宫谿堂讀書：「既得又憂失，此心浩難收。」

〔一四〕今已不如古：白居易東城尋春：「今既不如昔，後當不如今。」

〔一五〕綢繆：情意親密。詩唐風綢繆：「綢繆束薪，三星在天。」毛傳：「綢繆，猶纏綿也。」

〔一六〕「何當效船子」二句：景德傳燈録卷一四華亭船子德誠禪師：「華亭船子和尚，名德誠，嗣藥山。嘗於華亭吴江汎一小舟，時謂之船子和尚。」冷齋夜話卷七船子和尚偈：「華亭船子和尚偈曰：『千尺絲綸直下垂，一波纔動萬波隨。夜静水寒魚不食，滿船空載月明歸。』叢林盛傳，想見其爲人。」惠洪好以船子和尚自況或勉人，本集多此例，如卷五次韻思禹思晦見寄二首之一：「我漁意不在金鱗，湘浦華亭一樣春。」卷一〇次韻無代送僧歸吴：「何當一棹華亭上，閑唱波寒月滿舟。」卷一六舟行書所見：「個中著我添圖畫，便似華亭落照灣。」

大雪戲招耶溪先生鄒元佐〔一〕

昨夜顛風吹裂石〔二〕，曉來雪片大如席〔三〕。耶溪先生醉不知，擁絮雷霆喧鼻息〔四〕。癡奴搥門呼不譍〔五〕，但聞含糊語呵叱。先生行世如行川，虚舟觸人無怨言〔六〕。逢人覓錢即沽酒，得錢不謝猶傲然。我欲看君墮幘醉〔七〕，便覺兩頰微渦旋〔八〕。款段自能馱醉起〔九〕，歸路逆風吹凍耳。入門兒女啼飢寒，瞪目瞠然作直視〔一〇〕。

【注釋】

〔一〕建中靖國元年正月作於筠州新昌縣。耶溪先生鄒元佐：筠州新昌人。氏族大全卷一〇：「時洪覺範奇於詩，鄒元佐奇於命，淵材奇於樂，號新昌三奇。」正德瑞州府志卷一〇人物志方伎：「鄒元佐，涉獵書傳，精通五行，以人之年、月、日、時、胎分，配金、木、水、火、土，推生旺休囚，附以官貴、禄馬、刑殺。考其壽夭、禍福、貴賤、貧富，萬不差一。京師貴人爭造其門，因致富。嘗自言，凡看命隨所見即談，無不奇中；稍涉思慮，則相去遠矣。乃知伎術亦必純乎天乃神。有洪範福極彝倫奥旨五卷、貴命四十九格行於世。時號新昌三奇，謂洪覺範奇於詩，彭淵材奇於樂，鄒元佐奇於命。」元佐之名，諸書不載。今考林間録卷下：「靈源禪師謂予曰：『吾嘗在龍舒，見龍門顯道人發課，莫有能逃其言者，意必有道。顯曰：但有所見即道，微入思惟，即不靈矣。』予故人耶溪鄒正臣能言五行，其精妙世以一二數，亦嘗告予以此意。」正臣與元佐含義相同，又號耶溪，其事亦相合，是以知正臣字元佐。耶溪，即若耶溪。輿地紀勝卷二七江南西路瑞州：「若耶溪，在新昌縣，一名鹽溪。自分寧縣界發源，出零江，入上高，東流入蜀江。」鄒正臣居若耶溪旁，故號耶溪先生。廓門注：「按一統志紹興府：若耶溪在府城南二十五里，與鏡湖合。」其注殊誤。

〔二〕顛風：暴風，狂風。元稹人道短：「顛風暴雨電雷狂，晴被陰暗，月奪日光。」

〔三〕雪片大如席：極言雪花之大。李白北風行：「燕山雪花大如席，片片吹落軒轅臺。」

〔四〕雷霆喧鼻息：極言鼾聲如雷。東坡樂府卷上臨江仙：「家童鼻息已雷鳴。」

〔五〕搥門呼不膺：東坡樂府卷上臨江仙：「敲門都不應，倚杖聽江聲。」此句及上句化用蘇軾詞句，然因先生與家奴角色互换，故以「搥門」替「敲門」，狀癡奴之粗魯。

〔六〕「先生行世如行川」二句：謂鄒正臣虚己以行於世間，與物無忤。　虚舟：指無人駕駛之船。莊子山木：「方舟而濟於河，有虚船來觸舟，雖有惼心之人不怒。有一人在其上，則呼張歙之，一呼而不聞，再呼而不聞，於是三呼邪必以惡聲隨之。向也不怒，而今也怒；向也虚，而今也實。人能虚己以遊世，其孰能害之。」司馬光酬王安之聞罷真率會：「虚舟非有意，飄瓦不須嗔。」

〔七〕墮幘醉：形容酒醉失去常態。　墮幘，指頭巾散亂。世説新語雅量：「劉慶孫在太傅府，于時人士，多爲所構。唯庾子嵩縱心事外，無迹可間。後以其性儉家富，説太傅令换千萬，冀其有吝，於此可乘。太傅於衆坐中問庾，庾時頽然已醉，幘墮几上，以頭就穿取，徐答云：『下官家故可有兩娑千萬，隨公所取。』於是乃服。」本集屢用此事，如本卷次韻胡民望小蟲墮耳：「酒酣巾幘墮。」

〔八〕微渦旋：頰上出現淺淺酒窩。蘇軾百步洪二首之二：「不知詩中道何語，但見兩頰生微渦。」本集屢用此語，如卷二次韻李商老匡山道中望天池：「時時想見之，笑頰微渦旋。」卷六大雪寄許彦周宣教法弟：「想見散華女，笑頰微渦旋。」卷一二快亭：「想見句成書棐几，侍兒濃笑出微渦。」

〔九〕款段：馬行遲緩貌。後漢書馬援傳：「士生一世，但取衣食裁足，乘下澤車，御款段馬，爲郡掾史，守墳墓，鄉里稱善人，斯可矣。致求盈餘，但自苦耳。」李賢注：「款猶緩也，言形段遲緩也。」後借指駑馬。李白江夏贈韋南陵冰：「昔騎天子大宛馬，今乘款段諸侯門。」　馱醉起：黄庭堅老杜浣花谿圖引：「落日蹇驢馱醉起。」此借用其語。

〔一〇〕瞠然：驚視貌，形容窘迫驚呆之狀。管子小問：「桓公北伐孤竹，未至卑耳之谿十里，闟然止，瞠然視，援弓將射，引而未發也。」唐尹知章注：「瞠，驚視貌。」

送英老兼簡鈍夫〔一〕

靈源道價壓四海〔二〕，骨相正似陳睦州〔三〕。去年龍山同坐夏〔四〕，時君亦來從我游〔五〕。閙傳詩膽抵身大〔六〕，時吐佳句凌湯休〔七〕。故山歸去恰千里，蠒足過我不肯留〔八〕。行看海上荔子熟〔九〕，落枝丹顆無人收。應共鈍夫行樹下，未輸分柿獨風流〔一〇〕。

【注釋】

〔一〕大觀元年作於撫州臨川縣。　英老：廓門注：「按寶峰洪英，嗣法於黄龍南；花藥進英，嗣法於真淨文，未知何是也。」鍇按：英老非指二人之一，蓋此詩言英老「來從我游」，其年齒行輩必低於惠洪。寶峰洪英爲惠洪師伯，據禪林僧寶傳卷三〇寶峰英禪師傳，洪英卒於熙寧三年（一〇七〇），時惠洪尚未出生。花藥進英爲惠洪師兄，其事詳見本集卷三〇花藥英禪師行狀、僧寶正續傳卷二。進英於元祐中即已住持長沙開福寺，故洪英、進英皆無從惠洪游之可能。此英老當指僧惠英，字穎孺。本集卷二四穎孺字序曰：「五羊僧名惠英，年二十餘，能折節讀書，工作詩，而未有字，余以穎孺字之。」英老爲惠英，證據有三：其一，此詩言英老故山在嶺南臨海，而惠英爲五羊僧，五羊即廣州別稱，二者籍貫相近。其二，英老爲詩僧，「時吐佳句凌湯休」，而惠英「工作詩」。其三，此詩稱「時君亦來從我游」，而本集卷二六題所録詩曰：「海南道人惠英字穎孺，生十有二日而失母，年七齡而爲沙門。二十歲從予游。」事蹟相近。此稱惠英爲英老，蓋因唐宋時俗稱僧人常於其法名第二字後加「老」字，乃「長老」之略稱，非僅以年歲論也。本集卷一三送英長老住石谿，亦爲惠英而作，可證。

鈍夫：其人未詳。

〔二〕靈源：即僧惟清（？～一一一七），字覺天，自號靈源叟，洪州武寧人，俗姓陳氏。嗣法黄龍祖心禪師，深受器重，諸方號清侍者。屬臨濟宗黄龍派南嶽下十三世。分寧徐禧、黄庭堅皆師友之。賜號佛壽。嘗住舒州太平寺，後歸黄龍，居昭默堂，以堂爲號。參見本集卷二三昭默禪師序、禪林僧寶傳卷三〇黄龍佛壽清禪師傳。　道價：謂道行之聲價。本集卷二二無證庵記：「有亞聖大人出世南州，臨濟十世之孫，號靈源大士者，今爲法檀度，譬清涼月下矚熱惱，天下名緇奇衲，龍蟠鳳逸而趨之。」

〔三〕骨相：骨骼相貌，古以骨相爲推測人之性格命運之依據。　陳睦州：指唐高僧睦州龍興寺陳尊宿，嗣法黄蘗希運禪師。景德傳燈録卷一二睦州龍興寺陳尊宿：「初居睦州龍興寺，晦跡藏用，常製草屨，密置於道上。歲久人知，乃有陳蒲鞋之號焉。時有學人叩激，隨問遽答，詞語峻險，既非循轍，故淺機之流，往往嗤之，唯玄學性敏者欽伏。由是諸方歸慕，謂之陳尊宿。」因靈源惟清俗姓陳，故以陳尊宿比之，此乃宋吴聿觀林詩話所云「贈人詩多用同姓事」之例。

〔四〕去年龍山同坐夏：指崇寧五年（一一〇六）與惟清同在黄龍山坐夏事。坐夏：安居之異名。指僧人於夏日三個月間静居寺院，禁止外出，而致力於坐禪修學。自四月十五日始，至七月十五日止，因時爲夏季，故稱坐夏。本集卷一四有粹中自郴江瑩中與南歸時余在龍山容泯齋爲誦唐詩人郭隨緣住思山破夏歸之句爲韻十首，瑩中，即陳瓘，其遇赦自廉州移郴州在崇寧五年，其時惠洪正在黄龍山容泯齋坐夏。禪林僧寶傳卷三〇黄龍佛壽清禪師傳：「時寶覺春秋高，江西使者王桓，遷公居黄龍，不辭而往。未幾，寶覺歿，即移疾居昭默堂，頽然坐一室，天下想其標緻，摩雲昂霄。余時以法門昆弟預聞其論。」寶覺即黄龍祖心，歿於元符三年（一一〇〇）。其後，惟清住黄龍昭默堂。惠洪以法門師弟預聞其論，當在與惟清同坐夏時。　龍山：此當指黄龍山，爲北宋臨濟宗黄龍派祖庭，在江西洪州分寧縣。方輿勝覽卷二八鄂州：「黄龍山，即幕阜之東，頂有湫池，中有黄魚，能致雨，有瀑泉。」輿地紀勝卷二六江南西路隆興府：「黄龍院，在分寧縣西一百四十里。駙馬都尉王晉卿曾參禪於此。

山谷詩云：『山行十日雨沾衣，幕阜峰前對落暉。野水自添田水滿，晴鳩却唤雨鳩歸。』」鍇按：龍山之名甚多，以本集而論，除黄龍山外，另有卷三福嚴寺夢訪廓然於龍山路中見之，指杭州龍山；卷九龍山亦名隱山余宣和五年十一月中澣日過焉有瀏道人鴻公乞偈爲作，指湖南南嶽之龍山。然惟清足跡未至杭州、南嶽，故此處龍山絶非指二處。廓門注：「龍山，一統志杭州府、長沙府在處處，未知的當。」其言失考。

〔五〕君：指惠英。據本集卷二六題所録詩，惠英二十歲初從惠洪遊，時爲崇寧五年。可推知其約生於元祐二年（一〇八七），少惠洪十六歲。

〔六〕鬧傳：紛紛傳言。　詩膽抵身大：即詩膽大於身，極言作詩勇往無畏，不避艱險。韓愈送無本歸范陽：「無本於爲文，身大不及膽。吾嘗示之難，勇往無不敢。」此化用其意。

〔七〕湯休：南朝宋詩僧。宋書徐湛之傳：「時有沙門釋惠休，善屬文，辭采綺艷，湛之與之甚厚。世祖命使還俗。本姓湯，位至揚州從事史。」

〔八〕「故山歸去恰千里」二句：東坡樂府卷上水調歌頭：「故鄉歸去千里，佳處輒遲留。」又蘇軾與梁先舒煥泛舟得臨釀字二首之一：「故人輕千里，繭足來相尋。」此借二處語反其意而用之。　蠒足：即繭足，通「趼足」，足底因摩擦所生硬皮。「蠒」爲「繭」之别體字。

〔九〕荔子：即荔枝，亦作荔支。晉嵇含南方草木狀卷下：「荔枝樹，高五六丈餘，如桂樹，緑葉蓬蓬，冬夏榮茂，青華朱實，實大如雞子，核黄黑似熟蓮，實白如脂，甘而多汁，似安石榴。」

〔一〇〕分柿：景德傳燈録卷一一袁州仰山慧寂禪師：「溈山與師遊，行次，烏銜一紅柿落前。祐將與師，師接得，以水洗了，却與祐。祐曰：『子什麽處得來？』師曰：『此是和尚道德所感。』祐曰：『汝也不得空然。』即分半與師。」此爲禪門著名公案，溈山指溈山靈祐禪師，仰山慧寂爲其法嗣，二人所創宗派稱溈仰宗，爲禪宗五家之一。

次韻龔德莊顔柳帖㊀〔一〕

顔柳以字名〔二〕，畫畫法可究〔三〕。後世何寂寥，此輩了無有。皆云學未至，妙不應心手〔四〕。那知斯人徒，德高名往就〔五〕。字工德不修，名與身俱朽〔六〕。吾子佳少年，俊氣駒方驟〔七〕。新詩作行草〔八〕，開軸龍蛇走〔九〕。坐客口爲愕，我亦知肯首〔一〇〕。積墨如陂池〔一一〕，積筆高隴阜〔一二〕。學之不至顔，要亦終至柳。此詩聞東坡，請君書座右〔一三〕。

【校記】

㊀莊：原無，今補。參見注〔一〕。

【注釋】

〔一〕元祐八年夏作於筠州新昌縣。龔德莊：宋史無傳，事具正德瑞州府志卷九人物志侍從：「龔端字德莊，新昌人，元符進士，歷官自建昌户曹以至立朝，未嘗隨世俯仰。靖康間，極論時事，危言讜論，欽宗謂其凛凛有直臣節。徽廟將禪位，遣端馳驛陝右，密諭督軍赴國難。明年謁淵聖，除將作監。時金人犯順，以端爲河東路奉使參議官。未幾，京畿戒嚴，端憂恚成疾，請老。及聞兩宫北狩，憤惋而卒。」龔端嘗爲惠洪故友蔡康國（字儒效）撰墓誌銘。今人陳伯泉編江西出土墓誌選編載龔端撰宋故奉議郎新差知邵武軍邵武縣事管勾學事管勾勸農公事蔡公墓誌銘曰：「端與儒效生同里，幼同學，長而東西南北。予坐貧，將不能卒業。比冠，始發憤讀書。時儒效已登科，歸，一見予文，大驚喜，乃造予先人曰：『何不遣之上國？』予不佞，被知最舊，則書其事宜致詳。」龔端冠後始發憤讀書，蔡康國於紹聖元年（一〇九四）登進士科歸鄉，龔端約二十一歲。以此推之，龔端當生於熙寧七年（一〇七四），少惠洪三歲。卒於靖康二年（一一二七），年五十四。據瑞州府志卷八選舉志科第，龔端乃元符三年（一一〇〇）進士，其入京應試當在元符二年。此詩有「吾子佳少年」之句，當作於元符二年前。此前惠洪唯於元祐八年夏有回新昌之可能，詩當作於是時，龔端年二十，始冠，正爲發憤讀書之「佳少年」。龔端爲惠洪同鄉好友，本集卷一〇聞龔德莊入山先一日作詩迎之，卷一八放光二大士贊序稱「高安龔德莊」，卷二〇龍尾硯賦序稱「龔德莊從余乞」，卷二五題靈驗金剛經稱「秘書省校書郎龔德莊」，即此人。底本作「龔德」，當脱一「莊」字，今補。

顔柳：顔真卿、柳公權，唐著名書法家，新舊唐書皆有傳。　帖：書法重碑帖，刻石爲碑，墨蹟爲帖，而帖尤勝於碑。

〔二〕顔柳以字名：新唐書顔真卿傳：「善正、草書，筆力遒婉，世寶傳之。」舊唐書柳公權傳：「公權初學王書，遍閲近代筆法，體勢勁媚，自成一家。當時公卿大臣家碑板，不得公權手筆者，人以爲不孝。外夷入貢，皆别署貨貝，曰此購柳書。」上都西明寺金剛經碑備有鍾、王、歐、虞、褚、陸之體，尤爲得意。」

〔三〕畫畫：每一筆畫。　法：法度，筆法。黄庭堅山谷題跋卷七論寫字法：「字中無筆，如禪句中無眼。」字謂字形，筆謂筆法。黄庭堅主張字中有筆，二者兼重，乃行書藝術之要領，然二者之中仍以筆法更爲重要。惠洪之理解大抵如此。

〔四〕「皆云學未至」二句：莊子天道：「得之於手，而應於心。」蘇軾文與可畫篔簹谷偃竹記：「夫既心識其所以然，而不能然者，内外不一，心手不相應，不學之過也。」

〔五〕「那知斯人徒」二句：本集卷二六題昭默墨蹟：「顔平原有大節於唐，而以書名，識者惜之。予以謂斯人德高，而名往就之耳。借使此老書不工，尤當寶祕，況工乎，愈可寶也。」

〔六〕「字工德不修」二句：謂若不修德行，即使字工，名亦隨身朽而俱朽。論語述而：「德之不修，學之不講，聞義不能徙，不善不能改，是吾憂也。」左傳襄公二十四年：「大上有立德，其次有立功，其次有立言，雖久不廢，此之謂不朽。」蓋立德爲三不朽中之最高層次。杜甫戲爲六絶句之二：「爾曹身與名俱滅。」此化用其意。

〔七〕駒：少壯駿馬。詩小雅角弓：「老馬反爲駒。」喻少年英駿之人。後漢書趙熹傳：「卿，名家駒，努力勉之。」　驟：奔馳。

〔八〕行草：介於行書和草書之間一種書法字體。宣和書譜卷七行書叙論：「自隸法掃地，而真幾於拘，草幾於放，介乎兩間者，行書有焉。於是兼真則謂之真行，兼草則謂之行書。」元陶宗儀書史會要卷二作：「於是兼真則謂之真行，兼草則謂之行草。」

〔九〕龍蛇走：形容書法筆勢蜿蜒流動，自由揮灑。李白草書歌行：「時時只見龍蛇走，左盤右蹙如驚電。」

〔一〇〕肯首：即首肯，點頭表示贊許。

〔一一〕積墨如陂池：指東漢書法家張芝事。晉書衛瓘傳：「弘農張伯英者，因而轉精，甚巧。凡家之衣帛，必書而後練之。臨池學書，池水盡黑。」晉書王羲之傳載羲之曾與人書云：「張芝臨池學書，池水盡黑。使人耽之若是，未必後之也。」宋曾鞏作墨池記，謂臨川有王羲之之墨池。

〔一二〕積筆高隴阜：指唐書法家僧懷素事。唐國史補卷中：「長沙僧懷素好草書，自言得草聖三昧。棄筆堆積，埋於山下，號曰筆冢。」

〔一三〕「此詩聞東坡」二句：謂整首詩意來自蘇軾之觀點，希龔德莊當作座右銘。蘇軾書唐氏六家書後：「顏魯公書雄秀獨出，一變古法，如杜子美詩，格力天縱，奄有漢魏晉宋以來風流，後之作者，殆難復措手。柳少師書，本出於顔，而能自出新意，一字百金，非虚語也。其言心正則筆正者，非獨諷諫，理固然也。世之小人，書字雖工，而其神情終有睢盱側媚之態，不知人情隨想而見，如韓子所謂竊斧者乎，抑真爾也？然至使人見其書而猶憎之，則其人可知矣。」又題二王書：「筆成冢，墨成池，不及羲之即獻之；筆秃千管，墨磨萬鋌，不作張芝作索靖。」此觀點即主張道德修養與書法訓練相結合。

神駒行〔一〕

沙丘牝黄馬已死〔二〕，俗馬千年不能嗣〔三〕。忽生此馬世上行，神駿直是沙丘子〔四〕。紫燄爭光夾鏡眸〔五〕，轉顧略前批竹耳〔六〕。雪蹄卓立尾蕭梢〔七〕，天骨權奇生已似〔八〕。緑絲絡頭沫流赭〔九〕，繡帕搭鞍初結尾〔一〇〕。决驟意態欲騰驤〔一一〕，奔逸長鳴秣（抹）千里㊀〔一二〕。

【校記】

㊀ 秣：原作「抹」，誤，今改。參見注〔一二〕。

【注釋】

〔一〕作年未詳，當是早年作品。　神駒：少壯駿馬。　行：古詩或樂府之一種體裁。宋李之儀姑溪居士前集卷一六謝人寄詩并問詩中格目小紙：「凡所謂古與近體，格與半格，及曰歎，曰行，曰歌，曰曲，曰謡之類，皆出於作者一時之所寓，比方四詩，而强名之耳。方其意有所可，浩然發於句之長短，聲之高下，則爲歌；欲有所達，而意未能見，必遵而引之，以致其所欲達，則爲行。」宋張表臣珊瑚鈎詩話卷三：「猗遷抑揚，永言謂之歌；非鼓非鐘，徒歌謂之謡；步驟馳騁，斐然成章，謂之行。」宋姜夔白石道人詩説：「守法度曰詩；載始末曰引；體如行書曰行；放情曰歌；兼之曰歌行。」

〔二〕沙丘牝黄：代指千里馬。列子説符：「秦穆公謂伯樂曰：『子之年長矣，子姓有可使求馬者乎？』伯樂對曰：『良馬可形容筋骨相也，天下之馬者，若滅若没，若亡若失，若此者絶塵弭轍。臣之子皆下才也，可告以良馬，不可告以天下之馬也。臣有所共擔纆薪菜者，有九方皋，此其於馬非臣之下也，請見之。』穆公見之，使行求馬。三月而反，報曰：『已得之矣，在沙丘。』穆公曰：『何馬也？』對曰：『牝而黄。』使人往取之，牡而驪。穆公不説，召伯樂而謂之曰：『敗矣，子所使求馬者，色物牝牡尚弗能知，又何馬之能知也？』伯樂喟然太息曰：『一至於此乎？是乃其所以千萬臣而無數者也。若皋之所觀，天機也，得其精而忘其麤，在其内而忘其外，見其所見，不見其所不見，視其所視，而遺其所不視。若皋之相馬，乃有貴乎馬者也。』馬至，果天下之馬也。」牝黄：雌性黄馬。

〔三〕俗馬：平庸之馬。杜甫李鄠縣丈人胡馬行：「始知神龍别有種，不比俗馬空多肉。」

嗣：繼，延續後代。

〔四〕神駿：形容馬之神情駿逸。語出世説新語言語：「支道林嘗養數匹馬，或言道人畜馬不韻，支曰：『貧道重其神駿。』」支道林即支遁，東晉名僧。後世遂以神駿爲讚譽良馬之詞。如杜甫天育驃圖歌：「遂令大奴守天育，別養驥子憐神駿。」又韋諷録事宅觀曹將軍畫馬圖：「可憐九馬爭神駿，顧視清高氣深穩。」蘇軾贈僧：「莫學王郎與支遁，臂鷹走馬憐神駿。」沙丘子：沙丘千里馬之後代。

〔五〕紫燄：形容馬眼熠熠生輝。清仇兆鰲杜詩詳注卷四天育驃圖歌：「眼有紫燄雙瞳方。」注引相馬經：「眼欲得高，眶欲得端，光睛欲得如懸鈴紫焰。」太平御覽卷八九六引伯樂相馬經：「眼欲得高巨(一曰欲其端正)，睛眼欲如懸鈴，紫艷光明。」　夾鏡：雙鏡，借以比喻馬之雙眼。南朝宋顔延年赭白馬賦：「雙瞳夾鏡，兩權協月。」杜甫驄馬行：「隅目青熒夾鏡懸。」黄庭堅次韻子瞻和子由觀韓幹馬因論伯時畫天馬：「西河驄作蒲萄錦，雙瞳夾鏡耳卓錐。」

〔六〕轉顧：轉頭顧盼。　略：稍微。　批竹耳：馬耳如竹筒削尖貌。批，削。北魏賈思勰齊民要術卷六養牛馬驢騾第五十六：「(馬)耳欲得小而促，狀如斬竹筒。」杜甫房兵曹胡馬：「竹批雙耳峻，風入四蹄輕。」李鄠縣丈人胡馬行：「頭上鋭耳批秋竹，脚下高蹄削寒玉。」唐李賀馬詩二十三首之十二：「批竹初攢耳，桃花未上身。」

〔七〕雪蹄：踏霜雪之蹄。語本莊子馬蹄：「馬，蹄可以踐霜雪，毛可以禦風寒。」杜甫韋偃畫馬歌：「坐看千里當霜蹄。」　蕭梢：杜詩詳注卷四天育驃圖歌：「駿尾蕭梢朔風起。」仇兆鰲注：「蕭梢，鬣尾摇動之貌，雖遇朔風而能豎起也。陳師道曰：馬之良者不怕寒，嘶風踏雪，愈有精神。」

〔八〕天骨：天生雄偉骨骼。三國志魏書管輅傳注引輅別傳云：「(騏驥)不得騁天骨，起風塵。」杜甫天育驃圖歌：「卓立天骨森開張。」　權奇：高超，非常，形容駿馬善走。漢書禮樂志二之郊祀歌天馬：「志俶儻，精權奇。」清王先謙補注：「權奇者，奇譎非常之意。」六臣注文選卷一四宋顏延年赭白馬賦：「雄志倜儻，精權奇兮。」唐張銑注：「言雄壯之志。倜儻，絶羣也。權奇，善行貌。」李白天馬歌：「蘭筋權奇走滅没。」蘇軾次韻孔文仲推官見贈：「君如汗血馬，作駒已權奇。」

〔九〕緑絲絡頭：用緑絲飾馬籠頭。杜甫高都護驄馬行：「青絲絡頭爲君老。」仇兆鰲注引古樂府：「青絲纏馬尾，黄金絡馬頭。」

〔一〇〕繡帕搭鞍：用繡羅帕裝飾馬鞍。杜甫驄馬行：「赤汗微生白雪毛，銀鞍却覆香羅帕。」結尾：纏束馬尾。唐韓翃少年行：「青絲結尾繡纏騣。」

〔一一〕決驟：猛然奔馳。莊子齊物論：「毛嬙、麗姬，人之所美也，魚見之深入，鳥見之高飛，麋鹿見之決驟。」　意態：姿態。杜甫天育驃圖歌：「是何意態雄且傑。」　騰驤：飛躍。文選注卷二漢張衡西京賦：「乃奮翅而騰驤。」李善注：「騰，超也。驤，馳也。」杜甫瘦馬行：「此豈有意仍騰驤。」

〔三〕秣千里：廓門注曰：「按：『抹』當作『秣』歟？顏延年赭白馬賦曰：『旦刷幽燕，晝秣荆越。』注：『杜預曰：以粟飯馬曰秣。』」其説甚是。鍇按：黄庭堅洪氏四甥字序：「飛黄、禄兒之駒，一秣千里。」此即借用其語。又宋陳淵默堂集卷一五答廖用中：「歷塊越澗之馬，一秣千里，恐良、樂不復限其步驟。」宣和畫譜卷一三稱唐韋鑒畫龍馬：「豈非升降自如，脱略羈控，挾風雲犇逸之氣，與夫躡景追電，一秣千里，得於心術之妙者？」底本「秣」作「抹」，涉形近而誤，今改。

桐川王野夫相訪洞山既去作此兼簡直夫〔一〕

野夫加於人一等〔二〕，玉骨春容含秀整〔三〕。已驚詞源倒三峽〔四〕，會看聲名重九鼎〔五〕。江南盡處山作堆〔六〕，雨餘青碧數峰開。那知萬壑千巖處，風帽蹇驢能獨來〔七〕。鳳凰鸑鷟未入眼，今識鵷雛猶恨晚〔八〕。興闌掉頭不肯留〔九〕，出門去袂聊一挽〔一〇〕。君家富貴若騎虎〔一一〕，擁鼻未免非虛語〔一二〕。何當解帶食太倉〔一三〕，時時携被宿玉堂〔一四〕。

【注釋】

〔一〕建中靖國元年作於筠州新昌縣，時惠洪在洞山與希祖游。參見前洞山祖超然生辰注〔一〕。　桐川：即廣德軍，宋屬江南東路，治廣德縣，今屬安徽。方輿勝覽卷一八廣德軍事要：「郡名桐川。」原注：「廣德縣西有桐水，故名。」　王野夫：生平無考。　直夫：當爲野夫之兄弟，亦不可考。

〔二〕加於人一等：猶言比人高出一等。禮記王制：「夫子曰：『獻子加於人一等矣。』」此直接借用經語。

〔三〕玉骨：如玉之骨，言其身架清秀。　春容：如春之容，言其容貌之美。　秀整：俊秀嚴整。後漢紀桓帝紀上：「（李）膺風格秀整，高自標持，欲以天下風教是非爲己任。」

〔四〕詞源倒三峽：宋郭知達九家集注杜詩卷一醉歌行：「詞源倒流三峽水，筆陣橫掃千人軍。」注：「倒流三峽水，謂詞源壯健，可以衝激三峽之水，使之倒流也。」

〔五〕聲名重九鼎：九鼎，喻分量之重。史記平原君列傳：「毛先生一至楚，而使趙重於九鼎大呂。」司馬貞索隱：「九鼎大呂，國之寶器。言毛遂至楚，使趙重於九鼎大呂，言爲天下所重也。」黄庭堅次韻答叔原會寂照房呈稚川：「聲名九鼎重，冠蓋萬夫望。」此借用其語。

〔六〕江南盡處山作堆：此詩作於筠州，筠州爲江南西路之最西部，故曰江南盡處。其地多山地丘陵，故曰山作堆。本集言「江南」者，多指江南西路洪州、筠州等地。

〔七〕風帽：擋風禦寒之帽，中實棉，或襲以皮，亦稱風兜。　蹇驢：跛足或行走遲緩之驢。漢東方朔七諫：「駕蹇驢而無策兮，又何路之能極？」

〔八〕「鳳凰鸑鷟未入眼」二句：新唐書薛收傳附薛元敬傳：「元敬，隋選部郎邁之子，與收及收族兄德音齊名，世稱『河東三鳳』。收爲長雛，德音爲鸑鷟，元敬年最少，爲鵷雛。」廓門注：「愚謂野夫與直夫必是伯仲之間耳，故此言從兄弟之美稱也。」本集贊兄弟美材，屢用此典，如卷三魯直弟稚川作屋峰頂名雲巢：「慚愧君家小馮君，自是河東真鸑鷟。」卷五余游侯伯壽思孺之間久矣而未識季長昨日見之夜歸作此寄之：「公家兄弟俱秀傑，人言不減河東薛。鳳皇鸑鷟雖見之，聞有鵷雛更超絶。」　鸑鷟：鳳屬。國語周語上：「周之興也，鸑鷟鳴於岐山。」韋昭注：「鸑鷟，鳳之別名。」

〔九〕興闌掉頭不肯留：興闌，興盡。掉頭，轉頭，扭頭。杜甫送孔巢父謝病歸遊江東：「巢父掉頭不肯住，東將入海隨煙霧。」此化用其語。

〔一〇〕出門去袂聊一挽：袂，衣襟。古以解袂爲分別，以挽袂爲挽留。

〔一一〕君家富貴若騎虎：恭維語，謂富貴不可避免。騎虎，喻必然之勢。太平御覽卷四六二南朝宋何法盛晉中興書曰：「蘇峻反，温嶠推陶侃爲盟主。侃欲西歸，嶠説侃曰：『天子幽逼，社稷危殆。今之事勢，義無旋踵，騎虎之勢，可得下乎？』」隋書獨孤后傳：「騎虎之勢，必不得下。」

〔一二〕擁鼻未免非虚語：謂富貴不可避免並非虚語。世説新語排調：「初，謝安在東山居布衣時，兄弟已有富貴者，翕集家門，傾動人物。劉夫人戲謂安曰：『大丈夫不當如此乎？』安乃捉鼻曰：『但恐不免耳！』」晉書謝安傳載此事，捉鼻作「掩鼻」，即擁鼻，均爲捂鼻之義。錯按：謝安有鼻疾。

〔一三〕解帶食太倉：謂出仕食俸禄。後漢書周磐傳：「乃解韋帶，就孝廉之舉。」李賢注：「以韋皮爲帶，未仕之服也。求仕則服革帶，故解之。賈山上書曰『布衣韋帶之士』也。」太倉，漢代京師大糧倉，史記平準書：「太倉之粟，陳陳相因。」食太倉，即食公糧，亦指出仕。

〔一四〕携被宿玉堂：意謂任翰林學士。玉堂，指學士院。宋史蘇易簡傳：「充翰林學士。帝（宋太宗）嘗以輕綃飛白大書『玉堂之署』四字，令易簡牘於廳額。」宋代翰林學士有輪直、宿直之職責，即輪流值夜，宿於學士院。携被宿玉堂即指此。

贈范伯履承奉二子〔一〕

大范風月湖，小范煙雨柳〔二〕。清明與秀徹〔三〕，風度隨付受〔四〕。醉闌看落筆〔五〕，已覺風助肘〔六〕。聲名定追尋〔七〕，公卿在懷袖〔八〕。江湖方縱浪〔九〕，第未一唾手〔一〇〕。乃公幹國器〔一一〕，讜論在人口〔一二〕。謫居長閉門，藥方曾校否㊀〔一三〕。著書亦細事〔一四〕，用舍付杯酒㊁〔一五〕。君看雨園鳩，雨晴定呼舊〔一六〕。

【校記】

㊀校：廓門本作「挍」。

㊁舍：廓門本作「捨」。

【注釋】

〔一〕政和五年春作於黄州，時惠洪自京師南歸途經此地。　范伯履：即范坦，字伯履，河南洛陽人，范雍曾孫，子奇子。以父任入仕。節次改官，押伴夏使，應對合旨，賜進士第。大觀中，歷知江寧府、洪揚二州。召爲户部侍郎，論當十及夾錫錢之弊，請外，知河陽。政和初，復爲户部。時張商英爲相，坦多與之合。及商英去，言者論坦，貶爲黄州團練副使，安置黄州。以赦，復徽猷閣待制致仕，卒年六十二。宋史有傳。　鍇按：宋史本傳謂范坦政和初「貶黄州團練副使，安置韶州」。宋會要輯稿職官六八之二五則曰：「（政和二年五月）十一日，責提舉西京嵩山崇福宫范坦爲黄州團練副使，黄州安置。以言者論其首建鬻田之議，變亂舊章故也。」關於安置之地，二書所載不同，此從宋會要輯稿。　考政和五年春，惠洪嘗途經黄州。此詩有「雨園鳩」之句，所寫乃春日景象。又稱范坦「謫居長閉門」，則當作於黄州逢范坦二子時。　承奉：即承奉郎，寄禄官名。爲文臣京朝官寄禄官三十階之第二十九階，正九品，爲執政官蔭子初官。此指范坦二子之官階。

〔二〕「大范風月湖」二句：大范、小范，指范坦二子。冷齋夜話卷八劉跛子説二范詩：「劉跛子，青州人，拄一拐，每歲必一至洛中看花，館范家園，春盡即還京師。爲人談噱有味，范家子弟多狎戲之。有大范者見之，即與之二十四金，曰：『跛子吃半角。』小范者見，只予十金，曰：『跛子吃椀羹。』於是以詩謝伯仲曰：『大范見時二十四，小范見時吃椀羹。人生四海皆兄弟，酒肉林中過一生。』」所言洛中范家園，即范坦府第，蓋坦乃洛陽人。此詩所言大范、小范，即冷齋夜話所言贈劉跛子金者。廓門注：「東坡詩集第二十六卷：『大范忽長謡，語出月脅令人驚；小范當繼之，説破星心如雞鳴。』此借用，比承奉二子，以同姓也。」　風月湖：清風明月之湖面，喻人物神情，即下文所言「清明」。　煙雨柳：煙雨籠罩之垂柳，喻人物風神，即下文所言「秀徹」。

〔三〕清明：清徹明朗。荀子解蔽：「故人心譬如槃水，正錯而勿動，則湛濁在下而清明在上，則足以見鬚眉而察理矣。」　秀徹：清秀明達。世説新語德行「謝太傅絶重褚公」條梁劉孝標注引王愔文字志：「桓彝見其四歲時，稱之曰：『此兒風神秀徹，當繼蹤王東海。』」

〔四〕風度：謂舉止儀態。後漢書竇融傳論：「嘗獨詳味此子之風度，雖經國之術無足多談，而進退之禮良可言矣。」　隨付受：謂其風度乃天然之賦予。

〔五〕醉闌：猶言酒闌。史記高祖本紀：「酒闌，吕公因目固留高祖。」裴駰集解：「闌言希也。謂飲酒者半罷半在，謂之闌。」

〔六〕風助肘：風生兩肘，喻才華橫溢，下筆敏捷。

〔七〕聲名定追尋：此爲恭維話，謂不用追求聲名，而聲名自不可避免。蘇軾答黄魯直書：「此人如精金美玉，不即人而人即之，將逃名而不可得，何以我稱揚爲？」

〔八〕公卿在懷袖：謂公卿猶如懷袖中之物，取之極易。本集好用此語恭維他人，如卷三崇因會王敦素：「念君懷中有卿相。」卷二三先志碑記：「疑侯功名在懷袖，取之易然行探手。」

〔九〕江湖方縱浪：陶淵明形影神神釋：「縱浪大化中，不喜亦不懼。」此言江湖，有遠離廟堂之意，亦可證范坦二子其時在黄州，非在洛陽，蓋黄州之境多江湖。

〔一〇〕第：但，只。　唾手：以口液吐於手，喻極其容易。此指取公卿之易。後漢書公孫瓚傳「天下指麾可定」注引九州春秋：「瓚曰：始天下兵起，我謂唾手而決。」

〔一一〕乃公：猶言乃翁，汝父。此指范坦。　幹國器：治國之才。後漢書史弼傳：「議郎何休又訟弼有幹國之器，宜登台相。」宋史范坦傳：「召爲户部侍郎，論當十及夾錫錢之弊。以便親請外，知河陽。入辭，徽宗曰：『夾錫錢之害，甚於當十，宜速正之，爲一道率。』坦至，即奏罷之。政和初，復爲户部，遂改當十錢爲當三，罷淮鹽入東北，鬻諸州公田，以實常平。又上疏言：『户部歲入有限，用則無窮。今節度使八十員，留後至刺史數千員，自非軍功得之，宜減其半奉，及他工技末作，一切裁損。』時以爲當。」其行事足當「幹國器」之評。

〔一二〕讜論：正直之言。漢書叙傳上：「吾久不見班生，今日復聞讜言。」歐陽修爲君難論：「忠言讜論，皆沮屈而去。」鍇按：張商英反對蔡京經濟政策，主張節儉費用，范坦與之同調。惠洪雖爲僧人，因與商英關係密切，同情其政治主張，故稱坦之言爲「讜論」。

〔一三〕「謫居長閉門」二句：此以唐陸贄謫居事比范坦。新唐書陸贄傳略曰：「（贄）貶忠州別駕。既放荒遠，常闔户，人不識其面。又避謗不著書，地苦瘴癘，祇爲今古集驗方五十篇示鄉人云。」

〔一四〕細事：小事。蘇軾初別子由：「妻子亦細事，文章固虛名。」蘇轍次韻孔平仲著作見寄四首之四：「文章亦細事，勤苦定何足。」此化用其語。

〔一五〕用舍付杯酒：謂無論爲朝廷所任用或捨棄，均不必在意，且飲酒自樂。論語述而：「用之則行，舍之則藏。」東坡樂府卷上沁園春赴密州早行馬上寄子由：「用捨由時，行藏在我。」

〔一六〕「君看雨園鳩」二句：以雨晴喻政治形勢好轉，以鵓鳩呼伴喻朝中舊友召范坦回京。三國吳陸璣毛詩草木鳥獸蟲魚疏卷下宛彼鳴鳩：「鵓鳩，灰色，無繡項，陰則屏逐其匹，晴則呼之。語曰『天將雨，鳩逐婦』是也。」黄庭堅自巴陵略平江臨湘入通城（略）詩：「野水自添田水滿，晴鳩却喚雨鳩歸。」

贈汪十四〔一〕

石麒麟兒天上物，英姿秀徹氣超忽。我非竇公亦識君〔二〕，嘉期半千知一出〔三〕。五色毫端欲飛動〔四〕，萬卷胸中正撐突〔五〕。會當談笑取卿相〔六〕，先看唾手斫月窟〔七〕。詞鋒堂堂無筆陣〔八〕，人笑我頑取纓紱〔九〕。昨日賡酧一百篇，遶紙風雷出倉卒〔一〇〕。我詩拙惡未全貧，君語定知窮到骨〔一一〕。朝來爽氣西山高，倚杖風流如拄笏〔一二〕。秖恐與君汗漫游，共跨長鯨過溟渤〔一三〕。

【注釋】

〔一〕元符二年秋作於南昌，時惠洪滯留此地。汪十四：即汪藻（一〇七九～一一五四），字彥章，行十四，饒州德興人。年甫冠，徒步游太學。中崇寧二年進士乙科。除九域圖志所編修官，遷著作郎。欽宗即位，召爲屯田員外郎，遷太常少卿、起居舍人。高宗朝召試中書舍人，拜翰林學士。紹興中出知湖州，升顯謨閣學士。博極羣書，工儷語，所爲制詞，人多傳誦。有浮溪集六十卷。事具宋孫覿鴻慶居士集卷三四宋故顯謨閣學士左大中大夫汪公墓誌銘，宋史有傳。此詩有「先看唾手斫月窟」之句，當作於崇寧二年（一一〇三）汪藻中進士之前。詩又有「朝來爽氣西山高」之句，西山在南昌。汪藻年甫冠（二十歲），徒步游太學，途經南昌，與惠洪唱酬，當在此時。

〔二〕「石麒麟兒天上物」三句：陳書徐陵傳：「母臧氏，嘗夢五色雲化而爲鳳，集左肩上，已而誕陵焉。時寶誌上人者，世稱其有道，陵年數歲，家人攜以候之，寶誌手摩其頂曰：『天上石麒麟也。』」　寶公：南朝梁高僧寶誌，一名保誌，本姓朱，金城人，少出家，事多神異，言如讖記。世多習稱其誌公，而宋人或稱其寶公。事具南朝梁釋慧皎高僧傳卷一〇梁京師釋保誌傳、景德傳燈録卷二七金陵寶誌禪師，參見本集卷三〇鍾山道林真覺大師傳。鍇按：宋史本傳稱汪藻「幼穎異」，似徐陵，故以天上石麒麟喻之。惠洪爲出家人，故以寶公類比。又杜甫徐卿二子歌：「孔子釋氏親抱送，並是天上麒麟兒。」

〔三〕嘉期半千知一出：讚譽汪藻爲五百年一遇之天才。新唐書員半千傳：「半千始名餘慶，生而孤，爲從父鞠愛，羈丱通書史。客晉州，州舉童子，房玄齡異之，對詔高第，已能講易、老子。長與何彦先同事王義方，以邁秀見賞。義方常曰：『五百歲一賢者生，子宜當之。』因改今名。」半千，即五百歲。汪藻亦幼穎異，故以員半千比之。鍇按：惠洪年長汪藻八歲，故以此口吻稱之。

〔四〕五色毫端：南朝梁鍾嶸詩品卷中齊光禄江淹：「初，淹罷宣城郡，遂宿冶亭，夢一美丈夫，自稱郭璞，謂淹曰：『我有筆在卿處多年矣，可以見還。』淹探懷中，得五色筆以授之。爾後爲詩，不復成語，故世傳江淹才盡。」後世因以五色筆喻文才。唐方干再題路支使南亭：「睡時分得江淹夢，五色毫端弄逸才。」

〔五〕萬卷胸中正撑突：謂博學多才，萬卷書仿佛撑滿胸中，隨時欲奔突而出。黄庭堅老杜浣花溪圖引：「故衣未補新衣綻，空蟠胸中書萬卷。」宋故顯謨閣學士左大中大夫汪公墓誌銘曰：「博學强記，自六經、百家、太史氏之籍，先儒箋、疏、傳、注之書，兵家、族譜、方言、地志、星經、曆法、佛老之衆説，與夫萬里海外殊方異域荒怪之序録，無不記覽。」

〔六〕談笑取卿相：謂博取功名非常容易。杜甫復愁之六：「閭閻聽小子，談笑覓封侯。」又贈左僕射鄭國公嚴公武：「開口取將相，小心事友生。」廓門注：「此集多有取卿相之句，皆本于杜詩。」

〔七〕唾手：喻極其容易。斫月窟：猶言斫月中桂，喻登科及第。

〔八〕詞鋒堂堂無筆陣：喻其犀利文筆無人能抵敵。　堂堂：此處形容詞鋒之陣勢。　無筆陣：指對手在其面前潰不成軍。

〔九〕人笑我頑：蘇軾游金山寺：「江山如此不歸山，江神見怪驚我頑。」　取纓紱：博取官職。纓，冠帶；紱，印綬。

〔一〇〕遶紙風雷：喻寫作時下筆迅捷而有力，如伴隨風雷。蘇軾和王斿二首之一：「舌有風雷筆有神。」　倉卒：倉猝，匆忙急迫。

〔一一〕「我詩拙惡未全貧」二句：歐陽修梅聖俞詩集序曰：「予聞世謂詩人少達而多窮，夫豈然哉？蓋世所傳詩者，多出於古窮人之辭也。……蓋愈窮則愈工。然則非詩之能窮人，殆窮者而後工也。」故此處自稱「未全貧」，爲自謙之詞；而稱汪藻「窮到骨」，乃恭維之語。意謂己詩未工，而汪藻詩至工。杜甫南鄰：「錦里先生烏角巾，園收芋栗未全貧。」蘇軾次韻和王聳六首之三：「故教窮到骨，要使壽無涯。」此借用其語。

〔二〕「朝來爽氣西山高」二句：世説新語簡傲：「王子猷作桓車騎參軍。桓謂王曰：『卿在府久，比當相料理。』初不答，直高視，以手版拄頰云：『西山朝來，致有爽氣。』」笏：即手版，官員朝會或見上司時所執之手板。此謂汪藻倚竹杖嘯傲山林之氣度，不亞於以手版拄頰之王子猷。　錯按：此西山亦實指南昌西山。輿地紀勝卷二六江南西路隆興府：「西山，在新建西大江之外，高二千丈，週三百里，壓豫章數縣之地。寰宇記云：『又名南昌山。』」

〔三〕「秖恐與君汗漫游」二句：淮南子道應：「吾與汗漫期於九垓之外，吾不可以久住。」杜詩詳注卷一送孔巢父謝病歸游江東兼呈李白：「南尋禹穴見李白。」仇兆鰲注：「一作『若逢李白騎鯨魚』。」蘇軾和王斿二首之一：「聞道騎鯨游汗漫，憶曾捫虱話酸辛。」錯按：冷齋夜話卷四王荆公東坡詩之妙稱賞蘇軾此聯詩，此則點化其語。　汗漫：渺茫廣大，漫無邊際。汗漫游，指世外之游。　溟渤：溟海與渤海，泛指大海。　文選注卷三一鮑明遠代君子有所思：「築山擬蓬壺，穿池類溟渤。」李善注：「蓬壺，二山名；溟渤，二海名。」

贈蔡儒效〔一〕

我家與君鄰屋居，君昔未生先長我〔二〕。　君髮齊眉我總角〔三〕，竹居讀書供日課〔四〕。

君誦盤庚如注瓶〔五〕，我讀孝經如轉磨〔六〕。長老奇君王佐才〔七〕，拭目顒顒觀長大〔八〕。十三環坐同賦詩，出語已能驚怯懦。風雷遶紙成千篇〔九〕，棄遺不惜如零唾〔一〇〕。神思義表文融明〔一一〕，清絶如珠不受涴〔一二〕。江左相傳紙價增〔一三〕，東坡一讀不復和〔一四〕。懷高識遠不可屈，功成回首破甑墮〔一五〕。家貧口衆難自安，出圖斗粟充飢餓。鬧聞筆陣掃萬人〔一六〕，上國英雄膽先破〔一七〕。殿前作賦聲摩空，盛名四海爭掀播。華裾如葱馬如龍，九衢突若流星過〔一八〕。我經憂患早衰微〔一九〕，生怕虛名招實禍〔二〇〕。方衣童首住江村〔二一〕，飽飯愛尋閒處卧。睡餘信手摸書看，會意起來行復坐。林泉成趣亦題詩，年來藁帙成堆垜。仙郎開卷面發光〔二二〕，誇我雄詞驚李賀〔二三〕。相期他日同此遊，先買鄰庵山數朵〔二四〕。青松白石聞此言，共作廬山二十箇〔二五〕。

【注釋】

〔一〕元符二年夏作於南昌縣，時因在寶峰寺違禪規，遭删去，故滯留南昌。　蔡儒效：即蔡康國（一〇七二～一一一九），字儒效，筠州新昌人。今人陳伯泉編江西出土墓誌選編收宋龔端撰宋故奉議郎新差知邵武軍邵武縣事管勾學事管勾勸農公事蔡公墓誌銘：「儒效名康國，姓蔡氏，筠之新昌人，儒效其字也。以熙寧五年四月丙子生，登紹聖元年進士科。起家爲洪州南昌縣主簿。歷舒州太湖縣丞、饒州知録。用舉者改宣德郎，監在京粳米界，知臨江軍新淦縣，轉奉議郎。歲滿，差知邵武軍邵武縣，未行。以宣和元年六月己卯疾，卒於正寢。六年八月戊申，自竹園之兆，改葬於寶雲院三峰山之麓。」正德瑞州府志卷八選舉志科舉：「蔡康國儒效，官至奉議郎。」本集卷四有見蔡儒效，卷一一有次韻蔡儒效見寄，可參見。鍇按：蔡康國紹聖元年（一〇九四）進士及第，起家爲洪州南昌縣主簿。惠洪元符二年遭刪去，時康國尚在南昌任上，此詩當作於是時。

〔二〕「我家與君鄰屋居」二句：惠洪與蔡康國均爲新昌人，惠洪年長康國一歲。

〔三〕君髮齊眉：謂童子剪髮齊眉，猶言髮初覆額，尚未分角束髮。唐路德延小兒詩：「長頭纔覆額，分角漸垂肩。」可見齊眉較總角年幼。本集卷三贈黃得運祖童：「君初髮齊眉。」總角：兒童束髮爲兩結，向上分開，形狀如角，故稱總角。詩齊風甫田：「婉兮孌兮，總角丱兮。」鄭玄箋：「總角，聚兩髦也。」孔穎達疏：「總角聚兩髦，言總聚其髦以爲兩角也。」

〔四〕日課：每日功課。元稹叙事寄樂天書：「與詩人楊巨源友善，日課爲詩。」

〔五〕君誦盤庚如注瓶：稱康國少年聰慧，誦讀古奧難懂之書輕而易舉。盤庚：尚書篇名，文辭古奧，誦讀極難，故韓愈進學解曰：「周誥殷盤，佶屈聱牙。」注瓶：將水傾注於瓶中，喻誦書流暢，滔滔不絕。

〔六〕我讀孝經如轉磨：自謙語，謂己誦讀最平易之經書仍感困難。孝經：宋時儒家九經之一，成書於秦漢之際，唐玄宗李隆基注、宋邢昺疏本最爲通行。玄宗孝經序曰：「今故特舉六家之異同，會五經之旨趣，約文敷暢，義則昭然；分注錯經，理亦條貫。」可知孝經文辭較爲通順易讀。　轉磨：喻吃力，如推沉重之磨盤。

〔七〕長老：老年人。漢書外戚傳下孝成許皇后傳：「近世之事，語尚在於長老之耳。」

〔八〕拭目：擦亮眼睛，形容殷切期待。　顒顒：凝視貌，期待盼望貌。晉潘岳上客舍議：「使客舍灑掃，以待征旅，擇家而息，豈非衆庶顒顒之望。」曾鞏歸雲洞：「天下顒顒望霖雨，豈知雲入此中來。」

〔九〕風雷遶紙成千篇：形容寫作時下筆迅捷而有力。見前贈汪十四注〔一〇〕。宋故奉議郎新差知邵武軍邵武縣事管勾學事管勾勸農公事蔡公墓誌銘：「落筆輒數千百言，發辭吐論，務爲汪洋無涯涘，雖善辯者不容於致詰也。」

〔一〇〕零唾：零星唾沫，言不足珍惜。宋汪藻浮溪集卷二九次韻周聖舉從子乞紙：「千金售詞客，妙語零唾霧。」

〔一一〕神思：思維，想象。文心雕龍神思：「古人云：『形在江海之上，心存魏闕之下。』神思之謂也。」　融明：融通明徹。蘇軾初别子由：「我少知子由，天資和而清。好學老益堅，表裏漸融明。」

〔一二〕涴：污染。

〔一三〕江左相傳紙價增：晉書左思傳略曰：「左思，字太沖，齊國臨淄人也。造齊都賦，一年乃成。

復欲賦三都。遂構思十年，門庭藩溷皆著筆紙，遇得一句，即便疏之。自以所見不博，求爲秘書郎。及賦成，時人未之重。思自以其作不謝班張，恐以人廢言。安定皇甫謐有高譽，思造而示之。謐稱善，爲其賦序。司空張華見而歎曰：『班張之流也。使讀之者盡而有餘，久而更新。』於是豪貴之家競相傳寫，洛陽爲之紙貴。」江左：五代丘光庭兼明書卷五雜説江左：「晉、宋、齊、梁之書，皆謂江東爲江左。」清魏禧日録雜説：「江東稱江左，江西稱江右，何也？曰：自江北視之，江東在左，江西在右耳。」

〔一四〕東坡一讀不復和：孔凡禮蘇軾年譜卷二三，元豐七年五月，蘇軾至筠州會其弟蘇轍，嘗訪新昌蔡曾。乾隆新昌縣志卷一五蔡曾傳：「字子飛。淹貫經史，性剛毅。爲太學生，丞相劉沆館爲子弟師，一日語曾曰：『今年郊祀恩例，欲以浼子。』曾不答。明日，束裝歸，葺南園，植花木，構庭榭，號東郭居士。内姪黄山谷爲之記。蘇子瞻過筠，嘗造焉。」山谷集卷一七東郭居士南園記曰：「東郭之鄉族名字，曰新昌蔡曾子飛。」疑康國即蔡曾子姪，蘇軾造訪蔡曾，或嘗讀康國所賦詩。惠洪初見蘇軾，亦當在其至筠時。

〔一五〕功成回首破甑墮：此處稱康國視功名如已墮地之破甑，置之不顧。後漢書郭太傳：「孟敏字叔達，鉅鹿楊氏人也。客居太原。荷甑墮地，不顧而去。林宗見而問其意。對曰：『甑以破矣，視之何益？』」蘇軾與周長官李秀才游徑山二君先以詩見寄次其韻二首之一：「功名一破甑，棄置何用顧。」本集屢用此喻，如本卷贈歐陽生善相：「功名一破甑，掉臂首不回。」

卷三陳瑩中自合浦遷郴州時余同粹中寓百丈粹中請迓之以病不果粹中獨行作此送之：「公卿一破甑，掉頭不回顧。」卷六送彦周：「公卿一破甑，掉臂不復顧。」

〔一六〕鬧聞：紛紛傳聞。意同「鬧傳」。本集卷二予與故人别因得寄詩三十韻走筆答之「鬧聞傳習新詩什」，卷七和杜司録嶽麓祈雪分韻得嶽字「鬧聞雙旌出」，卷二三昭默禪師序「名聲已鬧聞叢林」。此詞與「鬧傳」未見於前人詩集，皆惠洪自創。　筆陣掃萬人：杜甫醉歌行：「詞源倒流三峽水，筆陣獨掃千人軍。」此言掃萬人，更恭維之至。

〔一七〕上國英雄膽先破：極言京師文苑英豪難與之較量，吃驚認輸。古外藩稱朝廷爲上國，代指京師。江淹四時賦：「憶上國之綺樹，想金陵之蕙枝。」

〔一八〕「殿前作賦聲摩空」四句：康國殿前作賦之事，待考。李賀高軒過：「華裾織翠青如葱，金環壓轡摇玲瓏。馬蹄隱耳聲隆隆，入門下馬氣如虹，云是東京才子，文章鉅公。二十八宿羅心胸，元精耿耿貫當中。殿前作賦聲摩空，筆補造化天無功。龐眉書客感秋蓬，誰知死草生華風。我今垂翅附冥鴻，他日不羞蛇作龍。」此以韓愈、皇甫湜造訪李賀之事，以比康國爲京師文章巨公所賞識。　九衢突若流星過：李白少年子：「鞍馬四邊開，突如流星過。」此借用其語。

〔一九〕我經憂患早衰微：此憂患當指遭寶峰寺删去之事。本集卷三〇祭雲庵和尚文：「紫霄之下，泐水之湄，前後七年，龍起雲隨。今古一律，妒毁陷擠。」可知惠洪遭删去，乃是衆僧妒毁之結果。本集言此招謗遭嗔之處甚多，如本集卷四次韻雲居詮上人有感：「招謗坐多談，近稍遵寡語。」此即所謂「經憂患」。

〔二〇〕虚名招實禍：南史齊本紀第五：「初，梁武帝欲以南海郡爲巴陵國邑而遷帝焉，以問范雲，雲俛首未對。沈約曰：『今古殊事，魏武所云：不可慕虚名而受實禍。』梁武頷之。」此借用其語。

〔二一〕方衣：猶言方袍，僧人所穿袈裟，因平攤爲方形，故稱。南朝梁僧祐弘明集卷六謝鎮之與顧道士書曰：「必先墮冠削髮，方衣去食。墮冠無世飾之費，削髮則無笄櫛之煩，方衣則不暇工於裁製，去食則絶情想於嗜味。」　童首：秃頭，光頭無髮。韓愈進學解：「頭童齒豁，竟死何裨。」惠洪爲剃髮僧人，故稱。

〔二二〕仙郎：郎官之美稱，此指康國，嘗官宣德郎。白氏六帖卷二一：「郎官第二十五：星郎、仙郎、臺郎。」

〔二三〕誇我雄詞驚李賀：此亦用李賀賦高軒過事，以賀比康國，而暗以韓愈、皇甫湜自詡。

〔二四〕山數朵：將山比花，故稱朵。唐陸龜蒙甫里集卷一一飲巖泉：「已甘茅洞三君食，欠買桐江一朵山。」杜荀鶴唐風集卷二雋陽語道中：「四五朵山粧雨色，兩三行雁帖雲秋。」

〔二五〕「青松白石聞此言」二句：謂以青松白石作證，二人發誓仿效古之蓮社十八高賢，歸隱廬山。南朝梁劉孝標廣絶交論：「援青松以示心，指白水而旌信。」此化用其意。廓門注：「古有廬山十八賢，今加蔡儒效、覺範，即二十箇也。」據晉佚名東林十八高賢傳，廬山蓮社十八賢爲：慧遠法師、劉遺民、雷次宗、周續之、宗炳、張野、張銓、西林覺寂大師、東林普濟大師、慧持法師、罽賓佛馱耶舍尊者、罽賓佛馱跋陀羅尊者、慧睿法師、曇順法師、曇恒法師、道炳法師、道敬法師、曇詵法師。鍇按：宋故奉議郎新差知邵武軍邵武縣事管勾學事管勾勸農公事蔡公墓誌銘：「儒效年十八時，遊廬山，夢入小刹中，有僧謂之：『子前住此。』因指堂中大阿羅漢像曰：『此前身也。後四十年當復來。』今追數之，似然，豈命也哉！」惠洪或亦知此事，故以歸隱廬山爲誓。

豆粥〔一〕

出碓新秔明玉粒〔二〕，落叢小豆楓葉赤〔三〕。井花洗秔匆去萁(其)㊀〔四〕，沙瓶煮豆須彌日〔五〕。五更鍋面漚起滅，秋沼隆隆疏雨集〔六〕。急除烈焰看徐攪〔七〕，豆末(才)亦趁洄渦入㊁〔八〕。須臾大杓傳淨甆〔九〕，浪寒不興色如栗〔一〇〕。食餘偏稱地爐眠〔一一〕，白灰紅火光濛密〔一二〕。金谷賓朋怪咄嗟〔一三〕，蔞亭君臣相記憶〔一四〕。我今萬事不知佗〔一五〕，但覺銅瓶蚯蚓泣〔一六〕。

【校記】

㊀其：原作「其」，廓門本作「甘」，今從武林本。

㊁末：原作「才」，誤，今改。參見注〔八〕、〔一三〕。

【注釋】

〔一〕作年未詳。　豆粥：豆與秔米熬成之粥。鍇按：蘇軾有豆粥詩，言及馮異、石崇作豆粥事，惠洪此詩頗借其語意。

〔二〕碓：舂米穀之石器。　秔：不黏之稻。漢書東方朔傳：「馳騖禾稼稻秔之地。」顏師古注：「稻，有芒之穀總稱也。秔，其不黏者也，音庚。」　明玉粒：喻出碓之秔米，其色白如玉粒。蘇軾豆粥：「地碓舂秔光似玉。」

〔三〕落叢：叢指豆叢。豆叢生，豆熟而落叢。　楓葉赤：喻落叢之小豆，其色赤如楓葉。

〔四〕井花：即井華，清晨初汲之井水。杜甫大雲寺贊公房四首之四：「兒童汲井華，慣捷瓶上手。」仇兆鼇注：「本草：平旦第一汲爲井華水。」　萁：豆萁，豆莖。

〔五〕沙瓶：炊器，即沙罐之類。禮記禮器：「盛於盆，尊於瓶。」鄭玄注：「盆、瓶，炊器也。」蘇軾豆粥：「沙瓶煮豆軟如酥。」

〔六〕「五更鍋面漚起滅」二句：謂五更時分鍋面翻起浮漚，隆隆作響，如同秋日點點疏雨降落池面。　漚：水中氣泡。　沼：水池。

〔七〕急除烈焰看徐攪：謂見鍋面冒泡須儘快撤除大火，徐徐攪拌。

〔八〕豆末：蓋熬豆粥需預先將豆煮熟，製爲末，再投入白粥之中。　洄渦：攪拌白粥所起之旋渦。　末：底本作「才」，不辭，乃涉形近而誤。參見注〔一三〕。廓門注：「有師曰：『豆才當作敏才。』」其説殊誤。

〔九〕大杓：即大勺。

〔一〇〕浪寒不興：謂豆粥舀入淨甕後逐漸冷却，不再沸騰冒泡。　色如栗：白粥與紅豆相調和，其色如栗。栗色，即褐色。

〔一一〕偏稱：最適合。　地爐：就地挖砌之火爐。

〔一二〕白灰紅火：蘇軾書雙竹湛師房二首之二：「白灰旋撥通紅火，卧聽蕭蕭雨打窗。」此借用其語。　濛密：雙聲連綿詞，迷茫貌。王禹偁霪雨中偶書所見：「春雲忽霮䨴，春雨復濛密。」

〔一三〕金谷賓朋怪咄嗟：世説新語汰侈：「石崇爲客作豆粥，咄嗟便辦。恒冬天得韭蓱虀。又牛形狀氣力不勝王愷牛，而與愷出遊，極晚發，爭入洛城，崇牛數十步後，迅若飛禽，愷牛絶走不能及。每以此三事爲搤腕。乃密貨崇帳下都督及御車人，問所以。都督曰：『豆至難煮，唯豫作熟末，客至，作白粥以投之。韭蓱虀是擣韭根，雜以麥苗爾。』復問馭人牛所以駛。馭人云：『牛本不遲，由將車人不及制之爾。急時聽偏轅，則駛矣。』愷悉從之，遂爭長。石崇後聞，皆殺告者。」此言「豆至難煮，唯豫作熟末」，豫即預先之意，熟末即煮熟之豆末。金谷：在河南洛陽西北。有水流經此，謂之金谷水，古流入穀水。晉太康中石崇築園於此，世稱金谷園。　咄嗟：本叱吒之聲，後指呼吸之間，猶言疾速。宋葉夢得石林詩話卷上：「孫楚詩自有『三命皆有極，咄嗟不可保』之語。咄嗟，皆聲也。自晉以前，未見有言咄。殷浩所謂『咄咄逼人』，蓋拒物之聲。嗟乃歎聲。咄嗟猶言呼吸。」清桂馥札樸卷五咄嗟：「左思詠史詩：『俛仰生榮華，咄嗟復凋枯。』此言蘇秦、李斯，忽而榮華，忽而凋枯也。馥謂『咄嗟便辦』，猶言一呼即至耳。豆粥難成，惟崇家立具，稱其疾也。」蘇軾次韻致政張朝奉仍招晚飲：「萍虀與豆粥，亦可成咄嗟。」又豆粥：「又不見金谷敲冰草木春，帳下烹煎皆美人。萍虀豆粥不傳法，咄嗟而辦石季倫。」錯案：石崇字季倫。

〔一四〕蔞亭君臣相記憶：後漢書馮異傳略曰：「馮異字公孫，潁川父城人也。及王郎起，光武自薊東南馳，晨夜草舍，至饒陽無蔞亭。時天寒烈，衆皆飢疲，異上豆粥。明旦，光武謂諸將曰：『昨得公孫豆粥，飢寒俱解。』及至南宮，遇大風雨，光武引車入道傍空舍，異抱薪，鄧禹爇火，光武對竈燎衣。異復進麥飯菟肩。因復度虖沱河至信都。」蘇軾豆粥：「君不見滹沱流澌車折軸，公孫倉皇奉豆粥。濕薪破竈自燎衣，飢寒頓解劉文叔。」所詠即此事。

〔一五〕佗：彼，其他。通「他」、「它」。

〔一六〕銅瓶蚯蚓泣：銅瓶燒水時發出嗞嗞聲，如蚯蚓飲泣。　蚯蚓：蟲名。古人以爲蚯蚓善吟。晉崔豹古今注卷中魚蟲：「蚯蚓，一名蜿蟺，一名曲蟮，善長吟於地中。」蘇軾次韻柳子玉二首地爐：「細聲蚯蚓發銀瓶。」此化用其意。鍇按：本集喜用「銅瓶泣」之喻，幾成套語，如卷九寓鍾山：「卧聽銅瓶泣。」遊靈泉贈正悟大師：「瓶泣地爐暖。」卷一一湘山獨宿聞雨：「銅瓶蚯蚓爲誰泣？」卷一二明年湘西大雪次韻送僧昊：「瓶響卧聞秋蚓泣。」卷一三宣和四年十二月二十四日大雪珠禪客忽至：「地爐瓶泣伴疏慵。」雪詩：「地爐不獨聞瓶泣。」

十二月十六日發雙林登塔頭曉至寶峰寺見重重繪出庵主讀善財徧參五十三頌作此兼簡堂頭〔一〕

十年懷石門〔二〕，今日石門去。雙林動曦光〔三〕，跋河開宿霧〔四〕。力微藉古藤〔五〕，泥軟脱芒屩（履）㊀〔六〕。風泉白雲壑，夜雨青松路。我生百事廢〔七〕，齒髮行衰莫㊁〔八〕。但餘愛山心，不逐年華故。此山甲天下〔九〕，自昔家吾祖〔一〇〕。峰如青蓮花〔一一〕，千葉曉方吐。煙雲浮香色，清涼洗肝腑。異哉萬木間，白塔巋然古〔一二〕。此老無恙時，超放殊媚嫵㊂〔一三〕。萬象供談笑，大千爲戲具〔一四〕。我曾從之游〔一五〕，絶塵追逸步〔一六〕。誰云今已亡？塔開全體露〔一七〕。永懷憑妙觀〔一八〕，此意竟淒楚㊃。那知深林間，聊與故人遇〔一九〕。電眸霹靂舌〔二〇〕，咳唾成妙語〔二一〕。筆端撼江海，千偈浩奔注〔二二〕。人間有此客〔二三〕，自可忘百慮。堂頭百衲師〔二四〕，嶷嶷法王輔〔二五〕。君看説禪口，未肯讓前古〔二六〕。夜闌對昏燈，豪邁激頑魯〔二七〕。相逢俱偶然，此生真逆旅〔二八〕。何當各努力，業已共騎虎〔二九〕。詩成對軒渠，一笑小天宇〔三〇〕。

【校記】

㈠屨：原作「履」，今從石倉本。參見注〔六〕。

㈡莫：石倉本作「暮」。

㈢殊媚嫵：石倉本作「誰與任」。

㈣淒楚：四庫本作「楚楚」。

【注釋】

〔一〕大觀元年十二月十七日作於靖安縣寶峰寺。詩言「十年懷石門，今日石門去」，考惠洪於元符二年（一〇九九）離開寶峰寺，下推十年，應爲大觀二年（一一〇八）。然是年春惠洪已至江寧府，三年冬入制獄，直至四年秋遇赦獲釋入京，其間均在江寧，決無可能於大觀二年十二月至江西靖安。故此詩當作於大觀元年冬由臨川至江寧而途經靖安時。詩謂「十年」乃舉其成數。雙林：禪寺名，即雙林院。輿地紀勝卷二六江南西路隆興府：「雙林院，在靖安縣北五里，柳公權書額揭於門。洪諫議有詩云：『幽谷雙林寺，荒乘得遠尋。銀鈎遺墨在，筆諫思賢深。』徐東湖詩云：『夜雨急還急，客愁深復深。』」　塔頭：指真淨克文禪師之塔。禪林僧寶傳卷二三泐潭真淨文禪師傳：「分建塔於泐潭寶蓮峰之下，洞山留雲洞之北。」　寶峰寺：輿地紀勝卷二六江南西路隆興府：「寶峰院，在靖安縣北石門山。唐貞元中馬祖跏趺入滅，得舍利，藏於兹山，權德輿爲之記。唐宋詩篇不可勝載，裴休、李商老、徐東湖、洪玉父、余襄公皆有詩。」　重重繪出庵主讀善財偏參五十三頌：此指靖安縣延慶寺僧子忠所畫華嚴入法界品善財參問變相及配畫五十三頌。續藏經所收宋佚名撰五相智識頌，即此五十三頌。其所繪變相及頌，意本華嚴經入法界品：善財童子初詣娑羅林中參文殊，文殊指往南方勝樂國參德雲比丘。共歷百十城，參五十三善知識，後至毗盧樓閣前。彌勒爲之彈指，樓閣門開，見百千億樓閣，一樓閣中有一彌勒，善財乃悟華嚴妙旨。五相智識頌卷首潘興嗣序曰：「大華嚴藏，流出無邊萬行，種種差别，開方便門，以幻修幻，靈光徹耀，六相俱空。此善財南遊，不思議境界也。有忠上人者，摭是標泊，以筆三昧，遊戲神通，幻出諸相，如鏡涵像，對現色身。若人如是觀，如是信解，不起于坐，親見德雲比丘；初未發心，已契文殊室利。屬予爲序，予欲無言，得乎哉？」卷末張商英跋曰：「余頃閱華嚴，至德生童子有德童女品（即入法界品），以清涼疏主、李長者論主義詳之，未諭。反復深思，忽自有省。作頌曰：『妙意童真末後收，善財到此罷南遊。豁然頓入毗盧藏，悔向他山見比丘。』今因延慶老携所畫華嚴變相及五十三頌相示，因記前頌，筆于卷末，以足其意。紹聖四年閏二月十一日知洪州張商英筆。」又集賢校理黄庭堅頌曰：「竘工能畫諸世間，十方三世唯心造。五十三門一關鈕，我與善財同徧參。幻人夢入諸境界，一切學道真規矩。菩提妙德生死心，重重影現大圓鏡。」又蘇轍題曰：「予聞李伯時畫此變相，而未見也。伯時好學，善楷書小篆，畫爲今世道子。忠師未識伯時，而此畫已自得其髣髴。當往從之游，以成此絶技耳。眉山蘇子由題。紹聖三年九月，佛印元老自雲居訪予高安，携以相示。」又佛印了元禪師跋曰：「蘇公謂忠師之筆，髣髴李伯時，此特見其畫耳。予謂忠師非畫也，直欲追善財影迹，逍遥法界之間耳。後之覽者，不起于座，自於覺城東際，逆覩文殊象王迴旋，平生際會，南求善友，遍歷百城，曠劫之功，一時參畢。所謂開大施門於末法之時，畫焉能盡之。紹聖丙子十月二十日卧龍庵佛印大師（了元）跋。」潘興嗣所言「忠上人」，張商英所言「延慶老」，蘇轍、佛印所言「忠師」，爲同一人，僧傳、燈録失載。嘉靖靖安縣志卷六：「延慶寺，西北距縣治捌拾里中夏都。肇自梁天監中。宋紹興（當作「紹聖」）中僧子忠刻華嚴像，黄庭堅爲之頌云：『巧工能畫諸佛像，十方三界唯心造。』洪武間僧道泰復興，今廢。」道光靖安縣志卷一六作「宋紹聖間僧子忠刻華嚴像」。據此，則作華嚴變相及五十三頌者爲靖安縣延慶寺僧子忠，即此詩題中之「庵主」。　堂頭：禪林之專稱，即方丈之異名，指一寺之住持。此當指泐潭文準禪師。文準（一〇六一～一一一五），號湛堂，興元府人，俗姓梁氏。從克文悟道，居弟子之列，爲惠洪師兄。本集卷三〇泐潭準禪師行狀：「顯謨閣待制李景直守洪州，仰其風，請開法於雲巖。未幾，殿中監范公帥南昌，移居泐潭。」殿中監范公即范坦，宋史范坦傳稱其大觀中歷知江寧府、洪揚二州。據宋會要輯稿職官六八之一四，大觀元年四月三日，知洪州李景直放罷。其後朱彥自撫州移知洪州。據咸淳臨安志卷四六秩官四：「大觀元年丁亥。朱彥，五月戊申，以顯謨閣待制新知洪州，改知。」朱彥離洪州任，接任者當爲范坦，其到任當在大觀元年夏。范坦請文準住泐潭寶峰寺，亦當在是年内。故此詩所示堂頭，當爲文準。

〔二〕石門：代指寶峰寺。輿地紀勝卷二六江南西路隆興府：「石門山，在靖安縣北四十里，權載之集：『海昏南鄙亦有石門山。』」又曰：「泐潭，在靖安縣北四十里，上有寶峰院，號石門山。荆公口占示禪師詩：『去歲別南嶽，前年返泐潭。』」

〔三〕雙林：既指雙林寺，亦雙關釋迦牟尼入滅處之娑羅雙樹林。輿地紀勝卷二六江南西路隆興府：「雙林院，在靖安縣北五里，柳公權書額揭於門。」江西通志卷一一一寺觀一：「雙林寺，在靖安縣繡谷山下。晉西域沙門竺曇過之，稱其山水似西天娑羅雙林間如來設法之地，遂開山居焉。」元釋念常佛祖歷代通載卷三：「壬申二月十五日，世尊示涅槃，應世七十九年，化緣周畢，於拘尸羅國金沙跋提河間娑羅雙樹下，説涅槃經及遺教經已，安住常寂滅光，名大涅槃。」娑羅雙樹，即雙林。

〔四〕跋河：即跋提河，佛祖涅槃處。此借指雙林寺至寶峰寺間之小河，蓋因其水似之，故稱。

〔五〕藉：憑藉。通「借」。　古藤：舊藤杖，即手杖。

〔六〕泥軟脱芒屨：續高僧傳卷一五唐相州慈潤寺釋慧休傳：「見著麻鞋經今三十餘年，雖有斷壞，綴而蹈涉，暫有泥雨，徒跣而行。有問其故，答云：『泥軟易履，不損信施耳。』」此借用其事以寫實。　屨：底本作「履」。廓門注：「『履』當作『屨』，筠溪集作『屨』。」其説甚是。錯按：此詩爲五言古詩，一韻到底，其中「楚」「語」「旅」屬上聲六語，「祖」「吐」「腑」「古」「嫵」「輔」「古」「魯」「虎」「宇」屬上聲七麌，「去」「慮」屬去聲六御，「霧」「屨」「路」「莫」「故」「具」「步」「露」「遇」「注」屬去聲七遇，其韻均可通押。而「履」字爲上聲五旨，不可通押，故知「履」當爲「屨」之誤。今從石倉本。　芒屨：草鞋。蘇軾梵天寺見僧守詮小詩次韻：「幽人行未已，草露濕芒屨。」

〔七〕我生百事廢：指削髮出家，廢棄世間百事。本集早期詩屢將削髮爲僧稱爲「廢棄」，如卷三贈王聖侔教授：「巖僧廢棄誰比數。」南豐曾垂綬天性好學余至臨川欲見以還匡山作此寄之：「一從廢棄脱毛髮，乃與石田樗木同。」

〔八〕行：將要。　衰莫：即衰暮，遲暮，指晚年。莫，「暮」之古字。

〔九〕此山甲天下：輿地紀勝卷二六江南西路隆興府「石門山」引權巽詩云：「兹山甲天下，葱翠自開闢。石磴緣空青，新營眩金碧。」錯按：權巽，當爲權巽中，指僧善權，字巽中。善權乃靖安人，亦稱石門山「甲天下」，可見爲時人共識。

〔一〇〕自昔家吾祖：謂黄龍慧南禪師嘗家於此。鍇按：惠洪嗣法克文，克文嗣法慧南，故惠洪稱慧南爲「吾祖」。禪林僧寶傳卷二二黄龍南禪師傳：「依三角澄禪師。澄有時名，一見器許之。及澄移居泐潭，公又與俱。澄使分座接納矣。」據此，則慧南嘗於寶峰寺分座説法。又，「吾祖」或指唐馬祖道一禪師，蓋惠洪所屬臨濟宗黄龍派出自馬祖，而馬祖葬於石門山。景德傳燈録卷六江西道一禪師：「師於貞元四年正月中，登建昌石門山，於林中經行，見洞壑平坦處，謂侍者曰：『吾之朽質當於來月歸兹地矣。』言訖而迴。至二月四日，果有微疾，沐浴訖，跏趺入滅。」注：「按權德輿作塔銘言：馬祖終於開元寺，荼毗於石門而建塔也。至會昌沙汰後，大中四年七月，宣宗敕江西觀察使裴休重建塔并寺，賜額寶峰。」

〔一一〕峰如青蓮花：石門山又稱寶蓮峰，山有寶蓮莊，蓋以其峰如青蓮花得名。明一統志卷四九南昌府：「寶蓮峰，在靖安縣北四十里，宋紹聖初真淨禪師葬此，上有寶峰禪院。」鍇按：寶蓮峰與石門山均在靖安縣北四十里，當爲同一山之異名；真淨卒於崇寧元年，非紹聖初，明一統志有誤。

〔一二〕白塔：指泐潭真淨克文禪師之舍利塔。禪林僧寶傳卷二三泐潭真淨文禪師傳，謂克文於崇寧元年十月十六日卒後，「又七日闍維，五色成燄，白光上騰，煙所及，皆成舍利。道俗千餘人，皆得之。分建塔於泐潭寶蓮峰之下，洞山留雲洞之北」。巋然：屹立貌。漢王延壽魯靈光殿賦序：「自西京未央、建章之殿皆見隳壞，而靈光巋然獨存。」

〔一三〕「此老無恙時」二句：此老指真淨克文。本集卷三〇雲庵真淨和尚行狀：「師純誠慈愛，出於天性，氣韻邁往，超然奇逸。見人無親疏貴賤，温言軟語，禮敬如一。」超放：即氣韻邁往，超然奇逸。嫵媚：嫵媚，本指姿容美好，此指和顔悦色，温言軟語。新唐書魏徵傳：「帝大笑曰：『人言徵舉動疏慢，我但見其嫵媚耳。』」

〔一四〕「萬象供談笑」二句：謂大千世界萬事萬物均爲克文之談笑話題與遊戲對象。雲庵真淨和尚行狀稱克文「得遊戲三昧，有樂説之辯」，即指此。大千：三千大千世界之省稱。戲具：遊戲娱樂之用具。三國志吴書孫綝傳：「敗壞藏中矛戟五千餘枚，以作戲具。」

〔一五〕我曾從之游：本集卷二四寂音自序：「依真淨禪師於廬山歸宗。及真淨遷洪州石門，又隨以至，前後七年。」鍇按：惠洪自元祐二年（一〇八七）至五年（一〇九〇）於洞山從克文學出世法，前後四年。又紹聖元年（一〇九四）依克文於歸宗，元符二年（一〇九九）在石門違禪規，遭删去，前後六年。

〔一六〕絶塵追逸步：謂克文如駿馬奔馳神速，令自己望塵莫及。莊子田子方：「夫子奔逸絶塵，而回瞠若乎後矣。」成玄英疏：「奔逸絶塵，急走也。」

〔一七〕塔開全體露：意謂仿佛白塔裂開，克文顯露出全身，展示佛法。全體露：禪宗術語，佛法全體顯露之意。景德傳燈録卷二一復州資福院智遠禪師：「師曰：『一物不生全體露，目前光彩阿誰知？』」宋賾藏主編古尊宿語録卷二八舒州龍門佛眼和尚語録：「師云：『偏界不藏全體露，絲毫有見事還差。』」

〔一八〕永懷憑妙觀：意謂憑平等無礙之妙觀，故能超越生死之隔，長久懷想克文生前笑貌。妙觀：本集泛指以萬法平等之心來觀察世界之方法。如卷九題含容堂：「斂足脱雙屨，閒房倚瘦藤。百川朝巨浸，一室納千燈。至味寧分别，常光絶減增。刹塵彰帝網，妙觀現層層。」

〔一九〕聊與故人遇：故人當指延慶子忠禪師。延慶寺與寶峰寺均在靖安縣北，惠洪紹聖年間嘗住寶峰寺，當識子忠。

〔二〇〕電眸霹靂舌：喻子忠目光有神，聲音洪亮。韓愈譴瘧鬼：「詛師毒口牙，舌作霹靂飛。」蘇軾六月七日泊金陵阻風得鍾山泉公書寄詩爲謝：「電眸虎齒霹靂舌，爲余吹散千峰雲。」此借用其語。

〔二一〕咳唾成妙語：喻其言語不凡，出口成章。後漢書趙壹傳：「埶家多所宜，欬唾自成珠。」

〔二二〕千偈浩奔注：形容子忠下筆迅疾，偈頌源源而出。偈：梵語偈陀之簡稱，佛經中唱頌詞。蘇軾金山妙高臺：「機鋒不可觸，千偈如翻水。」此點化其意。錯按：子忠嘗作善財徧參五十三頌，故稱。

〔二三〕人間有此客：感歎人間乃有如此佳客。蘇軾昨見韓丞相言王定國今日玉堂獨坐有懷其人：「人間有此客，折簡呼不難。」此借用其成句。本集屢用此語，如卷二讀慶長詩軸：「人間何從有此客。」卷四見蔡儒效：「人間有此客，而使衣涴土。」重會大方禪師：「人間何從得此客。」卷五贈少府：「何從人間有此客。」季長見和甚工復韻答之：「人間此客何從有。」卷六次韻元不伐見寄：「何從得此客。」卷七和遊谷山：「人間何從有此客。」

〔二四〕堂頭百衲師：指湛堂文準禪師。　百衲：僧衣，袈裟。衲謂補綴，百衲，極言補綴之多。

〔二五〕嶷嶷：高聳貌，此指道德高尚。史記五帝本紀：「其色鬱鬱，其德嶷嶷。」司馬貞索隱：「嶷嶷，德高也。」　法王輔：猶言佛教之護法者。佛於法自在，稱曰法王。維摩詰所説經卷上佛國品：「已於諸法得自在，是故稽首此法王。」

〔二六〕「君看説禪口」二句：謂文準説禪之辯才不減於其師克文。本集卷三〇泐潭準禪師行狀：「升堂説法，辯如建瓴，不留影跡。……嗚呼！雲庵之神悟，於南公之門，超軼絶塵者也。予每疑嗣之者難及，覯師之風格，殆所謂家名辯才、氣宇逸羣者耶？」

〔二七〕激：衝擊，激勵。　頑魯：愚頑魯鈍。

〔二八〕此生真逆旅：古人以逆旅喻人生於世之寄寓狀態。逆旅，即客舍，旅館。陶淵明自祭文：「陶子將辭逆旅之館，永歸於本舍。」本集屢用此喻，如本卷贈歐陽生善相：「人生如逆旅，歲月苦逼催。」卷二自豫章至南山月下望廬山：「忽驚憂患一笑空，便覺此生真逆旅。」卷八再和復答：「自笑此生真逆旅。」

〔二九〕業已共騎虎：謂已與文準共同擔當護法重任已難以迴避。　業已：既然，已經。　騎虎：喻必然不可免。隋書獨孤后傳：「騎虎之勢，必不得下。」

〔三〇〕「詩成對軒渠」二句：以作詩爲樂事，此爲惠洪一大特色。本集多有「詩成一笑」之描寫，如本卷送元上人還桂陽建轉輪藏：「詩成一大笑。」卷二讀慶長詩軸：「詩成一笑天容開。」卷四法雲同王敦素看東坡枯木：「詩成一笑塵寰小。」　軒渠：歡悦貌，笑貌。後漢書方術傳下薊子訓傳：「兒識父母，軒渠笑悦，欲往就之。」蘇軾跋山谷草書：「他日黔安當捧腹軒渠也。」

留題三峰壁間〔一〕

三峰稜層如削玉〔二〕，一派懸泉瀉寒緑。平生山水性貪婪〔三〕，聊與白雲相伴宿。松風竹露有餘清〔四〕，夜伴孤月依簷楹。神凝氣爽睡無夢〔五〕，不聞樓上霜鐘鳴〔六〕。庵頭禪翁頭雪白〔七〕，麻衣草履提笻策〔八〕。謂予久與世緣疏〔九〕，青眼逢迎喜詩客。三峰高兮溪水深，造物留之無古今。新生松竹不須剪〔一〇〕，四時風露常蕭森。粥罷收盂知我去，殷勤乞與題詩句。山頭塵土任茫茫，白雲自在來時路。

【注釋】

〔一〕作年未詳。　三峰：在新昌縣，山有寶雲寺。正德瑞州府志卷一山川：「三峰山寶雲寺，屬太和鄉。」明一統志卷五七瑞州府：「三峰山，在新昌縣西五里，其脈自十五嶺過藍田，結爲縣治。右客山，前起鹽臺山，止鹽州。」清一統志卷二五一瑞州府：「三峰山，在新昌縣西五里，與縣治前鹽嶺相接。」江西通志卷一一一寺觀一：「寶雲寺，在新昌縣太和鄉石門橋。宋覺範禪師靜室。」惠洪少時出家於此山。寂音自序曰：「年十四，父母併月而歿，乃依三峰艶禪師爲童子。」又本集卷二五有題香山艶禪師語。冷齋夜話卷六靚禪師溺流詩：「靚禪師，有道老宿也，主筠之三峰。」又靚禪師化人題壁：「三峰靚禪師，初住寶雲。」鍇按：住持三峰寶雲寺者（後住香山），本集均作「艶禪師」，冷齋夜話均作「靚禪師」，爲同一人。

〔二〕稜層：高聳突兀貌。唐宋之問嵩山天門歌：「紛窈窕兮岩倚披以鵬翅，洞膠葛兮峰稜層以龍鱗。」

〔三〕山水性貪婪：猶言酷愛山水。楚辭離騷：「衆皆競進以貪婪兮。」漢王逸注：「愛財曰貪，愛食曰婪。」

〔四〕有餘清：杜甫揚旗：「江雨颯長夏，府中有餘清。」此借用其語。

〔五〕神凝氣爽睡無夢：韓愈桃源圖：「骨冷魂清無夢寐。」此點化其意。

〔六〕霜鐘：鐘之美稱。山海經中山經：「（豐山）有九鐘焉，是知霜鳴。」晉郭璞注：「霜降則鐘鳴，是言知也。」

〔七〕庵頭禪翁：庵頭猶言庵主，此指寶雲寺之住持。或爲三峰艶禪師，然不可考。

〔八〕麻衣：麻織布衣。古時平民所穿，僧人亦有著麻衣者。宋釋文瑩湘山野録卷下：「錢問曰：『其僧者何人？』曰：『麻衣道者。』」宋邵伯温邵氏聞見録卷七：「老僧者，麻衣道者也。希夷素所尊禮云。」筇策：筇竹所製手杖。

〔九〕世緣：猶言俗緣。佛教以因緣釋人事，故稱塵世之事爲世緣。

〔一〇〕新生松竹不須剪：杜甫嚴鄭公宅同詠竹：「但令無剪伐，會見拂雲長。」此化用其意。

華光仁老作墨梅甚妙爲賦此㊀〔一〕

雪裏梅開何草草〔二〕，欲問清香無處討㊁〔三〕。回看水際竹叢邊㊂，寂寞閑愁洗粧早〔四〕。東坡戲作有聲畫，竹外一枝斜更好〔五〕。但恐金鬚容易墮〔六〕，額黄雖妙難長保〔七〕。笑笑先生獨愛竹〔八〕，雪壁風梢麝煤（媒）掃㊃〔九〕。應爲冰姿不可傳〔一〇〕，醉裏相忘亦顛倒〔一一〕。慚愧高人筆下春〔一二〕，解使孤芳長不老〔一三〕。從來病眼怯（錯）黄昏㊄，隔霧相看更相惱〔一四〕。

【校記】

㊀ 聲畫集卷五題爲墨梅寄花光仁老。

㊁ 無：聲畫集作「何」。

㊂ 叢邊：聲畫集作「籬間」。

㊃ 煤：原作「媒」，誤，今從聲畫集。參見注〔九〕。

㊄ 怯：原作「錯」，誤，今從聲畫集。參見注〔一四〕。

【注釋】

〔一〕作年未詳。　華光，山名，亦作花光。宋鄒浩道鄉集卷三三天保松銘序：「衡州華光山，實衡嶽之南麓。」輿地紀勝卷五五衡州：「花光山，在城南。」明一統志卷六四衡州府：「花光山，在府城西南十五里。上有花光寺。宋時花光僧居此，善畫梅，黄庭堅有詩。」　仁老：即僧仲仁（？～一一二〇），住衡州華光山妙高寺，世稱華光長老。工畫墨梅，有華光梅譜傳世。宋鄧椿畫繼卷五：「仲仁，會稽人。住衡州花光山。一見山谷，出秦、蘇詩卷，且爲作梅數枝，及煙外遠山。山谷感而作詩記卷末。」元夏文彦圖繪寶鑑卷三：「僧仲仁，會稽人。住衡州花光山。以墨暈作梅，如花影然，别成一家，所謂寫意者也」。山谷内集詩注卷一九有花光仲仁出秦蘇詩卷、題花光畫、題花光畫山水，山谷外集詩注卷一七有贈花光老、題花光爲曾公卷作水邊梅。仲仁其人，僧傳、燈録失載，法系未詳。考本集卷一九妙高仁禪師贊稱其爲「嶽頂鳳之真子，僧中龍之的孫」，「僧中龍」指東林常總禪師，語本蘇軾東林第一代廣惠禪師真贊「堂堂總公，僧中之龍」。常總屬臨濟宗黄龍派南嶽下十二世，見前次韻超然游南塔注〔一〕。「嶽頂鳳」指南嶽福嚴惟鳳禪師，宋釋惟白建中靖國續燈録卷一九列爲常總法嗣，屬南嶽下十三世。仲仁爲惟鳳法嗣，常總法孫，屬南嶽下十四世，於惠洪爲法姪。據此可補僧傳、燈録、畫史之闕。鍇按：考聲畫集卷五收此詩，題爲墨梅寄花光仁老，同卷又收光上人送墨梅來求詩還鄉、妙高老人卧病遣侍者以墨梅相迓、妙高梅花、書花光墨梅數詩，皆未署名，而置於張敬夫墨梅二首之後。依其體例，則當承前省作者名，而屬張敬夫，即張栻。然妙高仲仁與惠洪爲法侣，交游甚密，而與張栻時代迥不相接，又數首詩皆見於本集，年代可考，必屬惠洪無疑，故知聲畫集誤收，姑識於此。

〔二〕草草：草率，苟簡。此形容仲仁畫梅筆墨簡略，即圖繪寶鑑所謂「寫意」。畫繼卷三稱米友仁：「天機超逸，不事繩墨，其所作山水，點滴煙雲，草草而成，而不失天真。」

〔三〕討：探尋，尋覓。

〔四〕洗粧：梳洗化粧。此以梅花比美女。唐馮贄雲仙雜記卷一爲梨花洗粧：「洛陽梨花時，人多攜酒其下，曰爲梨花洗粧。」蘇軾再和潛師：「風清月落無人見，洗粧自趁霜鐘早。」

〔五〕「東坡戲作有聲畫」二句：蘇軾和秦太虚梅花：「江頭千樹春欲暗，竹外一枝斜更好。」此借其詩句贊仲仁墨梅。有聲畫：指詩。見前同超然無塵飯柏林寺分題得柏字注〔一七〕。

〔六〕金鬚：金色花蕊。宋郭印雲溪集卷一二水仙花二首之一：「琉璃擢幹耐祁寒，玉葉金鬚色正鮮。」

〔七〕額黄：婦人施於額上之黄色塗飾。唐李商隱無題之一：「壽陽公主嫁時妝，八字宫眉捧額黄。」北宋人已以之喻梅花，如王安石與微之同賦梅花得香字三首之一：「漢宮嬌額半塗黄，粉色凌寒透薄粧。」

〔八〕笑笑先生：即文同（一〇一八～一〇七九），北宋著名畫家。宋史文同傳略曰：「文同，字與可，梓州梓潼人，漢文翁之後，蜀人猶以石室名其家。同方口秀眉，以學名世，操韻高潔，自號笑笑先生。善詩文、篆隸、行草、飛白。同又善畫竹。」蘇軾石室先生畫竹贊并叙：「與可，文翁之後也。蜀人猶以石室名其家，而與可自謂笑笑先生。蓋可謂與道皆逝，不留於物者也。顧嘗好畫竹，客有贊之者曰：『先生閒居，獨笑不已。問安所笑，笑我非爾。物之相物，我爾一也。先生又笑，笑所笑者。笑笑之餘，以竹發妙。竹亦得風，夭然而笑。』」宣和畫譜卷二〇墨竹：「（文同）善畫墨竹，知名於時，凡於翰墨之間託物寓興，則見於水墨之戲。」

〔九〕雪壁：白灰粉刷之牆。　風梢：風中摇曳之竹梢。蘇軾戒壇院文與可畫墨竹贊：「風梢雨籜，上傲冰雪。」次韻子由緑筠堂：「風梢千纛亂，月影萬夫長。」　麝煤：即麝墨，含有麝香之墨。亦爲墨之美稱。山谷内集詩注卷一五戲贈米元章二首之一：「萬里風帆水著天，麝煤鼠尾過年年。」任淵注：「李西臺題楊少師大字壁後云：『枯杉倒檜霜天老，松煙麝煤風雨寒。』」底本「煤」作「媒」，誤，今據聲畫集改。

〔一〇〕應爲冰姿不可傳：謂梅花雅潔之姿難以彩繪丹青傳達，此即王安石明妃曲二首之一所言「意態由來畫不成」，或讀史所言「丹青難寫是精神」之意。　冰姿：此指梅花之姿態，東坡樂府卷上西江月梅花：「玉骨那愁瘴霧，冰姿自有仙風。」本集卷一六次韻張敏叔畫桃梅二首之二：「玉骨冰姿過眼空，却煩摹刻倩詩工。」

〔一〕醉裏相忘亦顛倒：謂即使酒醉忘事亦會因梅花而入迷。　顛倒：即神魂顛倒。

〔二〕慚愧：感幸之詞，意爲多謝。　高人：超凡脫俗之人，此指仲仁。

〔三〕解使孤芳長不老：戲謂墨梅不同於易凋謝之真梅，可傳之後世，長生不老。此句與前「但恐金鬚容易墮，額黃雖妙難長保」相對比而言。　孤芳：獨放之香花，此指梅花。

〔四〕「從來病眼怯黃昏」二句：戲謂病眼昏花，最怕黃昏煙霧，欲賞仲仁所畫墨梅而不得，故生煩惱。亦雙關仲仁所畫墨梅多淡墨渲染，朦朧如隔煙霧。本集好以「黃昏煙雨」寫墨梅之背景，以狀其水墨意韻，如本卷仁老以墨梅遠景見寄作此謝之二首之一：「煙昏雨毛空，標格終微見。」卷八書華光墨梅：「見之已愁絕，那復隔煙雨。」卷一六謝妙高惠墨梅：「霧雨黃昏眼力衰，隔煙初見犯寒枝。」同卷琛上人所蓄妙高墨戲三首之一：「一枝留得霧中看。」卷二〇王舍人宏道家中蓄花光所作墨梅甚妙戲爲之賦：「水蒼茫而春暗，村窈窕而煙暮。」卷二六題墨梅：「華光作此梅，如西湖籬落間煙重雨昏時見，便覺趙昌寫生不足道也。」　底本「怯」作「錯」，然「錯黃昏」其義難通。今考唐宋詩詞中「怯黃昏」用例甚多，宋吴可藏海詩話：「白樂天詩云：『紫藤花下怯黃昏。』荆公作苑中絕句，其卒章云：『海棠花下怯黃昏。』乃是用樂天語，而易『紫藤』爲『海棠』，便覺風韻超然。」宋程垓攤破江城子：「娟娟霜月又侵門，對黃昏，怯黄昏。」宋晁補之洞仙歌：「醉猶倚柔柯，怯黄昏，這一點愁，須共花同瘦。」今從聲畫集卷五作「怯」。

仁老以墨梅遠景見寄作此謝之二首〔一〕

荒寒掃横斜〔二〕，稀疏開未偏。煙昏雨毛空〔三〕，標格終微見〔四〕。吴姬風鬟亂，睡色餘妬面〔五〕。誰令種性香〔六〕，風味極不淺〔七〕。道人三昧力〔八〕，幻出隨意現〔九〕。塞管玉纖寒，無勞寫哀怨〔一〇〕。

數筆何處山〔一一〕，領略分樹石〔一二〕。遠含千里姿〔一三〕，間見復層出〔一四〕。我本箇中人〔一五〕，慣卧蒼崖側。借路行人間〔一六〕，勃土相欺得〔一七〕。那知一幅中，見此晚秋色。悠然欲歸去，遠壑誰同陟〔一八〕。旁人笑絶纓〔一九〕，捲卷成陳迹〔二〇〕。

【注釋】

〔一〕政和四年春作於衡陽。時惠洪自海南北歸途徑衡陽，華光仲仁禪師贈以墨梅、遠景二圖，故作二詩謝答。本集卷三〇祭妙高仁禪師文：「孤鳳兩雛，名著諸方。我初識譽，未識華光。政和甲午，還自南荒。夜宿衡嶽，草屋路旁。僕奴傳呼，妙高大方。連壁而來，驚喜失床。

高誼照人，笑語抵掌。瀟湘平遠，煙雨孤芳。舉以贈我，不祕篋箱。」妙高仁禪師即華光仲仁。此二首之一詠墨梅，有「煙昏雨毛空，標格終微見」之句，當即「煙雨孤芳」。二首之二詠遠景，有「我本箇中人，慣卧蒼崖側」之句，惠洪崇寧年間嘗寓湘西道林寺，故遠景當即「瀟湘平遠」。仲仁贈二圖當在與惠洪相别後，故曰「見寄」。

〔二〕荒寒：北齊劉晝劉子激通：「寒荒之地，風雪之所積。」此處形容梅花所生環境，亦形容畫面給人之感覺。　掃：揮灑運筆，此乃水墨畫之筆法。杜詩詳注卷四奉先劉少府新畫山水障歌：「聞君掃却赤縣圖，乘興遣畫滄洲趣。」仇兆鼇注：「掃，謂揮灑筆下也。」　横斜：代指梅花。語出宋林逋山園小梅名句「疏影横斜水清淺」。

〔三〕雨毛空：猶言毛毛細雨當空。東坡詩集注卷二四東坡八首之四：「毛空暗春澤。」自注：「蜀人以細雨爲雨毛。」本集屢用此語，如卷六次韻朝陰二首之一：「不知雨毛空，但覺炊煙濕。」又卷一一二十日偶書二首之一：「濕梅煙重雨毛空。」

〔四〕標格：風度，格調。東坡樂府卷下荷花媚湖州賈耘老小妓號雙荷葉：「天然地、别是風流標格。」

〔五〕「吴姬風鬟亂」二句：以美女擬墨梅，謂其枯筆揮抹處如美女當風而鬟髮散亂，濕筆暈染處如美女睡起妬色生臉。　吴姬：吴地美女，此代指美女。蘇軾王伯敭所藏趙昌花四首梅花：「殷勤小梅花，仿佛吴姬面。」此用其意而形容之。

〔六〕種性香：謂梅花天生即有香味。　種性：佛教謂種子和性分。種有發生之義，性有不改之義。意即天生不改之本性。

〔七〕風味極不淺：黄庭堅戲詠蠟梅二首之一：「雖無桃李顔，風味極不淺。」此借用其成句。

〔八〕道人：即僧人，此指華光仲仁。　三昧力：指進入禪定境界後所産生之能力。　三昧：梵文音譯，又譯三摩地。意爲正定，屏除雜念，專注一境。大智度論卷七：「何等爲三昧？善心一處住不動，是名三昧。」王安石純甫出釋惠崇畫要予作詩：「頗疑道人三昧力，異域山川能斷取。」又惠崇畫：「斷取滄洲趣，移來六月天。道人三昧力，變化只和鉛。」此借用其語稱賞僧人之繪畫。

〔九〕幻出隨意現：謂仲仁因具三昧力，故可隨意幻化出種種繪畫作品。　惠洪常以藝術品爲三昧力所幻出之産物，如本集卷一八釋迦出山畫像贊：「頓入毫端三昧，而幻此一幅之上。」漣水觀音畫像贊：「何人毫端寄逸想，幻出百福莊嚴身。」

〔一〇〕「塞管玉纖寒」二句：戲謂不必讓美人纖手拈玉笛，吹梅花落之哀怨曲調，蓋因仲仁所畫墨梅永不凋謝。　鍇按：漢横吹曲有梅花落，本笛中曲。　宋郭茂倩樂府詩集卷二四横吹曲辭四梅花落解題：「梅花落，本笛中曲也。」李白與史郎中欽聽黄鶴樓上吹笛：「黄鶴樓中吹玉笛，江城五月落梅花。」此反其意而用之。　塞管：笛之别稱。　廓門注：「言塞地管也。」　玉纖：廓門注引古今類書纂要曰：「玉纖，手纖細如玉。」

〔一〕數筆何處山：謂寥寥數筆抹出遠山。廓門注：「謂山如筆。」不確，此當指繪畫筆法。

〔二〕領略分樹石：謂數筆水墨濃淡之中，大略可分出樹與石。　領略：本爲領會、欣賞，本集或用作「約略」「大略」「略微」「隱約」之義，如卷七初到鹿門上莊見燈禪師遂同宿愛其體物欲託迹以避世戲作此詩：「縱望烟霏中，領略見楯瓦。」卷一一陳瑩中左司自丹丘欲家豫章至溢浦而止余自九峰往見之二首之一：「名節逼真如醉白，生涯領略類湘龐。」卷一二效李白湘中體：「荒寒數葦橘洲岸，領略半窗湘寺鐘。」卷一六永固登小閣：「急雨忽來添暝色，諸峰領略露寒層。」

〔三〕遠含千里姿：謂數筆中若包含千里山川風姿，此即杜甫戲題王宰畫山水圖歌「尤工遠勢古莫比，咫尺應須論萬里」之意。

〔四〕間見復層出：謂細看則畫中風景不斷湧現。　韓愈貞曜先生墓誌銘：「神施鬼設，間見層出。」此借用其語。

〔五〕箇中人：即此中人，局中人，指身歷其境者。

〔六〕借路行人間：唐釋皎然杼山集卷九贈包中丞書引僧靈澈歸湖南詩曰：「山邊水邊待月明，暫向人間借路行。如今還向山邊去，唯有湖水無行路。」宋釋贊寧宋高僧傳卷一五唐會稽雲門寺靈澈傳亦載此詩，題爲歸湘南作。　此化用其意，指方外之人偶行人間。

〔七〕勃土相欺得：謂爲人間塵土所玷污。　勃土：塵土，塵埃。勃，乾粉末。　宋莊綽雞肋編卷上：「本草：麻蕡，一名麻勃。云此麻花上勃勃者。故世人謂塵爲勃土；果木諸物上浮生者，皆曰衣勃；和麪而以乾者傅之，亦曰麪勃。」

〔一八〕「悠然欲歸去」二句：見遠景圖而恍若見真山水，竟生出歸去遊陟之願望。黄庭堅題鄭防畫夾五首之一：「惠崇煙雨歸雁，坐我瀟湘洞庭。欲唤扁舟歸去，故人言是丹青。」此化用其意。鍇按：宋洪邁容齋隨筆卷一六真假皆妄：「江山登臨之美，泉石賞玩之勝，世間佳境也，觀者必曰如畫。故有『江山如畫』、『天開圖畫即江山』、『身在畫圖中』之語。至於丹青之妙，好事君子嗟歎之不足者，則又以逼真目之。如老杜『人間又見真乘黄』、『時危安得真致此』、『悄然坐我天姥下』、『斯須九重真龍出』、『憑軒忽若無丹青』、『高堂見生鶻』、『直訝杉松冷，兼疑菱荇香』之句是也。以真爲假，以假爲真，均之爲妄境耳。」陟：登。

〔一九〕笑絶纓：因大笑而扯斷結冠之帶。史記滑稽列傳：「齊王使淳于髡之趙請救兵，齎金百斤，車馬十駟。淳于髡仰天大笑，冠纓索絶。」蘇軾罷徐州往南京馬上走筆寄子由五首之一：「有知當解笑，撫掌冠纓絶。」

〔二〇〕捲卷成陳迹：謂收起畫卷山水遠景便成陳迹，不可追尋。

上巳日有懷昔從雲庵老人此日山行〔一〕

今年上巳日，久客望江南〔二〕。雙林接脩水〔三〕，石路入煙嵐〔四〕。千峰出雲雨，空谷吞寒潭。蒼杉鬱童童〔五〕，秀色動雲庵㊀〔六〕。不見庵中人，青燈耿塵龕〔七〕。空餘行樂處〔八〕，攀翻聞笑談〔九〕。風光與節物〔一〇〕，觸愁味參參〔一一〕。臨高望煙靄，衰涕落春衫。

【校記】

㊀動：石倉本作「凌」。

【注釋】

〔一〕崇寧二年三月三日作於長沙。　上巳日：舊時節日。漢以前以農曆三月上旬之巳日爲上巳，魏晉以來多定爲三月三日，不必取巳日，俗以此日洗潔祓禊。宋吴自牧夢粱録卷二三月：「三月三日上巳之辰，曲水流觴故事，起於晉時。唐朝賜宴曲江，傾都禊飲踏青，亦是此意。」　雲庵老人：即真淨克文禪師。惠洪昔從克文於上巳日山行，乃元符二年（一〇九九）在靖安縣寶峰寺時。宋釋曉瑩雲卧紀譚卷上：「真淨和尚住寶峰日，洪、明、一、祖同在侍寮。祖請暫假，真淨不許。及上巳日，呼俱侍行，爲寶蓮莊主具飯。真淨題偈於壁曰：『元符二年三月三，春餅撮餤桐飯兼。真淨來看通道者，洪明一祖相隨參。』祖匿笑，謂同列曰：『元來老和尚以我名廁於偈，故不給假也。』洪乃覺範，祖即超然。」此詩上巳日所懷即指此事。克文偈中「洪明一祖」指四位弟子，「洪」即惠洪；「明」即本明，字無塵；「一」即僧一，字萬回，失其全名，本集卷一五送一萬回，即此僧；「祖」即希祖，字超然。鍇按：克文卒於崇寧元年（一一〇二）十月十六日。此詩有「不見庵中人」、「衰涕落春衫」之句，可知作於克文卒後。詩又稱「久客望江南」，則其時多年未回寶峰寺。惠洪嘗於崇寧二年冬十月與希祖歸寶峰拜克文塔，故知此詩必作於其前，即崇寧二年三月。

〔二〕江南：指江南西路洪州。本集多有此例，如本卷龍安送宗上人游東吳：「江南別我秋天遠。」卷四勸學次徐師川韻：「江南佳麗地，南昌富山川。」此亦代指洪州靖安縣寶峰寺。鍇按：惠洪自元符二年違禪規，遭刪去，離開寶峰寺，四處游方，故曰「久客」。

〔三〕雙林接脩水：謂自雙林院出發，渡修水，可至寶峰寺。輿地紀勝卷二六江南西路隆興府：「雙林院，在靖安縣北五里，柳公權書額揭於門。」方輿勝覽卷一九江南西路隆興府：「修水，在分寧西六十里，其源自郡城東北流六百三十八里至海昏，又東流百二十里入彭蠡湖。以其遠，故曰修水。」脩：通「修」。

〔四〕煙嵐：山林間之霧氣。秦觀寧浦書事六首之二：「自是遷臣多病，非干此地煙嵐。」

〔五〕童童：樹木茂盛貌。三國志蜀書先主傳：「舍東南角籬上有桑樹生，高五丈餘，遥望見童童如小車蓋。」杜甫柟樹爲風雨所拔歎：「浦上童童一青蓋。」又病柏：「有柏生崇岡，童童狀車蓋。」

〔六〕雲庵：在寶峰寺，克文晚年退居此，且以爲號。禪林僧寶傳卷二三泐潭真淨文禪師：「（張商英）起帥南昌，過廬山，見師康强，盡禮力致之，以居泐潭，俄退居雲庵。」

〔七〕青燈耿塵龕：想像雲庵之淒涼景象，青燈照耀積滿灰塵之神龕。王安石示張秘校：「佇子終不來，青燈耿林壑。」此化用其句法。　耿：照。　龕：此指放置克文神像之小閣。

〔八〕空餘行樂處：蘇軾遊東西巖：「空餘行樂處，古木昏蒼煙。」此借用其語。

〔九〕攀翻：猶言攀援。六臣注文選卷三〇謝靈運石門新營所住四面高山迴溪石瀨茂林修竹：「洞庭空波瀾，桂枝徒攀翻。」張銑注：「洞庭空波瀾，謂秋時至也。桂樹貞芳，可以翫游，今友人不還，故徒爲攀援，誰與共之？攀，援也。」鍇按：攀援有追隨、依附之義。此言攀翻，指追隨克文。

〔一〇〕節物：各季節之風物。晉陸機擬明月何皎皎：「踟躕感節物，我行永已久。」

〔一一〕參參：長貌。後漢書張衡傳：「修初服之娑娑兮，長余珮之參參。」李賢注：「參參，長貌。」文選注卷一九束廣微補亡詩華黍：「芒芒其稼，參參其穡。」李善注：「參參，長貌。」

次韻胡民望小蟲墮耳〔一〕

先生素坦率〔二〕，元日慵拜賀〔三〕。獨從耶溪翁〔四〕，掩門作清坐〔五〕。一尊對喧譁〔六〕，酒酣巾幘墮〔七〕。忘形到挽鬚〔八〕，困倒相枕卧〔九〕。一蟲輒墮耳，忽覺風雨過〔一〇〕。

隆隆竟不已〔一一〕，亟起呼燈火〔一二〕。頗疑含沙流，射影陰中禍〔一三〕。蟲亦意墮井，咨嗟恨坎坷〔一四〕。豈曰無意出，欲出但未果〔一五〕。驚憂發清詩，怨語終婀娜〔一六〕。夫子英偉姿〔一七〕，奇韻出羈鎖〔一八〕。那知乘一醉，遭此微物挫〔一九〕。鬬螘真鬬牛〔二〇〕，此事古亦夥〔二一〕。置之勿復疑，自可平物我〔二二〕。我詩無好句，聊復相唱和。恐亦有佳處㊀，一笑千愁破〔二三〕。

【校記】

㊀處：四庫本作「句」，誤。

【注釋】

〔一〕元符元年元月作於臨川。胡民望（？～一一〇六），名汝霖，撫州金谿人，生平未詳。本集卷二六題石龜觀：「吾亡友胡汝霖民望，生撫之金谿。七八歲時隨兄入城，忽不知所在，使人尋，已在寶應寺前看泥力士矣。余每以戲之。」可知惠洪常與胡汝霖相嘲戲。此詩詠小蟲墮耳之事，亦屬嘲戲之例。而嘲戲之目的，實爲朋友化解痛苦。宋曾慥高齋漫録：「崇寧以後，王氏字説盛行學校，經義論策，悉用字説。有胡汝霖者，荅用武策，其略云：『止戈爲武，周武王伐商，一戎衣而天下大定，歸馬放牛，偃武修文，是識武字者也。尊號曰武，不亦宜乎！秦始皇、漢武帝、唐太宗既得天下，而窮兵黷武不已，是不識武字者也。』榜出，遂爲第一。雖用字説而有理。」是以知胡汝霖崇寧間在太學。謝逸溪堂集卷八朱德由墓誌銘：「金谿有兩賢，皆死於布衣。其一曰胡汝霖民望，以清才敏識知名太學。其一曰朱某德由，胸懷曠達，犯而不校，有好賢樂善之志。此兩賢交遊，相得甚歡，民望既死一年，而德由以死。……德由以大觀元年某月某甲子卒，享年若干。」胡汝霖比朱德由早卒一年，當卒於崇寧五年（一一〇六）。溪堂集卷五哭胡民望二首之二：「翻手成文同舍驚，長安日飯五侯鯖。只因太史多饒舌，曼倩方知是歲星。」胡汝霖、謝逸俱撫州人，且爲惠洪好友，故其交游當在撫州臨川。惠洪於元符元年、大觀元年（一一〇七）、政和四年（一一一四）三至臨川。然胡汝霖卒於崇寧五年，故惠洪與其唱酬，當在元符元年初遊臨川時。

〔二〕坦率：此兼有二義：一指坦白直率，心無城府。晉書庾亮傳：「亮在武昌，諸佐吏殷浩之徒，乘秋夜往共登南樓，俄而不覺亮至。諸人將起避之。亮徐曰：『諸君少住，老子於此處興復不淺。』便據胡牀與浩等談詠竟坐。其坦率行己，多此類也。」一指粗率，粗心。五代王定保唐摭言卷一〇海叙不遇：「宋濟老於辭場，舉止可笑。嘗試賦，誤落官韻，撫膺曰：『宋五坦率矣。』由此大著。後禮部上甲乙名，明皇先問曰：『宋五坦率否？』」

〔三〕元日慵拜賀：宋時元日有拜年之習。夢粱録卷一正月：「正月朔日謂之元旦，俗呼爲新年，一歲節序此爲之首。官放公私僦屋錢三日，士夫皆交相賀，細民男女亦皆鮮衣往來拜節。」慵拜賀：懶於拜年。

〔四〕耶溪翁：即鄒正臣，字元佐，號耶溪先生，見前大雪戲招耶溪先生鄒元佐注〔一〕。

〔五〕清坐：清靜安坐。王安石寄酬曹伯玉因以招之：「清坐苦無公事攪，高談時有故人經。」又對棋與道源至草堂寺：「北風吹人不可出，清坐且可與君棋。」

〔六〕一尊：猶言一杯，指一杯酒。對：對抗。喧譁：指元日宴飲歡笑之聲。夢粱録卷一正月：「家家宴飲，笑語喧譁。」

〔七〕酒酣巾幘墮：形容酒醉失去常態。世説新語雅量：「太傅於衆坐中問庾（子嵩），庾時頽然已醉，幘墮几上，以頭就穿取。」見前大雪戲招耶溪先生鄒元佐注〔七〕。

〔八〕忘形到挽鬚：謂胡汝霖與鄒正臣暢飲歡洽，不拘形跡禮數，以至於互捋鬍鬚。古稱相處不拘禮節之友爲「忘形友」或「忘形交」。白居易效陶潛體詩之七：「我有忘形友，迢迢李與元。」新唐書孟郊傳：「性介，少諧合，（韓）愈一見爲忘形交。」挽鬚：捋鬍鬚，此指親熱而失禮之舉動。杜甫北征：「問事競挽鬚，誰能即嗔喝？」

〔九〕困倒相枕卧：醉倒後互相以對方爲枕而卧。蘇軾赤壁賦：「相與枕藉乎舟中，不知東方之既白。」

〔一〇〕風雨：此指飛蟲振翅於耳壁，其聲如風雨大作。

〔一一〕隆隆：象聲詞，常擬雷聲或車馬聲。詩大雅雲漢：「旱既大甚，蘊隆蟲蟲。」毛傳：「隆隆而雷。」孔穎達疏：「隆隆是雷聲不絶之狀。」李賀高軒過：「馬蹄隱耳聲隆隆。」

〔一二〕亟：急，疾速。

〔一三〕「頗疑含沙流」二句：晉干寶搜神記卷一二：「漢光武中平中，有物處於江水，其名曰蜮，一曰短狐，能含沙射人。所中者則身體筋急，頭痛發熱，劇者至死。」陸璣毛詩草木鳥獸蟲魚疏卷下爲鬼爲蜮：「蜮，短狐也；一名射影。如龜，三足，江淮水濱皆有之。人在岸上，影見水中，投人影則殺之，故曰射影也。南方人將入水，先以瓦石投水中，令水濁，然後入。或曰：含細沙射人，入人肌，其創如疥。」文選注卷二八鮑明遠苦熱行：「含沙射流影，吹蠱痛行暉。」李善注：「吹蠱，即飛蠱也。顧野王輿地志曰：江南數郡有畜蠱者，主人行之以殺人。行食飲中，人不覺也。其家絶滅者，則飛遊妄走，中之則斃。」山谷内集詩注卷一演雅：「射工含沙須影過。」任淵注引張華博物志曰：「江南溪水中有射工蟲，長一二寸，口中有弩形氣，射人影，不治則殺人。」

〔一四〕「蟲亦意墮井」二句：此用擬人手法，揣測蟲之想法感受。謂蟲亦認爲自己遭遇墮井之難，歎息怨恨命運之坎坷。

〔一五〕「豈曰無意出」二句：此似在反駁胡汝霖原詩之説。胡詩指責蟲有意搗亂，無意從耳中出來，惠洪則謂蟲欲出而未果。

〔一六〕「驚憂發清詩」二句：稱詩人因驚憂而吟哦詩句，聲音哀怨而動聽。此指胡汝霖原唱小蟲墮耳詩。　婀娜：輕盈柔美貌。三國魏曹植洛神賦：「華容婀娜，令我忘餐。」蘇軾和子由論書：「端莊雜流麗，剛健含婀娜。」婀娜本形容綫條之柔美，爲視覺感受。惠洪則用以寫聽覺感受，形容聲音之細長，猶言餘音裊裊。

〔一七〕英偉：英俊奇偉。文選注卷五四劉孝標辨命論：「臣觀管輅，天才英偉，珪璋特秀。」李善注引抱朴子曰：「故侍郎周生恭遠，英偉名儒。」

〔一八〕奇韻：指奇特之性情神韻。　出羈鎖：擺脱世俗禮法之拘束，如元日不出門向親友拜賀之類，有違常情。

〔一九〕微物：指小蟲。　挫：屈辱。

〔二〇〕鬬螘真鬬牛：世説新語紕漏：「殷仲堪父病虚悸，聞牀下蟻動，謂是牛鬬。」晉書殷仲堪傳：「仲堪父嘗患耳聰，聞牀下蟻動，謂之牛鬬。」蘇軾次韻秦太虚見戲耳聾：「人將蟻動作牛鬬，我覺風雷真一噫。」　螘：同「蟻」。

〔二一〕此事古亦夥：謂患耳聰病之事古來甚多。夥，衆多。　鍇按：耳聰即耳鳴病。史記扁鵲倉公列傳：「子以吾言爲不誠，試入診太子，當聞其耳鳴而鼻張。」隋書李士謙傳：「或謂士謙曰：『子多陰德。』士謙曰：『所謂陰德者何？猶耳鳴，己獨聞之，人無知者。』」元稹痁卧聞幕中諸公徵樂會飲因有戲呈三十韻：「耳鳴疑暮角，眼暗助昏霾。」皆其例。

〔二二〕「置之勿復疑」二句：勸告胡汝霖將小蟲墮耳之事放置一邊，便自可平等對待外物與己身。　平物我：猶言齊物我，混同小蟲與己之界限。柳宗元構法華寺西亭：「置之勿復道，且寄須臾間。」蘇軾諸公餞子敦軾以病不往復次前韻：「置之勿復道，出處俱可喜。」此化用其語。

〔一三〕「恐亦有佳處」二句：謂己詩或許能使胡汝霖開懷大笑，解除小蟲墮耳之痛苦。

贈歐陽生善相〔一〕

薛公衣尚敝，飢腸轉鳴雷。天子征遼東，細君笑靨開。吾夫雖奇蹇㈠，要是高世材。發必藉時耳，今豈其時哉！往見張將軍，喜曰真吾儕。三矢定天山，英聲馳九垓〔二〕。房杜未肉食，席門蒙積埃。但餘王氏子，文字相追陪。賢哉太夫人，智鑑照襟懷。嘗自撫其子，國鼎真鹽梅。但未識其友，試與俱而來。窺窗見之喜，亟使羅尊罍。果見貞觀間，相逐登三台〔三〕。予嘗閱舊史，至此嘗徘徊。數子初未貴，踽踽蒿與萊〔四〕。而彼一女子，底蘊遭窺猜〔五〕。何知婁師德㈡，碩大非栽培。譬之萬頃陂（波）㈢，但見瑠璃堆㈣。倔强如梁公，包撫等嬰孩〔六〕。掩卷發長想，鄙吝爲崩頹〔七〕。吾今著田衣〔八〕，百念如冷灰〔九〕。功名一破甑，掉臂首不回〔一〇〕。頗怪歐陽生〔一一〕，諛語坐差排〔一二〕。人生如逆旅，歲月苦逼催。懸知賢與愚，終作土一坏〔一三〕。美惡何足道，君亦真恢諧〔一四〕。愚賢君勿取，吾肯罪形骸〔一五〕。不肖君謂賢，是適爲吾咍〔一六〕。重輕寧在子，意子定癡獃〔一七〕。所喜亦清散〔一八〕，時時過茅齋。明日念當行，引紙研松煤〔一九〕。詩成極醇醲，蒲萄初撥醅㊄〔二〇〕。

【校記】

㊀吾夫雖奇蹇：原注：「一本作『吾子流落徒』。」

㊁知：武林本作「如」。

㊂陂：原作「波」，不確，今改。參見注〔六〕。

㊃瑠：四庫本作「玻」。

㊄撥：四庫本作「潑」。

【注釋】

〔一〕作年未詳。歐陽生：名籍未詳。善相：善相術之人，善察人相貌以推測其吉凶禍福，即相工，相士。史記張丞相列傳：「長安中有善相工田文者，與韋丞相、魏丞相、邴丞相微賤時會於客家，田文言曰：『今此三君者，皆丞相也。』其後三人竟更相代爲丞相，何見之明也。」蘇軾有贈善相程傑詩。

〔二〕「薛公衣尚敝」十二句：謂唐名將薛仁貴之妻柳氏有識鑒之明。新唐書薛仁貴傳略曰：「薛仁貴，絳州龍門人。少貧賤，以田爲業。將改葬其先，妻柳曰：『夫有高世之材，要須遇時乃發。今天子自征遼東，求猛將，此難得之時，君盍圖功名以自顯？富貴還鄉，葬未晚。』仁貴乃往見將軍張士貴應募。時九姓衆十餘萬，令驍騎數十來挑戰，仁貴發三矢，輒殺三人，於是虜氣懾，皆降。軍中歌曰：『將軍三箭定天山，壯士長歌入漢關。』」細君：諸侯之妻，此指薛妻柳氏。漢書東方朔傳：「歸遺細君，又何仁也！」顔師古注：「細君，朔妻之名。一説，細，小也，朔自比於諸侯，謂其妻曰小君。」　奇蹇：猶言命運不好。黄庭堅母壽光縣太君祭非熊文：「命之奇蹇，趙氏不減。」　吾儕：我輩。　九垓：中央與八極之地，猶言九州。南朝梁簡文帝蕭綱南郊頌：「九垓同軌，四海無波。」

〔三〕「房杜未肉食」十四句：謂唐名臣王珪之母李氏有知人之明。新唐書王珪傳略曰：「王珪字叔玠。祖僧辯，梁太尉、尚書令。父顗，北齊樂陵郡太守。世居郿。性沈澹，志量隱正，恬於所遇，交不苟合。太宗召爲諫議大夫。珪推誠納善，每存規益，帝益任之。封永寧縣男，黄門侍郎，遷侍中。進封郡公。始，隱居時，與房玄齡、杜如晦善，母李嘗曰：『而必貴，然未知所與遊者何如人，而試與偕來。』會玄齡等過其家，李闚大驚，敕具酒食，歡盡日，喜曰：『二客公輔才，汝貴不疑。』」　房杜：唐太宗賢相房玄齡、杜如晦。新唐書杜如晦傳：「蓋如晦長於斷，而玄齡善謀，兩人深相知，故能同心濟謀，以佐佑帝。當世語良相，必曰房、杜云。」　肉食：指高官厚禄者。左傳莊公十年：「肉食者鄙，未能遠謀。」杜預注：「肉食，在位者。」　席門：以席爲門。史記陳丞相世家：「家乃負郭窮巷，以弊席爲門，然門外多有長者車轍。」席門喻指清貧之家或隱者之居。　智鑑：知人之鑑識。南史宋本紀上武帝：「玄妻劉氏，尚書令耽之女也，聰明有智鑑。」　國鼎真鹽梅：古以調和鼎鼐喻宰臣治國，而以鹽梅喻治國的賢才。書説命下：「若作和羹，爾惟鹽梅。」　三台：星名，喻三公。晉書天文志上：「三台六星，兩兩而居。在人曰三公，在天曰三台。」

〔四〕踽踽：獨行貌。詩唐風杕杜：「獨行踽踽。」毛傳：「踽踽，無所親也。」　蒿與萊：野草，雜草。韓詩外傳卷一：「原憲居魯，環堵之室，茨以蒿萊。」喻指民間草野。晉阮籍詠懷之三十一：「戰士食糟糠，賢者處蒿萊。」

〔五〕底蘊：内心蘊藏之才智識見。新唐書魏徵傳：「徵亦自以不世遇，乃盡展底蘊，無所隱。」

〔六〕「何知婁師德」六句：謂婁師德碩大之骨相乃出於其德量之培養。新唐書婁師德傳略曰：「婁師德，字宗仁，鄭州原武人。師德長八尺，方口博脣。深沈有度量，人有忤己，輒遜以自免，不見容色。嘗與李昭德偕行，師德素豐碩，不能遽步，昭德遲之，恚曰：『爲田舍子所留。』師德笑曰：『吾不田舍，復在何人？』其弟守代州，辭之官，教之耐事。弟曰：『人有唾面，絜之乃已。』師德曰：『未也。絜之，是違其怒，正使自乾耳。』狄仁傑未輔政，師德薦之，及同列，數擠令外使。武后覺，問仁傑曰：『師德賢乎？』對曰：『爲將謹守，賢則不知也。』又問：『知人乎？』對曰：『臣嘗同僚，未聞其知人也。』后曰：『朕用卿，師德薦也，誠知人矣。』出其奏，仁傑慚，已而歎曰：『婁公盛德，我爲所容乃不知，吾不逮遠矣！』」　碩大：指婁師德「素豐碩」之骨相。　栽培：喻指德行度量之培養，本集卷二謝安道花壇：「古人養花如養賢，我今説花心亦然。栽培直欲助真宰，扶持造化工陶甄。」　譬之萬頃陂：此借黄叔度以譬婁師德之器量。世説新語德行：「郭林宗至汝南，造袁奉高，車不停軌，鸞不輟軛。詣黄叔度，乃彌日信宿。人問其故，林宗曰：『叔度汪汪如萬頃之陂，澄之不清，擾之不濁，其器深廣，難測量也。』」錯按：宋人好以「萬頃陂」讚譽他人之器量，幾成套語，如劉攽彭城集卷三題常寧黄令灑然堂：「叔度萬頃陂，清濁誰能料。」張耒柯山集卷一〇贈李德載二首之二：「長翁波濤萬頃陂。」李廌濟南集卷四吕朝散挽詩二首之二：「太沖早擅三都賦，叔度難量萬頃陂。」饒節倚松詩集卷二送曾伯容還漢上：「襟懷朗朗百間屋，局量汪汪萬頃陂。」李彭日涉園集卷一〇醉書之三：「湛湛胸中萬頃陂，翻疑淺器是牛醫。」故宋王觀國學林卷四八陣曰：「世言『萬頃陂』，而後漢黄憲傳作『千頃陂』，然世説曰：『汪汪如萬頃陂。』後之學者，案世説而稱『萬頃』爾。」此言婁師德之度量，當作「陂」，底本作「波」，乃涉形近而誤。　瑠璃堆：喻碧波。杜甫渼陂行：「波濤萬頃瑠璃堆。」此借用其詞。

〔七〕「掩卷發長想」二句：世説新語德行：「周子居常云：『吾時月不見黄叔度，則鄙吝之心已復生矣。』」後漢書黄憲傳：「同郡陳蕃、周舉常相謂曰：『時月之間不見黄生，則鄙吝之萌復存乎心。』」此反其意而用之，故廓門注謂：「此翻案之也。」鄙吝：淺陋貪婪。　崩頹：猶言摧毁消滅。

〔八〕田衣：袈裟之别名。亦稱田相衣。宋釋道誠釋氏要覽卷上法衣田相緣起：「僧祇律云：佛住王舍城，帝釋石窟前經行，見稻田畦畔分明，語阿難言：過去諸佛，衣相如是；從今依此作衣相。」宋釋志磐佛祖統紀卷三七：「梁武帝服田衣，北面敬禮，受具足戒。」

〔九〕百念如冷灰：蘇軾送參寥師：「上人學苦空，百念已灰冷。」此借用其語。

〔一〇〕「功名一破甑」二句：謂視功名如一破甑，置之不顧，即鄙棄功名之意。後漢書郭太傳：「孟敏字叔達，鉅鹿楊氏人也。客居太原。荷甑墮地，不顧而去。林宗見而問其意。對曰：『甑以破矣，視之何益？』」參見本卷贈蔡儒效注〔一五〕。　捽臂首不回：表示不顧而去。史記孟嘗君列傳：「日暮之後，過市朝者掉臂而不顧。」

〔一一〕頗怪歐陽生：蘇軾送參寥師：「頗怪浮屠人。」此仿其句法。

〔一二〕諛語：即諛詞，阿諛奉承之話。冷齋夜話卷九課術有驗無驗：「靈源禪師住龍舒太平精舍，有日者能課。使之課，莫不奇中。……凡爲達官要人言，皆無驗。……靈源問其故，答曰：『我無德量，凡見尋常人則據術而言，無所緣飾；見貴人則畏怖，往往置術之實而務爲諛詞，其不驗，要不足怪。』」　坐：無故。文選注卷一一鮑明遠蕪城賦：「孤蓬自振，驚沙坐飛。」李善注：「無故而飛曰坐飛。」　差排：調遣，安排。黄庭堅滿庭芳妓女：「其奈風情債負，煙花部不免差排。」

〔一三〕「人生如逆旅」四句：坏，同「抔」，量詞，意同掬、捧。宋胡仔苕溪漁隱叢話後集卷一四引藝苑雌黄略曰：「前漢張釋之傳云：『假如愚民取長陵一抔土，而陛下何以加其法乎？』顔注云：『抔音步侯切，謂以手掬之也。其字從手，不忍言毁撤，故止云取土耳。今學者讀爲杯勺之杯，非也，杯非應盛土之物也。』比見僧惠洪集中有詩云：『人生如逆旅，歲月苦逼催。安知賢與愚，同作土一杯。』其説蓋誤矣。或謂廣韻、集韻上平聲並出一抔字，鋪枚切，手掬也。意與步侯切者頗同。惠洪雖誕妄，必不讀抔爲杯勺之杯。但其詩泛使土一抔，亦正用漢書長陵事，故作鋪枚切讀耳。未知其果然否？」宋王楙野客叢書卷一七一抔土事：「僕觀歐陽行周集有『或掬一杯土焉，或翦一枝材焉』；劉禹錫詩『血污城西一杯土』；歐陽詢藝文類聚於杯門編入長陵一抔土事。是知明以抔字爲杯盞字用矣。僕又考之，古詞中有以酒杯字作抔土字押者，如隴西行是也。因知古人嘗以此二字通用。」鍇按：宋蔡正孫詩林廣記卷九評此四句曰：「愚謂此詩只是翻杜子美『孔丘盜蹠俱塵埃』之語耳。」逆旅：旅居，常用以喻人生匆遽短促。陶淵明自祭文：「陶子將辭逆旅之館，永歸於本宅。」懸知：料想，預知。

〔一四〕恢諧：詼諧。恢同「詼」。漢書東方朔傳：「其言專商鞅、韓非之語也，指意放蕩，頗復詼諧。」又贊曰：「朔之詼諧，逢占射覆，其事浮淺，行於衆庶。」

〔一五〕形骸：指外貌，容貌。抱朴子外篇卷二清鑒：「尼父遠得崇替於未兆，近失澹臺於形骸。」

〔一六〕咍：譏笑，嗤笑。楚辭九章惜誦：「行不羣以巔越兮，又衆兆之所咍。」王逸注：「咍，笑也。楚人謂相啁笑曰咍。」

〔一七〕癡獃：遲鈍，愚昧。

〔一八〕清散：清雅散淡。東林十八高賢傳慧永法師傳：「師衲衣半脛，荷錫捉鉢，松下飄然而至。無忌謂衆曰：『永公清散之風，乃多於遠師也。』」

〔一九〕松煤：墨之美稱。黄庭堅次韻黄斌老所畫横竹：「松煤淺染飽霜兔。」

〔二〇〕「詩成極醇釅」二句：謂詩句極優美動情，如美酒般令人陶醉。醇釅：酒味濃厚。蘇軾蜜酒歌叙：「西蜀道士楊世昌，善作蜜酒，絶醇釅。」蒲萄初撥醅：指新釀而尚未過濾之蒲萄酒。李白襄陽歌：「遥看漢水鴨頭緑，恰似蒲萄初撥醅。」此化用其語。鍇按：此先將詩比作美酒，復就美酒而更作描寫。即錢鍾書談藝録所言：「將錯遽爲認真，坐實以爲鑿空。」此即曲喻之修辭法。

贈許邦基〔一〕

邦基今年方十九，美如濯濯春月柳〔二〕。龍章鳳姿絶世無〔三〕，金馬玉堂如故有〔四〕。

酒闌愛捉玉麈尾，玉色正同批詰手〔五〕。高燒銀燭擁新粧〔六〕，看君落筆龍蛇走〔七〕。

欲驅清景入秀句，萬象奔趨不敢後〔八〕。人疑錦繡纏肺腸〔九〕，不然筆端應有口〔一〇〕。謫仙風流今復見〔一一〕，況亦彷彿外塵垢〔一二〕。但恐功名纏縛人，未放青山挂窗牖〔一三〕。

【注釋】

〔一〕元符元年作於臨川。許邦基：生平未詳。謝逸溪堂集卷三題許邦基却俗軒詩：「流俗紛紛何足却，爾曹百輩吾能著。雖同一床各做夢，政恐不妨人作樂。俗客自與此君疏，竹洞何曾有關鑰。但邀明月對君飲，莫管門前可羅雀。」可知其情趣。謝逸乃臨川人，疑却俗軒亦在臨川。元符元年惠洪初至臨川，時知撫州爲許中復，本集卷三有臨川陪太守許公井山祈雨書黄華姑祠，即爲中復作。邦基爲貴公子，疑即中復子。

〔二〕美如濯濯春月柳：世説新語容止：「有人歎王恭形茂者云：『濯濯如春月柳。』」晉書王恭傳：「恭美姿儀，人多愛悦，或目之云：『濯濯如春月柳。』」濯濯：明淨清朗貌。

〔三〕龍章鳳姿：謂風采不凡。世説新語容止：「嵇康身長七尺八寸，風姿特秀。」劉孝標注引嵇康别傳曰：「康長七尺八寸，偉容色，土木形骸，不加飾厲，而龍章鳳姿，天質自然。正爾在羣形之中，便自知非常之器。」蘇軾張文定公墓誌銘：「是生我公，龍章鳳姿。」又張安道樂全堂：「我公天與英雄表，龍章鳳姿照魚鳥。」

〔四〕金馬玉堂：金馬門與玉堂署。漢代學士待詔之處。史記滑稽列傳：「金馬門者，宦署門也。

門傍有銅馬，故謂之曰金馬門。」漢書李尋傳：「臣尋位卑術淺，過隨衆賢待詔，食太官，衣御府，久汙玉堂之署。」顏師古注：「玉堂殿，在未央宫。」宋代因以稱學士院或翰林學士。歐陽修會老堂致語詩：「金馬玉堂三學士，清風明月兩閒人。」

〔五〕「酒闌愛捉玉麈尾」二句：世説新語容止：「王夷甫容貌整麗，妙於談玄，恒捉白玉柄麈尾，與手都無分別。」麈尾：拂麈驅蟲之具。古以駝鹿尾爲拂麈，故稱拂麈爲麈尾，或省稱麈。批詔手：猶言批敕手。唐宋官制，門下省給事中掌讀中外出納，及判後省之事。若政令有失當，除授非其人，則論奏而駁正之。新唐書李藩傳：「再遷給事中，制有不便，就敕尾批却之。」蘇軾送顧子敦奉使河朔：「平生批敕手，濃墨寫黄紙。」

〔六〕高燒銀燭擁新粧：蘇軾海棠：「只恐夜深花睡去，高燒銀燭照紅粧。」此化用其語。

〔七〕落筆龍蛇走：喻筆勢飛動如龍蛇疾走，贊其才思敏捷。李白草書歌行：「怳怳如聞鬼神驚，時時只見龍蛇走。」

〔八〕「欲驅清景入秀句」二句：謂邦基善於用優美詩句描寫景物，如驅使萬象奔赴其筆端。冷齋夜話卷三荆公鍾山東坡餘杭詩：「山谷云：天下清景，初不擇賢愚而與之遇，然吾特疑端爲我輩設。」宋邵雍伊川擊壤集卷一八詩畫吟：「詩畫善狀物，長於運丹誠。丹誠入秀句，萬物無遁情。」鍇按：前人只説「賞」清景，「摹」清景，此詩則曰「驅」清景，又以「萬象奔趨」入詩，此似是惠洪首創。

〔九〕錦繡纏肺腸：謂極有文學才能，滿腹文章。李白冬日於龍門送從弟京兆參軍令問之淮南覲省序：「常醉目吾曰：『兄心肝五藏皆錦繡耶！不然，何開口成文，揮翰霧散？』」本集稱譽人多用此喻。

〔一〇〕筆端應有口：蘇軾與劉宜翁使君書：「然先生筆端有口，足以形容難言之妙；而軾亦眼中無障，必能洞視不傳之意也。」冷齋夜話卷七般若了無剩語：「魯直曰：此老人於般若横説豎説，了無剩語，非其筆端有口，安能吐此不傳之妙哉？」林間録卷下：「予謂此老筆端有口，故多説少説，皆無剩語。」錯按：古有「書不盡言，言不盡意」之説，謂書面文字表意不如口頭語言。故「筆端有口」乃稱贊其人書面文字表達能力已不亞於口頭語言。

〔一一〕謫仙：指李白。新唐書李白傳：「白亦至長安，往見賀知章。知章見其文，歎曰：『子，謫仙人也！』」

〔一二〕外塵垢：超越塵世之外。莊子齊物論：「無謂有謂，有謂無謂，而遊乎塵垢之外。」

〔一三〕「但恐功名纏縛人」二句：若謂只恐功名之事纏住邦基，不放其歸隱田園，實是恭維其人成就功名乃不可避免。黄庭堅次韻答楊子聞見贈：「莫要朱金纏縛我，陸沉世上貴無名。」

送正上人歸黄龍〔一〕

道人泉南來〔二〕，音姿頗純美〔三〕。觀其略笑語，亦自飽風味〔四〕。相看坐終日，孤月墮止水〔五〕。但見篆畦間〔六〕，青煙行未已。朝來忽去我，秋風動衣袂〔七〕。試問安所之，笑指千峰裏。秋晚當相尋，結伴入層翠。

【注釋】

〔一〕作年未詳。正上人：生平法系未詳。黄龍：廓門注：「黄龍山在泉州安溪縣治南。」鍇按：黄龍當指洪州分寧縣黄龍山。參見前送英老兼簡鈍夫注〔四〕。又按：正上人乃自泉州來，而非往泉州去，故此「黄龍」絶非泉州黄龍山。惠洪一生未至福建，此詩所言「笑指千峰裏」，「秋晚當相尋」，當爲惠洪欲游方之所，不會遠在泉州。分寧黄龍山爲臨濟宗黄龍派祖庭，惠洪法系屬此，故稱正上人至黄龍爲「歸黄龍」。廓門注不確。

〔二〕道人：指僧人。泉南：泉州之别稱。

〔三〕音姿：話音與姿態。南史張暢傳：「音姿容止，莫不矚目，見者皆願爲盡命。」純美：純真完美。楚辭九歎惜賢：「揚精華以眩燿兮，芳鬱渥而純美。」歐陽修吉州學記：「至於禮讓興行，而風俗純美，然後爲學之成。」

〔四〕飽風味：猶言饒有風度。黄庭堅跋子瞻和陶詩：「彭澤千載人，東坡百世士。出處雖不同，風味乃相似。」本集卷三洪玉父赴官潁州會余金陵：「行當入君手，想見飽風味。」

〔五〕孤月墮止水：喻心念不起之禪定境界。白居易八漸偈定偈：「真若不滅，妄即不起。六根之源，湛如止水。是爲禪定，乃脱生死。」本集卷一八靖安胡氏所蓄觀音贊：「譬如秋月現止水，一切衆生見者聞，皆入圓通三昧海。」

〔六〕篆畦：盤香迴曲如篆字，形製如田畦，故稱。篆畦之喻未見於前人詩集，似爲惠洪首創，而本集數用之。卷二贈王敦素兼簡正平：「坐看香燒行篆畦。」卷三孜遷善石菖蒲：「篆畦半破煙舒徐。」卷九題使臺後圃八首諦觀室：「篆畦凝碧縷。」

〔七〕秋風動衣袂：廓門注曰：「『袂』當作『被』字。」未言何據。鍇按：白居易長恨歌有「風吹仙袂飄飄舉」之句，足見「袂」字不誤。

贈吴世承〔一〕

吴郎氣高明〔二〕，温然見標格〔三〕。文章當世家〔四〕，風流走上國〔五〕。清談落玉麈〔六〕，醉袖餘詩墨。一種富貴韻，緑髮映坐客〔七〕。便覺儒生寒，枯衰酸凍色〔八〕。解來古招提〔九〕，爐香伴禪寂〔一〇〕。宗之果瀟灑〔一一〕，璧（壁）門應夜直㊀〔一二〕。歲晏或來歸〔一三〕，共理登山屐〔一四〕。

【校記】

㊀ 璧：原作「壁」，誤，今改。參見注〔一二〕。

【注釋】

〔一〕政和七年秋作於南昌。　吴世承：當爲徽宗朝樞密使吴居厚之子。本集多有與南昌吴家兄弟唱酬詩，如卷一次韻寄吴家兄弟、香城懷吴氏伯仲，卷四次韻吴提句重九，卷一〇同世承世英世隆三伯仲蔡定國劉達道登滕王閣、同吴家兄弟游東山約仲誠不至。宋葛勝仲丹陽集卷一二樞密吴公墓誌銘：「子四人，接，今爲朝請郎，直秘閣，提點洪州玉隆觀，學行孝謹名，能守家法；擇，故通直郎；括、授皆承奉郎。」此墓誌銘作於政和五年（一一一五），時居厚四子中吴擇已卒，故稱「故通直郎」，而吴接、吴括、吴授三子尚在世。合本集世承、世英、世隆三伯仲考之，疑世承當爲吴接，蓋「承」有「接」義；世英當爲吴括；世隆當爲吴授，俟考。參見本卷次韻寄吴家兄弟注〔一〕〔二〕。

〔二〕氣高明：性格高亢爽朗。後漢書王龔傳：「（陳）蕃性氣高明，初到，龔不即召見之，乃留記謝病去。」

〔三〕温然：温和潤澤貌。詩秦風小戎：「言念君子，温其如玉。」鄭玄箋：「念君子之性，温然如玉。」　標格：風度，格調。

〔四〕文章當世家：謂以文章作爲家族世代相傳之業。

〔五〕上國：古外藩稱朝廷爲上國，代指京師。

〔六〕清談落玉麈：世説新語容止：「王夷甫容貌整麗，妙於談玄，恒捉白玉柄麈尾，與手都無分別。」此化用其意，以贊世承之容止。　玉麈：即玉麈尾，拂塵之具。

〔七〕緑髮映坐客：廓門注：「柳子厚詩：『早晚青山映華髮。』此翻案之也。」

〔八〕「便覺儒生寒」二句：謂與世承之富貴韻相比，儒生便顯得十分寒酸。　枯衰酸凍色：極言貧寒酸腐之氣色。蘇軾答范純甫：「而今太守老且寒，俠氣不洗儒生酸。」此化用其意。本集屢用此意，如卷二讀慶長詩軸：「儒生寒酸不上眼。」南昌重會汪彦章：「儒生寒酸不上眼。」次韻偶題：「但恨語帶儒生酸。」

〔九〕古招提：即古寺。廓門注：「招提謂精舍，見諸書。」鍇按：梵語拓門提奢，省作拓提，後訛爲招提。其義爲四方，四方之僧稱招提僧，四方僧之住處稱招提僧房。北魏太武帝造伽藍，創招提之名，遂爲寺院之别稱。杜詩詳注卷一游龍門奉先寺：「已從招提游，更宿招提境。」仇兆鼇注引僧輝記：「招提者，梵言拓門提奢，唐言四方僧物，但傳筆者訛拓爲招，去門奢留提字，即今十方住持寺院耳。」

〔一〇〕禪寂：坐禪入定，思慮寂靜。維摩詰經卷上方便品：「一心禪寂，攝諸亂意。」

〔一一〕宗之果瀟灑：贊世承之英俊風姿。杜甫飲中八仙歌：「宗之瀟灑美少年，舉觴白眼望青天。」新唐書崔日用傳：「子宗之襲封，亦好學，寬博有風檢，與李白、杜甫以文相知者。」本集屢用崔宗之以贊他人之瀟灑風流，如卷二送慶長兼簡仲宣：「想見宗之雙鬢緑。」贈王敦素兼簡正平：「風流未數崔宗之。」卷四次韻吴提句重九：「賴有宗之輩，文字相往還。」卷五次韻題顒顒軒：「神彩不異崔宗之。」卷一一送秦少逸：「便覺宗之未瀟灑。」

〔二〕壁門：本爲漢建章宮南著名宮門，史記封禪書：「於是作建章宮。其南有玉堂、璧門、大鳥之屬。」後泛指宮門。清查慎行蘇詩補注卷四六春帖子詞夫人閣四首之四：「縹緲紫簫明月下，璧門桂影夜參差。」注曰：「杜牧詩：『月上白璧門，桂影涼參差。』按：石刻作『璧門』，正引用詩語。集本作『壁』從土者譌，今改正。」　夜直：值夜班。　錯按：據樞密吴公墓誌銘，吴接爲朝請郎，直祕閣，「璧門應夜直」或指此。　底本「璧」作「壁」，然壁門爲軍營之門，若曰軍門夜直，則爲士卒之事，宋人羞言之，亦與「宗之果瀟灑」不相稱。故此處亦如蘇詩補注：「作『壁』從土者譌」，今改爲「璧」。本集卷六送廓然有「璧門黄金闔」之句，亦可證「璧」當爲「璧」。

〔三〕歲晏：一年將盡之時。

〔四〕共理登山屐：言願與世承一道辦理登山屐，以便尋幽訪勝。南史謝靈運傳：「尋山陟嶺，必造幽峻，巖嶂數十重，莫不備盡。登躡常著木屐，上山則去其前齒，下山去其後齒。」蘇轍次韻子瞻自徑山回宿湖上：「借問泛湖舟，何似登山屐。」

次韻寄吴家兄弟〔一〕

朱門連屬南昌郡〔二〕，東湖褒賢拔高峻〔三〕。西山卷簾入欄楯〔四〕，富貴遮人不容進〔五〕。我初見之不敢瞬〔六〕，吴家諸郎特風韻〔七〕。戲語嘲之終不愠〔八〕，筆鋒落處風雷趁〔九〕。冰華百番一揮盡〔一〇〕，紅粧聚看眼波俊〔一一〕。一堂喧閧客懽甚〔一二〕，大厦吞風簷月近〔一三〕。君看渥洼本龍孕〔一四〕，俗馬那能著神駿〔一五〕。

【注釋】

〔一〕政和七年秋作於南昌。　吴家兄弟：指吴接字世承、吴括字世英、吴授字世隆三兄弟，均爲吴居厚之子。清陳宏緒江城名蹟卷四滕王閣：「宋僧洪覺範有同世承世英世隆三伯仲蔡定國劉達道登滕王閣詩云：『承英連璧光照座，更著阿隆如鼎安。老兵先馳啓關鑰，西山奔走登欄杆。劉郎端默自凝遠，蔡侯奮髯齒牙寒。但餘衰老百無用，搜句倚欄方細看。』所謂承、英三伯仲者，乃郡城吴氏之子。覺範集有次韻寄吴家兄弟詩，其略云：『朱門連屬南昌郡……筆鋒落處風雷趁。』合覺範二詩觀之，承、英伯仲自非凡兒，而郡志逸其名，無從索之於緗素矣。」鍇按：據丹陽集卷一二樞密吴公墓誌銘，世承、世英伯仲名應可考，見前贈吴世承注〔一〕。又，此詩句句押韻，當爲仄韻柏梁體詩。

〔二〕南昌郡：此指洪州州治南昌縣。據元豐九域志卷六江南西路：「都督洪州豫章郡鎮南軍節度，治南昌、新建二縣。」唐王勃秋日登洪府滕王閣餞别序：「南昌故郡，洪都新府。」此借用其稱，然史上洪州實無「南昌郡」之建制。

〔三〕東湖褒賢拔高峻：明一統志卷四九南昌府：「褒賢閣，在東湖南。宋樞密吴居厚被遇徽宗，於洪之私第建閣以藏賜書，徽宗親書『褒賢之閣』四字以寵之。」樞密吴公墓誌銘稱吴居厚：「前後所得上真蹟甚富，建閣襲藏於豫章里第，御撰『褒賢之閣』寵之，飭尚方勒金字榜，馳賜公刻石叙榮。」鍇按：吴居厚（一〇三六～一一一四）字敦老，洪州人。第嘉祐進士。熙寧初爲武安節度推官，奉行新法盡力。擢天章閣待制，都轉運使。紹聖中拜户部侍郎、尚書，以龍圖閣學士知開封府。徽宗朝拜尚書右丞，進中書門下侍郎，知樞密院。政和三年罷知洪州，逾年卒。宋史有傳。史稱其「在政地久，以周謹自媚，無赫赫顯惡，唯一時聚斂，推爲稱首」。東湖：在南昌縣東。太平寰宇記卷一〇六江南西道洪州：「東湖：按雷次宗豫章記云：州城東有大湖，北與城齊，隨城迴曲，至南塘。水通章江，增減與江水同。……宋少帝景平元年，太守蔡興宗於大塘之上更築小塘，以防昏墊，兼遏此水，令冬夏不復增減，水清至潔，而衆鱗肥美。」

〔四〕西山卷簾入欄楯：此化用唐王勃秋日登洪府滕王閣餞别詩「珠簾暮卷西山雨」之句。輿地紀勝卷二六江南西路隆興府：「西山，在新建西大江之外，高二千丈，週三百里，壓豫章數縣之地。寰宇記云：『又名南昌山。』九域志云：『吴王濞鑄錢之所。』余襄公靖記云：『西山在縣西四十里，巖岫四出，千峰北來，嵐光染空，連屬三百里。其所經行，盡西山之景。』水經云：『有天寶洞天。』楊無爲亦有西山記。洪龜父詩云：『雲中聽雞犬，不見有人家。』『野水侵官道，山雲惹客衣。』」　欄楯：欄杆。縱爲欄，横爲楯。

〔五〕富貴遮人不容進：謂吴家門第富貴，常人難以進入。

〔六〕不敢瞬：猶言不敢眨眼動目。吴越春秋卷二：「孫子復爲鼓之，當左右進退，迴旋規矩，不敢瞬目。」

〔七〕特：最，特别。　風韻：風度，韻致。

〔八〕愠：怨怒。詩邶風柏舟：「憂心悄悄，愠於羣小。」毛傳：「愠，怒也。」

〔九〕筆鋒落處風雷趁：喻寫作時下筆迅捷而有力。參見前贈汪十四注〔一〇〕。

〔一〇〕冰華百番一揮盡：蘇軾石蒼舒醉墨堂：「興來一揮百紙盡。」此化用其意。　冰華：紙之美稱。廓門注：「此言墨水也。」殊誤。　百番：即百枚，百幅，百張。宋晁以道景迂生集卷八奉紙百番於姑夫主簿并以謝四詩之寵：「怯見詩千首，慳持紙百番。」冰華百番，即紙百番。廓門又注：「漢官儀曰：以紙爲番，爲幅，爲枚。按字書，番音婆，紙以張爲番。」蘇軾次韻宋肇惠澄心紙二首之一：「詩老囊空一不留，百番曾作百金收。」自注：「永叔以澄心百幅遺聖俞，聖俞有詩。」參見前洞山祖超然生辰注〔一七〕。

〔一一〕紅粧聚看眼波俊：美女圍觀，看其落筆，暗送秋波。本集卷二七跋東坡平山堂詞：「東坡登平山堂，懷醉翁，作此詞。張嘉甫謂予曰：『時紅粧成輪，名士堵立，看其落筆。』」此句所寫場景本於此。本集頗多其例，如本卷贈許邦基：「高燒銀燭擁新粧，看君落筆龍蛇走。」香城懷吳氏伯仲：「新粧花成輪。」卷五次韻曾嘉言試茶：「紅粧聚觀爛朝霞。」卷一一送秦少逸：「想見醉圍紅粉處，雪牋佳句挽銀鈎。」卷一二題德明都護熏堂：「要看落筆擁紅妝。」均與欣慕名士風流有關。

〔二〕喧闐：喧嘩，熱鬧。

〔三〕大厦吞風簷月近：蘇軾西山詩和者三十餘人再用前韻爲謝：「諸公渠渠若夏屋，吞吐風月清隅隈。」此借用其語贊吳家豪宅。惠洪另有西江月詞曰：「大厦吞風吐月，小舟坐水眠空。」亦用比語。

〔四〕渥洼本龍孕：以駿馬喻吳家兄弟。渥洼：馬之代稱。龍孕：謂龍之種類。漢書武帝本紀：「（元鼎四年）秋，馬生渥洼水中，作寶鼎、天馬之歌。」漢書禮樂志二載天馬歌曰：「今安匹，龍爲友。」又曰：「天馬徠，龍之媒。」注引應劭曰：「言天馬者乃神龍之類。」

〔五〕俗馬那能著神駿：杜甫胡馬行：「始知神龍别有種，不比俗馬空多肉。」此化用其意。神駿：形容馬之神情駿逸。參見前神駒行注〔四〕。

香城懷吳氏伯仲〔一〕

西山遭霧雨〔二〕，形勝久抑鬱〔三〕。雲開誰使令，千峰爲子出〔四〕。骨瑛淡如秋〔五〕，談笑極强倔〔六〕。扶提登高閣〔七〕，慷慨問陳迹〔八〕。特欣曇顯醉〔九〕，不受澄觀律〔一〇〕。加額想諸郎〔一一〕，豪氣洗寒乞〔一二〕。新粧（莊）花成輪㊀〔一三〕，春生夢蝶室〔一四〕。清境乃不游，萬壑同稱屈〔一五〕。洪崖清不殺，笑傲時出没。路逢騎雪精，挾以兩橘栗〔一六〕。

【校記】

㊀粧：原作「莊」，誤，今改。參見注〔一三〕。

【注釋】

〔一〕政和七年秋作於洪州新建縣西山香城寺。方輿勝覽卷一九江西路隆興府：「香城寺，在豫章西山。陳陶有詩云：『十地嚴宫禮竺皇，旃檀樓閣半天香。祇園樹老梵聲小，雪嶺花香燈影長。霄漢落泉供月界，蓬壺靈鳥侍雲房。何年七七空人降，金錫珠壇滿上方。』」清一統志卷二三八南昌府：「香城寺，在新建縣西山，晉沙門曇顯建。爲西山最幽絶處。」吴氏伯仲：即吴世承兄弟。

〔二〕西山：明一統志卷四九南昌府：「西山，在府城西大江之外三十里，一名厭原山，又名南昌山。上有仙洞，道書第十二天柱寶極真天即此。其最幽絶處有香城蘭若。」參見前次韻寄吴家兄弟注〔四〕。

〔三〕形勝久抑鬱：謂西山壯美之景爲霧雨所遮掩壓抑。

〔四〕「雲開誰使令」二句：意謂雲霧聽從指揮而散開，山峰爲吴氏兄弟露出面容。此乃設想吴氏兄弟因雲散而可望見己所在之西山。　使令：使唤，指令。

〔五〕骨瑛：指香城寺瑛禪師。本集卷一九香城瑛禪師贊：「黄龍三關，初豈拒人。見者佇思，剩却法身。祐公掉臂直截，悦公追之絶塵。維瑛寔兩公之後，觀其滿腹精神。」考五燈會元卷一七、一八，黄龍慧南法嗣有雲居元祐，爲南嶽下十二世；元祐法嗣有景福省悦，爲南嶽下十三世。即所謂「祐公」「悦公」。據「瑛寔兩公之後」句，可推知瑛禪師爲景福省悦之法嗣，雲居元祐之法孫，屬臨濟宗黄龍派南嶽下十四世，當視惠洪爲師叔。本集卷二五題瑛老寫華嚴經：「瑛公風骨清癯，而神觀秀爽，措置加於人一等。與南州名士遊，淡然無營。」可見其人品。所謂「骨瑛」者，因風骨清癯故稱，如本集稱瘦權、癩可、頎紹、瘦規等，以形態特徵冠於法名第二字前，乃當時叢林之通例。本集卷二四師璞字序：「字僧妙瑛曰師璞。」疑瑛禪師法名妙瑛。　淡如秋：謂心境恬淡素淨如涼秋，即所謂淡然無營。

〔六〕强倔：同「倔强」，强硬直傲，不屈於人。

〔七〕扶提：猶言扶持，攙扶。宋程顥明道文集卷一陪陸子履游白石萬固：「扶提十里雜老幼，迤邐千騎明戈槍。」

〔八〕慷慨：情緒激昂。　問：尋訪。　陳迹：指香城寺古高僧曇顯、靈觀留下之遺跡。洪芻老圃集卷下潘子真用慳字韻勸香城人葺陳陶書堂因和之二首之二：「難招靈觀追陳迹，好在湯休接古歡。」

〔九〕特欣曇顯醉：言最欣賞曇顯飲酒大醉之舉動。唐釋道宣續高僧傳卷二三齊逸沙門釋曇顯傳：「釋曇顯，不知何人。元魏季序，遊止鄴中，棲泊僧寺，的無定所。每有法會，必涉其塵。皆通諳了義隱文，自餘長唱散説，便捨而就餘講。及後解至密理，顯便輒已在聽，時以此奇之。而覩其儀服猥濫，名相非潔，頻復輕削，故初並不顧録。惟上統法師深知其遠識也，私惠其財賄，以資飲噉之調。或因昏醉，卧於道旁。」又釋道宣廣弘明集卷四叙齊高祖廢道法事略曰：「曇顯者，不知何人，遊行無定，飲噉同俗，時有放言，標悟宏遠。上統知其深量，私與之交。於時名僧盛集，顯居末座。酣酒大醉，昂兀而坐。有司不敢召之，以事告於上統。上統曰：『道士祭酒，常道所行，止是飲酒，道人可共言耳。可扶輿將來。』於是合衆皆憚，而怯上統威權，不敢有諫。乃兩人扶顯，令上高坐。既上，便立而含笑曰：『我飲酒大醉，耳中有所聞云：沙門現一，我當現二。此言虛實？』道士曰：『有實。』顯即翹一足而立云：『我已現一，卿可現二。』各無對之。」錯按：僧傳所載沙門曇顯，爲北齊人，天保六年（五五五）曾與道士陸修靜論辯。而建西山香城寺之沙門曇顯，諸典籍均言爲東晉人。如酈道元水經注卷三九贛水：「西行二十里，曰散原山，疊嶂四周，杳邃有趣。晉隆安末，沙門竺曇顯建精舍於山南，僧徒自遠而至者相繼焉。西北五六里有洪井。」江西通志卷一五九雜記：「李長卿先生西山記云：晉沙門曇顯創大殿，焚香禱於崖，山側忽生香木，大堪爲柱。殿成，每誦經佛前，以木屑焚之，香聞數里，故曰香城。」宋周必大文忠集卷一六九泛舟遊山録：「（乾道丁亥十一月戊寅）及至香城寺，榜曰：『咸通香城蘭若，八年鎮南節度使嚴景書。』東晉隆安中曇顯肇居此山，嘗與陸修靜推論，見北齊高僧傳。」若曇顯於晉隆安（三九七～四〇一）中肇居此山，則北齊天保年間至少已一百八十歲，故建香城寺之東晉曇顯與北齊曇顯當非一人。然宋人如周必大輩已混爲一談。

〔一〇〕不受澄觀律：言不願如澄觀那般受戒律束縛。宋高僧傳卷五唐代州五臺山清涼寺澄觀傳略曰：「釋澄觀，姓夏侯氏，越州山陰人也。乾元中，依潤州棲霞寺醴律師，學相部律。本州依曇一，隸南山律。門人清沔記觀平時行狀云：『觀恒發十願：一、長止方丈，但三衣鉢，不畜長；二、當代名利，棄之如遺；三、目不視女人；四、身影不落俗家；五、未捨執受，長誦法華經；六、長讀大乘經典，普施含靈；七、長講華嚴大經；八、一生晝夜不卧；九、不邀名惑衆伐善；十、不退大慈悲普救法界。觀逮盡形期，恒依願而修行也。』」鍇按：香城寺有沙門靈觀遺跡。文忠集卷一六九泛舟遊山録：「次至靈觀尊者坐禪石。次至屋壇，高六尺，闊七尺，是爲香城絶頂。靈觀者，隋開皇初新羅沙彌也。爲北禪行道求價，尋償夙仇而終。」本集卷二四送嚴修造序：「南昌千嶂深秀處，忽生水沉奇材，而萬峰繞之，遂名香城。顯、觀基肇而來，老順嗣事而後，殿閣如幻出。」可知曇顯與靈觀爲香城寺奠基者。惠洪此言曇顯醉、澄觀律，或由香城之曇顯、靈觀而誤及之。

〔一一〕加額：雙手置放額前，以示敬意。蘇軾司馬温公行狀：「神宗崩，公赴闕臨，衛士見公入，皆以手加額曰：『此司馬相公也。』民遮道呼曰：『公無歸洛，留相天子，活百姓。』所在數千人聚觀之。」

〔一二〕寒乞：寒酸，小家子氣。宋書后妃傳明恭王皇后傳：「上嘗宫内大集，而贏婦人觀之，以爲歡笑。后以扇障面，獨無所言。帝怒曰：『外舍家寒乞，今共爲笑樂，何獨不視？』」

〔一三〕新粧花成輪：謂如花之紅粧美女圍繞環立。廓門注：「『莊』，當作『糚』。此集第二十七卷跋東坡平山堂詞中曰：『張嘉甫謂予曰：時紅糚成輪，名士堵立，看其落筆。』此句本於此，言下效之。」其説可從。參見前次韻寄吴家兄弟注〔一一〕。鍇按：「糚」，「粧」之異體字，底本作「莊」，誤，今改。

〔一四〕春生夢蝶室：莊子齊物論：「昔者莊周夢爲胡蝶，栩栩然胡蝶也。自喻適志與，不知周也。俄然覺，則蘧蘧然周也。不知周之夢爲胡蝶與？胡蝶之夢爲周與？」此借用其語以喻富貴之夢。本集卷二〇夢蝶齋銘：「浩蕩之春，萬物發飾。淮山花開，麗其風日。蛺蝶何爲，栩栩自適。朱門青鞍，羣色棋布。富貴鼎來，賓客鴛鷺。居士欠申，蘧然而寤。」

〔一五〕「清境乃不游」二句：謂吴氏兄弟若不游西山幽絶處，山川亦覺受委屈。此乃恭維之語，亦招邀游山之語。乃：反詰詞。稱屈：訴説委屈。

〔一六〕「洪崖清不殺」四句：意謂西山路上或能遇見洪崖先生騎白驢，挾橘、栗二僕而過。洪崖，人名，有二。元陶宗儀説郛卷二八下許觀東齋紀事：「洪崖先生有二，其一三皇時伶倫得仙者，號洪崖。神仙衛叔卿與數人博戲於華山石上，其子度世曰：『不審與父並坐者誰也？』叔卿曰：『洪崖先生、許由、巢父耳。』郭璞詩：『左挹浮丘袖，右拍洪崖肩。』即此是也。其一唐有張氳，亦號洪崖先生。按本傳又豫章職方乘云：氳，晉州神山縣〔人，自號洪崖子。至唐玄宗時，嘗召見於〕（錯按：説郛引豫章職方乘脱此十五字，今據輿地紀勝卷二六引職方乘補。）湛露殿。十六年，洪州大疫，氳至施藥，病者立愈。州以上聞。玄宗意其爲氳，驛召之，果氳也。常服烏方帽、紅蕉衣、黑犀帶，跨白驢。從者負六角扇、垂雲笠、鐵如意，往來市間，人莫知其歲耳。今人好圖其像者，即此是也。豫章有洪崖，蓋古洪崖得道處也。後張洪崖亦至其處。」此詩有「騎雪精」之語，當指張氳。李綱梁谿集卷一四〇洪崖先生畫贊序：「洪崖先生張氳，隋唐間人，隱於南昌之西山。所乘驢名之曰雪精。僕數人，曰拙，曰朮，曰藤，曰葛，曰橘。出則負巨扇長瓢以從之。多繪以爲圖，蓋有道者也。」此言洪崖之僕，有橘而無栗。然明王世貞弇州四部稿卷一三七跋錢舜舉洪崖移居圖：「按真誥所稱洪崖先生爲青城仙伯者，與赤松子俱爲神農氏師。此則唐張氳先生也。先生生於隋，一名藴，字藏真，亦自號洪崖。所乘白騾曰雪精。從者五，曰橘、栗、朮、葛、拙。」可證惠洪所言「橘栗」當亦有據。

清不殺：意謂高潔不減當年。殺：衰減，凋落，音曬。

大雪晚睡夢李德修插瓊花一枝與語甚久既覺作此詩時在洞山〔一〕

窮年踏黃塵，旅臥每自鄙。此山頗岑寂〔二〕，飲食亦清美〔三〕。瘦藤當一折〔四〕，且作終老計〔五〕。曉堂看春雪，秀色淨窗几。爐暖倚蒲團，頹然成坐睡〔六〕。君從何所來，會我清夢裏。瓊花斜裊帽〔七〕，眸子湛秋水〔八〕。伊予雜懽笑〔九〕，膺阿竟何事〔一〇〕。忽然長揖去，驚覺在千里。人生孰非夢，安有昏旦異〔一一〕。心知目所見，歷歷皆虛僞〔一二〕。他日或相逢，何殊開睫寐〔一三〕。此詩當見渠〔一四〕，一展笑相視。

【注釋】

〔一〕建中靖國元年正月作於筠州新昌縣洞山。李德修：筠州人。本集卷二李德修以烏蘭河石見示詩序：「予友李德修，少豪逸，有美才，工文章，一時輩流推之，聲稱著場屋。紹聖初，選於廣文，至禮部，好惡不合有司，棄去。遊邊，往來蘭、會甚久。晚屏跡田園。」詩有「曉堂看春雪」句，當作於正月，時在洞山。惠洪一生嘗三次住洞山，一爲元祐二年從克文學出世法；二爲建中靖國元年，依師弟希祖；三爲政和六、七年間。此詩言「窮年踏黃塵」，決不會作於元祐年間。又詩言「驚覺在千里」、「他日或相逢」，則其時李德修遠在他方。而政和七年正月，德修已在筠州，屏跡田園，與惠洪交遊，詩亦非作於其時。據詩意，當作於建中靖國元年住洞山時，其時德修正漫遊邊塞，往來蘭州、會州之間。考其行跡，姑繫於此。錯按：本集卷一〇有至上高謁李先甲會淵才德修，又冷齋夜話卷二留食戲語大笑噴飯：「予與李德修、游公義過一新貴人，貴人留食。予三人皆以左手舉箸，貴人曰：『公等皆左轉也。』予遂應聲曰：『我輩自應須左轉，知君豈是背匙人。』一座大笑，噴飯滿案。」皆可參見。

瓊花：一種極名貴之花，宋人筆記多有記載。宋敏求春明退朝録卷下：「揚州后土廟有瓊花一株，或云自唐所植，即李衛公所謂玉蕊花也。舊不可移徙，今京師亦有之。」王闢之澠水燕談録卷八事誌：「揚州后土廟有花一株，潔白可愛，歲久，木大而花繁，俗目爲瓊花，不知實何木也。世以爲天下無之，惟此一株。孫冕鎮維揚，使訪之山中，甚多，但歲苦樵斧野燒，故木不得大，而花不能盛，不爲人貴。孫傷之，作詩曰：『可憐遐地產，常化燎原灰。』近年京師亦有之，或云：乃李文饒所賦玉蕊花也。」王鞏聞見近録：「揚州后土廟有瓊花一株，宋丞相搆亭花側，曰無雙，謂天下無別株也。仁宗慶曆中嘗分植禁中，明春輒枯。遂復載還廟中，鬱茂如故。」

〔二〕岑寂：高而靜，亦泛指寂靜。文選注卷一四鮑明遠舞鶴賦：「去帝鄉之岑寂。」李善注：「岑寂，猶高靜也。」

〔三〕清美：形容食物之可口。蘇軾過新息留示鄉人任師中：「稻熟魚肥信清美。」

〔四〕瘦藤當一折：謂當折斷手杖，不再外出遊方。　瘦藤：即藤條，代指手杖。黄庭堅題落星寺四首之一：「不知青雲梯幾級，更借瘦藤游上方。」題大雲倉達觀臺二首之二：「瘦藤拄到風煙上，乞與遊人眼豁開。」

〔五〕終老計：安度晚年之計劃。唐杜荀鶴與友人話别：「未成終老計，難致此身閒。」蘇軾六年正月二十日復出東門仍用前韻：「五畝漸成終老計，九重新掃舊巢痕。」又遷居：「已買白鶴峰，規作終老計。」

〔六〕頽然：糊塗無知貌。

〔七〕瓊花斜裊帽：古人有簪花之習俗，故以頭插瓊花爲美。　裊：柔長貌，此作動詞。

〔八〕眸子：眼睛。　湛：澄清貌。蘇軾老人行：「一雙眸子碧如水。」此化用其意。

〔九〕伊：發語詞。予：余，我。六臣注文選卷二六謝靈運去郡行：「伊予秉微尚，拙訥謝浮名。」張銑注：「秉，持。微，小。浮，過也。惟我持此小尚山水之節，又疏拙蹇訥，故辭浮過之名。」

〔一〇〕膺阿：回應之語聲。膺，同「膺」「應」。

〔一一〕「人生孰非夢」二句：謂人生所有時間均爲夢境，無白天黑夜之區别。　昏旦：猶言夜與晝。

〔一二〕「心知目所見」二句：蘇軾登州海市：「心知所見皆幻影。」此化用其意。　歷歷：分明可數。

〔一三〕開睫寐：睜眼所見皆爲夢寐。唐釋貫休禪月集卷一二送僧歸日本：「焚香祝海靈，開眼夢中行。」此化用其語。鍇按：以上六句意本宗鏡録卷二：「且如即今有漏之身，夜皆有夢。夢中所見好惡境界，憂喜宛然。覺來牀上安眠，何曾是實？並是夢中意識思想所爲。則可比知，覺時所見之事，皆如夢中無實。」本集卷一一廓然再和復答之六首之五：「湖山昔夢雖非實，開睫今遊未必真。」卷二〇夢蝶齋銘：「紛紛萬緒，成我日用。睨而視之，開睫之夢。」均是此意。大慧普覺禪師語録卷八：「昨日合眼夢，如今開眼夢，諸人總在夢中聽。」則本惠洪之意。

〔一四〕渠：他，指李德修。

汪履道家觀所蓄煙雨蘆雁圖〔一〕

西湖漠漠生煙雨㊀〔二〕，浦浦圓沙皀雁聚㊁〔三〕。今日高堂素壁間㊂，忽見西湖最西浦㊃〔四〕。翩翩兩雁方欲下㊄〔五〕，數隻飄然掠波去。獨餘一隻方穩眠，有夢不成亦驚顧。蕭梢碧蘆秋葉赤㊅〔六〕，青沙白石紛無數㊆。我本江湖不繫舟㊇〔七〕，爾輩況亦江湖侶。令人便欲尋睿郎㊈〔八〕，呼船深入龍山塢〔九〕。

【校記】

㈠ 煙：聲畫集卷八作「風」。

㈡ 浦浦：石倉本作「浦口」。　圓：石倉本作「團」。

㈢ 高：聲畫集作「秋」。

㈣ 最：石倉本作「景」，誤。

㈤ 翻：廓門本作「翩」。

㈥ 蕭梢：聲畫集作「蕭蕭」。

㈦ 紛：天寧本作「粉」，誤。

㈧ 本：聲畫集作「乃」。

㈨ 欲：聲畫集作「亦」。　睿：石倉本作「漫」，誤。

【注釋】

〔一〕元符三年作於常州。宋阮閱詩話總龜前集卷一九引王直方詩話：「張嘉甫云：余少年見人誦一詩，所謂『但存方寸地，留與子孫耕』，不知何人語。元符三年，過毗陵汪迪家，出所藏水部賀公手書，乃知此詩賀所作。」張嘉甫，即張嘉父，名大亨。本集卷四有與嘉父兄弟別於臨川復會毗陵，蓋惠洪元符元年在臨川與嘉父兄弟相別，其復會毗陵（常州）當在元符三年。據王直方詩話，汪迪好收藏書畫，正與汪履道嗜好相同；嘉父在汪迪家觀書帖，惠洪亦在汪履道家觀字畫。據此推測，汪迪、汪履道或爲同一人。書大禹謨：「惠迪吉，從逆凶。」孔傳：「迪，道也。」據古人名與字相關之原則，可推測汪迪字履道，然其生平不可考。本集中多有與汪履道唱和之作，如卷一蘇子平汪履道試李潘墨、卷八汪履道家觀雪雁圖、卷一〇汪履道家觀古書、卷一四余所居竹寺門外有谿流石橋汪履道過余必終日既去送至橋西履道誦笑别廬山遠何煩過虎谿之句作十詩以見寄因和之、履道書齋植竹甚茂用韻寄之十首等等。廓門注：「『汪』當作『王』。宋史列傳一百十一卷曰：『王安中，字履道，中山曲陽人。』」其説無據。

〔二〕西湖：廓門注爲「杭州府西湖」，其説甚是。參見注〔八〕、〔九〕。漠漠：宋戴侗六書故卷六：「漠漠，煙雨霏微之貌，遠望渺茫之貌。」

〔三〕浦浦：猶言處處水邊。蘇軾連雨江漲二首之一：「牀牀避漏幽人屋，浦浦移家蜒子船。」圓沙皃雁聚：杜甫草堂即事：「寒魚依密藻，宿雁聚圓沙。」此化用其語意。

〔四〕最西浦：廓門注：「『最西』，筠溪集作『景西』，愚曰：『不可也。』」其説甚是。錯按：廓門所見筠溪集實從明曹學佺編石倉歷代詩選卷二二六中輯出，版本不可靠。惠洪見畫中之景物，以爲西湖最西之浦。如作「景西浦」，語義欠通。

〔五〕翩翻：即翩翩，鳥輕疾飛翔貌。

〔六〕蕭梢：猶言蕭蕭，象聲詞，狀草木摇落聲。江淹待罪江南思北歸賦：「木蕭梢而可哀，草林離而欲暮。」

〔七〕不繫舟：喻自由而無所牽挂。莊子列禦寇：「汎若不繫之舟，虛而遨遊者也。」成玄英疏：「唯聖人汎然無繫，泊爾忘心，譬比虛舟，任運逍遥。」蘇軾自題金山畫像：「心似已灰之木，身如不繫之舟。」又和陽行先：「用舍俱無礙，飄然不繫舟。」

〔八〕睿郎：思睿，字廓然，惠洪法友，時在杭州龍山。廓門注：「睿郎謂睿廓然。」其説甚是。僧人稱「郎」，乃仿「支郎」之例，參見前洞山祖超然生辰注〔二〕。本集卷三福巖寺夢訪廓然於龍山路中見之：「蕭蕭松下逢睿郎。」又卷一〇有次韻睿廓然送僧還東吴，可知睿郎即睿廓然。禪林僧寶傳卷二九大通本禪師傳：「有詔住上都法雲寺，賜號大通禪師。……住八年，請於朝，願歸老於西湖之上，詔可。遂東還，庵龍山崇德，杜門却掃，與世相忘，又十年。天下願見而不可得，獨與法子思睿俱。睿與余善，爲余言其平生。」此大通善本禪師之法子思睿，即睿郎。其法名思睿，字廓然，故稱睿廓然。思睿後改名思慧，則稱慧廓然。參見前懷慧廓然注〔一〕。善本嘗住杭州淨慈寺，其「歸老於西湖之上」，即指杭州西湖，可知思睿亦在此。石倉本「睿郎」作「漫郎」，誤。蓋漫郎爲唐元結之别稱，而元結與杭州龍山無關。

〔九〕龍山塢：指杭州龍山。咸淳臨安志卷二三山川二：「龍山，在嘉會門外，去城十里，一名卧龍山。」前舉禪林僧寶傳謂善本「庵龍山崇德」，即龍山崇德院。咸淳臨安志卷七七寺觀三載「城外自慈雲嶺郊臺至嘉會門泥路龍山」之寺院：「崇德院，開運二年吴越王建，舊名尊勝，治平二年改今額。有古佛殿，或傳魯班造。元祐中，圓定禪師善本奉詔住東京法雲寺，東坡有送行詩。」思睿隨其師善本住此。

蘇子平汪履道試李潘墨〔一〕

南陽國師古禪伯，玉殿以棋聊戲客。客雖四海棋絕倫，我解兩奩俱用黑。侍臣大驚帝微笑，客亦袖手吁莫測〔二〕。黑中優劣自能分，正似蘇汪今試墨。老潘氣韻凌阿寬〔三〕，二李不平有矜色〔四〕。坐令好事旁舍郎，瞠視無言受巾幗〔五〕。我非南陽不能辨，以手捫頭空嘆息。徑當相攜詣瞽叟〔六〕，夜半一辨須明白。

【注釋】

〔一〕元符三年作於常州。蘇子平：當爲蘇鈞，字子平。蘇軾答蘇子平先輩二首之一：「所要先丈哀詞，去歲因夢見，作一篇，無便寄去，今以奉呈。」今考蘇軾有蘇世美哀詞，可知蘇子平爲蘇世美之子。哀詞中有「曰吾子鈞」、「永言告鈞」之句，可知蘇子平名鈞。「鈞」，通「均」，有平之義。明祝允明懷星堂集卷二五跋蘇文忠五帖：「蘇鈞秀才帖，言歙研發墨滑潤，雖非絕品，亦不必他求。」蘇鈞秀才即此人。據宋黄㽦山谷年譜卷一一元豐三年：「又擢秀閣詩後題云：『廣陵蘇子平、南康李德叟、章水黄魯直，庚申小寒後一日同來觀灊山天柱雪。』」可知蘇鈞爲揚州（廣陵）人。宋魏齊賢、葉棻編五百家播芳大全文粹卷六七收錢濟明答蘇子平帖。錢濟明，名世雄，常州人。蘇鈞與錢世雄交遊，亦當在常州。汪履道：即汪迪，見前汪履道家觀所蓄煙雨蘆雁圖注〔一〕。李潘墨：指李氏與潘氏所製墨。宋晁季一墨經工略曰：「凡古人用墨，多自製造，故匠氏不顯。唐之匠氏，惟聞祖敏。又有張遇、陳贇。江南則歙州李超，超之子庭珪，庭寬，庭珪之子承浩，庭寬之子承晏，承晏之子文用，文用之子惟處、惟一、惟益、仲宣，皆其世家也。近世則京師潘谷、歙州張谷。」鍇按：庭珪、庭寬，他書或作廷珪、廷寬。李氏之墨以廷珪所製最爲珍貴，號稱天下第一。蘇軾書石昌言愛墨：「石昌言蓄廷珪墨，不許人磨。」又書廷珪墨：「昨日有人出墨數寸，僕望見，知其爲廷珪也。」又記奪魯直墨：「一日見過，探之，得承晏墨半挺。」又書李承晏墨：「近時士大夫多造墨，墨工亦盡其技，然皆不逮張（遇）、李（超）古劑，獨二谷（潘谷、張谷）亂真，蓋亦竊取其形製而已。」潘谷墨亦名重一時。蘇軾書潘谷墨：「賣墨者潘谷，余不識其人，然聞其所爲，非市井人也。墨既精妙，而價不二。士或不持錢求墨，不計多少與之。此豈徒然者哉！余嘗與詩云：『一朝入海尋李白，空看人間畫墨仙。』」此詩言「試李潘墨」，蓋蘇、汪二人欲較李、潘墨之優劣。

〔二〕「南陽國師古禪伯」六句：欲借慧忠國師能分辨兩奩黑子之事，比擬蘇、汪二人於墨中分優劣之舉。南陽國師指唐釋慧忠，俗姓冉氏，越州諸暨人。受禪宗六祖慧能心印，居南陽白崖山黨子谷，四十餘年不下山。肅宗聞其道行，上元二年敕中使召趣京師，待以師禮，使居千佛寺西禪院。帝屢問道，頗領會。及代宗世，迎止光宅寺者十有六載，隨機説法。代宗大曆十年示寂。謚大證禪師。事具景德傳燈録卷五西京光宅寺慧忠禪師、宋高僧傳卷九唐均州武當山慧忠傳。廓門注：「南陽慧忠國師嗣法於六祖大鑒。愚考師傳暨南陽廣語，無所見，後人幸鑑之。」鍇按：慧忠於帝前與客弈棋事雖未見於今存唐宋内外典籍記載，然明釋大成等編天界覺浪盛禪師語録卷四則言及此公案：「佛音禪人請上堂，舉：南陽忠國師於肅宗内殿，見侍臣有善弈稱國手者。帝問國師：『和尚亦善弈否？』國師曰：『老僧亦知弈，但異於此。』帝問：『何謂？』國師曰：『世人只知以黑白相爭勝負，老僧能用兩奩黑子弈，還有能同老僧對手者麽？』侍臣大驚，帝亦大笑。杖人曰：『大小國師大似白拈賊，既已明中打劫，又且暗裏翻盤，不免欺他大唐國裏無能敵手。博山今日不著，便特地拈破國師這一著黑子，還有知落處者麽？若有知得，好與他三十棒。若是不知，緩緩自領出去。』」可見此詩所言當非虛構，或宋代禪林已有此公案。兩奩：圍棋之黑白兩匣棋子。王安石棋：「戰罷兩奩分黑白，一枰何處有虧成。」吁莫測：感歎其深不可測。蘇軾次韻秦觀秀才見贈秦與孫莘老李公擇甚熟將入京應舉：「故人坐上見君文，謂是古人吁莫測。」

〔三〕老潘氣韻凌阿寬：謂潘谷墨優於李庭寬墨。稱「老潘」「阿寬」，有戲謔親切味。

〔四〕二李不平有矜色：謂李庭珪、李承晏墨則可傲視潘谷墨。矜色：驕傲之神色。春渚紀聞卷八記墨：「柴珣，國初時人。得二李膠法，出潘、張之上。」

〔五〕「坐令好事旁舍郎」二句：謂汪迪鄰居觀試墨之青年，見如此名貴之李、潘墨，唯有瞠目結舌，甘拜下風。　受巾幗：晉書宣帝紀略曰：「宣帝諱懿字仲達，河内温縣孝敬里人，姓司馬氏。時朝廷以（諸葛）亮僑軍遠寇，利在急戰，每命帝持重以候其變。亮數挑戰，帝不出。因遺帝巾幗婦人之飾，帝怒，表請決戰，天子不許。」錯按：遺巾幗有侮辱之意，謂其似婦人之怯。受巾幗則是示弱之意。

〔六〕瞽叟：算命之盲人。蓋古之瞽叟常自稱「善決大疑」，故或可決墨之優劣。

隆上人歸省覲留龍山爲予寫起信論作此謝之〔一〕

芙蓉阿隆耽兩耳〔二〕，急性天然緩如葦〔三〕。懷親徑歸不肯留，少留龍山今月矣。新交未數故人稀〔四〕，睡足明窗臨棐几〔五〕。管城落帽爲微笑〔六〕，便覺金光走龍尾〔七〕。試校鵝經拂硬黄〔八〕，傳此寶書千餘紙〔九〕。紙光葉葉揭筠膜〔一〇〕，字工戢戢行涑螘〔一一〕。勝公昔讀龍宫文〔一二〕，百本妙談此其髓〔一三〕。流落人間今幾年，此去西天十萬里〔一四〕。我寄閑房古寺中，閬風著氈自當止〔一五〕。自非道人三昧力〔一六〕，此書何以能至此。炷香一讀萬緣空〔一七〕，海印發光初按指〔一八〕。願君垢盡鷄出焬〔一九〕，亦於此法信根起〔二〇〕。生生要續無盡燈〔二一〕，照了無明癡種子〔二二〕。

【注釋】

〔一〕崇寧五年作於洪州分寧縣黄龍山，時依靈源惟清禪師坐夏於此。隆上人：當指僧彦隆。本集卷二四無諍字序：「彦隆宜字無諍。無諍生於極南，志學之年，則其藝已秀出流輩，校於有司，如探懷而取之。今未壯歲，又能訪道四方，期有所豎立，以端正頽綱。」此詩稱「芙蓉阿隆耽兩耳，急性天然緩如葦」，而無諍字序稱「彦隆宜字無諍」，亦是規其性急之意。此詩稱隆上人善書，「字工戢𣪠行凍螘」，而本集卷一五次韻無諍見懷三首之一稱其「韻傾瘦字試烏絲」，字如凍蟻即喻其筆劃之瘦硬，亦可證隆上人即無諍。又卷一四和人夜坐三首之三稱「隆禪甘作書癡」，亦當指彦隆。　省覲：探望父母。　龍山：此指黄龍山，參見前送英老兼簡鈍夫注〔四〕。　起信論：即大乘起信論，印度馬鳴菩薩造論。有二譯本，南朝梁真諦舊譯一卷，唐實叉難陀新譯二卷。説如來藏緣起之理，以一心二門總括佛教大綱。

〔二〕芙蓉：山名。錯按：以芙蓉名山者甚多，然據無諍字序，彦隆「生於極南」，故此芙蓉當指廣東韶州芙蓉山。元豐九域志卷九廣南東路韶州：「芙蓉山，郡國志云：漢末道士康容升仙於此。」九域志爲北宋全境方志，唯載韶州芙蓉山，足見其負盛名。惠洪以芙蓉稱彦隆籍貫，當爲時人所共知。　阿隆：即彦隆之昵稱。本集稱年輩低於己之青年僧人，常於名前冠以「阿」字。如卷一三元正一日示阿慈、夏日同安示阿崇諸衲子，他如稱阿振、阿餘、阿祐、阿湧等，不勝枚舉。彥隆未及壯歲，故稱阿隆。　耽：耳大下垂。淮南子墬形：「夸父耽耳，在其北方。」高誘注：「耽耳，耳垂在肩上。」

〔三〕急性天然緩如葦：韓非子觀形：「西門豹之性急，故佩韋以自緩；董安于之心緩，故佩弦以自急。」韋，皮繩，性柔韌，故性急之人佩韋以自戒。廓門注：「西門豹性急，佩韋以自緩。愚謂似言此，雖然，不合今詩韻。韋，微韻，上平。今取紙、尾韻，葦編入尾韻。或葦、韋通用歟？」錯按：此詩所押韻，如耳、矣、几、紙、髓、里、止、此、指、起、子爲上聲四紙韻，葦、尾、螘爲上聲五尾韻。若作平聲「韋」，便不押韻。此蓋惠洪誤以「葦」通「韋」。

〔四〕數：親近，親密。左傳成公十六年：「無日不數於六卿之門，國之材人無不事也。」杜預注：「數，不疏。」

〔五〕臨棐几：代指寫字。晉書王羲之傳：「嘗詣門生家，見棐几滑淨，因書之，真草相半。」此借用其意。棐几，榧木所制几案。

〔六〕管城：指毛筆。韓愈毛穎傳略曰：「毛穎者，中山人也。封諸管城，號管城子。」　落帽：指脱下筆套。黄庭堅戲詠猩猩毛筆二首之二：「明窗脱帽見蒙茸。」此用其意。落帽語出世説新語識鑒劉孝標注引孟嘉别傳：「後爲征西桓温參軍。九月九日温游龍山，參寮畢集。時佐史並著戎服，風吹嘉帽墮落，温戒左右勿言，以觀其舉止。嘉初不覺，良久如廁，命取還之。令孫盛作文嘲之，成，箸嘉坐。嘉還即答，四座嗟歎。」落帽爲名士風流之典，此借其語以擬筆。

〔七〕金光：金色之光，指佛光，喻事相莊嚴或法力無邊，此謂起信論之法力莊嚴。　龍尾：歙硯名，硯之上品。苕溪漁隱叢話後集卷二九：「苕溪漁隱曰：新安龍尾石，性皆潤澤，色俱蒼黑縝密，可以敵玉。滑膩而能起墨，以之爲研，故世所珍也。」蘇軾龍尾硯歌：「君看龍尾豈石材，玉德金聲寓於石。」本集卷二〇有龍尾硯賦，可參見。

〔八〕試校鵝經拂硬黄：指於硬黄紙上臨摹王羲之字體而抄佛書。　校：仿效，摹仿。管子牧民：「不敬宗廟則民乃上校。」尹知章注：「校，效也。君無所尊，民亦效之。」鵝經：王羲之換鵝所寫之道經，此處以鵝經代指羲之字。　鵝經有二説。一説爲道德經。晉書王羲之傳：「山陰有一道士，養好鵝，羲之往觀焉。意甚悦，固求市之。道士云：『爲寫道德經，當舉羣相贈耳。』羲之欣然寫畢，籠鵝而歸，甚以爲樂。」一説爲黄庭經。李白送賀賓客歸越：「山陰道士如相見，爲寫黄庭換白鵝。」宋張淏雲谷雜記卷一引道藏務成子注黄庭外景經序曰：「晉有道士好黄庭之術，意專書寫，嘗求於人。聞王右軍精於草隸，而性復愛白鵝，遂以數頭贈之，得其妙翰。」並考證羲之寫道德經、黄庭經換鵝爲二事，李白詩不誤。　硬黄：經染色或塗蠟之紙，善書者多取以臨帖作字。宋張世南游宦紀聞卷五：「硬黄，謂置紙熱熨斗上，以黄蠟塗勻，儼若枕角，毫釐必見。」宋趙希鵠洞天清録硬黄紙：「硬黄紙，唐人用以書經，染以黄檗，取其辟蠹，以其紙如漿，澤瑩而滑，故善書者多取以作字。今世所有二王真跡，或有硬黄紙，皆唐人仿書，非真跡也。」

〔九〕寶書：佛書，此指起信論。蘇軾宿圓通禪院：「袖裏寶書猶未出，夢中飛蓋已先傳。」

〔一〇〕葉葉：片片。唐王建宫詞之十七：「羅衫葉葉繡重重，金鳳銀鵝各一叢。」筠膜：竹外青皮之薄膜，喻紙光。明楊慎丹鉛續録卷二孚尹：「記聘義説玉云：『孚尹旁達，信也。』鄭注：『孚一作姇，尹讀爲竹箭有筠之筠。』蓋謂玉之滑澤如女膚，緻密如筠膜也。」

〔一一〕戢戢：密集貌。杜甫又觀打魚：「小魚脱漏不可記，半死半生猶戢戢。」凍螘：凍殭之螞蟻，喻字跡工整密集。黄庭堅以右軍書數種贈丘十四：「小字莫作癡凍蠅，樂毅論勝遺教經。」凍螘，猶凍蠅，然惠洪意似讚美。

〔一二〕勝公昔讀龍宫文：勝公，印度龍樹菩薩之異名。舊譯龍樹，新譯龍勝、龍猛，尊稱勝公。姚秦鳩摩羅什譯龍樹菩薩傳略曰：「龍樹菩薩者，出南天竺梵志種也。天聰奇悟，事不再告。自念言：『世界法中，津塗甚多，佛經雖妙，以理推之，故有未盡。未盡之中，可推而演之，以悟後學，於理不違，於事無失，斯有何咎？』思此事已，即欲行之。獨在静處水精房中。大龍菩薩見其如是，惜而愍之，即接之入海。於宫殿中開七寶藏，發七寶華函，以諸方等深奧經典、無量妙法授之。龍樹受讀，九十日中，通解甚多。其心深入，體得寶利。龍知其心而問之曰：『看經遍未？』答言：『汝諸函中經多無量，不可盡也。我可讀者，已十倍閻浮提。』龍言：『如我宫中所有經典，諸處此比復不可數。』龍樹既得諸經一相，深入無生，二忍具足。龍還送出。」

〔一三〕百本妙談此其髓：謂起信論乃衆多佛典中之精髓。蓋其書闡明如來藏緣起之旨，及菩薩、凡夫等發心修行之相，總結大乘佛教之中心思想，爲大乘佛教各宗派如華嚴、天台、禪宗等共同信奉之經典。　百本：泛指諸多佛典。宋高僧傳卷四唐京兆大慈恩寺窺基傳稱窺基爲佛典「造疏計可百本」，號曰「百本疏主」。廓門注「百本」謂「大智度論一百卷」，恐不確。蓋百本非百卷也。

〔一四〕此去西天十萬里：建中靖國續燈録卷二〇滁州瑯琊山開化寺永起禪師：「良久，云：『比去西天路，迢迢十萬餘。』」

〔一五〕閬風著氈自當止：謂因有此起信論，自不必越崑崙，著氈衣，往西天取經。　閬風：即閬風巔，傳説中神仙居所，在崑崙之巔。楚辭離騷：「朝吾將濟於白水兮，登閬風而緤馬。」王逸注：「閬風，山名，在崑崙之上。」　著氈：穿毛皮製衣，此西域風俗。

〔一六〕道人：指彦隆。　三昧力：指因心念不動而産生之藝術創造力。參見前仁老以墨梅遠景見寄作此謝之二首注〔八〕。

〔一七〕萬緣空：謂衆因緣所合成之萬事萬物其性本空，此爲讀起信論所體悟之境界。唐釋慧海頓悟入道要門論：「萬緣俱絶者，即一切法性空是也。」黄庭堅贈劉静翁頌四首之三：「萬緣空處真如佛，八面風中不動尊。」本集卷一三題悟宗壁：「到寺回身望衆峰，一堂疏快萬緣空。」

〔一八〕海印發光初按指：佛所得之三昧名海印，謂如於大海中印象一切之事物，湛然於佛之智海印一切之法。楞嚴經卷四：「譬如琴瑟、箜篌、琵琶，雖有妙音，若無妙指，終不能發。汝與衆生亦復如是，寶覺真心各各圓滿。如我按指，海印發光。汝暫舉心，塵勞先起。」

〔一九〕垢：煩惱之異名，因其污染淨心，故名爲垢。鷄出燖：以熱水燙已宰殺之鷄，除去其毛，洗淨其垢，稱爲燖雞。此喻煩惱已洗淨。蘇軾書黄魯直李氏傳後：「無所厭離，何從出世？無所欣慕，何從入道？欣慕之至，亡子見父。厭離之極，燖鷄出湯。」本集屢以燖鷄喻去垢，如卷六次韻吴興宗送弟從潙山空印出家：「譬如鷄出燖，真復生厭離。」卷八次韻雲居寺：「世塵已覺蜕埃輕，道心遂作燖鷄淨。」卷一〇次韻睿廓然送僧還東吴：「山情已作燖鷄淨，世味真如嚼蠟微。」

〔二〇〕信根：五根之一。佛教以信、精進、念、定、慧等五法爲能生一切善法之本，故名爲五根。信三寶、四諦、正道、助道及一切無漏禪定解脱，使善萌增長而不退壞，是名信根。學道之人，非有信根，不能進益。俱舍論卷三：「於清淨法中，信等五根有增上用。」

〔二一〕無盡燈：法門名。謂以一燈點燃千百盞燈，傳之無盡，喻以佛法度化衆生。維摩詰經卷上菩薩品：「維摩詰言：諸姊，有法門名無盡燈，汝等當學。無盡燈者，譬如一燈燃百千燈，冥者皆明，明終不盡。如是諸姊，夫一菩薩開導百千衆生，令發阿耨多羅三藐三菩提心，於其道意，亦不滅盡，隨所說法，而自增益一切善法，是名無盡燈也。」

〔三〕照了：照亮。　無明癡種子：指心性闇昧、迷於事理而致生煩惱之癡愚本性。本業經卷上：「無明者，名不了一切法。」俱舍論卷四：「此中癡者，所謂愚癡，即是無明、無智、無顯。」

送元上人還桂陽建轉輪藏〔一〕

趙州飽叢林，懶墯亦慣便。起步作欠伸，藏經終一遍〔二〕。投子猶可駭，手足未舒展。但於數字中，濆出五千卷〔三〕。兩翁古禪伯，措置令人羨。安知塵塵中，法輪常自轉〔四〕。無數妙章句，函匭金碧眩（眩）㊀〔五〕。芥子瑠璃瓶，歷亂齊發現〔六〕。頗怪老龍華，底事別營建〔七〕。幻出諸鬼物，奇狀分百變。疾馳並推轂，過目等飛電〔八〕。萬衆初錯愕，熟視生悲戀〔九〕。譬如觀寫照，筆下出眉面。爭貴紙上容，活者反棄賤〔一〇〕。乃知像教末，妙理蔽浮淺〔一一〕。要令齒髮輩，種性受熏煉〔一二〕。元禪今南歸，酬此夙所願。我作送行詩㊁，敗墨磨破硯〔一三〕。詩成一大笑，相顧春風軟。會看出談笑，錯落照深殿〔一四〕。想見午梵清〔一五〕，隨喜時遶漩〔一六〕。

【校記】

㊀眩：原作「眩」，誤，今從廓門本、武林本。參見注〔四〕。

㈡詩：廓門本作「時」，誤。

【注釋】

〔一〕作年未詳。　元上人：生平法系未詳。　桂陽：宋地名，有二。一爲桂陽軍，屬荆湖南路，治平陽縣，在今湖南桂陽縣。二爲連州桂陽縣，屬廣南東路，在今廣東連縣。此詩桂陽當指桂陽軍。　轉輪藏：藏置佛經且可轉動之塔形木結構建築，下大上小，依次爲藏座、藏身與天宫樓閣，繪有佛像圖案等。通高十米左右，多爲八角形，分若干層次，中有輪軸，可左右旋轉。相傳爲南朝梁傅大士所創。參見注〔七〕。

〔二〕「趙州飽叢林」四句：謂趙州和尚只起步欠伸，旋轉一圈，便已轉完一遍所有藏經。五燈會元卷四趙州從諗禪師：「有一婆子令人送錢，請轉藏經。師受施利了，却下禪牀轉一匝。乃曰：『傳語婆，轉藏經已竟。』其人回，舉似婆。婆曰：『比來請轉全藏，如何祇爲轉半藏？』」飽叢林：意謂多方參究、充分領會禪宗妙理。飽，即飽參。叢林，禪宗寺院。宋釋曉瑩羅湖野録卷四：「明州和庵主，從南嶽辨禪師游，叢林以爲飽參。」

〔三〕「投子猶可駭」四句：謂投子和尚更不需動身，只説一句話五個字，便已轉完藏經五千卷。景德傳燈録卷一五舒州投子山大同禪師：「僧問：『大藏教中還有奇事也無？』師曰：『演出大藏教。』」　五千卷：指全部漢譯佛典，即大藏經。唐裴休大方廣圓覺修多羅了義經略疏序：「今夫經律論三藏之文，傳於中國者五千餘卷。」宋蔣之奇楞伽阿跋多羅寶經序：

「佛之所説經總十二部，而其多至於五千卷。」

〔四〕「安知塵塵中」二句：意謂自然界常有大法輪在自轉，因而無需人力去轉法輪。塵塵：世界。東坡詩集注卷二四遷居：「念念自成劫，塵塵各有際。」趙次公注：「佛家以世界爲塵，塵塵有際，言物各有世界。」法輪：既指轉輪藏上裝有經卷、可以轉動之輪盤，亦喻指佛法。佛説法，圓通無礙，運轉不息，能摧破衆生煩惱，故稱法輪。

〔五〕「無數妙章句」二句：意謂世界如同轉輪藏上裝書册之匣子，藴藏著無數玄妙佛教經典。函匭：匣子。金碧：指轉輪藏金碧輝煌之裝飾。本集卷二一潭州開福轉輪藏靈驗記：「其上塗金間碧，電馳風繞。莊嚴之麗，惟見者心了，而言所不能形容也。」眩：眼花繚亂。轉輪藏之塗金間碧，電馳風繞，使人目眩。底本作「昡」。鍇按：昡，指日光，語義與此不合，今從廓門本作「眩」。

〔六〕「芥子瑠璃瓶」二句：謂世界一微塵中均可示現佛刹，如瑠璃瓶中盛芥子，清楚顯現。唐提雲般若譯華嚴經不思議佛境界分：「佛刹示現，譬如瑠璃瓶滿中盛芥子。如是如是，於一極微一分量中見諸佛土佛薄伽梵。」唐釋澄觀華嚴經疏卷一：「炳然齊現，猶彼芥瓶。」釋澄觀華嚴經隨疏演義鈔卷二：「一所含細微，如琉璃瓶盛多芥子，炳然齊現。」歷亂：歷歷，分明貌，即所謂「炳然」。

〔七〕「頗怪老龍華」二句：意謂既然自然界本有法輪自轉，傅大士又何必多事另創建轉輪藏。廓門注：「龍華，蓋言傅大士歟？後人須考。」錯按：廓門推測甚是，老龍華指南朝梁高僧傅翕大士，即雙林大士，亦稱善慧大士。景德傳燈録卷二七婺州善慧大士：「善慧大士者，婺州義烏縣人也。齊建武四年丁丑五月八日降於雙林鄉傅宣慈家，本名翕。……晉天福九年甲辰六月十七日，錢王遣使發塔，取靈骨一十六片紫金色及道具，至府城南龍山，建龍華寺寘之，仍以靈骨塑其像。」宋高僧傳卷一三晉永興永安院善靜傳附靈照傳略曰：「杭州龍華寺釋靈照，本高麗國人也。忠獻王錢氏迎取金華梁傅翕大士靈骨道具寘於此寺，樹塔，命照住持焉。」本集卷一一明日欲往龍華瞻大士像廓然和前詩叙其事又用韻答之：「雙林大士不復見，聞説龍華畫像真。」可證龍華即傅大士。相傳傅大士創建轉輪藏以傳法。宋樓炤刊善慧大士語録卷一：「大士在日，常以經目繁多，人或不能遍閲，乃就山中建大層龕，一柱八面，實以諸經，運行不礙，謂之輪藏。仍有願言：『登吾藏門者，生生世世不失人身；從勸世人有發菩提心者，志誠竭力，能推輪藏不計轉數，是人即與持誦諸經功德無異，隨其願心，皆獲饒益。』今天下所建輪藏，皆設大士像，實始於此。」黄庭堅山谷別集卷四普覺禪寺轉輪藏記：「吾聞轉輪藏者，權輿於雙林大士。」李綱梁谿集卷一三三澧州夾山普慈禪院轉輪藏記：「有大導師善慧大士，以方便智，設妙圓機，創轉輪藏，以貯佛語及菩薩語。關機斡旋，周行不息，運轉一匝，則與受持誦書、寫一大藏經教等無有異。」本集卷二一潭州開福轉輪藏靈驗記：「雙林大士以平等慈，行同體悲，廣攝異種，爲此方便。」　底事：

何事。

〔八〕「幻出諸鬼物」四句：形容轉輪藏之神奇變化。黄庭堅山谷集卷一八吉州隆慶禪院轉輪藏記：「機發於踵，大車左旋，人天聖凡，東出西没。鬼工神械，耀人心目。」推轂：此指推動轉輪藏之輪軸。潭州開福轉輪藏靈驗記：「余獲拜觀，遣十輩下推其轂，五輪俱旋。」

〔九〕熟視生悲戀：謂萬衆因久看轉輪藏而生出悲哀迷戀之情。蓋悲戀生於愛念，然涅槃經卷二稱：「如來無有愛念之想。」故悲戀本應爲佛教所摒棄。

〔一〇〕「譬如觀寫照」四句：謂觀轉輪藏之人往往忘記佛教真理，爲動心駭目之建築與塗金間碧之經卷所吸引，猶如看肖像畫之人只注意紙上之形像，而忽略活生生之真人。寫照：即寫真，謂畫人物肖像。

〔一一〕「乃知像教末」二句：感歎佛教衰落，佛教之妙理爲浮淺之圖像所遮掩。惠洪以爲佛之爲像皆虚幻，不可執著。本集卷一八華藏寺慈氏菩薩贊亦曰：「嗟哉像教末，羽嘉成百鳥。棘生薝蔔林，龍神爲悲慟。……即今目所見，非有亦非無。如像現鏡中，非鏡亦非像。」像教：立像以設教，指佛教。唐會要卷四七議釋教上：「漢魏以後，像教寖興。」

〔一二〕「要令齒髮輩」二句：欲讓世人因看轉輪藏而使其性情受到佛教之薰陶。吉州隆慶禪院轉輪藏記：「吾師云：『五十六億萬歲，當有大丈夫來自善足天，於龍華菩提木下，三轉法輪，度諸有緣，人稱所有施法佛及僧，是爲將來聽法種子。』」齒髮輩：指人類，世人。

種性：猶言根性，天生特性。本集卷二七跋狄梁公傳：「予聞虎生三日，其氣食牛；駃騠七日，而超其母，蓋其種性殊特，不幸而趣異類中耳。」

〔三〕敗墨磨破硯：以墨硯破敗狀詩僧之窮窘。自謙辭，本集多此例。如卷二讀慶長詩軸：「雪中呵手研破硯。」卷四送訥上人遊西湖：「明窗爲君研破硯。」余將北遊留海昏而餘祐禪者自靖安馳來覓詩：「敗煤磨破硯。」卷七中秋夕以月色靜中見泉聲幽處聞爲韻分韻得見字：「橘亦磨破硯。」

〔四〕「會看出談笑」二句：謂元上人定會在談笑之間建成轉輪藏，高低錯落，光照深殿。

〔五〕午梵：僧人中午誦經讚唱之聲。王安石遊鍾山：「午梵隔雲知有寺，夕陽歸去不逢僧。」

〔六〕隨喜：佛家以行善布施可生歡喜心，隨人爲善稱爲隨喜。大智度論卷六一：「一切和合，隨喜功德。」　遶漩：指轉動法輪。

贈淨上人〔一〕

金華上人牧羊伴〔二〕，來尋江南好山看〔三〕。西湖毛骨漱秋光〔四〕，野鶴精神照冰段〔五〕。嗟余塵事苦相羈，槁項蒼顔老路岐〔六〕。二年來往南州浦〔七〕，古寺閒行三見之。生涯初不受塵垢，到客跏趺聽秋雨〔八〕。玉軸已閒經半掩〔九〕，銀葉未寒煙一縷〔一〇〕。雲泉佳處包當解〔一一〕，未暇從人覓錢買〔一二〕。不嫌高笑常垢汙〔一三〕，與子俱載歸東吴〔一四〕。

【注釋】

〔一〕約崇寧年間作於洪州。　淨上人：疑即釋元淨，號雪庭，雙溪人。元淨爲臨濟宗楊岐派圓悟克勤禪師法嗣，住持蘇州虎丘寺，爲南嶽下十五世。嘉泰普燈録卷一四、五燈會元卷一九、續傳燈録卷二八平江府虎丘雪庭元淨禪師載其機語。鍇按：本詩稱淨上人爲「金華上人」，而元淨爲雙溪人。宋代並無雙溪縣，而方輿勝覽卷七婺州略曰：「郡名金華。江南劇郡，三洞雙溪之勝。」又曰：「雙溪樓，在郡城上，米元章書。」可見雙溪即指金華。

〔二〕金華上人牧羊伴：謂淨上人來自仙人黄初平牧羊之處。方輿勝覽卷七婺州：「金華山，在縣北三十里，亦曰金盆山，一名長山，有赤松觀。神仙傳：黄初平，蘭陵人。年十五，家使牧羊。遇道士，愛其良謹，將至金華山石室中四十餘年。兄初起尋之，遇道士，引山中相見。兄問羊安在，但見白石。初平叱之，石皆起，成羊數萬首。初起遂棄妻孥，食松柏、茯苓，五萬日後神仙。」鍇按：晉葛洪神仙傳卷二載其事略曰：「皇初平者，丹谿人也。年十五而家使牧羊。有道士見其良謹，使將至金華山石室中。四十餘年忽然，不復念家。其兄初起入山索初平。因問弟曰：『羊皆何在？』初平曰：『羊近在山東。』初起往視，了不見羊，但見白石無數。還，謂初平曰：『山東無羊也。』初平曰：『羊在耳，但兄自不見之。』初平便與俱往看之，乃叱曰：『羊起。』於是白石皆變爲羊數萬頭。初起便棄妻子，留就初平，共服松脂茯苓。後乃俱還鄉里，諸親死亡略盡，乃復還去。」初平本姓「皇」，後世多譌作「黄」。

〔三〕江南：此特指江南西路。鍇按：本集中「江南」一詞多指江南西路洪州、筠州等地。

〔四〕西湖毛骨漱秋光：稱淨上人氣質清朗純淨，如西湖秋色洗其毛骨。此種寫法爲惠洪獨創，如本集卷九王舍人路分生辰：「秋容漱毛骨，春色照簪紳。」卷一九妙高仁禪師贊：「春風入其肺肝，秋色漱其毛骨。」　西湖：指杭州西湖，淨上人當自杭州游方至此。

〔五〕野鶴精神：喻飄逸無拘、超塵出世之心。如唐劉長卿送方外上人：「孤雲將野鶴，豈向人間住。」韋應物贈王侍御：「心同野鶴與塵遠。」本集卷一七述古德遺事作漁父詞八首藥山：「野鶴精神雲格調。」　照冰段：喻純潔澄明、未受污染之心。新唐書百官志：「上林署，季冬，藏冰千段，先立春三日納之冰井。」

〔六〕槁項蒼顏：頸項枯槁，容顏蒼老。莊子列禦寇：「夫處窮閭阨巷，困窘織屨，槁項黄馘者，商之所短也。」　路岐：大道上分出之小路，喻人生逆境波折。鮑照幽蘭五首其五：「長袖暫徘徊，駟馬停路岐。」李白古風五十九首其五十九：「惻惻泣路岐，哀哀悲素絲。路岐有南北，素絲易變移。」

〔七〕南州：本泛指南方，此特指洪州豫章郡。後漢書徐穉傳略曰：「徐穉字孺子，豫章南昌人也。及林宗有母憂，穉往弔之，置生芻一束於廬前而去。衆怪，不知其故。林宗曰：『此必南州高士徐孺子也。』」本集南州之稱，多用此意。如卷二二寄老庵記：「高安，南州之屬郡，地連西山、廬嶽之勝。」卷二七跋徐洪李三士詩：「陳瑩中嘗問予南州近時人物之冠，予以師川、駒父、商老爲言。」徐、洪、李均爲洪州人。

〔八〕到客：廓門注曰：「『客』當『處』歟？」意謂當作「到處」。鍇按：「到客」亦通，可解爲到來之客，如劉敞公是集卷一六三瑞堂：「到客爲爾俱題詩。」劉攽彭城集卷一〇次韻謝三利涉寺見寄：「夕陰留到客。」　跏趺：僧人坐禪之姿，所謂結跏趺坐。禪宗所傳跏趺，亦稱降魔坐，先以右趾押左股，後以左趾押右股。　聽秋雨：語出黄庭堅謝王炳之惠石香鼎：「一炷聽秋雨，何時許對談。」

〔九〕玉軸：卷軸之美稱，借指圖書畫册，此指佛教經卷。　廓門注：「閒，閲字差誤歟？」鍇按：「閒」字亦通，謂玉軸閒置，不再閲讀。

〔一〇〕銀葉：銀片，襯篆香之銀盤。宋陳敬陳氏香譜卷二焚香：「焚香必於深房曲室，矮卓置爐，與人膝平。火上設銀葉或雲母，製如盤形，以之襯香。香不及火，自然舒慢無煙。」蘇軾祥符寺九曲觀燈：「紗籠擎燭迎門入，銀葉燒香見客邀。」

〔一一〕包當解：謂當解下游方包裹，暫作休歇。

〔一二〕未暇從人覓錢買：此即李白襄陽歌「清風朗月不用一錢買」之意。廓門注：「『買』當作『賈』字。」其説殊誤。鍇按：此句「買」與上句「解」字，均爲上聲九蟹，二句押韻，「買」字不誤。

〔一三〕高笑：高聲大笑。垢汙：污濁，骯髒。此自謙之語。

〔一四〕東吳：泛指江南東路、兩浙西路一帶，即今江蘇南部、浙江北部地區。

贈器之禪師〔一〕

器禪鄱水來〔二〕，一鉢自笑傲㊀〔三〕。偶然家此山，十見青林槁〔四〕。寒骨聳詩律〔五〕，枯筆作行草〔六〕。韻如絳闕容〔七〕，日月不能老〔八〕。伊余曾聞名〔九〕，再見遂傾倒。情高付無求〔一〇〕，語妙知有道。茲山得君居，便覺山愈好。何時卜東巖，鄰徑雲共掃。時時從君遊，吐詞覓遺藁〔一一〕。

【校記】

㊀ 鉢：廓門本作「盋」，同。

【注釋】

〔一〕大觀二年作於太平州藏雲山雲際院，時往江寧府途經此地。器之禪師：生平法系未詳。李之儀姑溪居士後集卷一五書樂府長短句後：「器之上人好事，不立畦畛，所到人多喜之。喜收予書，雖造次必録無擇。藏雲歲杪，夜長燈暗，輒以此軸見邀，如醉夢中。隨智臣口占，隨得隨書，不覺軸盡。又以歲月與其會人及其他見邀，云將爲異日之觀。時大觀四年十二月十日夜，釋寶之、周智臣、葛大川、釋子長、樊聖可，並器之與予也。入雲際院東房火積中記。」惠洪在江寧府日，頗與李之儀唱和。之儀所言器之上人當即此詩所言器之禪師，爲藏雲山雲際院僧。詩中所言「此山」「茲山」，當即太平州藏雲山。江南通志卷一七太平府：「藏雲山，一名神武山，在府東北二十里。山高且深，可藏雲，遂名。中峰峭立百丈。左爲致雨峰，雲起即雨，禱輒應。」宋郭祥正青山集卷二〇和胡具幾承議藏雲山雲際寺留題：「山路入雲際，山深雲更深。」此詩有「鄰徑雲共掃」之句，亦可證其「此山」爲藏雲山。

〔二〕器禪：器之禪師。錯按：宋僧法名通常省稱第二字，即殊名。然此山有釋器之、寶之，第二字「之」爲共名，故此省稱其殊名「器」，即第一字。鄱水：水名，此代指鄱陽縣。元和郡縣志卷二九江南道饒州鄱陽縣：「秦置。孫權分豫章置鄱陽郡，理於此。晉武帝改爲廣晉。隋開皇九年改廣晉爲鄱陽，以在鄱水之北，故曰鄱陽。」

〔三〕鉢：僧人食具。釋貫休禪月集卷二〇陳情獻蜀皇帝：「一瓶一鉢垂垂老，千水千山得得來。」一鉢，指僧人托一鉢而游方。廓門本「鉢」作「盋」。錯按：盋，同鉢，見廣韻。續高僧傳卷八齊大統合水寺釋法上傳：「法衣瓶盋以外，更無餘財。」

〔四〕十見青林槁：代指十年。廓門注：「東坡詩集十四卷『自我遷嶺外，七見槐火新』之句法也，下效之。」蘇軾詩題爲崔文學甲攜文見過蕭然有出塵之姿問之則孫介夫之甥也故復用前韻賦一篇示志舉。

〔五〕寒骨聳詩律：言其詩如唐詩人孟郊、賈島，風格寒瘦。孟郊戲贈無本二首之一：「詩骨聳東野。」賈島秋夜仰懷錢孟二公琴客會：「獨鶴聳寒骨，高杉韻細飔。」此點化其語。

〔六〕枯筆作行草：言其善以枯筆作行草，風格險峻。宋姜夔續書譜用墨：「行草則燥潤相雜，潤以取妍，燥以取險。墨濃則筆滯，燥則筆枯，亦不可不知也。」

〔七〕韻如絳闕容：言其風韻如神仙容貌。絳闕：宮殿寺觀前朱色門闕，此代指神仙居處。南朝梁陶弘景真誥卷二運象篇載英夫人所作詩：「絳闕扉廣霄，披丹登景房。」宋張君房雲笈七籤卷一三太清中黄真經：「太極真宮住碧空，絳闕崇臺一萬重。」宋傅幹注坡詞卷一水龍吟之一：「古來雲海茫茫，道山絳闕知何處。」注：「道山、絳闕皆神仙所居。」廓門注謂「『容』當作『客』」，無據。蓋下句言「不能老」者，正此句之「容」也。

〔八〕日月不能老：言歲月流逝而不能使之老。唐殷璠河岳英靈集卷上王季友滑中贈崔高士瓘：「日月不能老，化腸爲筋不？」此借用其成句。

〔九〕伊余：而我，惟我。同「伊予」。廣弘明集卷三〇上梁簡文帝蒙華林園戒詩：「伊余久齊物，本自一枯榮。」參見前大雪晚睡夢李德修插瓊花一枝與語甚久既覺作此詩時在洞山注〔九〕。

〔一〇〕情高付無求：蘇軾日日出東門：「城門抱關卒，笑我此何求。我亦無所求，駕言寫我憂。」

〔一一〕遺藁：本指前人遺留之手稿，此指今人未刊之詩稿。本卷送雷從龍見宣守：「從渠爲覓詩遺藁。」亦用此義。

秀上人出示器之詩〔一〕

川原積雨收，餘陰閣新晴〔二〕。一宿古蘭若〔三〕，歸夢有餘清。清辰起危坐〔四〕，笑看煙縷横。讀此阿師詩〔五〕，秀絲出盆明〔六〕。中有衆谷髓，氣和李騎鯨〔七〕。遥知落筆處，遶紙風雷生〔八〕。世無歐陽公，意氣相倒傾〔九〕。豈當棄置此，終老黄茆坑〔一〇〕。雲居道疑大〔一一〕，上藍持簡精〔一二〕。藉渠一笑起，頹綱相拄撑〔一三〕。秀也舊不識，一見氣不矜〔一四〕。索詩亦不惡〔一五〕，寫此抑鬱情。持以示流輩〔一六〕，試令俗眼驚〔一七〕。

【注釋】

〔一〕作年未詳。秀上人：生平法系未詳。器之：見前贈器之禪師注〔一〕。

〔二〕閣：放置，含容。

〔三〕蘭若：寺院。梵語音譯阿蘭若之省稱，意爲寂靜無苦惱煩亂之處。

即僧人。

〔四〕清辰：猶言清晨。辰，通「晨」。

〔五〕阿師：唐以來對僧人之稱呼。孟郊戲贈無本二首之一：「有時踉蹌行，人驚鶴阿師。」無本即僧人。

〔六〕秀絲出盆明：喻詩人作詩如煮繭抽絲，乃贊其所言皆佳句。山谷内集詩注卷三次韻子瞻贈王定國：「王子吐佳句，如繭絲出盆。」任淵注：「歐公詩：『問其別後學，初若繭抽緒。』」錯按：歐陽修懷嵩樓晚飲示徐無黨無逸作：「問其別後學，初若繭緒抽。縱橫漸組織，文章爛然浮。」本集頗好用出盆絲喻詩，如卷三贈癩可：「秀如出盆絲。」卷四戒壇院東坡枯木張嘉夫妙墨童子告以僧不在不可見作此示汪履道：「正如四月出盆絲。」卷八端叔見和次韻答之：「秀句忽驚絲出盆。」卷一二次韻游鹿頭山：「吐詞秀似出盆絲。」

〔七〕「中有衆谷髓」二句：喻其詩律如李白，其和氣能令寒谷生春。太平御覽卷三四引劉向別録：「燕有寒谷，五穀不生。鄒衍吹律以暖之，乃生禾黍，因名黍谷。」李騎鯨：指李白。杜詩詳注卷一送孔巢父謝病歸游江東兼呈李白：「南尋禹穴見李白。」仇兆鰲注：「一作『若逢李白騎鯨魚』。」蘇軾和王斿二首之一：「聞道騎鯨遊汗漫。」歐陽季默以油煙墨二丸見餉各長寸許戲作小詩：「我是騎鯨手。」東坡詩集注皆引杜甫詩「若逢李白騎鯨魚」爲注，可見宋本杜集有此異文。「李騎鯨」語本此。

〔八〕遶紙風雷生：喻下筆迅疾有力。參見前贈汪十四注〔一〇〕。

〔九〕「世無歐陽公」二句：謂世上少有歐陽修般與詩僧意氣相通之人。錯按：歐陽修嘗作釋秘演詩集序曰：「浮屠秘演者，與曼卿交最久，亦能遺外世俗，以氣節相高，二人歡然無所間，曼卿隱於酒，秘演隱於浮屠，皆奇男子也。然喜爲歌詩以自娛，當其極飲大醉，歌吟笑呼，以適天下之樂，何其壯也。一時賢士皆願從其遊，予亦時至其室。」

〔一〇〕「豈當棄置此」二句：釋秘演詩集序曰：「秘演狀貌雄傑，其胸中浩然，既習於佛，無所用，獨其詩可行於世，而懶不自惜。」又歐陽修釋惟儼文集序：「嗟夫！惟儼既不用於世，其材莫見於時，若考其筆墨馳騁文章贍逸之能，可以見其志矣。」此化用其意。黄茆坑：黄茆叢生之處，猶言蒿萊草澤。此代指下層民間。黄庭堅黄龍南禪師真贊：「生緣在甚麼處？黄茆裏走。」

〔一一〕雲居：指晚唐雲居道膺禪師，嗣法洞山良价，屬曹洞宗，爲青原下五世。景德傳燈録卷一七載其機語。道疑大：佛教謂疑情爲知解之津渡，如宋釋智圓涅槃玄義發源機要卷二：「一切疑網，即三教偏疑。寧起疑網者，寧，願辭也。以疑是解津，不起疑心，豈得生解？」故道疑大則悟解深。

〔一二〕上藍：指晚唐洪州上藍寺令超禪師，嗣法夾山善會，亦爲青原下五世。景德傳燈録卷一六載其機語。據雲居、上藍之法系，可推測器之禪師當爲曹洞宗禪僧。

〔一三〕「藉渠一笑起」二句：謂憑藉器之禪師之能力，談笑之間便可支撑禪宗宗綱，挽回頽勢。此即前懷慧廓然「應知像教末，大法欲欹傾。談笑復一出，要使萬世驚」之意。　藉：借，憑藉。　渠：他。　頹綱：衰敗之綱紀。文選卷二〇陸雲大將軍宴會被命作詩：「頹綱既振，品物咸秩。」劉良注：「振，整也。言頹落綱紀既整，品物皆有次序。」此指禪宗衰落之綱宗。本集常感歎禪宗日趨衰落之頹勢，如卷二三五宗綱要旨訣序：「叢林頓衰，所謂通疏粹美者又少，況精深宗教者乎！百丈法度，更革略盡，輒波及綱宗之語言。」洪州大寧寬和尚語録序：「近世叢林失其淵源，以有思惟心，爭求寔法，唯其以是爲宗也，故高則妄見勝妙之境，下則波爲世諦流布，而綱宗喪矣。」　拄撑：支撑，扶持。本集卷二六題靈源門榜：「禪林下衰，弘法者多假我偷安，不急撑拄之，其崩頹跬可須也。」

〔一四〕氣不矜：神氣不傲慢自大。本集卷二三五宗綱要旨訣序：「及爲高帝大將，一軍盡驚，而氣不矜。」

〔一五〕索詩亦不惡：蘇軾龜山辯才師：「嘗茶看畫亦不惡，問法求詩了無礙。」此化用其語意。本集如此用例甚多，如本卷龍安送宗上人游東吴：「牽衣覓詩亦不惡。」卷三南豐曾垂綬天性好學余至臨川欲見以還匡山作此寄之：「作詩願見亦不惡。」卷四瑜上人自靈石來求鳴玉軒詩會予斷作語復決堤作一首：「乞詩亦不惡。」卷六大潙山外侍者求詩：「乞詩亦不惡。」

〔一六〕流輩：同輩，同一流之人。

〔一七〕俗眼：凡夫俗子之眼，世俗淺薄之眼。黄庭堅次韻宋楙宗三月十四日到西池都人盛觀翰林公出遊：「還作遨頭驚俗眼，風流文物屬蘇仙。」

送雷從龍見宣守〔一〕 并序

韓子蒼少時從雷從龍先生游〔二〕，子蒼已入館〔三〕，而從龍尚高卧廬山之下。六喪未葬〔四〕，特詣宣城〔五〕，謁知府舍人劉公〔六〕，曾（衮）公衮簽判在府中㊀〔七〕，作此詩送之。

子蒼布衣昨日脱，今日便校秘閣書〔八〕。久驚韓雷相隱顯〔九〕，今來古往（孫）名姓俱㊁。君看守道已華國，先生徂徠猶把鉏〔一〇〕。嗟君六喪寄空館，富人滿前那可揀。壞衣懸鶉無一錢〔一一〕，想像郭公四十萬〔一二〕。青雲故人氣如春，解令寒谷生和珍〔一三〕。江浦買舟春水生〔一四〕，片帆何日到宣城。府中若見空青老〔一五〕，從渠爲覓詩遺藁〔一六〕。

【校記】

㊀曾公衮：原作「衮公衮」，誤，今改。參見注〔六〕。

㊁往：原作「孫」，誤，今改。廓門注曰：「『孫』當作『往』。」其說甚是。

【注釋】

〔一〕政和五年二月作於江州，時自太原遇赦南歸，途經廬山。雷從龍：生平未詳。宣守：宣城太守之簡稱。鍇按：秦設郡守，管理一郡政事，漢景帝時更名太守。宋之州府略同於秦漢時之郡，故稱知州、知府爲太守。此宣守指劉安節，參見注〔六〕。本集卷二九有代上宣守書，即代爲雷從龍所作。

〔二〕韓子蒼：韓駒（？～一一三五）字子蒼，仙井監人。少有文稱。政和初，以獻頌補假將仕郎，召試舍人院，賜進士出身，除秘書省正字。尋坐爲蘇氏學，謫監華州蒲城縣市易務。知洪州分寧縣。召爲著作郎，校正御前文籍。宣和間除秘書少監，遷中書舍人兼修國史。復坐鄉黨曲學，以集英殿修撰提舉江州太平觀。高宗即位，知江州。紹興五年，卒於撫州。駒嘗在許下從蘇轍學，轍評其詩似儲光羲。其後由宦者以進用，頗爲識者所薄。宋史有傳。鍇按：韓駒乃江西詩派成員之一，名列吕本中江西宗派圖，有陵陽先生詩四卷傳世。然其少從雷從龍游之事不可考。

〔三〕入館：指進入秘書省供職。宋初以史館、昭文館、集賢院爲三館，皆寓崇文院。進三館供職稱爲入館。元豐官制行，廢崇文院爲秘書省，建秘閣於中，自監、少監至正字皆爲職事官。韓駒除秘書省正字，故稱爲入館。

〔四〕六喪未葬：指六位親人屍骨還未正式入葬。此即所謂殯。代上宣守書：「二親之喪，四弟之柩，皆在淺土。」

〔五〕宣城：即宣州。元豐九域志卷六江南東路：「望宣州，宣城郡寧國軍節度，治宣城縣。」

〔六〕知府舍人劉公：即劉安節（一〇六八～一一一六），字元承，永嘉人。與弟安上同師事程頤。有劉左史集四卷傳世。劉左史集附許景衡所撰墓誌銘略曰：「公諱安節，字元承。除起居郎。責守饒州，移知宣州。至宣十日，水大至。公遣其屬具舟拯溺，而躬督之，晝夜不少休。所活蓋數千人，而流民至者以萬數。公辟佛廟以處之，發廩以活之，一無失所者。其將發廩也，吏以爲法令不可，而部使者亦持其議，公皆不聽。其後御史疏江浙不賑濟以聞，詔書切責，獨宣不與焉。政和六年春大疫，公命醫分治理甚力，其得不死者不可計。夏五月己亥，公得疾。至乙丑卒，享年四十九。」據李之亮宋兩江郡守易替考之宣州寧國府，劉安節政和四年知宣州，六年夏五月，卒於任。本詩稱「知府舍人」，按宋史職官志一，門下省屬官起居郎、舍人對立殿下，掌記皇帝言動，稱左、右史，起居郎與起居舍人身份相等。劉安節以起居郎身份知宣州，故亦可稱爲「知府舍人」。

〔七〕曾公衮：曾紆（一〇七三～一一三五）字公衮，一字公卷，曾布之子。汪藻浮溪集卷二八右中大夫直寶文閣知衢州曾公墓誌銘略曰：「公諱紆，字公衮，世家撫之南豐。丞相文肅公布之第四子也。文肅公歿，執喪以孝聞。服除，調監南京、河南稅。改簽書寧國軍節度判官。時宣城江溢，没數千家。公白守曰：『饑而賑貸，法也。然廩非部使者不可發。今事急矣，請船粟以哺垂死之民。』守曰：『如三尺何？』公曰：『紆常平主管官也。有罪，當坐之。』即發廩。自言部使者，嘉而不問。」曾布卒於大觀元年，古人服喪三年，曾紆當於大觀三年監南京稅；又宋制官員任期三年一换，則其監河南稅在政和元年、二年間。改簽書寧國軍節度判官約在政和四年，其事其時正與劉安節知宣州事相合。此詩序稱「曾公衮簽判府中」，即指簽書寧國軍節度判官。又此詩有「府中若見空青老」之句，曾紆正自號空青老人。宋周密浩然齋雅談卷上：「龍眠畫五馬圖，空青老人曾紆公卷跋之。」宋陳振孫直齋書録解題卷一八空青遺文十卷：「直寶文閣南豐曾紆公卷撰。紆，布之子，有異材。汪彦章誌其墓，孫仲益序其文。王銍性之，其婿也。」均可證空青老即曾紆。此句與上句底本作「謁知府舍人劉公衮公衮簽判在府中」，前一「衮」字當作「曾」，斷句當屬下，今已改。本集卷二七有跋公衮帖，又卷四有詩題爲：「敦素坐誦公衮烏臼樹絶句，歎愛不已。其詩云：『三年逐客弄湘流，華氣遮欄兩鬢秋。秖有荒寒江上樹，尚成詩句聚眉頭。』成此寄之。」清陸心源宋詩紀事補遺卷三八據底本之誤録曾公衮絶句爲劉公衮絶句一首，其小傳云：「劉公衮，徽宗時官中書舍人，宣城太守。」乃爲本詩序中錯字所誤導，所謂官中書舍人，乃想當然耳。全宋詩卷一三六九已改録爲曾紆之詩，甚是。又全宋詩録有曾紆宣州水西作，亦可證公衮爲曾紆。惠洪作此詩時，劉安節、曾紆在宣州任上，詩又有「江浦買舟春水生」句，故當繫於政和五年二月自太原南歸途經廬山時。

〔八〕「子蒼布衣昨日脱」二句：宋史職官志二直秘閣：「官制行，廢崇文院爲秘書監，建秘閣於中，自監少至正字列爲職事官。」又職官志四秘書省：「校書郎四人，正字二人，掌校讎典籍，判正訛謬。」又秘閣：「元祐初，復置直集賢院、校理。又立試中人館職法，選人除正字，京官除校書郎。」韓駒原無官職，屬於召試之選人，故除正字。

〔九〕隱顯：隱没無聞與顯赫聞名，指失意與得意兩種遭遇。北史儒林傳下劉炫傳：「隱顯人間，沈浮世俗。」

〔一〇〕「君看守道已華國」二句：意謂石介聲名已顯耀天下，尚在家鄉徂徠山躬耕。宋史石介傳：「石介字守道，兖州奉符人。進士及第，歷鄆州、南京推官。篤學有志尚，樂善疾惡，喜聲名，遇事奮然敢爲。御史臺辟爲主簿，未至，以論赦書不當求五代及諸僞國後，罷爲鎮南掌書記。代父丙遠官，爲嘉州軍事推官。丁父母憂，耕徂徠山下，葬五世之未葬者七十喪，以易教授於家，魯人號介徂徠先生。入爲國子監直講，學者從之甚衆，太學繇此益盛。」華國：指光耀國家。晉陸雲張二侯頌：「文敏足以華國，威略足以振衆。」

〔一一〕壞衣懸鶉：荀子大略：「子夏貧，衣若懸鶉。」喻衣服破敝貧窮之狀。

〔一二〕想像郭公四十萬：意謂可想像有郭元振般慷慨大度者出資以助喪葬。新唐書郭元振傳：「郭震字元振，魏州貴鄉人。以字顯。長七尺，美鬚髯，少有大志。十六，與薛稷、趙彦昭同爲太學生，家嘗送資錢四十萬，會有縗服者叩門，自言『五世未葬，願假以治喪』。元振舉與之，無少吝，一不質名氏。稷等歎駭。」代上宣守書：「郭元振爲太學生，家送貲四十萬，會有縗服者叩門，自言五世未葬，元振舉以與之。」亦用此事。

〔一三〕「青雲故人氣如春」二句：意謂已飛黄騰達之故友定會大發慈悲，爲之解脱困境。青雲，喻仕途得意。太平御覽卷三四引劉向別録：「燕有寒谷，五穀不生。鄒衍吹律以暖之，乃生禾黍，因名黍谷。」黄庭堅贈送張叔和：「張侯温如鄒子律，能令陰谷黍生春。」此化用其意。

〔一四〕江浦：廓門注：「一統志應天府：江浦縣，在府東八十五里。」鍇按：江浦即江邊，不能解作地名。應天府江浦縣爲明代所設，宋無此縣，且其地屬今江蘇，在宣城下游。雷從龍自廬山往宣城，當於九江乘船，豈能於江浦縣買舟，逆水行至宣城？廓門注失考。

〔一五〕空青老：即曾紆，見前注〔六〕。廓門注：「空青不知何人，愚以爲不要必解。杜詩：『石壁斷空青。』」其説殊誤。

〔一六〕遺藁：指未刊刻之詩藁。

予在龍安木蛇庵除夕微雪及辰未消作詩記之二首〔一〕

終夕不自寐，老逐客愁長。寒威正折綿〔二〕，歸夢不成往。蕭驚聞打窗〔三〕，氣勢頗舂撞〔四〕。地爐對殘缸〔五〕，瓦溝集清響〔六〕。起看雪覆砌，秀色動屏帳。歸來簷溜滴〔七〕，坐（生）席初未暖㊀〔八〕。乃知春草微，已出嚴凝上〔九〕。但餘薝（簷）蔔林㊁〔一〇〕，落花和月賞。

元朝喜見雪，一室譁少長〔一一〕。新年方下車〔一二〕，故歲已長往。和詩如弈棋，時時作頭撞〔一三〕。知誰徑尋我，東牆屐齒響〔一四〕。正當穩靠蒲〔一五〕，移几就紙帳〔一六〕。宿硯已生冰，呵筆藉和暖〔一七〕。一片忽飛來，墮我詩卷上。爲置石鼎烹，茗飲聊同賞〔一八〕。

【校記】

㊀ 坐：原作「生」，誤，今從四庫本。參見注〔八〕。

㊁ 蒼：原作「簷」，誤，今從四庫本、廓門本、武林本。參見注〔一〇〕。

【注釋】

〔一〕崇寧四年正月初一作於分寧縣龍安山。輿地紀勝卷二六江南西路隆興府：「龍安山，在分寧縣，有兜率寺，唐咸通中慧日禪師創。」又曰：「兜率院，在分寧縣西九十里，徐忠滑公禧爲之記。」真淨克文法嗣從悦嘗住持兜率寺。宋劉弇龍雲集卷二四悦禪師語録序略曰：「元祐元年秋，分寧縣龍安山之兜率禪院以始時開山至是，更八代矣。佛事替不嗣，欲得九代者以侈其傳也。於是大禪伯悦公以棲賢上首應選焉。」崇寧年間，從悦法嗣慧照禪師住持兜率寺。慧照爲惠洪之法姪，故惠洪寓居於此。木蛇庵：在兜率寺。本集卷一〇寄龍安照禪師：「隨分叢林古格存，龍安真是泐潭孫。石虎已忘蹲草見，木蛇久滅住山痕。」廓門注：「雪峰、歸宗、西院、疎山皆握木蛇，故以名庵者歟？」

〔二〕寒威正折綿：形容氣候極寒冷，柔如棉絮亦凍硬可折。語出阮籍大人先生傳：「陽和微弱陰氣竭，海凍不流綿絮折。」黄庭堅柳閎展如蘇子瞻甥也作詩贈之：「霜威能折綿，風力欲冰酒。」此化用其語。

〔三〕蕭騷聞打窗：謂蕭蕭落雪打窗之聲令人驚聞。蘇軾書雙竹湛師房二首之二：「暮鼓朝鐘自擊撞，閉門孤枕對殘釭。白灰旋撥通紅火，卧聽蕭蕭雨打窗。」冷齋夜話卷三荆公鍾山東坡餘杭詩引作「雪打窗」。此句蓋點化蘇詩。

〔四〕舂撞：衝撞，衝擊。蘇軾江西：「舟行十里磨九瀧，篙聲犖确相舂撞。」

〔五〕地爐：就地挖砌之火爐。亦見前豆粥詩。　釭：燈。通「缸」。

〔六〕瓦溝：屋瓦凹凸相間之行列如田中之溝，故稱瓦溝。白居易宿東亭曉興：「雪依瓦溝白，草繞牆根緑。」黄庭堅常父惠示丁卯雪十四韻謹同韻賦之：「風聲將仁氣，艷艷生瓦溝。」清響：此指雪落之聲。蓋雪爲至清之物，故其響亦清。

〔七〕簷溜：屋簷滴水處。溜，通「霤」。左傳宣公二年：「三進，及溜，而後視之。」孔穎達疏：「溜謂簷下水溜之處。」陸德明釋文：「屋霤也。」

〔八〕坐席初未暖：用「席不暇暖」事。淮南子脩務訓：「孔子無黔突，墨子無暖席。」蘇軾定州謝到任表：「坐席未暖，召節已行。」此化用其語。又底本作「生席」，不辭，誤。

〔九〕嚴凝：猶嚴寒。禮記鄉飲酒義：「天地嚴凝之氣，始於西南而盛於西北」。唐顧況補亡詩十月之郊：「冬日嚴凝，言納其陽。」

〔一〇〕薝蔔：梵語音譯，亦作瞻蔔，義譯爲鬱金花。唐段成式酉陽雜俎卷一八廣動植木：「諸花少六出者，唯梔子花六出。陶貞白言：梔子翦花六出，刻房七道，其花香甚，相傳即西域薝蔔花也。」東坡詩集注卷六章錢二君見和復次韻答之：「薝蔔無香散六花。」趙次公注：「薝蔔，梔子花，與雪花皆六出。」此句「薝蔔」代指「雪花」。維摩詰經卷中觀衆生品：「如人入瞻蔔林，唯嗅瞻蔔，不嗅餘香。」

〔一一〕一室譁少長：謂滿屋男女老少見雪而喧嘩歡悦。

〔一二〕新年方下車：謂新年始至，此乃用擬人法。六臣注文選卷二九張平子四愁詩序：「衡下車治威嚴，能内察屬縣。」呂向注：「下車謂始至之時。」

〔一三〕「和詩如弈棋」二句：自謙詩藝拙劣如棋藝，心粗而不知如何下著，故時時碰壁。弈：廣雅釋言：「圍棋，弈也。」蘇軾次韻錢穆父會飲：「君談似落屑，我飲如弈棋。」自注：「世有『作詩如弈棋，弈棋如飲酒，飲酒乃大戒』之語。僕於棋酒二事皆不能也。」禪林僧寶傳卷一七浮山遠禪師傳：「初，歐陽文忠公聞遠奇逸，造其室，未有以異之。與客棋，遠坐其旁。文忠收局，請遠因棋説法。乃鳴鼓升座曰：『若論此事，如兩家著棋相似。何謂也？敵手知音，當機不讓。若是綴五饒三，又通一路始得。有一般底只解閉門作活，不會奪角沖關，硬節與虎口齊彰，局破後徒勞逴斡。所以道：肥邊易得，瘦肚難求。思行則往往失黏，心粗而時時頭撞。休誇國手，謾説神仙。贏局輸籌即不問，且道黑白未分時，一著落在什麼處？』良久曰：『從前十九路，迷悟幾多人。』文忠嘉歎久之。」

〔一四〕東牆屐齒響：蘇軾次韻孔毅甫久旱已而甚雨三首之二：「卧聽牆東人響屐。」此化用其語。

〔一五〕蒲：蒲團。本集卷一五寄嶽麓禪師三首之一：「遥知穩靠蒲團處，碧篆香消柏子庵。」

〔一六〕紙帳：以藤皮繭紙縫製之蚊帳。蒲團紙帳，爲行脚僧坐卧之具。陸游老學庵筆記卷三：「褒諭曰：『聞卿出局，即蒲團紙帳，如一行脚僧，真難及也。』」

〔一七〕呵筆：天寒筆凍，口中嘘氣使解。五代王仁裕開元天寶遺事卷四美人呵筆：「李白於便殿對明皇撰詔誥，時十月大寒，凍筆莫能書字。帝敕宫嬪十人侍於李白左右，令執牙筆呵之，遂取而書其詔。其受聖眷如此。」

〔一八〕「爲置石鼎烹」二句：置石鼎盛雪水烹茶以飲。宋吕陶淨德集卷三一以茶寄宋君儀有詩見答和之：「汲將楚谷水，就取石鼎烹。」蘇軾記夢回文二首叙：「夢人以雪水烹小團茶，使美人歌以飲。」

龍安送宗上人游東吴〔一〕

淮水送君春雨餘〔二〕，刺舟斷岸歸匡廬〔三〕。江南別我秋天遠〔四〕，輕囊瘦策游西湖〔五〕。君去復來如社燕〔六〕，我獨留滯如賈胡〔七〕。牽衣覓詩亦不惡〔八〕，怪君兒戲忘髭須〔九〕。平生千偈風雨快〔一〇〕，約束萬象如驅奴〔一一〕。飢來一字不堪煮，乃知弄筆輸耕鋤〔一二〕。不如尋我舊游處，武林清境天下無〔一三〕。耐清不得却來此，作詩送君游上都〔一四〕。

【注釋】

〔一〕崇寧元年秋作於分寧縣龍安山。宗上人：生平法系未詳。本集多有送其詩文，如卷二夏日雨晴過宗上人房、卷一〇送宗上人歸南泉、卷一五宗上人求偈之江南、卷二六題宗上人僧寶傳，可參見。東吴：此指杭州。

〔二〕淮水送君春雨餘：崇寧元年春惠洪嘗至揚州，送宗上人當在是時。淮水：此泛指淮南之水，揚州屬淮南東路，故稱。

〔三〕刺舟：撑船，划船。淮南子原道：「短袂攘卷，以便刺舟。」斷岸：江邊絕壁。蘇軾後赤壁賦：「江流有聲，斷岸千尺。」匡廬：廬山。惠洪紹聖年間嘗於廬山歸宗寺依真淨克文，崇寧元年春末自揚州返江西，嘗至廬山，故曰「歸」。

〔四〕江南：此指龍安，蓋分寧縣屬江南西路洪州，故稱。本集之「江南」，多指江南西路洪州、筠州。

〔五〕輕囊：行脚僧輕便行囊。瘦策：猶言瘦藤，指細杖。西湖：杭州西湖。

〔六〕社燕：燕子春社時來，秋社時去。蘇軾送陳睦知潭州：「有如社燕與秋鴻，相逢未穩還相送。」

〔七〕留滯如賈胡：後漢書馬援傳：「伏波類西域賈胡，到一處輒止，以是失利。」李賢注：「言似商胡，所至之處輒停留。」賈胡：經商之胡人。蘇軾次韻葉致遠見贈：「欲求五畝寄樵蘇，到處留連似賈胡。」

〔八〕牽衣覓詩亦不惡：謂雖牽衣不放，執意求詩，其行爲顯得粗魯，却亦不令人生厭。蘇軾龜山辯才師：「嘗茶看畫亦不惡，問法求詩了無礙。」此化用其語意。

〔九〕兒戲忘髭須：如兒童般嬉戲而忘却成年人之穩重。髭須：此指有鬍鬚之成人。白居易觀兒戲：「齠齔七八歲，綺紈三四兒。弄塵復鬬草，盡日樂嬉嬉。堂上長年客，鬢間新有絲。一看竹馬戲，每憶童騃時。童騃饒戲樂，老大多憂悲。」

〔一〇〕平生千偈風雨快：謂己平生作詩偈甚多，下筆迅疾。本集卷二六題佛鑑蓄文字禪：「年十六七，從洞山雲庵學出世法，忽自信而不疑，誦生書七千，下筆千言，跬步可待也。」蘇軾金山妙高臺：「機鋒不可觸，千偈如翻水。」又王維吴道子畫：「當其下手風雨快，筆所未到氣已吞。」

〔一一〕約束萬象如驅奴：蘇軾潮州韓文公廟碑：「約束蛟鱷如驅羊。」此模仿其句法。

〔一二〕「飢來一字不堪煮」二句：言文字不可救飢，作詩文不如事農耕。蘇軾和孔郎中荆林馬上見寄：「平生五千卷，一字不救飢。」又虔州吕倚承奉年八十三讀書作詩不已好收古今帖貧甚至食不足：「飢來據空案，一字不堪煮。」

〔一三〕武林：杭州別稱，以山得名。方輿勝覽卷一臨安府：「武林山：在錢塘舊治之北半里，今爲錢塘門裏太一宫道院土阜是也。元名虎林，避唐朝諱，改虎爲武。」

〔一四〕「耐清不得却來此」二句：謂宗上人若不堪忍受杭州清境之寂寞，便來此找我，再作詩送其前往熱鬧之京師。上都：京師。六臣注文選卷一班孟堅西都賦：「寔用西遷，作我上都。」張銑注：「上都，西京。」

送充上人謁南山源禪師〔一〕

老源縛屋磯山側〔二〕，廬山對門江水隔〔三〕。單丁住山二十年〔四〕，一等栽田博飯喫〔五〕。諸方説禪如紡車〔六〕，我口鈍遲無氣力〔七〕。屋頭枯木自安禪〔八〕，生鐵脊梁釘椿直〔九〕。我昔東游曾見之〔一〇〕，兩頰温然笑渦出〔一一〕。到今持夢渡楊瀾〔一二〕，浪花漫天浩無極。紛紛衲子飽眠臥，面如梔子衣領白〔一三〕。年年江北與江南，誰肯端來尋此客〔一四〕。愛君今人肺腸古〔一五〕，毛骨含秋眼睛碧〔一六〕。能知此老端往尋，處處好山留不得。作詩贈君終自愧，君去我留空歎惜。

【注釋】

〔一〕建中靖國元年秋作於鄱陽湖舟中。　充上人：生平法系未詳。南山源禪師：即清源禪師（一〇三二～一一二九），號潛庵。洪州新建人，俗姓鄧氏。嗣法黄龍慧南，屬臨濟宗黄龍派南嶽下十二世，爲惠洪師叔。時住南康清隱寺。嘉泰普燈録卷四有南康軍清隱潛庵清源禪師，即其人。關於清源之生卒年，宋釋祖琇僧寶正續傳卷一潛庵源禪師傳曰：「方建炎三年八月五日示寂於城陰之章江。住世九十有八，安居七十八夏。」宋釋曉瑩羅湖野録卷三則曰：「壽九十有六而遷寂，建炎己酉冬訖後事。」二説不同。據本集卷二三潛庵禪師序，惠洪政和五年自太原南歸見清源，其壽八十四，下推至建炎三年，正爲九十八，當從僧寶正續傳之説。本集關涉清源詩文甚多，如卷二送能上人參源禪師、卷四别潛庵源禪師、卷一七送先上人親潛庵、卷一九潛庵源禪師真贊一首、僧求潛庵贊、游龍山斷際院潛庵常居之有小僧乞贊戲書其上、卷二〇童耄竹銘、卷二六題潛庵書。潛庵禪師序略曰：「南康太守徐公聞名，延居南山清隱寺。公門風孤峻，學者皆望崖而退，以故單丁住山十有八年。元符二年秋，余與弟希祖自南昌舟而東下，訪之。」此詩稱「我昔東游曾見之」，即指元符二年（一〇九九）秋訪清源事。是時清源「單丁住山十有八年」，而此詩稱其「單丁住山二十年」，故當作於建中靖國元年。

〔二〕老源：即清源禪師。　縛屋：猶言縛茅，結茅，蓋造簡陋之茅屋。泛指住山造屋。

磯山：釣磯山。元豐九域志卷六南康軍古跡有「釣磯山」。宋歐陽忞輿地廣記卷二四江南東路南康軍都昌縣：「有釣磯山，晉陶侃微時，嘗登此垂釣。」黄庭堅南康軍都昌縣清隱禪院記：「其西則石壁精舍，見於康樂之詩；石壁之灣洄，古木怪石，又陶桓公之釣臺也。」所云釣臺即釣磯山。

〔三〕廬山對門江水隔：潛庵禪師序：「（清隱）寺在大江之北，面揖廬山。」

〔四〕單丁住山：指一個人獨住山寺。林間録卷上：「嚴陽尊者單丁住山，蛇虎就手而食。」

〔五〕一等：一樣，一般。　栽田博飯喫：種田換取飯喫。此爲五代桂琛禪師名言。林間録卷上：「地藏琛禪師，能大振雪峰、玄沙之道者，其秘重大法，恬退自處之效也歟？予嘗想見其爲人，城隈古寺，門如死灰，道容清深，戲禪客曰：『諸方説禪浩浩地，爭如我此間栽田博飯喫。』有旨哉！」五燈會元卷八漳州羅漢院桂琛禪師：「因插田次見僧，乃問：『從甚處來？』曰：『南州。』師曰：『彼中佛法如何？』曰：『商量浩浩地。』師曰：『爭如我這裏，栽田博飯吃。』」此句謂清源與桂琛一樣自食其力，保持禪家本色。

〔六〕諸方説禪如紡車：謂各方禪師均能言善辯，如紡車轉動，軋軋不休。景德傳燈録卷二八漳州羅漢桂琛禪師語：「尋常諸處元無，口似紡車，總便不差去。」五燈會元卷一六福州雪峰思慧妙湛禪師：「如今每日鳴鼓陞堂，忉忉怛怛地，問者口似紡車，答者舌如霹靂。總似今日，靈山慧命，殆若懸絲；少室家風，危如纍卵。」惠洪對此「説禪如紡車」之現象持否定態度，本集卷二三爲思慧所作臨平妙湛慧禪師語録序批判「近世禪學之弊」，即指責「枝詞蔓説似博辯，鈎章棘句似迅機」之禪風。

〔七〕我口鈍遲無氣力：此代清源禪師而言，以其遲鈍對照諸方之迅機，贊其禪風樸質。景德傳燈録卷一五舒州投子山大同禪師：「師謂衆曰：『汝諸人來這裏，擬覓新鮮語句，攢華四六，圖口裏貴有可道。我老兒氣力稍劣，脣舌遲鈍，亦無閑言語與汝，汝若問我，便隨汝答對，也無玄妙可及於汝。』」

〔八〕屋頭：此指屋裏。黄庭堅題槐安國：「曲閣僧房古屋頭，病僧枯几過春秋。」　枯木自安禪：形容僧人坐禪之形，如枯木不動。景德傳燈録卷一五潭州石霜山慶諸禪師：「師止石霜山二十年間，學衆有長坐不卧，屹若株杌，天下謂之枯木衆也。」

〔九〕生鐵脊梁：比喻倔强剛直。景德傳燈録卷一五朗州德山宣鑒禪師：「巖頭聞之曰：『德山老人一條脊梁，骨硬似鐵拗不折。』」　釘樁直：如釘木樁般直立，喻不可動摇。

〔一〇〕我昔東游曾見之：指元符二年秋惠洪游東吴途經南山清隱寺訪清源事，見注〔一〕。本集卷二四寂音自序：「年二十九乃游東吴。」

〔一一〕温然：和顔悦色，親切貌。　笑渦：含笑時兩頰微凹之酒窩。

〔一二〕楊瀾：鄱陽湖之别稱，亦作「揚瀾」。廓門注：「『楊』當作『揚』，一統志南康府：『彭蠡湖，一名揚瀾。』」江西通志卷一二南康府：「彭蠡湖在府城南，即鄱陽湖，一名揚瀾。」歐陽修廬山高贈同年劉中允歸南康：「長江西來走其下，是爲揚瀾、左里兮，洪濤巨浪日夕相舂撞。」周必大文忠集卷一六九泛舟遊山録：「午後移坐佛屋之前，東南觀巨浸，右爲揚瀾，左爲左里，其中兩山如門，是爲鄱陽湖。」

〔一三〕「紛紛衲子飽眠臥」二句：謂世之禪僧多飽食終日，無所事事，故面頰肥白，衣服鮮潔。杜詩詳注卷一〇梔子詩仇兆鰲注引圖經本草：「梔子，南方及西蜀州郡皆有之，木高七八尺，二三月生白花，花皆六出，甚芬香。」韓愈山石：「芭蕉葉大梔子肥。」此言「面如梔子」，蓋取肥而白義。言「衣領白」，因不勞動，故衣領無塵垢汗汙。

〔一四〕端來：專來。韓愈題張十八所居：「端來問奇字，爲我講聲形。」　此客：指清源禪師。

〔一五〕愛君今人肺腸古：贊充上人有古道熱腸。　肺腸：喻内心，心思。

〔一六〕毛骨含秋：喻氣質清朗純淨，即「毛骨漱秋光」之意。　眼睛碧：譽其眼碧如禪宗初祖，道行高妙。宋釋善卿祖庭事苑卷三：「初祖達磨大師眼有紺青之色，故稱祖曰碧眼。」故禪家多以「碧眼」稱得道高僧。　蘇軾金山妙高臺：「臺中老比丘，碧眼照牕几。」贈上天竺辯才師：「不知修何行，碧眼照山谷。」

卷二

古詩

高安會諒師出諸公所惠詩求予爲賦用祖原韻〔一〕

黃塵踏遍江南岸〔二〕，矯首無言對河漢〔三〕。故山有屋埋深雲，一夜歸心掣不斷。山舟日夜去無休，挽繩欲繫慙無由〔四〕。紛紛世態真一夢，顧我所爲如直鈎〔五〕。緑錦江頭識諒禪〔六〕，傾坐高談象帝先〔七〕。疑君即是僧太白〔八〕，不然無乃真彌天〔九〕。仙風襲人欲輕舉〔一〇〕，天容道氣出眉宇㈠。擁坐衣裳墮不收㈡，山水懷雲輕百補㈢〔一一〕。我今老倦亦慵參〔一二〕，去死正如三眠蠶〔一三〕。相看一笑有佳約，他日同歸五老庵〔一四〕。人生真若屈伸肘〔一五〕，萍浮梗泛因邂逅〔一六〕。料君有膽大於身〔一七〕，未應搜索因詩瘦〔一八〕。閒亭夏木初垂陰，相逢還得同攜手。未見千首萬丈光〔一九〕，先看七步才八斗〔二〇〕。

【校記】

㈠天容：石倉本作「芙蓉」。

㈡墮：石倉本作「墜」。

㈢輕：武林本作「經」。

【注釋】

〔一〕崇寧元年夏作於筠州高安縣。　諒師：諒禪師，生平法系不可考。　用祖原韻：祖，指希祖，字超然，惠洪同門法弟，事見本集卷一洞山祖超然生辰。

〔二〕黃塵踏遍江南岸：蘇軾惠山謁錢道人烹小龍團登絕頂望太湖：「踏遍江南南岸山。」此借用其語。

〔三〕矯首：舉頭，昂首。文選卷七漢揚子雲甘泉賦：「仰撟首以高視。」李善注：「王逸楚辭注曰：『撟，舉也。』撟與矯同。」

〔四〕「山舟日夜去無休」二句：謂萬物無時不在變化之中，去者不可挽留。莊子大宗師：「夫藏舟於壑，藏山於澤，謂之固矣。然而夜半有力者負之而走，昧者不知也。」郭象注：「夫無力之力，莫大於變化者也。故乃揭天地以趨新，負山嶽以舍故。故不暫停，忽已涉新，則天地萬物無時而不移也。世皆新矣，而自以爲故；舟日易矣，而視之若舊；山日更矣，而視之若前。今交一臂而失之，皆在冥中去矣。」

〔五〕所爲如直鈎：喻一事無成。東方朔七諫謬諫：「以直鍼而爲釣兮，又何魚之能得。」

〔六〕緑錦江：此指流經筠州高安縣之錦江，又稱蜀江、蜀水，非成都之錦江。太平寰宇記卷一〇六江南西道筠州：「蜀水，在縣北三里。按漢書地理志云：『蜀水源出縣内小界山，東流五百九十里入南昌縣，與章水合。』耆老傳云：『仙人許遜爲蜀旌陽縣令，有奇術。晉末，人皆疾癘，多往蜀詣遜請救。遜與器水，投於上流，疾者飲之，無不愈也。邑人敬其神異，故以蜀水爲名。』」輿地紀勝卷二七江南西路瑞州：「錦江：錦江亭在水南大街東，下瞰蜀水，因以名焉。蜀江志新志云：『錦水在蜀江門外，與蜀水事同。』」

〔七〕象帝先：此代指玄虚之道。老子第四章：「道沖而用之或不盈。……吾不知誰之子，象帝之先。」樂府詩集卷一一郊廟歌辭唐太清宫樂章第二奏：「虚極仙宗本，希夷象帝先。」

〔八〕僧太白：贊諒禪師詩歌奇絶如僧中之李白。

〔九〕真彌天：贊諒禪師淵博俊辯如晉高僧道安。高僧傳卷五晉長安五級寺釋道安傳略曰：「時襄陽習鑿齒鋒辯天逸，籠罩當時。及聞安至止，即往修造。既坐，稱言：『四海習鑿齒。』安曰：『彌天釋道安。』時人以爲名答。」

〔一〇〕仙風襲人欲輕舉：喻聞諒禪師之語如乘仙風飛升。白居易長恨歌：「風吹仙袂飄飄舉。」此化用其語。

〔一一〕「擁坐衣裳墮不收」二句：以雲擬衣裳。因坐間有山水之雲可作衣裳，故無須在意收拾破衲。　百補：即百衲，僧衣。衲，補綴。　慵參：指懶於參禪。

〔一二〕老倦：其時惠洪僅三十二歲，宋人尚老，此亦其例。

〔一三〕三眠蠶：喻老倦之態。荀子賦篇：「三俯三起，事乃大已，夫是之謂蠶理。」唐楊倞注：「俯，謂臥而不食。事乃大已，言三起之後事乃畢也，謂化而成繭也。」蓋蠶自初生至成蛹，蛻皮三四次。蛻皮時不食不動，其狀如眠，故稱三眠。蘇軾吴子野絶粒不睡過作詩戲之芝上人陸道士皆和予亦次其韻：「獨鶴有聲知半夜，老蠶不食已三眠。」王注次公曰：「韓退之文：『蠶起且眠矣，而雨不得老以簇也。』蓋惟三眠而老焉。」

〔一四〕五老庵：廬山有五老峰。本集卷三有泊舟星江聞伯固與僧自五老亭步入開先作此寄之，開先寺在廬山，五老亭在其旁，疑此五老庵即五老亭，代指廬山僧寺。陸游十月二十四日夜夢中送廬山道人歸山：「平生不到三公府，晚歲歸來五老庵。」

〔一五〕人生真如屈伸肘：謂人生如屈肘伸肘般短暫。蘇軾弔天竺海月辯師三首之二：「生死猶如臂屈伸。」此借用其喻。

〔一六〕萍浮梗泛：喻身世飄蕩無定止。萍浮語出世説新語規箴「何晏、鄧颺令管輅作卦」條劉孝標注引名士傳載何晏五言詩：「豈若集五湖，從流唼浮萍。」梗泛事出戰國策齊策三，蘇代説孟嘗君，舉寓言爲譬：「今者臣來，過於淄上，有土偶人與桃梗相與語。桃梗謂土偶人曰：『子西岸之土也，挺子以爲人，至歲八月降雨下，淄水至，則汝殘矣。』土偶曰：『不然。吾西岸之土也，土則復西岸耳。今子東國桃梗也，刻削子以爲人，降雨下，淄水至，流子而去，則子漂漂者將如何耳？』」

〔一七〕有膽大於身：語本韓愈送無本師歸范陽：「無本於爲文，身大不及膽。吾嘗示之難，勇往無不敢。」參見本集卷一送英老兼簡鈍夫注〔六〕。

〔一八〕未應搜索因詩瘦：孟棨本事詩高逸記李白戲贈杜甫詩曰：「飯顆山頭逢杜甫，頭戴笠子日卓午。借問别來太瘦生，總爲從前作詩苦。」指作詩拘束辛苦，此反其意而用之。

〔一九〕千首萬丈光：喻指詩才如李白、杜甫。杜甫不見詩懷李白曰：「敏捷詩千首，飄零酒一杯。」韓愈調張籍：「李杜文章在，光焰萬丈長。」

〔二〇〕七步才八斗：宋佚名釋常談卷中曰：「文章敏捷，謂之七步之才。陳思王（曹植）名子建，魏文帝（曹丕）親弟也，有大才。文帝嫉之，令作詩，限七步内須成。子建詩曰：『煮豆燃豆萁，豆在釜中泣。本是同根生，相煎何太急？』」此事出自世説新語文學：「文帝嘗令東阿王（曹植）七步中作詩，不成者行大法。應聲便爲詩曰：『煮豆持作羹，漉菽以爲汁。萁在釜下然，豆在釜中泣。本自同根生，相煎何太急？』帝深有慚色。」釋常談卷中又曰：「文章多謂之八斗之才。謝靈運嘗曰：『天下之才有一石，曹子建獨佔八斗，我得一斗，天下共分一斗。』」

次韻汪履道〔一〕

老來漸覺朋儕少〔二〕，夜室孤禪還自照〔三〕。惟詩垢習未全除㊀〔四〕，賴有汪郎恰同調〔五〕。嘗聞從來以類從，谷風忽作虎應嘯〔六〕。交道今嗟張紙薄〔七〕，老人嘗乖少年約。與君一笑似三秋〔八〕，此道長令洞開廓〔九〕。

【校記】

㊀惟：石倉本作「吟」。

【注釋】

〔一〕元符三年作於常州。汪履道，名迪，常州人。事見本集卷一汪履道家觀所蓄煙雨蘆雁圖注〔一〕。

〔二〕朋儕：朋輩，朋友。

〔三〕孤禪：孤身坐禪。林逋懷長吉上人北遊：「孤禪安逆旅，警句語誰人。」

〔四〕惟詩垢習未全除：語本蘇軾再和潛師：「東坡習氣除未盡，時復長篇書小草。」此言垢習，指煩惱之習性，蓋佛教以垢爲煩惱之異名。無量壽經卷上：「塵勞垢習，自然不起。」本集每視作詩爲「垢習」，如卷二次韻君武中秋月下：「世間垢習指磨盡，但餘猿鶴哀吟聲。」卷七次韻見贈：「多生垢習磨未盡，公詩又欲臨窗寫。」

〔五〕同調：聲調相同，喻志趣相合。文選注卷二六謝靈運七里瀨：「誰謂古今殊，異世可同調。」李善注引樂稽耀嘉曰：「聖人雖生異世，其心意同如一也。調，猶運也，謂音聲之和也。」

〔六〕「嘗聞從來以類從」二句：易乾卦文言傳曰：「同聲相應，同氣相求，水流濕，火就燥，雲從龍，風從虎，聖人作而萬物覩，本乎天者親上，本乎地者親下，則各從其類也。」

〔七〕交道今嗟張紙薄：感歎而今朋友之間人情淡薄。白居易昭君怨：「自是君恩薄如紙，不須一向恨丹青。」楊萬里誠齋詩話：「士大夫間有口傳一兩聯可喜，而莫知其所本者，如：『人情似紙番番薄，世事如棋局局新。』」

〔八〕與看一笑似三秋：言二人友情之深。詩王風采葛：「彼采蕭兮，一日不見，如三秋兮！」此化用其意。

〔九〕此道：指交友之道。洞開廓：洞然開朗。

次韻李商老匡山道中望天池〔一〕

幽人修水上〔二〕，春漲冒陂田〔三〕。時時想見之，笑頰微渦旋〔四〕。往來柴桑間〔五〕，妙語生雲煙。廬山自高寒〔六〕，青碧開晴天。倚藤望絶頂〔七〕，風味如斜川〔八〕。我思從之游，子亦當勉旃〔九〕。詩成聊假寐〔一〇〕，歸夢歷層顛。

【注釋】

〔一〕政和六年春作於自九江返新昌九峰途中。李商老：即李彭，字商老，號日涉園夫，南康軍建昌人。李常從孫，李秉彝子，黄庭堅表侄。詩入江西詩派，有日涉園集二十卷傳世。釋曉瑩雲卧紀談卷二：「海昏逸人號日涉園夫者，李彭商老，參道於寶峰湛堂。」海昏，指建昌縣。宋之建昌縣屬漢海昏縣地，故本集多以海昏代稱建昌縣。寶峰湛堂即文準禪師，惠洪師兄，事具本集卷三〇泐潭準禪師行狀。本集與李彭唱酬甚多，此詩所次韻者爲日涉園集卷二廬山道中望天池諸寺，見「附録」。匡山：即廬山。天池：廬山頂峰名，亦寺名。廬山記卷一叙山北：「天池院，一名羅漢池。池在山頂，大旱不爲之竭。張景詩曰：『若以山形比人骨，此池應合是泥洹。』」明一統志卷五二九江府：「天池峰，在府城西南六十里，嘗有神燈之異，内有錦繡谷，即遠公種藥處。」又：「天池寺，在廬山巔，有一池名天池，寺因以名。」

〔二〕幽人修水上：本集卷二七跋李商老大書雲庵偈二首之二：「商老灌園修水之上，而筆畫一出，人争傳寶，以相矜誇。」輿地紀勝卷二六江南西路隆興府：「修水，在分寧縣西六十里，東南流經縣。舊經云：修水出豫章西北，其源自艾城東北，流六百三十八里至海昏，又東流一百二十里入彭蠡湖。以其遠而自達於江，故曰修水。又按西漢志豫章艾縣注云：修水東北至彭澤入湖漢，行六百六十里，即此水也。」

〔三〕春漲：春日所漲之水。　陂田：坡田。

〔四〕笑頰微渦旋：面頰微笑而帶酒窩。本集屢用此類詞語描寫笑容，如卷一大雪戲招耶溪先生鄒元佐「便覺兩頰微渦旋」，送充上人謁南山源禪師「兩頰温然笑渦出」。

〔五〕柴桑：古縣名，西漢置，屬豫章郡，因縣西南有柴桑山而得名。晉陶淵明故里爲栗里原，或稱柴桑里，即近柴桑山。宋屬江州德化縣。方輿勝覽卷二二江州：「柴桑山，在德化縣西南九十里，近栗里原，陶潛此中人。」

〔六〕廬山自高寒：廓門注：「宋歐陽修有廬山高詩。」鍇按：歐陽修詩題爲廬山高贈同年劉中允歸南康。

〔七〕倚藤：猶言拄杖。藤，指藤杖。

〔八〕風味如斜川：謂其風度如陶淵明遊斜川。陶淵明有遊斜川詩，其序曰：「辛酉正月五日，天氣澄和，風物閑美，與二三鄰曲，同遊斜川。臨長流，望曾城，魴鯉躍鱗於將夕，水鷗乘和以翻飛。彼南阜者，名實舊矣，不復乃爲嗟歎。若夫曾城，傍無依接，獨秀中皋，遥想靈山，有愛嘉名。欣對不足，率爾賦詩。悲日月之遂往，悼吾年之不留。各疏年紀鄉里，以記其時日。」

〔九〕勉旃：猶言努力，勉勵之詞。旃：之焉二字之合音字。漢書楊惲傳：「方當盛漢之隆，願勉旃，毋多談。」

〔一〇〕假寐：和衣而睡。左傳宣公二年：「盛服將朝，尚早，坐而假寐。」杜預注：「不解衣冠而睡。」

【附録】

宋李彭云：籃輿造林口，暝色歸暮田。槁木半摇落，羣峰翠迴旋。翳翳雲門塔，霏霏祇樹煙。夕梵落雲際，微鐘下遥天。平時笑傲處，真成觀輞川。巖壑事難必，賞心難捨旃。還將九節杖，踏月上危顛。（日涉園集卷二廬山道中望天池諸寺）

至豐家市讀商老詩次韻〔一〕

楊柳護橋春欲暗，山茶出屋人未知〔二〕。冒田決決走流水〔三〕，小夫鏟塍翁夾籬㊀〔四〕。雪晴春巷生青草，煙濕人家營晚炊。心疑輞川摩詰畫〔五〕，目誦匡山商老詩〔六〕。夜投村店想清境，蛙滿四鄰簷月移。卧看孤燈心耿耿〔七〕，呼童覓紙聊記之。

【校記】

㊀小夫：石倉本作「婦子」。

【注釋】

〔一〕政和六年春作於自九江返九峰途中。豐家市：地名。「豐」疑作「封」。李彭日涉園集卷六有阻風雨封家市詩，當即作於此地。此詩稱「讀商老詩次韻」，然其用韻與阻風雨封家市不同，且日涉園集中無與此詩同韻者，疑李彭原詩已佚。

〔二〕山茶出屋：蘇軾種德亭：「山茶想出屋，湖橘應過牆。」此化用其語。

〔三〕決決：水流貌。蘇軾正月二十日往岐亭郡人潘古郭三人送余於女王城東禪莊院：「稍聞決決流冰谷，盡放青青没燒痕。」

〔四〕塍：田埂，稻田之畦。

〔五〕心疑輞川摩詰畫：謂所見景物恍然如王維輞川圖中所畫。宋董逌廣川畫跋卷六書輞川圖後：「輞川集總田園所爲詩，分序先後，可以意得其處。古傳輞水如車輞頭，因以得名。維自罷官居輞口者十年，日與裴迪浮舟往來，彈琴賦詩。此圖想像見之。然詩有南垞、北垞、華子岡、欹湖、竹裏館、茱萸沜、辛夷塢，此畫頗失其舊，當依其説改定。其後維舍此地爲浮圖居，今清原寺是也。」錯按：北宋輞川圖傳本甚多，黄伯思東觀餘論卷下跋輞川圖後云：「世傳此圖本，多物象靡密而筆勢鈍弱，今所傳則賦象簡遠而運筆勁峻，蓋摩詰遺跡之不失其真者，當自李衛公家定本所出云。」

〔六〕目誦匡山商老詩：謂所見景物恍然如李彭詩中所寫。目誦：以眼吟誦。眼本不能誦，此言「目誦」，乃以眼爲口，蓋因佛教所言「六根互用」故也。本集卷一四即事三首之一：「目誦自應引睡，手談聊復忘紛。」亦用此意。

〔七〕耿耿：明亮貌。此既寫心，亦兼寫燈。蘇軾十一月九日夜夢與人論神仙道術因作一詩八句詩：「照夜一燈長耿耿，閉門千息自濛濛。」

送子美友〔一〕

燒（曉）痕翠浪行將遍㊀〔二〕，掠面柔風初剪剪〔三〕。梅頰欺寒底死香〔四〕，柳眼窺煙皺未展〔五〕。相看感此故意長〔六〕，欲別忍看春尚淺。離情惱人深造次〔七〕，撩我小詩弄清婉〔八〕。腸斷江頭無語中，謝郎匹馬嘶風遠〔九〕。

【校記】

㊀燒：原作「曉」，誤，今改。參見注〔二〕。

【注釋】

〔一〕作年未詳。子美：據詩中「謝郎」句，子美姓謝。清厲鶚宋詩紀事卷三八載謝彦詩一首，小傳曰：「謝彦字子美，官稱宣句龍圖。」其詩留題驪山曰：「自媿塵容去復來，驪山頂上看崔嵬。誰人得向長安道，曾浴蓮湯十二回。」清王昶金石萃編卷一四七曰：「宣句謝龍圖留題：『自愧塵容去復來，驪山頂上看崔嵬。誰人得向長安道，曾浴蓮湯十二回。政和丙申三月十八日謝彦子美書。』」又見北京圖書館藏歷代石刻拓本彙編第四十二册第五十九頁載謝彥詩拓片。宋翟汝文忠惠集卷三有謝彥除直祕閣提點醴泉觀制。謝彥與惠洪同時，子美當即此人。

〔二〕燒痕：野火燒田後留下之痕跡。宋人常以燒痕返青之意象，寫春日田野之生意。如僧惠崇訪楊雲卿淮上別墅：「河分岡勢斷，春入燒痕青。」劉攽南原：「縈赤春晴氣，青蔥舊燒痕。」蘇軾正月二十日往岐亭郡人潘古郭三人送余於女王城東禪莊院：「稍聞決決流冰谷，盡放青青没燒痕。」黄庭堅觀化十五首之四：「嫩草已侵水面緑，平蕪還破燒痕青。」底本作「曉痕」，無稽，今改。　翠浪：廓門注：「言麥也。『分畦翠浪走雲陣，刺水緑針抽稻芽』之意也。」鍇按：廓門注引詩句見蘇軾無錫道中賦水車。

〔三〕剪剪：風拂貌。王安石夜直：「金爐香盡漏聲殘，翦翦輕風陣陣寒。」翦翦，同剪剪。

〔四〕梅頰：指梅花瓣，粉紅如人臉頰，擬人化寫法。　底死：猶言抵死，竭力，拼命。廓門注：「瀛奎律髓第二十卷梅花二十首中第三首，張澤民詩略曰：『描來月地前生瘦，吹落風簷到死香。』愚曰：底死與徹底同意。」

〔五〕柳眼：初生柳葉，細長如人睡眼初展，亦擬人化寫法。

〔六〕感此故意長：杜甫贈衛八處士：「十觴亦不醉，感子故意長。」此借用其語。

〔七〕深造次：過於倉猝匆忙。杜詩詳注卷九漫興絶句九首之一：「即遣花開深造次，便教鶯語太丁寧。」仇兆鼇注：「深造次，過於忙迫。」

〔八〕清婉：辭句清新美好。世説新語賞譽：「許掾嘗詣簡文，爾夜風恬月朗，乃共作曲室中語，襟懷之詠，偏是許之所長，辭寄清婉，有逾平日。」

〔九〕「腸斷江頭無語中」二句：廓門注曰：「腸斷二句者，唐詩所第四卷岑參白雪歌略曰：『輪臺東門送君去，去時雪滿天山路。山迴路轉不見君，雪上空留馬行處。』又出唐詩正音。或曰：與此句同意也。」其説可資參考。

謝安道花壇〔一〕

三月江南春不淺，謝家池上開花苑〔二〕。層壇迸破碧瑠璃〔三〕，嫩蕊簇成紅婉孌〔四〕。一枝兩枝和霧白，素娥月下逢姑射〔五〕。十朵五朵照水紅，仙姝並立瑶池東〔六〕。人生遇景須行樂〔七〕，莫使餘香散簾幕。白雪難逃鬢上斑㊀，金樽且對花前酌㊁。醉則傲羲軒〔八〕，醒則歌堯舜〔九〕，榮辱是非都莫問。風雲際會自有時〔一〇〕，忠義果然天不困。君今還作天涯客，憑闌正遇羣芳拆㊂〔一一〕。不插羣英醉上林〔一二〕，人謂少年真可惜。明年再獻平戎策〔一三〕，順風高舉摩天翼〔一四〕。大手親提却日戈〔一五〕，刈除天下閑荆棘〔一六〕。古人養花如養賢〔一七〕，我今説花心亦然。栽培直欲助真宰〔一八〕，扶持造化工陶甄〔一九〕。時人莫以花爲浼〔二〇〕，大都自是人情改〔二一〕。若使人情長似花，相看顔色年年在。謝安道輩真難得，不容蒿艾生牆側〔二二〕。不勞巧手寫丹青，不學世人畫牆壁〔二三〕。靈苗自有天然格〔二四〕，門外溪光長瀉碧。更向溪光種碧桃，宛然便是神仙宅〔二五〕。謝家池館勝瑤臺〔二六〕，淺白深紅次第開〔二七〕。爲報賞花君子道，何須東海覓蓬萊〔二八〕。

【校記】

㊀ 斑：天寧本作「班」。

㊁ 樽：石倉本作「尊」。

㊂ 拆：武林本作「坼」。

【注釋】

〔一〕作年未詳。據首句「三月江南春不淺」，此詩當作於江西。蓋本集「江南」多指江南西路。謝安道：生平未詳。

〔二〕謝家池：南朝宋謝靈運登池上樓有「池塘生春草」句，後世遂有「謝家池」之説，如唐張籍感春：「謝家池上又逢春。」宋梅堯臣少年遊：「謝家池上，江淹浦畔，吟魄與離魂。」此借指謝安道家園池。

〔三〕碧瑠璃：喻一池碧水。白居易泛太湖書事寄微之：「黄夾纈林寒有葉，碧瑠璃水淨無風。」

〔四〕紅婉孌：喻嬌嫩之紅花。詩齊風甫田：「婉兮孌兮，總角丱兮。」毛傳：「婉孌，少好貌。」

〔五〕素娥月下逢姑射：喻霧中之白花，潔白淡雅如仙子。素娥：即月中女神嫦娥，因月色白，故曰素娥。李商隱霜月：「青女素娥俱耐冷，月中霜裏鬬嬋娟。」姑射：即藐姑射仙子，亦色白。莊子逍遥遊：「藐姑射之山，有神人居焉，肌膚若冰雪，淖約如處子。」

〔六〕仙姝並立瑶池東：喻臨水之荷花，如瑶池畔之紅顔仙女。仙姝：仙女。太平廣記卷六八封陟：「見一仙姝，侍從華麗，玉珮敲磬，羅裙曳雲，體欺皓雪之容光，臉奪芙蕖之艷冶。」瑶池：古傳昆侖山之池名，西王母所居。列子周穆王：「遂賓於西王母，觴於瑶池之上。」

〔七〕人生遇景須行樂：漢書楊惲傳：「人生行樂耳，須富貴何時。」

〔八〕羲軒：伏羲與軒轅，代指三皇。

〔九〕堯舜：唐堯與虞舜，代指五帝。

〔一〇〕風雲際會：指君臣遇合。王粲雜詩之四：「遭遇風雲會，託身鸞鳳間。」杜甫洗兵馬：「徵起適遇風雲會，扶顛始知籌策良。」自有時：李白行路難三首之一：「長風破浪會有時。」

〔一一〕闌：闌干，即欄杆。拆：同「坼」，綻裂，開放。

〔一二〕插羣英醉上林：上林，本秦舊苑，漢武帝擴建。此代指宋瓊林苑。宋太平興國八年，太宗殿試進士，及第者賜宴瓊林苑，遂爲定制。參見翰苑新書後集上卷一九賜宴飲。插羣英，指戴宫花。宋釋文瑩玉壺野史卷四：「楊大年二十一爲光禄丞，賜及第，太宗極稱愛。三月後苑曲宴，未帖職不得預。公以詩貽館中諸公曰：『聞戴宫花滿鬢紅，上林絲管侍重瞳。蓬萊咫尺無因到，始信仙凡迥不同。』」

〔一三〕平戎策：平定外患之計策。新唐書王忠嗣傳：「因上平戎十八策。」蘇軾張文定公墓誌銘：「公獻平戎十策。」宋史景泰傳：「俄元昊反，又上邊臣要略二十卷。遷都官，知成州。奏平戎策十有五篇。」

〔一四〕摩天翼：上迫天空之翅，喻前程遠大。化用莊子逍遥遊：「鵬之背不知其幾千里也，怒而飛，其翼若垂天之雲。」唐羅隱寄鍾常侍：「風高漸展摩天翼，榦聳方呈構廈材。」

〔一五〕却日戈：揮戈使日爲之返，喻力挽危局。淮南子覽冥：「魯陽公與韓搆難，戰酣而日暮，援戈而撝之，日爲之反三舍。」撝，通「揮」。反，通「返」。

〔一六〕刈除天下閑荆棘：以養花除荆棘喻去除天下之小人。文選注卷四七袁彦伯三國名臣序贊：「思樹芳蘭，剪除荆棘。」李善注：「芳蘭以喻君子，荆棘以喻小人。」

〔一七〕古人養花如養賢：宋馬令馬氏南唐書卷二〇宋齊丘傳載其鳳皇臺詩曰：「養花如養賢，去草如去惡。」

〔一八〕真宰：宇宙萬物之主宰。莊子齊物論：「若有真宰，而特不得其眹。」眹，跡象。蓋真宰主宰萬物而不見跡象。

〔一九〕陶甄：猶言陶鈞，以製作陶器喻自然造物者。蘇軾寄題刁景純藏春塢：「年抛造物陶甄外，春在先生杖履中。」甄，讀「堅」，以與前「賢」「然」協韻。宋莊綽雞肋編卷中：「甄徹字見獨，本中山人，後居宛丘，大觀中登進士第。時林攄爲同知樞密院，當唱名，讀甄爲堅音。上皇以爲真音，攄辨不遜，呼徹問之，則從帝所呼。攄遂以不識字坐黜。……按許慎説文：『甄，匋也，從瓦垔音，居延反。』吴書孫堅入洛，屯軍城南，甄官井上旦有五色氣，令人入井，探得傳國璽。堅以甄與己名相協，以爲受命之符。則三國以前，未有音爲之人切者矣。孫權即位，尊堅爲武烈皇帝。江左諸儒爲吴諱，故以匋甄之甄，因其音之相近者，轉而音真。」

〔一〇〕花爲涴：謂花能沾污人心。涴，玷污。孟子公孫丑上：「雖袒裼裸裎於我側，爾焉能涴我哉！」宋劉蒙劉氏菊譜譜叙：「草木之有花，浮冶而易壞。凡天下輕脆難久之物者，皆以花比之，宜非正人達士堅操篤行之所好也。」此即宋人以「花爲涴」之觀念。

〔一一〕大都：大抵，大概。

〔一二〕不容蒿艾生牆側：莊子庚桑楚：「是其於辯也，將妄鑿垣牆而殖蓬蒿也。」蒿艾：即蓬蒿，野草。北魏楊衒之洛陽伽藍記序：「牆被蒿艾，巷羅荊棘。」此借其語而反用之。

〔一三〕「不勞巧手寫丹青」二句：謂謝安道養真花，而不像世間畫家彩筆繪花、詩人題壁詠花。　畫牆壁：指壁上題詩作畫。蘇軾郭祥正家醉畫竹石壁上郭作詩爲謝且遺古銅劍二：「平生好詩仍好畫，書牆涴壁長遭罵。」

〔一四〕靈苗：本指仙草，亦泛指珍奇美觀之花草。建中靖國續燈録卷八滁州瑯琊山方鋭禪師：「上堂云：『造化無生物之心，而物物自成；雨露非潤物之意，而靈苗自榮。』」　天然格：

自然賦予而非人工所造之品格。蘇軾荷花媚：「霞苞霓荷碧，天然地，別是風流標格。」

〔二五〕「更向溪光種碧桃」二句：謂碧溪畔種桃花，如桃源仙境。王維桃源行：「當時只記入山深，青溪幾度到雲林。春來遍是桃花水，不辨仙源何處尋。」

〔二六〕謝家池館：唐王涣惆悵詩十二首之三：「謝家池館花籠月，蕭寺房廊竹颭風。」韋莊歸國遥：「日落謝家池館，柳絲金縷斷。」此借用。瑶臺：美玉所砌之樓臺，多指神仙居處。晉王嘉拾遺記卷一〇：「崑崙山有瑶臺十二，各廣千步，皆五色玉爲臺基。」

〔二七〕次第：依次，按順序。白居易東坡種花二首之一：「百果參雜種，千枝次第開。」黄庭堅再次前韻：「風日安排催歲换，丹青次第與花開。」

〔二八〕蓬萊：仙山名，亦泛指仙境。史記封禪書：「自威、宣、燕昭使人入海求蓬萊、方丈、瀛洲，此三神山者，其傳在勃海中。」

送覺海大師還廬陵省親〔一〕

老蹤滄海珠，道價壓千古。莫年還東吴，豈不以親故〔二〕。世衰道陵夷〔三〕，學者例頑魯〔四〕。處處如塵沙，紛然不容數。但誇謝公子，乃翁墮江渚〔五〕。坐令乳臭兒，高論不少懼〔六〕。安知覆漁舟，甚媿編蒲屨（履）㊀〔七〕。大師京國來〔八〕，秀色見眉宇。笑談出流輩，亦自有佳處。懷親不能休，飲食忘匙箸〔九〕。醉翁鄉里賢〔一〇〕，安角誦翁語〔一一〕。人老尚康健，春寒與秋暑。念之憑高樓，白雲入瞻顧〔一二〕。浩然有歸興，掣肘徑馳去〔一三〕。遥知到螺江〔一四〕，社（杜）林聞布穀㊁〔一五〕。迎門一調笑〔一六〕，讙極但摩拊〔一七〕。童頭想懷橘〔一八〕，衣椹應戲舞〔一九〕。聊用慰其心，高追古人步。此詩語散緩，細讀有奇趣〔二〇〕。譬如食橄欖，入口便酸苦〔二一〕。勿示癡道人，被罵吾累汝。

【校記】

㊀屨：原作「履」，誤，今改。參見注〔七〕。

㊁社：原作「杜」，誤，今從四庫本作「社」。參見注〔一五〕。

【注釋】

〔一〕作年未詳。　覺海大師：生平法系未詳。　廬陵：郡名，即吉州，治廬陵縣，宋屬江南西路。　省親：探望父母。

〔二〕「老蹤滄海珠」四句：指晚唐高僧睦州陳尊宿還故鄉供養母親之事。本集卷二三陳尊宿影堂序：「陳尊宿者，斷際禪師之高弟也。嘗庵於高安之米山，以母老於睦，遂歸，編蒲屨，售以爲養。故人謂之陳睦州。」　老蹤：即陳尊宿，法名道蹤。禪林僧寶傳卷二韶州雲門大慈雲弘明禪師傳：「游方，初至睦州，聞有老宿飽參，古寺掩門，織蒲屨養母，往謁之。……

老宿名道蹤，嗣黄檗斷際禪師，住高安米山寺。以母老，東歸。叢林號陳尊宿。」道蹤之名亦見宋釋守堅集雲門匡真禪師廣録卷下雷岳録雲門山光泰禪院匡真大師行録：「乃辭澄，謁睦州道蹤禪師。蹤，黄檗之裔也，知道，不偶世，引己自處，潛居古伽藍。雖揖世高蹈，而爲世所慕。凡應接來者，機辯峭捷，無容佇思。師初往參，三扣其户。蹤纔啓關，師擬入。蹤托之云：『秦時𨍏轢鑽。』因是釋然朗悟。」而五燈會元卷四則曰：「睦州陳尊宿，諱道明，江南陳氏之後也。」其法名與此不同。　滄海珠：語本新唐書狄仁傑傳：「舉明經，調汴州參軍。爲吏誣訴，黜陟使閻立本召訊，異其才，謝曰：『仲尼謂觀過知仁，君可謂滄海遺珠矣。』薦授并州法曹參軍。」此言「老蹤滄海珠」，兼指陳尊宿孝親如狄仁傑，參見注〔一二〕。　道價：道行之聲價。　莫年：暮年。莫，「暮」之古字。　東吴：此指睦州，宋屬兩浙西路，治建德縣。三國時屬東吴地。

〔三〕陵夷：衰落。漢書成帝紀：「帝王之道日以陵夷。」顔師古注：「陵，丘陵也；夷，平也。言其頽替若丘陵之漸平也。」

〔四〕學者：求學之人。　頑魯：頑劣愚鈍，不敏鋭。

〔五〕「但誇謝公子」二句：謂頑魯之學者只知憑謡傳誇玄沙覆舟溺父之事。　謝公子：即唐玄沙師備禪師。景德傳燈録卷一八：「福州玄沙宗一大師，法名師備，福州閩縣人也，姓謝氏。幼好垂釣，泛小艇於南臺江，狎諸漁者。唐咸通初，年甫三十，忽慕出塵，乃棄釣舟，投芙蓉山靈訓禪師落髮。」禪林僧寶傳卷四福州玄沙備禪師傳：「禪師名師備，福州閩縣謝氏子。少漁於南臺江上。及壯，忽棄舟，從芙蓉山靈訓禪師斷髮。」均言師備棄舟出家。而林間録卷下載叢林相傳曰：「玄沙欲出家，懼其父不從。方同捕魚，因覆舟溺死之。」鍇按：禪林中或有人以爲忘情絶愛，爲佛祖之所訓，故傳玄沙忤逆滅親而出家之事，且爲誇贊。惠洪頗不然其説，林間録卷下曰：「玄沙天資高妙，必不爾，獨不知何所據，便爾不疑。此直不情者記之以自藏，安知誣毁先德爲罪逆，必有任其咎者，不可不慎也。」

〔六〕「坐令乳臭兒」二句：謂訛傳玄沙之事，竟使年少僧人不明就裏，高談背棄父母之論而無所畏懼。　乳臭兒：少年人。漢書高祖紀：「是口尚乳臭，不能當韓信。」顔師古注：「乳臭，言其幼少。」

〔七〕「安知覆漁舟」二句：謂其乃不知，若玄沙果有覆漁舟溺死其父之事，則應有愧於陳尊宿編蒲屨養母。　蒲屨：底本作「蒲履」，誤。鍇按：陳尊宿影堂序、韶州雲門大慈雲弘明禪師傳均作「蒲屨」。又，此詩押上聲六語七麌、去聲六禦七遇，「屨」屬七遇，而「履」屬上聲四紙，與此詩韻不能通押。參見本集卷一十二月十六日發雙林登塔頭曉至寶峰寺見重重繪出庵主讀善財徧參五十三頌作此兼簡堂頭注〔六〕。

〔八〕京國：京師，此指東京開封府。

〔九〕匙箸：小勺與筷子，泛指食具。

〔一〇〕醉翁鄉里賢：謂歐陽修乃覺海大師鄉里之先賢。歐陽修（一〇〇七～一〇七二）字永叔，號醉翁，又號六一居士，廬陵吉水人。舉天聖八年進士甲科，官至樞密副使、參知政事。卒謚文忠。宋史有傳。

〔一一〕安角誦翁語：謂幼時即誦讀歐陽修文章。「安角」不成詞，疑爲「丱角」之誤。丱角，同總角，兒童束髮成兩角，代指幼年。詩齊風甫田：「總角丱兮。」

〔一二〕白雲入瞻顧：望白雲而思父母。新唐書狄仁傑傳：「親在河陽，仁傑登太行山，反顧，見白雲孤飛，謂左右曰：『吾親舍其下。』瞻悵久之，雲移乃得去。」

〔一三〕掣肘：猶言撒手，甩手。「掣肘」本有牽制義，語出呂氏春秋具備：「宓子賤令吏二人書。吏方將書，宓子賤從旁時掣搖其肘。吏書之不善，則宓子賤爲之怒。」此用其詞而作撒手義，同「掣手」。唐孟郊濟源寒食之六：「枋口花間掣手歸，嵩陽爲我留紅暉。」鍇按：惠洪著述中「掣肘」多與「徑去」之類詞連用，表示掉頭甩手不顧，徑直離去。如本集卷五戲廓然：「掉頭掣肘去，不顧西興浪。」卷六送瑫上人往臨平兼戲廓然：「明朝別我去，掣肘徑出門。」卷一六春晚二首之一：「春歸掣肘徑不住，院落殘紅一寸深。」禪林僧寶傳卷一五衡嶽泉禪師傳：「慈明掣肘徑去。」同書卷三〇保寧璣禪師傳：「璣掉頭掣肘徑去。」法華經合論卷七：「於是掣肘徑去，域可謂知授法之要，得佛菩薩之遺意者也。」

〔一四〕螺江：此指吉州，吉州郡名螺川，蓋以郡有螺子山得名。方輿勝覽卷二〇江南西路吉州：

「郡名廬陵、安成、螺川。」又曰：「螺子山，在郡城北，下有潭。圖經：昔漁人遊此，忽遇風雨，見神螺光彩五色，因名。」

〔一五〕社林：底本作「杜林」，涉形近而誤。廓門注：「『杜』當作『社』字歟？」其説甚是。古封土爲社，各隨其地所宜種植樹木，稱社樹。社樹成林曰社林，爲鄉里之標誌。唐段成式酉陽雜俎卷一四：「平原縣西舊有社林。」蘇鶚蘇氏演義卷上：「周禮云：二十五家爲社，各樹其土所宜木。今村墅間，多以大樹爲社樹，蓋此始也。」　布穀：鳥名。以鳴聲似「布穀」，鳴又當播種時，故名，相傳爲勸耕之鳥。

〔一六〕調笑：戲謔取笑。蘇軾端午游真如遲适遠從子由在酒局：「歸來一調笑，慰此長齟齬。」

〔一七〕讙：喜悦，通「歡」。　摩拊：撫摩，安撫。

〔一八〕童頭：光頭，禿頂，指和尚。韓愈進學解：「頭童齒豁，竟死何裨。」　懷橘：孝奉母親之故事。三國志吴書陸績傳：「陸績字公紀，吴郡吴人也。父康，漢末爲廬江太守。績年六歲，於九江見袁術。術出橘，績懷三枚，去，拜辭墮地。術謂曰：『陸郎作賓客而懷橘乎？』績跪答曰：『欲歸遺母。』術大奇之。」

〔一九〕衣椹：著紫色袈裟。桑椹色紫，故稱紫色袈裟爲椹服。宋陶穀清異録卷上紫織方：「獲嘉禿士貫微，僭奢似貴要子弟，旋織小疊勝羅，染椹服，號紫織方。」故賜高僧紫衣，亦稱賜椹服。建中靖國續燈録卷六潭州興化崇辯禪師：「大丞相章公惇，昔安撫荆湖，見師器重，特奏神宗皇帝，賜椹服、師名及隨身度牒。」鍇按：僧人賜紫，始於唐武則天賜僧法朗等九人紫袈裟，宋因之。參見釋氏要覽卷上法衣。戲舞：用老萊子斑衣娱親之事。藝文類聚卷二〇引列女傳曰：「老萊子孝養二親，行年七十，嬰兒自娱，著五色采衣。嘗取漿上堂，跌仆，因卧地爲小兒啼。或弄烏鳥於親側。」此「童頭想懷橘，衣椹應戲舞」二句，謂覺海大師雖爲出家人，却甚孝敬父母。

〔二〇〕「此詩語散緩」二句：蘇軾書唐氏六家書後：「永禪師書，骨氣深穩，體兼衆妙，精能之至，反造疏淡。如觀陶彭澤詩，初若散緩不收，反覆不已，乃識其奇趣。」此化用其語。鍇按：本集屢用此語意，如卷四十六夜示超然：「此詩若散緩，熟讀有奇趣。」卷二五題徹公石刻：「徹上人詩，初若散緩，熟味之有奇趣。」

〔二一〕「譬如食橄欖」二句：歐陽修水谷夜行寄子美聖俞：「近詩尤古硬，咀嚼苦難嘬。初如食橄欖，真味久愈在。」黄庭堅次韻子由績溪病起被召寄王定國：「端如嘗橄欖，苦過味方永。」此化用其語意。

送瑜上人歸筠乞食〔一〕

蜂房蟻穴天魔宫〔二〕，青蓮忽生樓閣重〔三〕。升堂撾鼓集衲子〔四〕，爭看掣電飛機鋒〔五〕。耆年過憂食時至〔六〕，欲學遺化毗耶翁〔七〕。瑜禪聞之粲一笑〔八〕：「此老變怪驚兒童〔九〕。我當乞行等貧富〔一〇〕，欲使勝利傳無窮〔一一〕。」出門掌鉢何所詣㊀，胡馬舊聞嘶北風〔一二〕。霜清月冷動歸思，已覺荷山生眼中〔一三〕。會看對衆捧瓔珞〔一四〕，平等心華含太空〔一五〕。

【校記】

㊀鉢：廓門本作「盋」。鍇按：「盋」同「鉢」，參見本集卷一贈器之禪師注〔二〕。

【注釋】

〔一〕宣和年間作於長沙水西南臺寺，時遣僧諸方乞食。參見本集卷二四送僧乞食序。瑜上人：生平法系未詳。本集卷四有瑜上人自靈石來求鳴玉軒詩會予斷作語復決堤作一首，或即此僧。筠：筠州。乞食：乞討食物，爲佛教十二頭陀行之一。大乘義章卷一五：「專行乞食，所爲有二：一者爲自，省事修道；二者爲他，福利世人。」

〔二〕蜂房蟻穴：喻指寺院中僧房。詩人玉屑卷一八引黃庭堅題落星寺：「蜂房各自開牖户，蟻穴或夢封侯王。」本集卷二一潭州大潙山中興記：「故禪學者分處山間林下，蜂房蟻穴。」天魔宮：喻指寺院中殿閣。天魔宮略同於梵釋龍天之宮，有二義。一指天魔居住之宮殿。佛説菩薩修行經：「世尊笑時，五色光出，從口中奮，輝輝晃昱，色色各異，遂至無數光明普遍十方諸土，威影覆蔽一切釋梵日月天魔宮殿之明。」一指天魔等奉佛而造之宮殿。法苑珠林卷一一七：「佛在世時，告天帝釋言：『汝施我真珠並天工匠。』又告天魔：『汝施我七寶。』又告娑竭龍王：『汝施我摩尼珠。』帝釋天龍等即奉珠寶於三七日中。並集戒壇所造作珠塔用，七寶莊嚴，上安摩尼珠。以佛神力故，於三七日中，一時皆成。」本集屢言「梵釋龍天之宮」，即此「天魔宮」之義。如卷二二華嚴院記：「不十年之間，化瓦礫之墟爲梵釋龍天之宮。」卷二四送因覺先序：「是望刹皆天下之冠，蓋梵釋龍天之宮，從空而墮者也。」

〔三〕青蓮：青色蓮花，此喻青山。本集卷一十二月十六日發雙林登塔頭曉至寶峰寺見重重繪出庵主讀善財偏參五十三頌作此兼簡堂頭：「峰如青蓮花，千葉曉方吐。」

〔四〕升堂撾鼓集衲子：據景德傳燈録卷六載百丈懷海禪門規式，規定禪院「闔院大衆朝參夕聚，長老上堂，升坐主事，徒衆雁立側聆，賓主問酬、激揚宗要者，示依法而住也」。禪林僧寶傳卷一一雪竇顯禪師傳「於是令撾鼓集衆」，卷二七金山達觀穎禪師傳「欣然遣撾鼓升座」，均是其例。　撾鼓：敲鼓，擊鼓。　衲子：禪僧。

〔五〕掣電飛機鋒：喻禪門賓主問答如電光箭鋒般迅捷敏鋭。楊億景德傳燈録序：「機緣交激，若拄於箭鋒。」蘇軾次韻王定國南遷回見寄：「欒全老子今禪伯，掣電機鋒不容擬。」

〔六〕耆年過憂食時至：謂己過分擔憂食時至而衆僧無食物。送僧乞食序：「屢因弘法致禍，卒爲廢人，方幸生還，逃遁山谷，而衲子猶以其嘗親事雲庵，故來相從。余畜之無義，拒之不可，即閉關堅卧。有扣其門而言者曰：『雲庵，法施如智覺……師皆笑蹈此污而去，庶幾雲庵爪牙矣。』於是蹶然而起曰：『然則無食，奈何？』曰：『當從淨檀行乞，亦如來大師之遺則也。』老人肯出，則庶使叢林知雲庵典刑尚存。』」所叙當即此事。　耆年：老人，惠洪自謂。

〔七〕欲學遺化毗耶翁：謂己欲學維摩詰遺化菩薩往衆香國中乞食。毗耶翁，指維摩詰居士。維摩詰經卷上方便品：「爾時毗耶離大城中有長者，名維摩詰。」故詩文中多以毗耶稱維摩詰。據維摩詰經卷下香積佛品載，維摩詰與諸菩薩説法，見日時欲至，乃遣化菩薩往衆香國中香積佛處化緣，乞得世尊所食之餘，於娑婆世界施作佛事。　法苑珠林卷九一：「又佛本行經云：爾時世尊乞食時至，著衣持鉢獨自而行。」蘇軾明日南禪和詩不到故重賦數珠篇以督之二首之二：「朝來取飯化，乃是維摩遺。」此即化用其意。時惠洪遭遞奪僧籍，實爲在家居士，身份與維摩詰同，故以毗耶比之。

〔八〕粲一笑：猶言一笑粲。粲，露齒笑貌。蘇軾極喜用此語，如詛楚文：「遼哉千載後，發我一笑粲。」除夜病中贈段屯田：「願君留信宿，庶奉一笑粲。」

〔九〕此老：指惠洪。此爲瑜上人之語。　變怪：奇異多變。

〔一〇〕我：瑜上人自稱。　乞行：乞食之行，頭陀行之一。

〔一一〕勝利：謂舉辦法事之盛大利益。勝，同「盛」。十住毗婆沙論卷六分別布施品稱布施之益處：「是施得轉勝利，故不盡。」

〔二〕胡馬舊聞嘶北風：喻依戀故鄉。蓋瑜上人所往筠州，爲惠洪故鄉。文選注卷二九古詩十九首之一：「胡馬依北風，越鳥巢南枝。」李善注：「韓詩外傳曰：詩曰：『代馬依北風，飛鳥棲故巢。』皆不忘本之謂也。」

〔三〕荷山：在筠州高安縣。元豐九域志卷六江南西路筠州：「荷山，中多紅蓮。」輿地紀勝卷二七江南西路瑞州：「荷山，豫章記云：仙人王子喬常駕白象遊此山。九域志云：山中多紅蓮。寰宇記云：在高安北三十里。山有神靈，能興雲雨。」明一統志卷五七瑞州府：「荷山，在府城南二十五里，山中有池，多紅蓮，故名。」

〔四〕瓔珞：佛典中名物，指用珠玉穿成之飾物。華嚴經卷七〇入法界品：「次復引導，令我得見妙德幢佛，解身瓔珞，散佛供養。」

〔五〕平等心華含太空：十住毗婆沙論卷一六解頭陀品稱乞食有十利，其十即「次第乞食故，於衆生中生平等心，即種助一切種智」。

仇彦和佐邑崇仁有白蓮雙葩並幹芝草叢生於縣齋之旁作堂名曰瑞應且求詩敬爲賦之〔一〕

宰肉社（杜）樹陰㊀，豈無天下志〔二〕。用材樸樕（楔）間㊁，已有經綸意〔三〕。欲觀臨大事，必自小者耳。彭侯偉傑姿〔四〕，要是千乘器〔五〕。小邑試牛刀，不滿一咲喟〔六〕。仇亦何所爲，睡足時隱几〔七〕。原多深夜耕〔八〕，門有晝眠吏〔九〕。三年愛等母〔一〇〕，百里平如水〔一一〕。政化不自知，草木發奇瑞〔一二〕。論人或多舛，唯天不容僞〔一三〕。耿泉豈知忠〔一四〕，元乳豈知義〔一五〕。應之捷影響〔一六〕，物有固然理。此堂濕青紅〔一七〕，賓從時畢至〔一八〕。應爲文字飲〔一九〕，硯席生佳氣。□□□□□□□□□□□□□□□㊂華裾翠〔二〇〕。吏民起獻觴，願酬太平醉。

【校記】

㊀社：底本、天寧本、廓門本皆作「杜」，誤，今從四庫本作「社」。

㊁楸：原作「楔」，誤，今改。參見注〔三〕。

㊂此十七字底本、四庫本、廓門本、武林本缺，天寧本作「崇仁有白蓮雙葩並幹柢芝草而叢生應時」，乃據詩題臆補，今不從。

【注釋】

〔一〕政和四年六月下旬作於撫州崇仁縣。本集卷二三連瑞圖序：「崇仁爲撫屬邑，山川清華，民俗茂美。然封連南康、廬陵，熏烝之習，珥筆之風，或波及之。以故訟繁，號稱劇邑。自昔及今，政有能聲者，才可倒指而數。比歲仍飢，令佐非正官，苟簡歲月以氣相勝而去者，數矣。

今年春，奉議彭公思禹、通佐仇公彦和聯翩下車。思禹風力敏强，鑿姦鏟猾，撥煩摧劇，吏民驚縮以爲神，號霹靂手。而彦和又能詳明練達，照了罅隙，以裨贊之。卯衙退，砌無人迹，木陰覆庭終日，而囹圄殆可羅雀。於是令丞抵掌清語而罷，卒以爲常。春夏之交，雨連旬，早稻登場，已而又雨無日。民歌於阡陌之間，所至相和。六月癸亥，有千葉白蓮，雙葩並榦，生於縣之西池。乙丑，有芝三莖，紫穎黄英，生於丞署之後堂。邦人聚觀不厭。」此詩即寫此事，當與連瑞圖序作於同時。奉議彭公思禹，即彭以功，字思禹，惠洪宗兄，時以奉議郎爲崇仁縣令。仇彦和，名不可考，生平未詳，時爲崇仁縣丞。弘治撫州府志卷九公署志三縣治崇仁縣知縣：「彭以功，（政和）四年。」連瑞圖序稱「今年春，奉議彭公思禹、通佐仇公彦和聯翩下亘」，「今年」當指政和四年。六月癸亥爲六月二十日，乙丑爲六月二十二日。崇仁：縣名，宋屬江南西路撫州。雙葩並幹：一枝幹上並開雙花。芝草：靈芝，菌類，古以爲仙草。瑞應：官員修德，政治清明，天降祥瑞之物以應之。晉葛洪西京雜記卷三：「瑞者，寶也，信也。天以寶爲信，應人之德，故曰瑞應。」

〔一一〕「宰肉社樹陰」二句：謂從宰肉之小事，見出治理天下之志。史記陳丞相世家略曰：「陳丞相平者，陽武户牖鄉人也。里中社，平爲宰，分肉食甚均。父老曰：『善，陳孺子之爲宰！』平曰：『嗟乎，使平得宰天下，亦如是肉矣！』」漢書陳平傳亦載此事，顔師古注「宰」曰：「主切割肉也。」底本「社」作「杜」，乃涉形近而誤。廓門注：「『杜』當作『社』字。」其説甚是。

參見本卷送覺海大師還廬陵省親注〔一五〕。

〔三〕「用材樸樕間」二句：謂雖使用其細小之材，却已見出經綸國家之意。樸樕：底本作「樸楔」，不成詞。廓門注：「『楔』當作『樕』。」詩經召南：『林有樸樕。』」其説可從。蓋「樸樕」本爲叢木、小樹。詩召南野有死麕：「林有樸樕。」毛傳：「樸樕，小木也。」後以喻淺陋平庸之材。杜牧樊川文集卷一二又代謝賜批答表：「自顧斗筲之器，樸樕之才，乘恩寵時，竊棟梁任。」同書卷一三上吏部高尚書狀：「某啓：人惟樸樕，材實朽下。」

〔四〕彭侯：彭以功，字思禹，筠州新昌人。元符三年進士。正德瑞州府志卷八選舉志科第：「彭以功思禹，官至朝散郎。」政和中知撫州崇仁縣，見注〔一〕。建炎中爲建昌軍幕職官。宋釋正受編楞嚴經合論卷末附彭以明重開尊頂法論跋語：「建炎間，寂音（惠洪）既逝，伯氏思禹幕盱江，喜其徒之請，佛果禪師亦以百千爲助，即鏤板於南昌。」盱江，當作盱江。方輿勝覽卷二一建昌軍事要：「郡名盱江。」

〔五〕千乘器：稱彭以功爲治地方之人才，即循吏之材。論語學而：「子曰：『道千乘之國，敬事而信，節用而愛人，使民以時。』」又論語公冶長：「子曰：『由也，千乘之國，可使治其賦也。』」

〔六〕「小邑試牛刀」二句：此以孔子弟子言偃（子游）喻彭以功。論語陽貨：「子之武城，聞弦歌之聲。夫子莞爾而笑曰：『割雞焉用牛刀？』子游對曰：『昔者偃也聞諸夫子曰：君子學道則愛人，小人學道則易使也。』子曰：『二三子，偃之言是也。前言戲之耳。』」蘇軾送歐陽主簿赴官韋城四首之一：「讀遍牙籤三萬軸，却來小邑試牛刀。」此借用其語。　咲：「笑」之古字。漢書外戚傳下孝成許皇后傳：「旅人先咲後號咷。」顏師古注：「咲，古笑字也。」　喟：歎息之聲。

〔七〕隱几：倚几案。清王先謙莊子集解卷一齊物論第二：「南郭子綦隱机而坐。」集解：「司馬云：『居南郭，因爲號。』釋文：『隱，馮也。』李本『机』作『几』。案：事又見徐无鬼，『郭』作『伯』，『机』作『几』。」此形容官吏閒適無事，本集多用此義，如卷八白日有閒吏青原無惰民爲韻奉寄李成德十首之五：「隱几肘門寐。」卷一一朱世英守臨川新開軒而軒有槐高數尺因名之作此：「隱几難忘濟世心。」

〔八〕原多深夜耕：宋岳珂寶真齋法書贊卷一七元祐八詩帖杜孝錫詩：「邊氓歌夜耕，更續公劉政。」元王禎農書卷五畜養篇：「若夫北方陸地平遠，牛皆夜耕，以避晝熱。」可知夜耕乃政治清明之表現。

〔九〕門有晝眠吏：東坡詩集注卷一三次韻錢越州見寄：「卧治何妨晝掩門。」王注引次公曰：「前漢汲黯傳：拜淮陽太守。上曰：『吏民不相得，吾徒得君重卧而治之。』」鍇按：漢書汲黯傳：「黯學黄老言，治官民，好清靜，擇丞史任之，責大指而已，不細苛。黯多病，卧閤内不出。歲餘，東海大治，稱之。」晝眠吏，謂其無爲而治。本集卷九白日有閒吏青原無惰民爲韻奉寄李成德十首，亦是此意，可參見。

〔一〇〕三年愛等母：謂爲官仁慈愛民，如同慈母。詩大雅洞酌：「豈弟君子，民之父母。」黄庭堅送鄭彦能宣德知福昌縣：「福昌愛民如父母。」後漢書杜詩傳略曰：「杜詩字君公，河内汲人也。遷南陽太守，性節儉而政治清平。以誅暴立威，善於計略，省愛民役。造作水排，鑄爲農器，用力少，見功多，百姓便之。又修治陂池，廣拓土田，郡内比室殷足。時人方於召信臣，故南陽爲之語曰：『前有召父，後有杜母。』」

〔一一〕百里：指一縣之轄境，代指縣。世説新語言語：「李弘度常歎不被遇，殷揚州知其家貧，問：『君能屈志百里不？』李答曰：『北門之歎，久已上聞。窮猿奔林，豈暇擇木。』遂授剡縣。」

平如水：政治公平而無偏頗。杜甫能畫：「政化平如水，皇恩斷若神。」

〔一二〕「政化不自知」二句：連瑞圖序：「天下之令佐其才賢，使民畏服、敏妙勵精者，所至尚多有之。至興居一室，淡然無爲，而使百里之内，風雨時若，禾黍豐登，奇祥發現於花木如斯邑者，寡矣。」

〔一三〕「論人或多舛」二句：蘇軾潮州韓文公廟碑：「蓋嘗論天人之辨，以謂人無所不至，惟天不容僞。」此借用其語。連瑞圖序：「使吏民畏服者，人也；而奇祥於花木者，天也。傳曰：人無所不至，惟天不容僞。蓋理有固然。」

〔一四〕耿泉豈知忠：後漢書耿恭傳：「恭以疏勒城傍有澗水可固，五月，乃引兵據之。七月，匈奴復來攻恭，恭募先登數千人直馳之，胡騎散走。匈奴遂於城下擁絶澗水。恭於城中穿井十五丈不得水，吏士渴乏，笮馬糞汁而飲之。恭仰而歎曰：『聞昔貳師將軍拔佩刀刺山，飛泉湧出；今漢德神明，豈有窮哉！』乃整衣服向井再拜，爲吏士禱。有頃，水泉奔出，衆皆稱萬歲。乃令吏士揚水以示虜。虜出不意，以爲神明，遂引去。」

〔一五〕元乳豈知義：唐國史補卷上：「元魯山自乳兄子，數日，兩乳湩流。兄子能食，其乳方止。」元魯山，即元德秀，嘗爲魯山令。新唐書卓行傳元德秀傳：「德秀不及親在而娶，不肯婚。人以爲不可絶嗣，答曰：『兄有子，先人得祀，吾何娶爲？』初，兄子繦褓喪親，無資得乳媪。德秀自乳之，數日湩流，能食乃止。」湩，乳汁。連瑞圖序：「余聞精誠之至，各以類感。貳師將軍拔劍刺崖，而飛泉湧，忠之至也。李善自乳其主人之子，而乳湩，義之至也。」貳師將軍、李善之事與耿恭、元德秀同。

〔一六〕應之捷影響：謂天人相應，如影隨形，如響隨聲。書大禹謨：「惠迪吉，從逆凶，惟影響。」孔傳：「迪，道也。順道，吉；從逆，凶。吉凶之報，若影之隨形，響之應聲。」宋范祖禹畏天劄子：「夫天人之際，相去不遠，應如影響，不可不畏。能應之以德，則災變而爲福，異變而爲祥。」連瑞圖序：「夫忠義孝慈之應，如形附影，如聲赴響。」

〔一七〕濕青紅：指瑞應堂初建成，彩色油漆尚未乾。東坡樂府卷上水調歌頭黃州快哉亭贈張偓佺：「知君爲我新作，窗户濕青紅。」此借用其語。本集好用「青紅」狀堂舍門窗之色，如卷五治中吴傅朋母夫人王逢原之女也傅朋作堂名養志乞詩爲作此：「想見窗户開青紅。」卷七吴子薪重慶堂：「想見青紅濕窗闥。」卷八和李令祈雪分韻得麓字：「窗户青紅照林麓。」卷一二次韻雙秀堂：「窗户青紅花木繁。」卷一六入九峰道中：「忽驚窗户濕青紅。」卷二一雙峰正覺禪院涅槃堂記：「煙雲開遮，户窗青紅。」

〔一八〕賓從：賓客與隨從。

〔一九〕文字飲：言文字唱酬而佐宴飲。宋魏仲舉五百家注昌黎文集卷二醉贈張秘書：「長安衆富兒，盤饌羅羶葷。不解文字飲，惟能醉紅裙。」補注：「東坡詩云『賢王文字飲』、『文字先生飲』，皆祖此語。」本集如卷二次韻君武中秋月下：「放意高談飲文字。」卷八白日有閒吏青原無惰民爲韻奉寄李成德十首之四：「聊爲文字飲，酬唱相往還。」卷一三代人上李龍圖並廉使致語十首之一：「未輸文字飲金樽。」亦皆祖此語。

〔二〇〕華裾翠：鮮翠之美服。李賀高軒過：「華裾織翠青如葱，金環壓轡摇玲瓏。」

居上人自雲居來訪白蓮社話明日告歸作此送之〔一〕

浮雲山盡際，花木迎春暉。佳人殊方來〔二〕，見之消渴飢。藉草坐松影〔三〕，粉香時落衣。氣貌秀可掬〔四〕，出語超幽微。巖壁鐘聲寂，山陰花發稀。去袂挽莫留〔五〕，又作歐（甌）峰歸㊀〔六〕。

【校記】

㊀歐：原作「甌」，誤，今從廓門本。參見注〔六〕。

【注釋】

〔一〕作年未詳。　居上人：生平法系未詳。　雲居：寺名。方輿勝覽卷一七南康軍：「雲居寺：在山之顛。諺云：『天上雲居，地下歸宗。』言其相亞云。」江西通志卷一一三寺觀三：「雲居寺，在建昌縣歐山。世傳太常博士顏雲捨宅爲寺。唐中和間，賜額龍昌，宋改賜真如，仁宗賜飛白書，晏殊爲之記。」　白蓮社：亦稱蓮社。晉釋慧遠與慧永、劉遺民、雷次宗等共十八人結社於廬山東林寺，同修淨土之法，因號白蓮社。宋陳舜俞廬山記卷一叙北山：「（東林寺）神運殿之後，有白蓮池。昔謝靈運恃才傲物，少所推重，一見遠公，肅然心服。乃即寺翻涅槃經，因鑿池爲臺，植白蓮池中，名其臺曰翻經臺。今白蓮亭即其故地。遠公與慧永、持、曇順、曇恒、竺道生、慧叡、道敬、道昺、曇詵、白衣張野、宗炳、劉遺民、張詮、周續之、雷次宗、梵僧佛馱耶舍十八人者，同修淨土之法，因號白蓮社。」　話：話頭。禪宗用指參究禪理之現成公案。

〔二〕佳人殊方來：文選注卷三一江文通雜詩三十首擬休上人：「日暮碧雲合，佳人殊未來。」此借用其語而反用其意。

〔三〕藉草：坐卧於草上。温庭筠秋日：「芳草秋可藉，幽泉曉堪汲。」

〔四〕可掬：可用手捧，形容情緒充溢可感貌。

〔五〕去袂挽莫留：去袂指離别時分袂，不忍離别即挽袂，此言挽而未能留。參見本集卷一桐川王野夫相訪洞山既去作此兼簡直夫「出門去袂聊一挽」。

〔六〕歐峰：即雲居山。方輿勝覽卷一七南康軍：「歐山，在建昌，相傳有歐岌得道於此。」明一統志卷五二南康府：「雲居山，在建昌縣西南三十里。其山紆回峻極，上常出雲，故名雲居。一名歐山，世傳歐岌先生得道於此。」

次韻汪履道〔一〕

君去中秋猶一缺〔二〕，爽氣洗開倍明徹。昨夜宵晴獨倚欄〔三〕，露冷鳴廊卷風葉。百年客舍熟黄粱（粱）㊀〔四〕，夢境偶逢還偶别。□□擁鼻公豈免㊁〔五〕，百年死灰我何説〔六〕。故國天涯眼力衰，飛鳥當還倦始知〔七〕。可憐此别秋方壯，未審重來是幾時？

【校記】

㊀ 粱：原作「梁」，誤，今從廓門本、武林本。

㊁ □□：底本、四庫本、廓門本均缺，武林本作「謝安」，天寧本作「寒霜」，蓋妄補，不從。

【注釋】

〔一〕元符三年秋作於常州。汪履道，名迪。參見本集卷一汪履道家觀所蓄煙雨蘆雁圖注〔一〕。

〔二〕中秋猶一缺：言尚未至中秋，月缺而未圓。

〔三〕宵晴：夜晴。

〔四〕百年客舍熟黃粱：即所謂黃粱夢，喻人生虛幻，百年如一夢。事本唐沈既濟枕中記，文苑英華卷八三三載其全文。宋曾慥類説卷二八記其略曰：「開元中，道老呂公經邯鄲道上邸舍中，有一少年盧生同止於邸。主人方蒸黃粱，共待其熟。盧不覺長歎。公問之，具言生世困厄。公取囊中枕以授盧曰：『枕此，當榮遇如願。』生俯首，但覺身入枕穴中，遂至其家。未幾，登歷臺閣，出入將相五六十年。子孫皆列顯仕，榮盛無比。上疏云：『臣年逾八十，位歷三台，空負深恩，永辭聖代。』其卒夕。盧生欠伸而寤。呂翁在旁，黃粱尚未熟。生謝曰：『此先生所以窒吾欲也，敢不受教？』再拜而去。」

〔五〕□□擁鼻公豈免：謂汪迪功名富貴恐不可避免。世説新語排調：「初，謝安在東山居，布衣，時兄弟已有富貴者，翕集家門，傾動人物。劉夫人戲謂安曰：『大丈夫不當如此乎？』謝乃捉鼻曰：『但恐不免耳！』」本集卷一桐川王野夫相訪洞山既去作此兼簡直夫：「君家富貴若騎虎，擁鼻未免非虛語。」此句諸本缺二字，天寧本作「寒霜」，然此二字與「擁鼻公豈免」不相屬，當爲天寧本妄補。武林本補作「謝安」，雖有出典，然「謝安」與「公」語不相諧，句法生硬，蓋其不免者，乃富貴之事，而非謝安也。據其出典與本集用例，缺字或當作「富貴」。

〔六〕百年死灰我何說：謂己一生出家，已心如死灰，不可復燃。莊子齊物論：「南郭子綦隱机而坐，仰天而噓，荅焉似喪其耦。顔成子游立侍乎前，曰：『何居乎？形固可使如槁木，而心固可使如死灰乎？』」史記韓長孺列傳：「其後安國坐法抵罪，蒙獄吏田甲辱安國。安國曰：『死灰獨不復然乎？』田甲曰：『然即溺之。』」

〔七〕飛鳥當還倦始知：陶淵明歸去來辭：「鳥倦飛而知還。」此化用其意。

予與故人別因得寄詩三十韻走筆答之〔一〕

天才（不）逸羣君獨立〇〔二〕，洞徹心胸秋色入〔三〕。於中堆積萬卷餘〔四〕，筆力至處風雷集〔五〕。刃游理窟無全牛〔六〕，端與腐儒到固執〔七〕。昔年囊綻露微鋩〔八〕，已陟雲梯最高級〔九〕。縱令大醉賦凌雲〔一〇〕，玄珠閉眼從頭拾〔一一〕。森張秀骨真神駒〔一二〕，顧盼絶塵那可縶〔一三〕。□□亦是個中流㈢〔一四〕，恨不識君只依悒㈢〔一五〕。西園道人工文章〔一六〕，覽詩愧歎不復習。野僧頑鈍誰比數〔一七〕？而得聽君論軻伋〔一八〕。别來三月鄙吝萌〔一九〕，鬧聞傳習新詩什〔二〇〕。翻瀾妙語驚倒人〔二一〕，氣焰霜鋒光熠熠〔二二〕。此詩初得喜未展，烏鳴下啄雞得粒㈣〔二三〕。初如積水窺落霞，淺碧穠紅相間輯〔二四〕。又如霜曉聽邊風，十萬軍聲何翕翕〔二五〕。筆鋒正鋭物象貧〔二六〕，降旌狼藉詩魔泣〔二七〕。嶔嶔太白不得儔〔二八〕，倔强退之自莫及〔二九〕。蠅頭細字好生書〔三〇〕，爲君卷束藏幽笈〔三一〕。嗟予衰老百無能〔三二〕，園圃自鋤瓶自汲。人間萬事一笑空，流年忽忽將三十。形骸念念非昔人〔三三〕，暗中負去何其急〔三四〕。揭來蹇剥猶可哂〔三五〕，兩眼欲昏愁淚澀。擘盂專作口腹謀〔三六〕，骨立侯門聽與給〔三七〕。舊山歸去成蹉跎〔三八〕，半年飄泊留城邑。詩源荒涸如廢池〔三九〕，淺穴敗隄微有濕。不量更擬和陽春〔四〇〕，枯木鑽膏竹瀝汁〔四一〕。夜樓無語立西風，月華如水清堪挹。君居若耶溪水東〔四二〕，我舍秋河半山隰〔四三〕。露冷亦應思故人，篋有緹衣餘十襲〔四四〕。碧光當户應可掬〔四五〕，頑翠撐天空嶪岌〔四六〕。撚須落日意無窮〔四七〕，片片催詩暮雲歙〔四八〕。知君今作蟠泥翁，頭角那能久埋戢〔四九〕。妙齡素有廊廟具〔五〇〕，破衮煩君重補緝〔五一〕。我亦東西南北人〔五二〕，從今預可揩杖笠。早晚風雲際會時〔五三〕，雷震一聲龍起蟄〔五四〕。

【校記】

㊀才：原作「不」，誤，今改。參見注〔二〕。

㊁□□：底本、四庫本、廓門本、武林本均缺，天寧本作「然予」，係臆補，不從。參見注〔一四〕。

㊂悒：武林本作「挹」，誤。

㊃烏：廓門本作「鳥」。

【注釋】

〔一〕元符二年秋作於南昌。此詩言「流年忽忽將三十」，惠洪生於熙寧四年，元符二年乃二十九歲，故詩當作於此年。　故人：當指蔡康國，字儒效。此詩所言多與蔡康國事合。元符二年惠洪嘗作詩贈康國，而此詩稱「别來三月鄙吝萌」，又稱「露冷亦應思故人」，則可知惠洪與康國相别在此年夏。又據此詩「君居若耶溪水東」、「知君今作蟠泥翁」，可知康國時已卸南昌縣主簿職歸住筠州新昌縣。

〔二〕天才逸羣：語本黄庭堅東坡居士墨戲賦：「夫惟天才逸羣，心法無軌，筆與心機，釋冰爲水。」　才：底本作「不」，語不通，當涉形近而誤，今改。廓門注：「『天』當作『人』歟？」無據。

〔三〕洞徹心胸秋色入：形容爲人心胸光明磊落，如秋空明淨清澈。白居易遊悟真寺詩：「淺深皆洞徹，可照腦與肝。」

〔四〕於中堆積萬卷餘：胸中儲蓄有萬卷書，謂學問淵博。黄庭堅跋東坡樂府：「非胸中有萬卷書，筆下無一點塵俗氣，孰能至此。」又書劉景文詩後：「余嘗評景文，胸中有萬卷書，筆下無一點俗氣。」龔端宋故奉議郎新差知邵武軍邵武縣事管勾學事管勾勸農公事蔡公墓誌銘：「儒效資警敏，自載籍之傳，諸子百家之説，天文地理、律曆象數、陰陽卜筮之書，蓋無所不覩，亦無所不記。」

〔五〕筆力至處風雷集：喻寫作時下筆迅捷而有力，如疾風迅雷。參見卷一贈蔡儒效「風雷遶紙成千篇」。蔡公墓誌銘亦曰：「落筆輒數千百言。」

〔六〕刃游理窟無全牛：謂其思路精密，已掌握義理之奥妙。莊子養生主：「庖丁釋刀對曰：『臣之所好者，道也，進乎技矣。始臣之解牛之時，所見無非牛者。三年之後，未嘗見全牛也。方今之時，臣以神遇而不以目視，官知止而神欲行，依乎天理，批大郤，導大窾……彼節者有間，而刀刃者無厚。以無厚入有間，恢恢乎其於游刃必有餘地矣。』」理窟：義理之淵藪，亦指義理之奥秘。世説新語文學：「撫軍與之話言，咨嗟稱善曰：『張憑勃窣爲理窟。』」

〔七〕端：故意，特地。腐儒：迂腐之儒者。史記黥布列傳：「上折隨何之功，謂何爲腐儒，爲天下安用腐儒。」司馬貞索隱：「謂之腐儒者，言如腐敗之物不任用。」

〔八〕昔年囊綻露微錐：史記平原君列傳：「門下有毛遂者，前，自贊於平原君曰：『遂聞君將合從於楚，約與食客門下二十人偕，不外索。今少一人，願君即以遂備員而行矣。』平原君曰：『先生處勝之門下幾年於此矣？』毛遂曰：『三年於此矣。』平原君曰：『夫賢士之處世也，譬若錐之處囊中，其末立見。今先生處勝之門下三年於此矣，左右未有所稱誦，勝未有所聞，是先生無所有也。先生不能，先生留。』毛遂曰：『臣乃今日請處囊中耳。使遂蚤得處囊中，乃穎脱而出，非特其末見而已。』平原君竟與毛遂偕。」

〔九〕已陟雲梯最高級：此喻進士及第。雲梯：喻仕進之路，猶言青雲之路。白居易效陶潛體詩十六首之十四：「亦有同門生，先升青雲梯。」錯按：蔡康國紹聖元年進士及第。

〔一〇〕縱令大醉賦凌雲：史記司馬相如列傳：「相如既奏大人之頌，天子大説，飄飄有凌雲之氣，似游天地之間意。」賦凌雲，當指作賦獻天子。贈蔡儒效詩曰：「殿前作賦聲摩空，盛名四海爭掀播。」當指此事。

〔一一〕玄珠：黑色明珠，喻道之真諦。莊子天地：「黄帝游乎赤水之北，登乎昆侖之丘而南望，還歸，遺其玄珠。」陸德明釋文：「玄珠，司馬云：『道真也。』」

〔一二〕森張：伸張聳豎。杜甫天育驃騎歌：「卓立天骨森開張。」此化用其意。

〔一三〕顧盼絶塵：形容馬行之疾速。莊子田子方：「夫子奔逸絶塵，而回瞠若乎後矣。」宋林希逸莊子口義卷七曰：「絶塵，去速而不見其塵也。」　縶：羈絆。楚辭九歌國殤：「霾兩輪兮縶四馬。」王逸注：「縶，絆也。」

〔一四〕□□：底本所缺二字當爲人名，疑爲「超然」，即惠洪師弟希祖。蓋蔡康國爲惠洪兒時鄰居朋友，希祖未嘗見之。而此年希祖與惠洪同寓居南昌，初讀康國詩文，故應有「恨不識君」之歎。此年秋，寫此詩後不久，惠洪即與希祖自南昌舟而東下。　個中流：此中流，此中人。此指識文章義理之人。冷齋夜話卷四稱「吾弟超然善論詩」，故可稱「個中流」。天寧本作「然予」，二字係臆補，與上下文不相契合。蓋詩題既稱「故人」，則昔日早相識，而若稱「然予……恨不識君」，則前後自相矛盾。天寧本妄補處甚多，此其一例。

〔一五〕依悒：猶言依鬱，抑鬱憂悶。李之儀姑溪居士前集卷二六與友人：「興言至此，倍深依悒。」

〔一六〕西園道人：未詳所指。道人，即僧人。

〔一七〕野僧：惠洪自稱。本集「野僧」二字均同此義例。　比數：相提並論。文選注卷四一司馬遷報任少卿書：「刑餘之人，無所比數，非一世也，所從來遠矣。」杜甫秋雨歎三首之三：「長安布衣誰比數？」蘇軾蝎虎：「陋質從來誰比數？」此借用其句法。

〔一八〕軻伋：孟軻與孔伋，儒家學派代表人物。史記孔子世家：「孔子生鯉，字伯魚。伯魚年五十，先孔子死。伯魚生伋，字子思，年六十二。嘗困於宋。子思作中庸。」史記孟子列傳：「孟軻，騶人也。受業子思之門人。」

〔一九〕鄙吝萌：後漢書黄憲傳：「同郡陳蕃、周舉常相謂曰：『時月之間不見黄生，則鄙吝之萌復存乎心。』」鄙吝：心胸狹窄。

〔二〇〕聞聞：紛紛傳聞。　詩什：詩篇。詩小雅鹿鳴之什注：「陸曰：什音十。什者，若五等之君有詩，各繫其國，舉周南即題關雎。至於王者施教，統有四海，歌詠之作，非止一人。篇數既多，故以十篇編爲一卷，名之爲什。」

〔二一〕翻瀾：猶言瀾翻，水勢翻騰貌，喻言辭滔滔不絕。如本集卷二贈黄得運神童：「翻瀾誦五經，如水傳觥觴。」卷一四贈珠侍者二首之二：「安用翻瀾千偈，却輸枯木寒灰。」蔡公墓誌銘：「發辭吐論，務爲汪洋無涯涘，雖善辯者不容於致詰也。」

〔二二〕熠熠：明亮貌。阮籍清思賦：「色熠熠以流爛兮，紛雜錯以葳蕤。」

〔二三〕烏鳴下啄雞得粒：喻得故人詩如烏得食，雞得粒。下啄，狀低頭讀詩貌。

〔二四〕「初如積水窺落霞」二句：喻詩之色彩絢麗。廓門注：「落霞，鳥名。」其説不確。錯按：此句從王勃滕王閣序「落霞與孤鶩齊飛，秋水共長天一色」化出。積水碧，落霞紅，故曰「淺碧穠紅相間輯」。輯：聚合，集聚。

〔二五〕「又如霜曉聽邊風」二句：喻詩之聲調雄爽。十萬軍聲：唐趙嘏錢塘斷句：「一千里色中秋月，十萬軍聲半夜潮。」此借用其語。翕翕：盛大貌。論語八佾：「樂其可知也：始作，翕如也。」何晏集解：「翕如，盛也。」

〔二六〕筆鋒正鋭物象貧：極言其筆力無施不可，能窮盡物象。蓋前人稱善體物者爲「窮」盡物象，而惠洪則易「窮」爲「貧」。又如本集卷一一靈隱山次超然韻時超然歸南嶽住庵勸之：「君亦工詩苦入神，冥搜物象故應貧。」

〔二七〕降旌狼藉詩魔泣：極言其詩令衆詩人甘拜下風，投降哭泣。蘇軾次韻舒教授寄李公擇：「論文作詩俱不敵，看君談笑收降旌。」黄庭堅次韻文潛立春日三絶句之二：「傳得黄州新句法，老夫端欲把降幡。」 降旌：表示投降之旗幟，此喻自願認輸。本集屢用此喻，如卷三金華超不羣用前韻作詩見贈亦和三首超不羣剪髮參黄蘗之一：「我詩望見倒降旗。」卷八次韻游水簾洞：「要已倒降旌。」卷九次韻周伾大雪見寄二首之一：「詩嚴合受降。」 狼藉：縱横散亂貌。 詩魔：指酷愛作詩如著魔之人。劉禹錫春日書懷寄東洛白二十二楊八二庶子詩：「心知洛下閑才子，不作詩魔即酒顛。」

〔二八〕嵚嶔太白不得儔：廓門注：「『涓子不能儔』之語勢。」鍇按：「涓子不能儔」見南朝齊孔稚珪北山移文。 嵚嶔：險峻不平貌，喻品格卓異出羣。世説新語容止：「周伯仁道：『桓茂倫，嵚崎歷落可笑人。』」嶔，同崎。

〔二九〕倔强退之：舊唐書李逢吉傳稱韓愈「性木强」。歐陽修六一詩話載梅堯臣語：「前史言退之爲人木强，若寬韻可自足，而輒旁出；窄韻難獨用，而反不出。豈非其拗强而然歟？」木强即倔强。

〔三〇〕蠅頭細字：南史蕭鈞傳：「鈞常手自細書寫五經，部爲一卷，置於巾箱中，以備遺忘。侍讀賀玠問曰：『殿下家自有墳素，復何須蠅頭細書，別藏巾箱中？』答曰：『巾箱中有五經，於檢閲既易，且一更手寫，則永不忘。』諸王聞而爭效爲巾箱五經。」

〔三一〕幽笈：指隱秘之書箱。太平御覽卷七一一引漢應劭風俗通：「笈，學士所以負書箱，如冠笈箱也。」

〔三二〕百無能：唐寒山箇是誰家子詩：「唯知打大彎，除此百無能。」白居易與僧智如夜話：「憂勞緣智巧，自喜百無能。」

〔三三〕形骸念念非昔人：謂自己軀殼變衰，刹那之間已非過去之自己。形骸：指人之軀體，外貌。念念：佛教謂極短時間。維摩詰經卷上方便品：「是身如電，念念不住。」蘇軾再過常山和昔年留别詩：「那知夢幻軀，念念非昔人。」此化用其語意。

〔三四〕暗中負去何其急：謂歲月暗中急速流逝。莊子大宗師：「夫藏舟於壑，藏山於澤，謂之固矣。然而夜半有力者負之而走，昧者不知也。」參見本卷高安會諒師出諸公所惠詩求予爲賦用祖原韻注〔四〕。

〔三五〕朅來：猶言爾來。蘇軾送安惇秀才失解西歸：「朅來東游慕人爵，棄去舊學從兒嬉。」蹇剥：蹇、剥均爲周易之卦。易蹇卦：「彖曰：蹇，難也，險在前也。」易剥卦：「剥，不利有攸往。」後因以指時運不濟。唐楊炯益州温江縣令任君神道碑：「遭時屯坎，浮生蹇剥。」哂：嘲笑。

〔三六〕擎盂：猶言托鉢，手托盂鉢向施主乞食。

〔三七〕骨立：形容消瘦之極。劉向說苑修文：「（子路）遂自悔，不食七日而骨立焉。」後漢書韋彪傳：「服竟，羸瘠骨立異形。」

〔三八〕蹉跎：失時，虛度光陰。

〔三九〕詩源荒涸如廢池：賈島戲贈友人：「一日不作詩，心源如廢井。」此化用其意。

〔四〇〕陽春：古歌曲名，代指高雅詩歌。宋玉對楚王問：「客有歌於郢中者，其始曰下里、巴人，國中屬而和者數千人。其爲陽阿、薤露，國中屬而和者數百人。其爲陽春、白雪，國中屬而和者，不過數十人。」

〔四一〕枯木鑽膏竹瀝汁：枯木無膏而欲鑽出膏，枯竹無汁而欲瀝出汁。蘇軾岐亭五首之五：「枯松强鑽膏，槁竹欲瀝汁。」本喻窮窘之態，此借用其語意而喻詩思枯竭。

〔四二〕若耶溪：輿地紀勝卷二七江南西路瑞州：「若耶溪，在新昌縣，一名鹽溪。自分寧縣界發源，出零江，入上高，東流入蜀江。」蔡康國歸新昌故居，故稱居若耶溪水東。廓門注引一統志曰：「紹興府若耶溪，在府城南二十五里。」殊誤。

〔四三〕秋河：疑爲地名，無考。　半山隰：謂半依山，半近隰。詩邶風簡兮：「山有榛，隰有苓。」毛傳：「下濕曰隰。」隰即低地。詩經中頗有「山」與「隰」對舉之例，如鄭風山有扶蘇：「山有扶蘇，隰有荷華。」「山有喬松，隰有游龍。」唐風山有樞：「山有樞，隰有榆。」「山有栲，隰有杻。」「山有漆，隰有栗。」秦風晨風：「山有苞櫟，隰有六駁。」「山有苞棣，隰有樹檖。」贈蔡儒效詩有「方衣童首住江村」之句，此「江村」當即半山半隰。廓門注引一統志曰：「應天府半山亭，在鍾山半道，即宋王安石故宅。安石賦詩凡十五首。」其説不確，蓋鍾山半道，不得曰「隰」。

〔四四〕篋有緹衣餘十襲：謂篋中尚餘有黄赤之繒數重可包裹寶物，猶言鄭重珍藏。緹：黄赤色繒。十襲：極言重重包裹。藝文類聚卷六引闞子曰：「宋之愚人得燕石於梧臺之東，歸而藏之以爲寶。周客聞而觀焉。主人齋七日，端冕玄服以發寶。革匱十重，緹巾十襲。客見之，掩口而笑曰：『此特燕石也，其與瓦甓不殊。』」黄庭堅東坡居士墨戲賦：「公其緹衣十襲，拂除蛛塵。」廓門注：「周禮注：『緹衣，古兵服之遺。襲，包也。』」其説不確。

〔四五〕碧光當户應可掬：謂窗前一片翠緑之山光，似可用雙手合捧。

〔四六〕頑翠：猶言濃翠，指青山。凡色之濃深者，亦稱「頑」，此宋人俗語，如蘇舜欽寒夜：「山高微黯石色頑。」鄱陽五家集卷二宋黎廷瑞芳洲集二送司命君：「野蔓既頑緑。」均是此例。業岌：高聳貌。南朝梁蕭統玄圃講：「穿池狀浩汗，築峰形業岌。」

〔四七〕撚須：拈髯鬚，指苦吟作詩。須，「鬚」之本字。唐盧延讓苦吟：「吟安一個字，撚斷數莖鬚。」

〔四八〕片片催詩暮雲歛：九家集注杜詩卷一八陪諸貴公子丈八溝攜妓納涼晚際遇雨二首之一：

「片雲頭上黑，應是雨催詩。」趙彦材注：「此蓋以爲戲也。雨甚，當速歸，而詩不了，則黑雲將欲爲雨以催之矣。東坡嘗使：『纖纖入麥黄花亂，颯颯催詩白雨來。』」此化用其意。

歙：聚集。

〔四九〕「知君今作蟠泥翁」二句：謂蔡康國如龍蟠泥中，待時而發，不會長久沉埋。東坡詩集注卷三〇以雙刀遺子由子由有詩次其韻：「欲試百煉鋼，要須更泥蟠。」注：「班固言：『泥蟠而天飛者，應龍之象也。』楊子：『龍蟠於泥，蚖其肆矣。』」　埋戢：沉埋藏匿。

〔五〇〕妙齡：蔡康國時年二十八，正值妙年。　廊廟具：建造廊廟之材，喻能擔負朝廷重任之棟樑材。杜甫自京赴奉先縣詠懷五百字：「當今廊廟具，構廈豈云缺。」

〔五一〕破衮煩君重補緝：謂有待蔡康國重新補救規諫帝王之過失。語本詩大雅烝民：「衮職有闕，維仲山甫補之。」衮：古帝王所服卷龍衣。

〔五二〕我亦東西南北人：禮記檀弓上：「今丘也，東西南北之人也。」鄭玄注：「東西南北，言居無常處也。」此借用其語。

〔五三〕早晚：或早或遲。　風雲際會：指君臣遇合。參見本卷謝安道花壇注〔九〕。

〔五四〕雷震一聲龍起蟄：古以蟄龍喻隱匿之志士，此喻蔡康國有朝一日將趁機而起。　蟄：動物冬眠，潛伏不動。春日雷震，是爲驚蟄。易繫辭：「龍蛇之蟄，以存身也。」呂氏春秋開春論：「開春始雷，則蟄蟲動矣。」

蒲元亨畫四時扇圖〔一〕

畫工妙物無不可〔二〕，誰能筆端自忘我〔三〕。醉蒲睡著呼不聞，但見解衣磐礴臝㊀〔四〕。起來漱墨滋破硯㊁，霜綃只尺開紈扇㊂〔五〕。點綴四時無不有，但覺眼前紅緑眩〔六〕。雲破連峰青碧開，林梢時復見樓臺。斷橋落日空流水，爲問秦人安在哉〔七〕？春山杳靄知何處，夏木森森蔽雲雨。秋陰未破雪滿山，笑指千峰欲歸去。看山對客憶蛾眉㊃〔八〕，客去愁多自不知。滿眼匡廬看畫軸〔九〕，平生坐媿虎頭癡〔一〇〕。萬事浮雲定何有㊄〔一一〕，白鶴歸來千載後〔一二〕。江山長在身世忙㊅，歲月不移舟壑走〔一三〕。對此未歸心欲折〔一四〕，借君玉斧修圓月〔一五〕。會看談笑滿清風，詎使人間畏炎熱㊆〔一六〕。

【校記】

㊀ 磐：石倉本、聲畫集卷六作「盤」。

㊁ 硯：石倉本、聲畫集作「研」。

㊂ 只：石倉本、聲畫集、古今禪藻集卷九作「咫」。

㊃ 蛾眉：聲畫集作「峩嵋」，古今禪藻集作「峨眉」。

㊄ 事：聲畫集作「法」。

⑥身世：聲畫集作「世身」。

⑦畏：聲畫集作「長」。

【注釋】

〔一〕作年未詳。蒲元亨：名不可考，生平未詳。據詩中「對客憶蛾眉」句，可知其爲蜀人。鍇按：蜀中蒲氏家世善畫，五代宋初有蒲思訓，其子蒲延昌。宋劉道醇宋朝名畫評卷一人物門：「蒲思訓，蜀中人，曉音樂，善談論，幼師房從真學圖，纔十年，從真自以爲不及。仕孟蜀，爲待詔，長於車服、冠冕、旌旗、器械、神鬼等圖。子延昌亦能畫，名亞其父。」元豐中有蒲永升，成都人，善畫水，蘇軾爲之作畫水記，稱其「嗜酒放浪，性與畫會」。此詩稱蒲元亨爲「醉蒲」、「筆端忘我」、「解衣盤礴」，與蒲永升性格相近。元亨殆蜀中蒲氏之後裔歟？或竟爲永升之子姪歟？待考。

〔二〕妙物：神妙莫測之物，指創造萬物之神。文選注卷五九王簡棲頭陀寺碑文：「是故三才既辨，識妙物之功。」李善注：「周易曰：『神者，妙萬物而爲言者也。』」此乃言畫工如造物之神，創造萬物，無所不可。

〔三〕筆端自忘我：猶言達到坐忘之境界。莊子大宗師：「仲尼蹵然曰：『何謂坐忘？』顏回曰：『墮肢體，黜聰明，離形去知，同於大通，此謂坐忘。』」郭象注：「夫坐忘者，奚所不忘哉？既忘其跡，又忘其所以跡者。內不覺其一身，外不識有天地，然後曠然與變化爲體，而無不通也。」

〔四〕解衣磤礴羸：脱衣露體而箕坐，指不受拘束，恣意作畫。莊子田子方：「宋元君將畫圖，衆史皆至，受揖而立，舐筆和墨，在外者半。有一史後至者，儃儃然不趨，受揖不立，因之舍。公使人視之，則解衣般礴羸。君曰：『可矣，是真畫者也。』」司馬注：「般礴，謂箕坐也。將畫，故解衣見形。」郭象注：「内足者神閒而意定。」

〔五〕霜綃：白絲織品，即作畫之絹帛。　只尺：即咫尺，形容畫面狹小。「只」通「咫」。南史蕭賁傳：「能書善畫，於扇上圖山水，咫尺之内，便覺萬里爲遥。」此題扇圖，故以咫尺言之。

〔六〕但覺眼前紅緑眩：形容醉態。蘇軾常州太平寺觀牡丹：「自笑眼花紅緑眩。」又金山寺與柳子玉飲大醉卧寶覺禪榻夜分方醒書其壁：「我醉都不知，但覺紅緑眩。」此借用其語。

〔七〕爲問秦人安在哉：廓門注：「使武陵桃源事。」鍇按：陶淵明桃花源記：「村中聞有此人，咸來問訊。自云先世避秦時亂，率妻子邑人，來此絶境，不復出焉，遂與外人間隔。問今是何世，乃不知有漢，無論魏晉。」王維桃源行：「樵客初傳漢姓名，居人未改秦衣服。」此謂扇圖所畫美景如桃花源。

〔八〕蛾眉：即峨眉山，此代指蜀中之山。據此可知蒲元亨爲蜀人。蘇軾法惠寺横翠閣：「已泛平湖思濯錦，更見横翠憶蛾眉。」此化用其意。

〔九〕匡廬：即廬山。據此，則蒲元亨時在廬山，惠洪題畫亦當在此地。

〔一〇〕媿：慚愧。漢書循吏傳龔遂傳：「面刺王過，王至掩耳起走，曰：『郎中令善媿人。』」顔師古注：「媿，古愧字。愧，辱也。」虎頭癡：晉顧愷之，字長康，小字虎頭，晉陵無錫人。尤善丹青，圖寫特妙。謝安深重之，以爲蒼生以來未之有也。晉書顧愷之傳：「初，愷之在桓温府，常云：『愷之體中，癡黠各半，合而論之，正得平耳。』故俗傳愷之有三絶：才絶，畫絶，癡絶。」

〔一一〕萬事浮雲定何有：蘇軾送戴蒙赴成都玉局觀將老焉：「百歲風狂定何有。」此化用其句法。

〔一二〕白鶴歸來千載後：陶淵明搜神後記卷一：「丁令威，本遼東人，學道於靈虚山，後化鶴歸遼，集城門華表柱。時有少年舉弓欲射之，鶴乃飛，徘徊空中而言曰：『有鳥有鳥丁令威，去家千年今始歸。城郭如故人民非，何不學仙冢纍纍。』遂高上沖天。」

〔一三〕歲月不移舟壑走：謂萬物無時不在變化中，歲月流逝而不可挽留。莊子大宗師：「夫藏舟於壑，藏山於澤，謂之固矣。然而夜半有力者負之而走，昧者不知也。」參見本卷高安會諒師出諸公所惠詩求予爲賦用祖原韻注〔四〕。

〔一四〕心欲折：中心將要摧折，形容傷感至極。江淹别賦：「使人意奪神駭，心折骨驚。」杜甫秦州雜詩之一：「西征問烽火，心折此淹留。」

〔一五〕玉斧修圓月：圓月喻扇面。王安石題畫扇：「玉斧修成寶月團，月邊仍有女乘鸞。」此化用其意。惠洪頗賞此二句詩，冷齋夜話卷三、天廚禁臠卷中均稱之。玉斧修月，事出酉陽雜俎卷一：「太和中，鄭仁本表弟不記姓名，嘗與一王秀才游嵩山，捫蘿越澗，境極幽敻，遂迷歸路。將暮，不知所之。徙倚間，忽覺叢中鼾睡聲。披荆窺之，見一人布衣甚潔白，枕一襆物，方眠熟，即呼之曰：『某偶入此徑，迷路，君知向官道否？』其人舉首略視，不應，復寢。又再三呼之，乃起坐顧曰：『來此。』二人因就之，且問其所自。其人笑曰：『君知月乃七寶合成乎？月勢如丸，其影日爍其凸處也。常有八萬二千户修之，予即一數。』因開襆，有斤鑿數事，玉屑飯兩裹，授與二人曰：『分食此，雖不足長生，可一生無疾耳。』乃起二人，指一支徑：『但由此自合官道矣。』言已，不見。」

〔一六〕詎使人間畏炎熱：謂團扇之清風可消除人間之炎熱。詎：豈。漢班婕妤怨歌行：「新裂齊紈素，皎潔如霜雪。裁爲合歡扇，團團似明月。出入君懷袖，動摇微風發。常恐秋節至，涼風奪炎熱。棄捐篋笥中，恩情中道絶。」此反用其意。

贈閻資欽〔一〕

名都大藩地〔二〕，英俊蔚如林〔三〕。烏靴青衫中〔四〕，時見閻資欽。風度若英特〔五〕，杳然自靖（清）深㊀〔六〕。借無軒冕意〔七〕，功名亦相尋。合是廊廟具〔八〕，下僚那敢沉〔九〕。郵亭款夜語〔一〇〕，霜清特攜衾〔一一〕。篝燈伴清對〔一二〕，商略雜古今〔一三〕。譬如武庫開〔一四〕，錯粲森球琳〔一五〕。詩工出奇麗，寫物意在琴〔一六〕。絶如歐陽公，但欠雪滿簪〔一七〕。句法本嚴甚，頗遭韓柳侵〔一八〕。願爲匿盆麝〔一九〕，恥作躍爐金〔二〇〕。世無子期耳〔二一〕，廣陵誰賞音〔二二〕。何當學梅福，九江歸雲岑〔二三〕。

【校記】

㊀ 靖：原作「清」，誤，今改。參見注〔六〕。

【注釋】

〔一〕建中靖國元年初冬作於南昌。　閻資欽：名孝忠，號潁皐居士。宣和間嘗提舉湖南鹽茶公事，除駕部員外郎，直秘閣。建炎中嘗知蔡州。全宋詩卷一一五〇録閻孝忠詩三首，小傳稱其「字資道」，疑誤。宋徐夢莘三朝北盟會編卷一一五稱孝忠「聰慧俊爽，精通醫方，嘗著信效方，議論甚精，致行於世」。宋李心傳建炎以來繫年要録卷六「孝忠開封人」條下注曰：「汪藻作閻氏信效方序云：『潁昌閻孝忠。』而孝忠自作錢氏方序云：『大梁閻某。』今從之。」鍇按：本集卷二次後韻稱閻孝忠「潁皐舊廬在」，而孝忠自號潁皐居士，似當爲潁昌人，徙居開封。本集卷一三宿資欽楚山堂：「故人持節在三湘，白首相逢話更長。」據宋會要輯稿食貨三二之一五，閻孝忠於宣和六年提舉荊湖南路香礬事，「持節在三湘」當在是時。然彼詩既言「故人持節」、「白首相逢」，可知惠洪早年即與孝忠交遊。此詩稱「青衫烏靴中，時見閻資欽」，據宋史輿服志五：「宋因唐制，三品以上服紫，五品以上服朱，七品以上服緑，九品以上服青。」是時孝忠尚服「青衫」，則當爲八、九品官員。而宣和六年孝忠任提舉湖南鹽茶事，又據宋會要輯稿選舉三三之三九，宣和七年孝忠即爲奉議郎、尚書駕部員外郎、直秘閣。據宋史職官志八，駕部員外郎爲正七品。提舉爲差遣官，當亦在七品以上，當「服緑」，而非「服青」。此詩既曰「青衫」，則不會作於宣和六七年間，而當作於初識孝忠之時。此詩稱「何當學梅福，九江歸雲岑」。據漢書梅福傳，梅福嘗補南昌尉，後棄官歸九江壽春。詩以梅福事爲喻，則孝忠似亦當爲南昌尉。據宋官制，諸州上中下縣主簿、尉爲從九品，服青衫。此詩又言「名都大藩地」，洪州正爲江南西路之首府，即都督洪州豫章郡鎮南軍節度，治南昌、新建二縣。惠洪於建中靖國元年秋冬之際嘗滯留南昌，此詩言「霜清特攜衾」，正與滯留南昌所作長短句「霜曉獨憑欄」季節相合。是年秋，惠洪於南昌重會汪藻，參見本卷南昌重會汪彦章注〔一〕，汪藻爲閻孝忠信效方作序或當亦在此時。

〔二〕名都：著名城市。大藩：古指重要州郡。舊唐書盧祖尚傳：「交州大藩，去京甚遠，須賢牧撫之。」宋承唐制，於重要州郡置都督府，設節度使，即所謂藩鎮。洪州即其一，故稱大藩。

〔三〕英俊蔚如林：廓門注：「白虎通曰：『百人曰俊，千人曰英。』文選辨亡論曰：『異人輻湊，猛士如林。』注：『毛詩曰：其會如林。』」錯按：陳師道和寇十一同登寺山：「衣冠蔚如林，從我才一二。」此用其語。

〔四〕烏靴：官員所穿黑靴。黄庭堅六月十七日晝寢：「紅塵席帽烏靴裏，想見滄洲白鳥雙。」　青衫：宋承唐制，文官八、九品服以青。白居易琵琶行：「座中泣下誰最多？江州司馬青衫濕。」

〔五〕若：如此。　英特：才智超羣。晉書宣帝紀：「君弟聰亮明允，剛斷英特，非子所及也。」

〔六〕杳然：渺遠貌。漢徐幹中論治學：「顧所由來，則杳然其遠。」　靖深：形容人之氣度靜穆深沉。本集卷一九靈源清禪師贊五首之四：「凨度凝遠，杳然靖深。」即此意。又如禪林僧寶傳卷八圓通緣德禪師傳：「神觀靖深，中空外夷。」林間後録空生贊序：「神觀靖深，如從維摩大士得心解脱。」同書清凉大法眼禪師畫像贊序：「神宇靖深，眉目淵然。」劉摯答北京馮太尉啓：「某官粹和清敏，惇大靖深。」蘇軾興國寺浴室院六祖畫像贊叙：「而西壁三師，皆神宇靖深，中空外夷。」蘇轍李之純寶文閣學士知成都府：「具官某，性本靖深，政實寬厚。」葉夢得石林詩話卷中：「（文同）爲人靖深，超然不嬰世故。」均同此意。底本作「清深」，諸書狀人無此用例，當涉形近而誤，今改。

〔七〕借：即使。　軒冕意：指追求官爵禄位之意願。莊子繕性：「今之所謂得志者，軒冕之謂也。」杜甫獨酌：「本無軒冕意，不是傲當時。」此用其語，而異其意。

〔八〕合是：應該是。　廊廟具：朝廷棟樑之材。　參本卷予與故人別因得寄詩三十韻走筆答之注

〔五〇〕。

〔九〕下僚那敢沉：謂不會久作下層官員。晉左思詠史詩八首之二：「世胄躡高位，英俊沉下僚。」此反其意而用之。

〔一〇〕郵亭：驛館，驛站，遞送文書者投止之處。漢書薛宣傳：「過其縣，橋梁郵亭不修。」顔師古注：「郵，行書之舍，亦如今之驛及行道館舍也。」　款：誠懇，融洽。

〔一一〕攜衾：猶「攜被」，指自帶被褥借宿。蘇軾南溪之南竹林中新構一茆堂予以其所處最爲深邃故名之避世堂：「暫來聊解帶，屢去欲攜衾。」本集屢用此語，如卷一陳氏貫時軒：「攜被願假宿，與子對牀眠。」卷二贈王敦素兼簡正平：「攜被假宿良幽期。」卷三始陽何退翁謫長沙會宿龍興思歸戲之：「我從山中來，攜被夜假館。」卷一一宿鹿苑書松上人房二首之二：「泠齋託宿自攜衾。」卷一三宿資欽楚山堂：「攜衾來宿楚山堂。」

〔一二〕篝燈：置燈於竹籠中。王安石書定院窗：「竹雞呼我出華胥，起滅篝燈擁燎爐。」　清對：對坐清談。黄庭堅與彦修知府書五首之五：「别後未嘗不思清對也。」

〔一三〕商略：品評，評論。魏書李彪傳：「彪平章古今，商略人物。」

〔一四〕武庫：儲藏兵器之倉庫。稱譽人學識淵博，無所不有。晉書杜預傳：「預在内七年，損益萬機，不可勝數，朝野稱美，號曰『杜武庫』，言其無所不有也。」苕溪漁隱叢話後集卷三三引復齋漫録載張芸叟（舜民）評詩語：「蘇東坡之詩，如武庫初開，矛戟森然，不覺令人神愯，仔細檢點，不無利鈍。」

〔一五〕錯粲森球琳：喻其談吐辭采華妙，美不勝收。　錯粲：五彩交錯粲然。亦作粲錯。唐皮日休曉次神景宫：「瓊幃自迴旋，錦旌空粲錯。」　森：森然，衆多貌。　球琳：泛指美玉。書禹貢：「（雍州）厥貢惟球琳琅玕。」孔傳：「球、琳，皆玉名。」

〔一六〕寫物意在琴：謂寫景狀物能意在言外，韻味無窮。蓋琴聲乃空中之音，故意在琴中，難以捉摸。本集卷一九靈源清禪師贊五首之四：「如春在花，如意在琴。雖甚昭著，莫可追尋。」即此意。文苑英華卷八三二唐柳識琴會記：「見明珠者，方鄙魚目；知雅樂者，始賤鄭聲。自朴散爲器，真意在琴，與衆樂同法於虚，獨能致靜。」此借用其語。

〔一七〕「絶如歐陽公」二句：謂其詩文極似歐陽修，却無其白髮。此譬其少年老成。　雪滿簪：滿頭白髮。歐陽修醉翁亭記嘗自稱：「蒼顔白髮，頹然乎其間者，太守醉也。」蘇軾送表忠觀錢道士歸杭：「憔悴雲孫雪滿簪。」此借用其語。

〔一八〕「句法本嚴甚」二句：謂其詩本句法精嚴，而亦受韓愈、柳宗元詩風之影響。暗示其詩既句律精深，又風格奇崛。「頗遭韓柳侵」，乃戲謔之言。

〔一九〕匿盆麝：覆盆缶藏匿麝香，而香氣難掩，以喻人不事張揚，而美名愈彰。本集多用此喻，如卷一九毛女贊：「如麝有香，以缶覆焉，透塵透風，種性則然。」蔡元中真贊：「德以退爲進，謙以後爲柄，迹以暗而彰，麝匿缶而香。」卷二八請殊公住雲峰：「如麝匿香，覆之以缶，而香愈著。」卷三〇祭昭默禪師文：「置麝溺器，更增其香。取而有之，篚于藥囊。」鍇按：此喻似爲惠洪所獨創。宋周紫芝太倉稊米集卷五〇雜書三之三：「麝爲天下至香之物，久而欲壞，則香必歇。急取溺器覆之，香復如初。蓋麝生臍腹間，溺之所自出也，二氣以類相感，乃復香耳。」此借其事而活用之。

〔二〇〕躍爐金：喻自我標榜、不能順應自然之人。莊子大宗師：「今之大冶鑄金，金踴躍曰：『我且必爲鏌鋣！』大冶必以爲不祥之金。」黄庭堅代書：「汝才躍爐金，自必爲鏌鋣。窮年抱新書，挽條咀春葩。」乃反其意而用之，與此詩不同。

〔二一〕子期耳：喻知音。吕氏春秋本味：「伯牙鼓琴，鍾子期聽之。方鼓琴，而志在太山，鍾子期曰：『善哉乎鼓琴，巍巍乎若太山。』少選之間，而志在流水，鍾子期又曰：『善哉乎鼓琴，湯湯乎若流水。』鍾子期死，伯牙破琴絶絃，終身不復鼓琴，以爲世無足復爲鼓琴者。」

〔二二〕廣陵：指廣陵散，古琴名曲。世説新語雅量：「嵇中散臨刑東市，神氣不變，索琴彈之，奏廣陵散。曲終曰：『袁孝尼嘗請學此散，吾靳固不與，廣陵散於今絶矣。』」

〔二三〕「何當學梅福」二句：漢書梅福傳略曰：「梅福字子真，九江壽春人也。少學長安，明尚書、穀梁春秋，爲郡文學，補南昌尉。後去官歸壽春，數因縣道上言變事，求假軺傳，詣行在所條對急政，輒報罷。至元始中，王莽顓政，福一朝棄妻子，去九江，至今傳以爲仙。其後，人有見福於會稽者，變名姓，爲吴市門卒云。」

次韻見寄二首〔一〕

心親出傾蓋〔二〕，氣合論夙因〔三〕。久已仰高誼，竊伏淮海濱〔四〕。夫子真自重，不減南國珍〔五〕。笑談帶富貴，翰墨生精神。譬如千江月，處處能分身〔六〕。而予續高韻，坐客譏效顰〔七〕。安知磁石針，妙處無陳新〔八〕。思君欲夜話，痛嗟隔城闉〔九〕。熟讀寄來詩，秀色摩清春。便覺海棠雨，圓吭爭滑唇〔一〇〕。游絲登百尺，飛絮沾泥塵〔一一〕。要當爲設榻〔一二〕，敷以白氍巾〔一三〕。看君把麈尾〔一四〕，抑氣思舊申〔一五〕。涼肝藉苦語〔一六〕，激烈敢不遵。

【注釋】

〔一〕崇寧元年（一一〇二）暮春作於揚州。次韻見寄二首之二即次後韻，據「潁皋舊廬在」句，可知此二首乃次閻孝忠所寄詩韻，蓋因孝忠自號潁皋居士。又據「竊伏淮海濱」句，知惠洪時在揚州，蓋因「淮海」爲揚州別稱。方輿勝覽卷四四淮東路揚州事要：「郡名廣陵、江都、淮海、維揚、蕪城、邗城。」又詩言「游絲登百尺，飛絮沾泥塵」，乃暮春景色。崇寧元年春惠洪嘗於揚州作詩贈知州蔡卞，參見本集卷一三與蔡揚州注〔一〕。本詩當作於是時。惠洪與閻孝忠初相識在去年冬，見前贈閻資欽，此又得其寄詩，故此詩稱「心親出傾蓋，氣合論夙因」。

〔二〕心親出傾蓋：謂初次相逢則如故人，而心心相印。史記鄒陽列傳載鄒陽獄中上梁王書曰：「諺曰：『有白頭如新，傾蓋如故。』何則？知與不知也。」司馬貞索隱：「按：家語『孔子遇程子於途，傾蓋而語』。又志林云：『傾蓋者，道行相遇，軿車對語，兩蓋相切，小欹之，故曰傾也。』」　蓋：車蓋，車上遮雨蔽日之傘。

〔三〕氣合論夙因：謂意氣相投，而推知有前世因緣。夙因：佛教語。元釋念常佛祖歷代通載卷九載菩提達磨禪師大乘入道四行之隨緣行曰：「若得勝報榮譽等事，皆是過去夙因所感，緣盡還無，何喜之有？」

〔四〕竊伏淮海濱：指私下潛處於揚州一帶。秦觀上吕晦叔書：「竊伏淮海，抱區區之願，缺然未厭者有年矣。」秦觀爲揚州高郵人，故稱。此借用其語。

〔五〕「夫子真自重」二句：南國珍奇，喻指孝忠言行穩重，人品高尚。蘇軾送孫著作赴考城兼寄錢醇老李邦直二君於孫處有書見及：「子亦東南珍，價重不可算。」此化用其意。

〔六〕「譬如千江月」二句：佛教以月體喻法身，一輪在天，影含衆水。衆水之月，即法身之分身。景德傳燈録卷二〇韶州龍光和尚：「問：『賓頭盧一身，爲什麽赴四天供？』師曰：『千江同一月，萬户盡逢春。』」賓頭盧尊者雖只有一身，却能分身而赴四天供，正如一月體而可印千江。禪林僧寶傳卷二韶州雲門大慈雲弘明禪師傳：「如月臨衆水，波波頓現，而月不分。」王安石記夢：「月入千江體不分，道人非復世間人。鍾山南北安禪地，香火他時供兩身。」黄庭堅次韻十九叔父臺源：「千江月體同。」不分者，體同者，均指法身之體。

〔七〕效顰：喻不知己醜拙，强效美好，而益增其醜拙。莊子天運：「故西施病心而矉其里，其里之醜人見而美之，歸亦捧心而矉其里。其里之富人見之，堅閉門而不出。貧人見之，挈妻子而去之走。彼知矉美，而不知矉所以美。」成玄英疏：「西施，越之美女也，貌極妍麗。既病心痛，嚬眉苦之。而端正之人，體多宜便，因其嚬蹙，更益其美。是以閭里見之，彌加愛重。鄰里醜人見而學之，不病强嚬，倍增其陋。故富者惡之而不出，貧人棄之而遠走。」顰：同「矉」「嚬」，皺眉。

〔八〕「安知磁石針」二句：謂磁石與針無論新舊，均相互吸引，喻朋友無論新舊，均自然默契。蘇軾朱壽昌梁武懺贊偈：「母子天性，自然冥契，如磁石針，不謀而合。」本集屢用此喻，如卷一八静安胡氏所蓄觀音贊：「如針之契諸磁石。」祐勝菩薩贊：「不思而合，如磁石針。」卷一九臨川寶應寺塔光贊：「磁石與鍼而冥契。」靈源清禪師贊五首之四：「蹶起臨濟，如磁石針。」龍城智公真贊：「如象牙雷，如磁石針。」

〔九〕城闉：城内重門，亦泛指城郭。文選注卷五七謝希逸宋孝武宣貴妃誄：「照殊策而去城闉。」李善注：「説文曰：闉，城曲重門也。」

〔一〇〕圓吭爭滑唇：謂衆鳥爭鳴，其聲圓潤婉轉。圓吭：圓潤歌喉。南朝宋鮑照舞鶴賦：「引圓吭之纖婉，頓修趾之洪姱。」蘇軾西齋：「黄鳥亦自喜，新音變圓吭。」滑唇：流利婉轉之脣舌，指鳥語。本集屢用之，如卷八宋迪作八境絶妙人謂之無聲句演上人戲余曰道人能作有聲畫乎因爲之各賦一首山市晴嵐：「滑唇黄鳥春風啼。」卷九送僧還長沙：「去袂不容挽，子規真滑唇。」

〔一二〕「游絲登百尺」二句：廓門注：「韓文九卷：『落英千尺墮，游絲百丈飄。』下皆效此。」句見五百家注昌黎文集卷九次同冠峽。錯按：惠洪句法雖仿此，然寫春景而兼有比興。「游絲」以喻閻孝忠，「登百尺」喻青雲直上。「飛絮」以喻己，「沾泥塵」喻禪心空寂，不受外界誘惑。冷齋夜話卷六東坡稱賞道潛詩：「東吴僧道潛，有標致。……東坡遣一妓前乞詩，潛援筆而成曰：『寄語巫山窈窕娘，好將魂夢惱襄王。禪心已作沾泥絮，不逐東風上下狂。』」此借用其喻。

〔一三〕設榻：設置床榻，特指款待敬重之賓客。後漢書徐穉傳：「時陳蕃爲太守。……蕃在郡不接賓客，唯穉來特設一榻，去則縣之。」

〔一三〕敷：鋪。　白氎巾：棉布巾，多爲僧人所用。九家集注杜詩卷一九大雲寺贊公房二首之二：「細軟青絲履，光明白氎巾。深藏供老宿，取用及吾身。」杜補遺：「南史：高昌國多草木，有草實如繭，中絲如細纑，名白氎國。人取織以爲布。仇池翁贈清涼和尚云：『會須一洗黄茆瘴，未用深藏白氎巾。』蓋使子美故事，以白氎布爲巾也。老宿，僧之年老而有宿德者。以供老宿之物而奉吾身，言其敬也。」仇池翁即蘇軾，「會須一洗黄茆瘴」二句見其贈清涼寺和長老。

〔一四〕麈尾：古以駝鹿尾作拂麈，麈即駝鹿，因稱拂麈爲麈尾。

〔一五〕抑氣：壓抑之氣。　申：伸展，伸張。

〔一六〕涼肝藉苦語：謂借朋友諍言以治己之病。東坡詩集注卷一八昨見韓丞相言王定國今日玉堂獨坐有懷其人：「似予平生友，苦語涼肺肝。」程縯注：「史記商鞅云：『甘言，疾也；苦言，藥也。』」

次後韻〔一〕

平生邁往氣〔二〕，醖造次公狂〔三〕。才高簿書縛〔四〕，貌和無歎傷。君看此風味，自是萬夫望〔五〕。利害方焚和㈠，唾笑皆清涼〔六〕。頴（穎）臯舊廬在㈡〔七〕，頃稻連畝桑。時以笏拄頰〔八〕，阻隔如澗岡。少陵功名念，看鏡毛髮蒼〔九〕。長哦和秋雨，旁林更聞螿〔一〇〕。人生行樂耳〔一一〕，萬事付一觴。淮南謫天廚，大言忘巽牀〔一二〕。吾儕本疏拙〔一三〕，閱世忘否臧〔一四〕。願言置此喙〔一五〕，無咎持括囊〔一六〕。桂賢供火浴〔一七〕，軀虛得刳腸〔一八〕。一蓑煙雨蝸兩角〔一九〕，我耕南畝君開荒〔二〇〕。

【校記】

㈠和：四庫本作「如」，誤。

㈡潁：原作「穎」，誤，今據武林本改。參見注〔七〕。

【注釋】

〔一〕崇寧元年暮春作於揚州。此詩即次韻見寄二首之二，乃次韻閻孝忠詩。

〔二〕邁往氣：超凡脱俗之氣。晉王羲之與桓温箋：「（謝萬）今屈其邁往之氣，以俯順荒餘，近是違才易務矣。」又誡謝萬書：「以君邁往不屑之韻，而俯同羣辟，誠難爲意也。」

〔三〕醞造次公狂：謂閻孝忠狂放之舉乃邁往之氣所醞造。漢書蓋寬饒傳略曰：「蓋寬饒字次公，魏郡人也。平恩侯許伯入第，丞相、御史、將軍、中二千石皆賀，寬饒不行。許伯請之，乃往，從西階上，東鄉特坐。許伯自酌曰：『蓋君後至。』寬饒曰：『無多酌我，我乃酒狂。』丞相魏侯笑曰：『次公醒而狂，何必酒也？』」蘇軾贈孫莘老七絶之六：「時復中之徐邈聖，毋多酌我次公狂。」此用其語。

〔四〕簿書縛：感歎閻孝忠爲各類官府文書簿册所困擾。宋郭祥正青山集卷九記南嶽喜雨呈李倅：「嗟余適爲簿書縛，不爾從往精神忺。」

〔五〕萬夫望：爲萬人所瞻望，指聲望卓著。易繫辭下：「君子知微知彰，知柔知剛，萬夫之望。」孔穎達疏：「言凡物之體，從柔以至剛；凡事之理，從微以至彰。知幾之人，既知其始，又知其末，是合於神道，故爲萬夫所瞻望也。」

〔六〕「利害方焚和」二句：謂衆人正糾纏於利害之間，内心之熱火焚燒其中和之氣，而閻孝忠之談吐則皆顯出其内心之清涼。莊子外物：「利害相摩，生火甚多，衆人焚和。」成玄英疏：「夫利者，必有害，蟬，鵲是也。纓纏於利害之間，内心恒熱，故生火多矣。焚，燒也。衆人，猶俗人也。不能守分無爲，而每馳心利害，内熱如火，故燒焰中和之性。」

〔七〕潁皋舊廬在：汪藻閻氏信效方序稱其爲「潁昌閻孝忠」，可知「潁皋舊廬」在潁昌。本集卷七臘月十六夜讀閻資欽提舉詩一巨軸：「讀遍潁皋居士詩。」故知孝忠號潁皋居士。參見前贈閻資欽注〔一〕。潁皋：潁水邊高地。底本作「穎皋」，涉形近而誤。鍇按：底本「潁」多誤作「穎」，均當改。

〔八〕笏拄頰：形容高傲灑脱之行爲。世説新語簡傲：「王子猷作桓車騎參軍。桓謂王曰：『卿在府久，比當相料理。』初不答，直高視，以手版拄頰云：『西山朝來，致有爽氣。』」笏：即手版，古朝會時朝臣所執。蘇軾用和人求筆跡韻寄莘老：「困窮誰要卿料理，舉頭看山笏拄頰。」此用其語。

〔九〕「少陵功名念」二句：九家集注杜詩卷三〇江上：「勳業頻看鏡，行藏獨倚樓。」注：「惜功名未遂而身老。趙云：……『勳業頻看鏡』，所以惜老之衰。『行藏獨倚樓』，則其所念深矣。」冷齋夜話卷四詩句含蓄：「詩有句含蓄者，如老杜曰：『勳業頻看鏡，行藏獨倚樓。』」

〔一〇〕「長哦和秋雨」二句：謂吟誦閻孝忠之秋雨詩，如聞林間寒螿之鳴。螿：即寒蟬。漢王充論衡變動：「是故夏末蜻蛚鳴，寒螿啼，感陰氣也。」

〔一一〕人生行樂耳：漢書楊惲傳：「其詩曰：『田彼南山，蕪穢不治。種一頃豆，落而爲萁。人生行樂耳，須富貴何時。』」蘇軾和子由除日見寄：「人生行樂耳，安用聲名籍。」又送江公著知吉州：「簿書期會得餘閒，亦念人生行樂耳。」此借用其語。

〔一二〕「淮南謫天廚」二句：淮南王劉安以其在上帝面前大言不遜，忘記卑順謙讓之禮，故謫守天廚三年。此以之告誡閻孝忠處世應恭順謙讓。廓門注：「齊東野語第十卷『都廁』下曰：『劉安別傳云：安既上天，坐起不恭，仙伯主者奏安不敬，應斥。八公爲安謝過，乃赦之，謫守都廁三年。』半山詩云：『身與仙人守都廁，可能雞犬得長生？』雲間陳繼儒香案牘曰：『淮南王安見太清仙伯，以坐起不恭，謫守天廁。』又古今事類全書編入廁字下。由是觀之，『廚』當作『廁』字歟？東坡詩集六卷古風詩曰：『淮南守天庖，嗟我復何人。』愚以爲東坡爲天庖與廚相同，未知何所據乎？」錯按：此言「淮南謫天廚」與蘇軾古風「淮南守天庖」，均出自抱朴子内篇卷四祛惑：「昔淮南王劉安昇天見上帝，而箕坐大言，自稱寡人，遂見謫，守天廚三年。」與守都廁之説不同。　巽牀：代指卑順謙讓。易巽卦：「九二，巽在牀下，用史巫紛若，吉，无咎。」王弼注：「處巽之中，既在下位，而復以陽居陰，卑巽之甚。故曰巽在牀下也。卑甚失正，則入於咎，過矣。能以居中而施至卑於神祇，而不用之於威勢，則乃至於紛若之吉，而亡其過矣。」

〔三〕吾儕：我輩。　疏拙：懶散笨拙。

〔四〕閲世忘否臧：謂處世應避免品評褒貶他人。世説新語德行：「晉文王稱阮嗣宗至慎，每與之言，言皆玄遠，未嘗臧否人物。」

〔五〕願言：希冀。言，語助詞。詩邶風終風：「願言則嚏。」　置此喙：猶言發此議論。

〔六〕無咎持括囊：意即隱藏才能，不露鋒芒，以求無禍殃。廓門注：「易坤卦曰：『六四，括囊，無咎無譽。』矢二注曰：『若晦藏其知，如括結囊口而不露，則可得無咎。不然，則有害也。』」錯按：易坤卦此條孔穎達疏：「括，結也。囊，所以貯物，以譬心藏知也。閉其知而不用，故曰括囊。功不顯物，故曰無譽；不與物忤，故曰無咎。」

〔七〕桂賢供火浴：謂桂樹因其材美而爲炊飯之薪。戰國策楚策三：「（蘇秦）對曰：『楚國之食貴於玉，薪貴於桂，謁者難得見如鬼，王難得見如天帝。今令臣食玉炊桂，因鬼見帝。』」後因有以桂爲薪之説。如南朝梁何遜七召餚饌：「銅鉼玉井，金釜桂薪。」

〔八〕龜虚得刳腸：謂烏龜因其靈異而遭殺身之禍。莊子外物：「仲尼曰：『神龜能見夢於元君，而不能避余且之網；知能七十二鑽而無遺筴，不能避刳腸之患。如是，則知有所困，神有所不及也。』」山谷内集詩注卷四奉和文潛贈无咎篇末多見及以既見君子云胡不喜爲韻八首之一：「龜以靈故焦，雉以文故翳。」任淵注：「老杜詩：『漆有用而割，膏以明自煎。』此用其意。」

鍇按：杜甫詩句見遣興五首之三。以上二句用杜甫、黄庭堅詩意，均爲露才以遭禍之喻。

〔一九〕一蓑煙雨：蘇軾定風波：「一蓑煙雨任平生。」宋俞成螢雪叢説卷一詩隨景物下語：「杜詩：『丹霞一縷輕。』漁父詞：『蒻縷一鈎輕。』胡少伋詩：『隋堤煙雨一帆輕。』至若騷人於漁父則曰『一蓑煙雨』，於農夫則曰『一犁春雨』，於舟子則曰『一篙春水』，皆曲盡形容之妙也。」　蝸兩角：喻世上所爭功名微不足道。莊子則陽：「有國於蝸之左角者，曰觸氏；有國於蝸之右角者，曰蠻氏。時相與爭地而戰，伏尸數萬，逐北旬又五日而後反。」

〔二〇〕我耕南畝君開荒：歐陽修出郊見田家蠶麥已成慨然有感：「收取玉堂揮翰手，却尋南畝把鋤犁。」此化用其意。

送通上人游廬山〔一〕

少年四方志，一杖餘氈巾〔二〕。朝來過微雨〔三〕，扁舟買南津。廬山冠天下，況復當青春〔四〕。遥知泊星渚㈠〔五〕，雲開蒼翠新。相看發一笑，瀑布垂天紳〔六〕。虚漢清月上〔七〕，山空無四鄰〔八〕。應懷千載姿，坐榻空埋塵〔九〕。興來得好語㈡，録寄北山人〔一〇〕。

【校記】

㈠ 遥：輿地紀勝卷二五引此句作「還」。

㈡語：石倉本作「句」。

【注釋】

〔一〕作年未詳。　通上人：生平法系未詳。謝逸溪堂集卷五送通上人歸上高詩自注曰：「通上人爲順老求余作院記。」考溪堂集卷七上高淨衆禪院記曰：「以其院爲禪林，而授法席於長老順公，順公得法於大愚言禪師。」又曰：「順公懼後世無傳焉，作書走臨川，乞記於余。」通上人即赴臨川傳書乞記者。惠洪爲謝逸詩友，此詩當爲送通上人游方而作。

〔二〕氈巾：即白氈巾，僧人所用棉布巾。參見前次韻見寄二首注〔一三〕。

〔三〕朝來過微雨：韋應物幽居：「微雨夜來過，不知春草生。」此化用其意。

〔四〕當青春：正值大好春光，雙關正值少年時光。如蘇軾送公爲游淮南：「廼翁辛苦到白首，汝今强勉當青春。」張耒贈晁十七：「應之風骨世絶倫，濯濯芳柳當青春。」

〔五〕星渚：指落星灣，亦稱落星湖，在南康軍星子縣。太平寰宇記卷一一一江南西道江州：「落星山在（廬）山東，周迴一百五十步，高丈許。圖經云：昔有星落水，化爲石，當彭蠡灣中，俗呼爲落星灣。」陳舜俞廬山記卷三叙山南：「自（南康）軍南出福星門，則落星石，在彭蠡湖水中，石上有落星寺。王僧辯、陳武帝破侯景於落星灣，即此地也。」方輿勝覽卷一七江南東路南康軍事要：「郡名星渚、康廬。」郡即以落星灣而得名。

〔六〕瀑布垂天紳：韓愈送惠師：「是時雨初霽，懸瀑垂天紳。」宋葛立方韻語陽秋卷一：「韓愈以瀑布爲『天紳』，所謂『懸瀑垂天紳』是也。孟郊以簷溜爲『天紳』，所謂『簷溜擲天紳』是也。東坡次韻王定國倅潁詩，亦有『餘波猶足挂天紳』之句。」此借用韓詩語。天紳：自天垂下之帶。

〔七〕虚漢：猶言天漢，指銀河。惠洪自創詞。

〔八〕山空無四鄰：形容清靜寂寞之境。唐釋皎然五言秋宵書事寄吴馮：「真性在方丈，寂寥無四鄰。」此用其語。

〔九〕坐榻空埋塵：謂出門四處游方，致使坐禪之榻積滿塵灰。本集卷一五超然在東華作此招之：「芒鞋踏破成何事，坐榻塵埋只汗顔。」即此意。

〔一〇〕北山人：此指廬山北山禪僧。據廬山記卷二叙北山，北山有東林、西林、圓通諸禪院。

夏日西園〔一〕

晚庭一霎過暑雨，高林相應山蟬鳴。南窗夢斷意索寞〔二〕，牀頭書卷空縱横。蔬畦日涉已成趣，起來扶杖園中行〔三〕。葵英豆莢小堪摘，矮榆高柳陰初成〔四〕。野禽啄果時落地，池塘蓋水新荷平。歸來西屋斜陽在，原舍尚聞舂簸聲〔五〕。

【注釋】

〔一〕元符二年夏作於南昌。西園：其地未詳，當在南昌。本卷予與故人別因得寄詩三十韻走筆答之中有「西園道人工文章」之句，即當爲此西園。其時惠洪與希祖寓居於此。

〔二〕索寞：即索莫，寂寞無聊貌。

〔三〕「蔬畦日涉已成趣」二句：陶淵明歸去來兮辭：「園日涉以成趣，門雖設而常關。策扶老以流憩，時矯首而遐觀。」此化用其意。

〔四〕矮榆高柳陰初成：廓門注：「老杜詩：『叢篁低地碧，高柳半天青。』」

〔五〕春簸：春穀簸糠。蘇軾次韻子由病酒肺疾發：「殘年一斗粟，待子同春簸。」

廓然送僧之邵武頗叙宗祖（族）以自激勸次韻〔一〕

道人秀傑僧中龍〔二〕，揮斥（斤）八極轉蒼穹〔三〕。雖然削弱不勝服〔四〕，童稚亦可揕其胸〔五〕。世人徒見例秃髮，安知璞玉混鉛銅〔六〕。顧君自是無營者〔七〕，千山何事來怱怱。山衣一披出松際，蕭然自有清散風〔八〕。我狂如君不知恥，駑力亦須追高蹤〔九〕。作詩頗亦叙宗祖，秀氣傑句爭豪雄。讀之吐舌頸爲縮〔一〇〕，忠義能爾形於中〔一一〕。初如迷徑失向背，忽得車首分西東〔一二〕。從來惷直失計置〔一三〕，蝟頭但可衲帔蒙〔一四〕。飯餘便寢百無事〔一五〕，可以傲視金蓋重〔一六〕。乃今得名齊物志〔一七〕，激快如鳥初出籠〔一八〕。願君勿復忘此語，他年吾欲觀事功。

【校記】

㈠祖：原作「族」，誤，今改。參見注〔一〕。

㈡斥：原作「斤」，涉形近而誤，今據廓門本、四庫本、武林本改。參見注〔三〕。

【注釋】

〔一〕元符二年冬作於杭州。　廓然：本集卷三有遇如無象於石霜如與睿廓然相好故贈之詩，首句曰「西湖睿郎最高道」，可知廓然即睿廓然，西湖僧。禪林僧寶傳卷二九大通本禪師略曰：「禪師名善本。有詔住上都法雲寺，賜號大通禪師。住八年，請於朝，願歸老於西湖之上，詔可。遂東還，庵龍山崇德，杜門却掃，與世相忘，又十年。天下願見而不可得，獨與法子思睿俱。睿與余善，爲余言其平生。」此思睿當即睿廓然。本集卷一有懷慧廓然詩，慧廓然即思慧，參見該詩注〔一〕。思睿與思慧均爲善本法嗣，均爲惠洪好友，且均字廓然，當爲同一人。疑思慧之名爲進京後所取，本名當爲思睿。故惠洪早年稱其「睿郎」「睿廓然」，晚年稱其「慧廓然」。　邵武：縣名，宋屬福建路邵武軍。　叙宗祖：底本作「叙宗族」，誤，今改。蓋本詩有句曰「作詩頗亦叙宗祖」，可證。又思睿與所送僧均出家人，其所叙當爲「宗祖」，即禪宗祖師，或特指雲門宗祖師，其「以自激勸」當指參禪修道之事，與儒家禮儀排列同宗族次序以定輩分之「叙宗族」固有不同。　激勸：激發鼓勵。

〔二〕僧中龍：人之才俊者稱龍，僧之才俊者稱僧中龍。蘇軾東林第一代廣惠禪師真贊：「堂堂總公，僧中之龍。」此借指思睿。

〔三〕揮斥八極轉蒼穹：謂自由縱放於天地之間。莊子田子方：「夫至人者，上闚青天，下潛黃泉，揮斥八極，神氣不變。」郭象注：「揮斥，猶縱放也。夫德充於内，則神滿於外，無遠近幽深，所在皆明。故審安危之機，而泊然自得也。」揮斥：底本作「揮斤」，無據，今從廓門本、四庫本。冷齋夜話卷三東坡美謫仙句語作贊載蘇軾贊李白詩曰：「揮斥八極隘九州。」亦可證。八極：八方極遠之地。淮南子原道：「夫道者，覆天載地，廓四方，柝八極，高不可際，深不可測。」高誘注：「八極，八方之極也，言其遠。」蒼穹：即青天。　鍇

〔四〕削弱不勝服：猶言弱不勝衣，瘦弱之極如難以承受衣服之重。淮南子氾論：「周公事文王也，行無專制，事無由己，身若不勝衣，言若不出口，有奉持於文王，洞洞屬屬，而將不能，恐失之。可謂能子矣。」削弱：瘦削柔弱。此用法爲惠洪首創。

按：此句蓋「廓然」詞義之解説。

〔五〕童稚亦可揕其胸：兒童亦可與其胸對胸相抗衡，極言其弱小。史記刺客列傳：「荆軻曰：『願得將軍之首以獻秦王，秦王必喜而見臣。臣左手把其袖，右手揕其胸，然則將軍之仇報，而燕見陵之愧除矣。』」裴駰集解：「徐廣曰：『揕音張鴆切。一作抗。』」司馬貞索隱：「揕謂以劍刺其胸也。抗音古浪反，言抗拒也，其義非。」此借用其語，而以「揕」字作「抗」字用。

〔六〕「世人徒見例禿髮」二句：謂世人只知和尚均照例爲禿頭，而不知其中魚龍混雜，玉石難

辨。璞玉：包在石中尚未雕琢之玉，喻資質俊秀而懷才未露者。鉛銅：喻資質魯鈍者。蓋鉛質軟，作刀不利，故有鉛鈍之説。

〔七〕無營：無所謀求。漢蔡邕釋誨：「安貧樂賤，與世無營。」

〔八〕「山衣一披出松際」二句：東林十八高賢傳慧永法師傳：「鎮南將軍何無忌鎮尋陽，至虎溪，請遠公及師。遠公持名望，從徒百餘，高言華論，舉止可觀。師衲衣半脛，荷錫捉鉢，松下飄然而至。無忌謂衆曰：『永公清散之風，乃多於遠師也。』」此化用其意以形容思睿。蘇軾題王逸少帖：「蕭然自有林下風。」此仿其句法。

〔九〕駑力：劣馬之才力，自謙詞。

〔一〇〕吐舌：驚訝貌。林間録卷上：「大智舉一喝三日耳聾之語示之，斷際吐舌大驚。」頸爲縮：畏避貌。蘇軾贈眼醫王生彦若：「笑談紛自若，觀者頸爲縮。」此言讀思睿詩而驚駭不已。

〔一一〕能爾：能如此這般。

〔一二〕「初如迷徑失向背」二句：喻讀思睿詩，初迷惑不解，而後豁然得其旨意之感。本集卷六次韻元不伐知縣見寄讀元詩亦有類似之喻：「又如花間春，熟視迷背向。」車首：猶言馬首，惠洪自創詞。古時作戰，主將戰車之馬首決定進退方向，因以爲喻。錯按：蘇軾虔州八境圖八首之六：「山水照人迷向背，只尋孤塔認西東。」此二句仿其句法。

〔一三〕惷直：愚笨戇直。　計置：籌畫措辦。

〔一四〕蝟頭：縮頭。刺蝟遇敵則縮頭，因以爲喻。　蝟：刺蝟，今作「猬」。　衲帔：僧人所用補綴而成之衣被。

〔一五〕飯餘便寢百無事：自嘲之詞。惠洪實頗不滿其時禪林流行之「無事禪」，故本集對此飽食終日無所事事之行爲多所嘲笑，如卷一送充上人謁南山源禪師：「紛紛衲子飽眠卧。」卷二六題自詩與隆上人：「自長沙來歸，舍龍安山中，無可作做，學坐睡法，飽飯靠椅，口角流涎，自喜，以謂得其妙。」

〔一六〕金蓋重：重重金飾車蓋，代指達官貴人。南齊書樂志：「一躍龍鑣，轉金蓋。紛上馳，雲之外。」

〔一七〕齊物志：即莊子等同生死壽夭、泯滅是非得失、不分物我有無之思想，見於莊子齊物論。蘇軾次韻柳子玉過陳絶糧二首之二：「早歲便懷齊物志，微官敢有濟時心。」此用其語。

〔一八〕激快：激昂痛快。　如鳥初出籠：以鳥飛離籠子喻思想自由而不受拘束。蘇軾王維吴道子畫：「有如仙翮謝籠樊。」此借用其喻。

自豫章至南山月下望廬山〔一〕

扁舟秋晚離南浦〔二〕，片席摇風望星渚〔三〕。揚瀾大浪晴拍天〔四〕，南山窈窕開蓮宇〔五〕。倒檣（牆）散策一登臨㊀〔六〕，便擬掩關深處住〔七〕。吾生飽食隨東南〔八〕，去亦無求住無取〔九〕。江山得意且題詩，從游況復皆真侶〔一〇〕。青燈灼灼夜窗深〔一一〕，對牀卧聽風颾語〔一二〕。忽驚憂患一笑空，便覺此生真逆旅〔一三〕。隔岸廬山金碧開〔一四〕，月明尚記曾游處〔一五〕。何當乘興更一游，興闌却向鍾山去〔一六〕。

【校記】

㊀檣：原作「牆」，誤，今從石倉本、宋元詩會卷五八作「檣」。參見注〔六〕。

【注釋】

〔一〕元符二年秋作於南康軍都昌縣南山清隱寺。本集卷二三潛庵禪師序略曰：「公諱清源，洪州新建鄧氏子。南康太守徐公聞名，延居南山清隱寺。元符二年秋，余與弟希祖自南昌舟而東下，訪之。」此詩當作於是時。　豫章：古郡名，治南昌。宋爲都督洪州豫章郡鎮南軍節度。　南山：在南康軍都昌縣南。黄庭堅南康軍都昌縣清隱禪院記：「發豫章下流，略鄱陽之封，據彭蠡上游，距落星灣，輿行一舍，舟行百里，有大聚落，是爲古之鄡陽，今爲都昌縣治所。山悠而水遠，能陰而善晴，升南山而望之，如李成、范寬得意圖畫。蓋南山之於都昌，如娟秀人直其眉目清明處也。」

〔二〕南浦：廓門注：「南昌府南浦亭，在府城廣潤門外，下瞰南浦。今爲南浦驛。」方輿勝覽卷一九江西路隆興府：「南浦亭，在廣潤門外，往來艤舟之所，唐已有之。王介甫詩：『南浦隨花去，回舟路已迷。暗香無覓處，日落畫橋西。』」錯按：王勃滕王閣詩「畫棟朝飛南浦雲」，即指此。

〔三〕片席：片帆。　星渚：即落星灣，在南康軍星子縣。參見前送通上人游廬山注〔五〕。

〔四〕揚瀾：鄱陽湖別稱，亦作「楊瀾」。參見本集卷一送充上人謁南山源禪師注〔一二〕。

〔五〕窈窕開蓮宇：陳子昂酬暉上人夏日林泉見贈：「聞道白雲居，窈窕青蓮宇。」此用其語。　窈窕：宮室深邃貌。　蓮宇：即青蓮宇，佛寺之美稱。元蕭士贇李太白集分類補注卷二三廬山東林寺夜懷：「我尋青蓮宇，獨往謝城闕。」注：「齊賢曰：青蓮宇，梵宮也。」宋施元之施注蘇詩卷三〇次韻曹子方龍山真覺院瑞香花：「移栽青蓮宇，遂冠薝蔔林。」注：「阿彌陀經：『舍利弗極樂國池中，蓮花大如車輪，青色青光。』」

〔六〕倒檣：即放下桅杆，泊舟靠岸。底本作「倒牆」，誤。錯按：宋吴則禮北湖集卷三寄相之並示坰：「快解檣竿倒檣尾，要鳴船鼓轉船頭。」陸游入蜀記卷三：「（九月）二十日，倒檣竿，立艫床。蓋上峽惟用檣及百丈，不復張帆矣。」均可證。廓門注：「東坡詩集十九卷曰：『推倒垣牆也不難。』此借用。」不確。蓋惠洪欲登臨南山清隱寺，豈可推倒垣牆而入哉？　散策：拄杖散步。策，手杖。

〔七〕擬：打算。　掩關：關門，閉門。

〔八〕飽食：自嘲之詞。參見前廓然送僧之邵武頗叙宗祖以自激勸次韻注〔一六〕。隨東南：任隨飄泊東南西北之意。參見前予與故人别因得寄詩三十韻走筆答之「我亦東西南北人」句及注〔五二〕。

〔九〕去亦無求住無取：廓門注：「東坡泗州僧伽塔詩曰『去無所逐來無戀』之句法也。」其説甚是。

〔一〇〕真侣：猶言道友，此指禪門僧人如希祖輩。

〔一一〕灼灼：明亮貌。晉傅玄明月篇：「皎皎明月光，灼灼朝日暉。」廓門注：「『灼』當作『的』歟？」錯按：「灼灼」「的的」均明亮貌，字未誤，不必改。

〔一二〕風甌語：蘇軾雨中過舒教授：「坐依蒲褐禪，起聽風甌語。」此用其語。風甌，當指瓷質風鈴，懸於殿閣塔簷，因風動而響。

〔一三〕此生真逆旅：謂人生寄寓於世如客居旅舍。陶淵明自祭文：「陶子將辭逆旅之館，永歸於本宅。」參見本集卷一十二月十六日發雙林登塔頭曉至寶峰寺見重重繪出庵主讀善財徧參五十三頌作此兼簡堂頭注〔一八〕。

〔一四〕隔岸廬山金碧開：謂對岸廬山風景秀麗，如展開一幅金碧山水畫。潛庵禪師序：「（南山清隱）寺在大江之北，面揖廬山。」南康軍都昌縣清隱禪院記：「升南山而望之，如李成、范寬得意圖畫。」

〔一五〕曾游處：元符二年以前，惠洪嘗數度游廬山。其一爲元祐元年（一〇八六），本集卷二六題廬山：「余十五六時游北山，謁準禪師。」其二爲元祐八年（一〇九三），本集卷二六題天池石間：「□績茂功與德洪覺範道人自虎谿屏人乘，入資聖庵。」其三爲紹聖元年（一〇九四）至四年（一〇九七），寂音自序：「依真淨禪師於廬山歸宗。」在廬山先後四年。廓門注：「老杜後游詩曰：『寺憶曾游處。』」

〔一六〕鍾山：指江寧府（今江蘇南京）鍾山，其時惠洪買舟東下，欲游東吴。廓門注：「一統志九江府：石鍾山，在湖口縣，有二：上鍾山在縣治南，下鍾山在縣治北。其石視上鍾尤奇。」其注殊誤。蓋石鍾山之「鍾」當作「鐘」，與鍾山之「鍾」不同，此言「鍾山」，絶非石鐘山，且古石鐘山無省稱「鍾山」者。

送德上人之歸宗〔一〕

湓江萬朵真藍潑〔二〕，寒空翔舞狂如活〔三〕。白龍擘開蒼翠飛，爛銀鱗甲千尋發〔四〕。
春巖觸石聲震山〔五〕，金石鉷洞奏深壑〔六〕。野風吹斷蒙山雲〔七〕，松端彷彿遺樓閣。
中有道人如嬰兒〔八〕，頹然一身無所爲〔九〕。而今妙譽走天下，衲子向風爭奔馳。自
嗟匏繫天一角〔一〇〕，睫交去夢渺難追〔一一〕。何時再拜覲珠玉〔一二〕，激昂吐我胸中奇。上

人今向山中去，明年應到雲生處。紫霄峰下如相逢〔三〕，持我此詩煩寄語。

【注釋】

〔一〕紹聖元年作。惠洪作此詩時自稱「匏繫天一角」，然其地已不可考。德上人，生平未詳。本集卷二二一擊軒記稱宜春天寧宮長老德公「爲雲庵之嗣」，當即此僧，考其法系，乃爲惠洪師兄，屬臨濟宗黃龍派南嶽下十三世。歸宗：禪院名。方輿勝覽卷一七南康軍：「歸宗寺，在城西二十五里，即王羲之宅，墨池、鵝池存焉。唐寶曆中有赤眼禪師居之。」廬山記卷三叙南山：「承天歸宗禪院，晉咸康六年寧遠將軍、江州刺史王羲之置，以舍梵僧那連耶舍尊者，一名達摩多羅。故有右軍墨池。至唐寶曆初，僧智常居焉，始大興禪剎。」本集卷三〇雲庵真淨和尚行狀：「紹聖之初，御史黃公慶基出守南康，虚歸宗之席以迎師。」此詩稱歸宗寺「中有道人如嬰兒，頽然一身無所爲。而今妙譽走天下，衲子向風爭奔馳」，以其住歸宗而使天下風向之事推知，此「道人」當指雲庵真淨克文禪師。德上人從克文參禪，當在其住歸宗時。

〔二〕湓江：即湓水，亦曰湓浦，廬山在其南。方輿勝覽卷二二江州：「湓浦，在德化西一里。郡國志：有人於此洗銅盆，墮水，取之，見一龍而出。晉志作『盆』，隋志作『湓』。」清一統志卷二四四九江府：「湓水，在德化縣西一里，源出瑞昌縣清湓山，亦名湓澗。東流會瀼溪，經縣治南，俗名南河。繞城而東，會諸水，水入德化縣界，東經府城下，又名湓浦港。又北入大江，其入江處，即古之溢口也。」　萬朵：指廬山羣峰。以花喻山峰，故稱朵。如卷一贈蔡儒效：「先買鄰庵山數朵。」　藍潑：形容山色如潑灑靛藍色。藍，繪畫顏料。蘇軾和子由記園中草木十一首之四：「亂翠曉如潑。」此化用其意。

〔三〕寒空翔舞狂如活：廬山記卷三叙南山記歸宗寺：「金輪峰、上霄峰正居其後，左右盤礴，面勢平遠。昔人卜其基曰：是山有翔鸞展翼之勢。院東之水，故名鸞溪。」鍇按：本集好用「翔舞」「翔空」形容山勢或樓閣，化靜爲動，如卷三飛來峰：「氣勢欲翔舞，秀色無千嶂。」卷六卧病次彦周韻：「湘山解事不須招，數峰入座爭翔舞。」次韻游方廣：「丹楹出翔舞，半在生雲處。」送悟上人歸潙山禮覲：「亂峰踴卓不容數，寶構翔空盤萬礎。」

〔四〕「白龍擘開蒼翠飛」二句：此寫廬山瀑布如白龍分開青山。唐徐凝廬山瀑布：「今古長如白練飛，一條界破青山色。」此活用其意。廬山記卷三叙南山又記歸宗寺旁上霄峰三石梁：「劉删詩故云：『危梁耿大石，瀑布曳中天。』李白詩亦云：『金闕前開二峰長，銀河倒挂三石梁。』」又記曰：「山南山北有瀑布者，無慮十餘處。」

〔五〕春巖觸石聲震山：杜甫送鮮于萬州遷巴川：「寒江觸石喧。」此化用其意而形容過之。

〔六〕金石谼洞奏深壑：形容瀑布聲如金石音樂，宏大彌漫，迴響於深谷。谼，本指大壑。此與「洞」字連用，讀爲「洪同」。古無此用例，當爲惠洪自創。考其義，猶言澒洞、洪洞、鴻洞、虹洞，均爲疊韻連綿詞，聲同而字異，意爲空虚宏大。蘇軾廬山二勝棲賢三峽橋：「空濛煙靄間，澒洞金石奏。」此即化用其意，而變「澒洞」爲「谼洞」。

〔七〕野風吹斷蒙山雲：李白望廬山瀑布二首之一：「海風吹不斷，江月照還空。」此反其意而用之。　蒙山雲：蒙在山間之雲，或指瀑布水氣。廓門注：「蒙山，在瑞州府，又湖州府，又在沂州費縣。未知何的當，俟後人。」殆未明詩意。

〔八〕如嬰兒：喻其柔和無欲。老子第十章曰：「專氣致柔，能嬰兒乎？」王弼注：「言任自然之氣，致至柔之和，能若嬰兒之無所欲乎？則物全而性得矣。」亦可喻其泊然無名。又老子二十章曰：「衆人熙熙，如享太牢，如登春臺。我獨泊兮其未兆，如嬰兒之未孩。」王弼注：「言我廓然無形之可名，無兆之可舉，如嬰兒之未能孩也。」

〔九〕頽然：自得貌。宋書顔延之傳：「得酒必頽然自得。」

〔一〇〕匏繫：猶言羈滯。論語陽貨：「吾豈匏瓜也哉？焉能繫而不食？」清劉寶楠正義：「匏瓜以不食，得繫滯一處。」秦觀慶禪師塔銘：「出家兒當尋師訪道，求脱生死，若匏繫一方，乃土偶人耳。」

〔一一〕睫交去夢渺難追：謂人生如睡夢一去而不可追尋。　睫交：即交睫，指睡眠。漢書爰盎傳：「陛下不交睫，不解衣。」顔師古注：「交睫，謂睡寐也。」

〔一二〕覲：拜見，謁見。　珠玉：喻丰姿俊秀之人。世説新語容止：「驃騎王武子是衛玠之舅，儁爽有風姿，見玠輒歎曰：『珠玉在側，覺我形穢！』」

〔一三〕紫霄峰：一名上霄峰，在廬山歸宗寺旁。廬山記卷三叙南山：「上霄峰傑然最高，即始皇登之，謂其與霄漢相接，因名焉。」輿地紀勝卷二五南康軍：「歸宗寺……寺後有金輪、上霄二峰。」清一統志卷二四三南康府：「紫霄峰，在星子縣北廬山，去縣二十五里。一名上霄峰。下有上霄源。水經注：廬山之南有上霄石，高壁緬然，與霄漢連接。秦始皇歎斯岳遠，遂記爲上霄。上霄之南，大禹刻石誌其丈尺里數，今猶得刻石之號焉。」

夏日陪楊邦基彭思禹訪德莊烹茶分韻得嘉字〔一〕

炎炎三伏過中伏〔二〕，秋光先到幽人家。閉門積雨蘚封徑，寒塘白藕晴開花〔三〕。吾儕酷愛真樂妙〔四〕，笑談相對興無涯。山童解烹蠏眼湯〔五〕，先生自試鷹爪芽〔六〕。清香玉乳沃詩脾〔七〕，抨紙落筆驚龍蛇〔八〕。源長浩與春漲激〔九〕，力健清將秋炁嘉〔一〇〕。須臾沓幅亂書几〔一一〕，環觀朗誦交驚誇。一聲漁笛意不盡，夕陽歸去還西斜。

【注釋】

〔一〕元祐八年夏作於筠州新昌縣。楊邦基，名不詳，生平無考。本集卷三有觀山茶過回龍寺示邦基，卷一〇有廬山寄都下邦基德祖諸故人，卷一一有夜雨歇懷淵才邦基，即此人。以其交游考之，當爲新昌人。彭思禹，名以功，惠洪宗兄，新昌人。政和中曾知撫州崇仁縣，建炎中爲建昌軍幕職官。參見前仇彥和佐邑崇仁有白蓮雙葩並幹芝草叢生於縣齋之旁作堂名曰瑞應且求詩敬爲賦之注〔一〕、〔四〕。德莊，即龔端，字德莊，亦新昌人，事具正德瑞州府志卷九人物志侍從。參見本集卷一次韻龔德莊顏柳帖注〔一〕。據瑞州府志卷八選舉志科第，彭以功、龔端均爲元符三年（一一〇〇）進士，其入京應試當在元符二年。此前惠洪唯於元祐八年夏有回新昌之可能。紹聖元年（一〇九四）至元符二年，惠洪先後隨真淨克文在廬山歸宗和靖安寶峰，其後更游東吳，不當與楊、彭、龔同在新昌會面。元符三年後，彭、龔進士及第後當各有差遣，亦難同時聚於新昌。政和四年（一一一四）後惠洪雖在筠州數年，龔端政和六年亦嘗回新昌，然其時彭以功知崇仁縣，三人亦難同時聚首。且此詩語氣輕快，全無飽經憂患之態，故繫於此。

〔二〕三伏：即初伏、中伏、末伏，爲一年中最熱之時。農曆夏至後第三庚日起爲初伏，第四庚日起爲中伏，立秋後第一庚日起爲末伏，亦稱後伏。太平御覽卷三一時序部伏日引曆忌釋曰：「伏者，何也？金氣伏藏之日也。四時代謝，皆以相生。立春木代水，水生木。立夏火代木，木生火。立冬水代金，金生水。至於立秋，以金代火。金畏火，故至庚日必伏。庚者，金也。」又注引陰陽書曰：「夏至後第三庚爲初伏，第四庚爲中伏，立秋後初庚爲後伏。」

〔三〕白藕：此指白荷花，非謂荷之根莖。張籍送從弟戴玄往蘇州：「秋風白藕花。」釋道潛臨平道中：「五月臨平山下路，藕花無數滿汀洲。」即此例。

〔四〕吾儕：我輩。

〔五〕蟹眼湯：烹茶水初沸時泛起之小氣泡，如螃蟹之眼，故稱。宋龐元英談藪：「俗以湯之未滚者爲盲湯，初滚者曰蟹眼，漸大者曰魚眼，其未滚者無眼，所語盲也。」施注蘇詩卷五試院煎茶：「蟹眼已過魚眼生。」注：「蔡君謨茶辨辨水泉煮飲等極爲詳備，有蟹眼、魚眼用湯之法。」鍇按：清孫之騄晴川蟹録後蟹録卷一煮茶：「惠洪烹茶詩：『山童解烹蟹眼湯，先生自試鷹爪芽。』今人以蟹吐沫聲謂之煮茶。諺云：『蟹鳴佳客至。』」可備一説。

〔六〕鷹爪芽：嫩茶。因其芽狀如鷹爪，故稱。山谷外集詩注卷五次韻感春五首之五：「茶如鷹爪拳，湯作蟹眼煎。」史容注：「北苑修貢録：茶有小芽，有中芽。小芽者，其小如鷹爪。」宋熊蕃宣和北苑貢茶録：「凡茶芽數品，最上曰小芽，如雀舌鷹爪，以其勁直纖鋭，故號芽茶。」

〔七〕玉乳：白色漿液，指茶面之白沫。秦觀滿庭芳茶詞：「輕淘起，香生玉乳，雪濺紫甌圓。」　沃：澆灌。　詩脾：猶言詩思，詩心。釋貫休古意九首之四：「乾坤有清氣，散入詩人脾。」故稱詩脾。

〔八〕抨：拍擊。廓門注：「抨，使也，彈也。」　龍蛇：形容書法筆勢蜿蜒盤曲。次韻龔德莊顔柳帖：「新詩作行草，開軸龍蛇走。」其情景與此詩相似。

〔九〕源長浩與春漲激：喻詩之詞源浩渺，如春水初漲，奔流飛濺。杜甫醉歌行：「詞源倒流三峽水。」黄庭堅再用前韻贈子勉四首之三：「詞源廣大精神。」此化用其意。

〔一〇〕力健清將秋炁嘉：喻詩之風格剛健有力，如霜氣橫秋。炁：「氣」之古字，道家以指人之元氣。關尹子六匕：「以神存炁，以炁存形。」

〔一一〕沓幅：猶言疊紙。沓，重疊。幅，紙張。廓門注：「幅謂紙也。」

贈李敬修〔一〕

荷山錦水靈秀鍾〔二〕，半千嘉運生英雄〔三〕。李郎年少韻灑落，天容道骨軒仙風〔四〕。下帷默與賢聖對〔五〕，鈎深索隱皆旁通〔六〕。肝腸盤屈疊麗錦〔七〕，心胸洞徹光玲瓏〔八〕。文章氣焰長萬丈〔九〕，那應筆夢生春紅（虹）㊀〔一〇〕。桂枝未折白月窟〔一一〕，麻衣尚走紅塵中〔一二〕。巖僧素有孝基眼〔一三〕，觀人雖衆無如公〔一四〕。昂霄聳壑跬可待〔一五〕，行行不用啼途窮〔一六〕。

【校記】

㊀紅：底本作「虹」，誤，今改，參見注〔一〇〕。

【注釋】

〔一〕元祐八年夏作於筠州高安縣。李敬修，名未詳，生平不可考。詩有「荷山錦水靈秀鍾」

之句，可知敬修爲高安縣人。

〔二〕荷山：在高安縣。明一統志卷五七瑞州府：「荷山，在府城南二十五里，山中有池，多紅蓮，故名。」參見前送瑜上人歸筠乞食注〔一三〕。　錦水：即錦江，亦名蜀水。輿地紀勝卷二七江南西路瑞州：「錦江：錦江亭在水南大街東，下瞰蜀水，因以名焉。蜀江志新志云：『錦水在蜀江門外，與蜀水事同。』」參見前高安會諒師出諸公所惠詩求予爲賦用祖原韻注〔六〕。　靈秀鍾：靈秀之氣聚集。

〔三〕半千嘉運生英雄：謂五百年一次美好機運，生出一位賢人。新唐書員半千傳：「半千始名餘慶，生而孤，爲從父鞠愛，羈丱通書史。客晉州，州舉童子，房玄齡異之，對詔高第，已能講易、老子。長與何彦先同事王義方，以邁秀見賞。義方常曰：『五百歲一賢者生，子宜當之。』因改今名。」半千，即五百歲。參見本集卷一贈汪十四注〔三〕。

〔四〕天容道骨軒仙風：謂其有仙風道骨。軒：上舉，飛舉。李白大鵬賦序：「余昔於江陵見天台司馬子微，謂余有仙風道骨，可與神遊八極之表。」

〔五〕下帷：漢書董仲舒傳：「董仲舒，廣川人也。少治春秋，孝景時爲博士。下帷講誦，弟子傳以久次相授業，或莫見其面。」　默與賢聖對：新唐書狄仁傑傳：「爲兒時，門人有被害者，吏就詰，衆爭辨對，仁傑誦書不置。吏讓之，答曰：『黃卷中方與聖賢對，何暇偶俗吏語耶？』」

〔六〕鈎深索隱：易繫辭：「探賾索隱，鈎深致遠，以定天下之吉凶，成天下之亹亹者，莫大乎蓍龜。」

〔七〕肝腸盤屈疊麗錦：猶言錦繡肝腸，謂文思優美，滿腹華麗詩句。語本李白冬日於龍門送從弟京兆參軍令問之淮南省覲序：「常醉目吾曰：『兄心肝五藏皆錦繡耶？不然，何開口成文，揮翰霧散？』」

〔八〕心胸洞徹：形容爲人心胸光明磊落。玲瓏：明徹貌。文選注卷七揚子雲甘泉賦：「前殿崔巍兮，和氏玲瓏。」李善注引晉灼曰：「玲瓏，明見貌。」參見前予與故人別因得寄詩三十韻走筆答之注〔三〕。

〔九〕文章氣焰長萬丈：韓愈調張籍：「李杜文章在，光焰萬丈長。」此用其語。

〔一〇〕筆夢生春紅：即夢筆生花，喻才情横溢，文思豐富。開元天寶遺事卷二夢筆頭生花：「李太白少時，夢所用之筆，頭上生花。後天才贍逸，名聞天下。」春紅，即春花。蘇軾眉子硯歌：「令君曉夢生春紅。」本集卷一四寄巽中三首之二：「自怪頂明玉鉢，人疑筆夢春紅。」底本作「春虹」，無據，涉音近而誤，今改。

〔一一〕桂枝未折白月窟：意謂尚未能月宫折桂，喻尚未進士及第。集千家注杜工部詩集卷二〇同豆盧峰貽主客李員外賢子棐知字韻：「夢蘭他日應，折桂早年知。」注：「晉郄詵對武帝曰：『臣舉賢良對策，爲天下第一，猶桂林一枝，昆山片玉。』故及第者謂之折桂，本此。」

〔一二〕麻衣：舉子所穿麻織衣物。清王琦李長吉歌詩彙解卷四野歌：「麻衣黑肥衝北風。」彙解曰：「唐時舉子皆著麻衣，蓋苧葛之類。」

〔一三〕巖僧：猶言山僧，惠洪自稱。　孝基眼：指有知人之識鑒。隋書高構傳略曰：「高構，字孝基，北海人也。河東薛道衡才高當世，每稱構有清鑒。所舉杜如晦、房玄齡等，後皆自致公輔，論者稱構有知人之鑒。」

〔一四〕觀人雖衆無如公：戰國策秦策三：「（應侯）言於秦昭王曰：『客新有從山東來者蔡澤，其人辯士。臣之見人甚衆，莫有及者。臣不如也。』」此化用其意。又見下條注。

〔一五〕昂霄聳壑跬可待：新唐書房玄齡傳：「吏部侍郎高孝基名知人，謂裴矩曰：『僕觀人多矣，未有如此郎者。當爲國器，但恨不見其聳壑昂霄云。』」此反用其言，謂立刻可見李敬修功成名就。　昂霄聳壑：躍出溪谷，直上雲霄，喻出人頭地。　跬可待：謂舉步之間可見成效。跬，舉足一次，半步。司馬法：「一舉足曰跬，跬三尺。」本集屢用此語，如卷一九李運使贊：「跬步可待，昂霄聳壑。」卷二二忠孝松記：「玉版之榮，金甌之拜，跬步可待。」卷二六題佛鑑蓄文字禪：「誦生書七千，下筆千言，跬步可待也。」

〔一六〕行行：不停行走。古詩十九首：「行行重行行，與君生別離。」　啼途窮：晉書阮籍傳：「時率意獨駕，不由徑路，車跡所窮，輒慟哭而反。」

贈王性之〔一〕

性之自是英特人〔二〕，唯恐富貴來逼身〔三〕。我非寶公亦識子，地上復見天麒麟〔四〕。眉間爽氣照秋色，山水頓覺生精神〔五〕。胸中撑拄萬卷讀〔六〕，對客傾瀉如崩雲〔七〕。不恨子未識和仲，但恨和仲未識君〔八〕。道山歸計儻可緩〔九〕，且復白帢拖紅塵〔一〇〕。他年攜我渡弱水，僥倖一看瀛洲春〔一一〕。詩成笑答千巖響，東崦峰頭湧玉輪〔一二〕。

【注釋】

〔一〕大觀元年秋作於廬山。　王性之：王銍字性之，汝陰人。南渡後嘗居剡中，自稱汝陰老民。銍爲王莘之子，曾紆之婿，曾布孫婿。嘗撰七朝國史，有雪溪集、補侍兒小名録、默記、四六話、談苑等傳世。王銍雪溪集卷三有詩題曰：「頃在廬山與故友可師爲詩社，嘗次韻和予詩云：『空中千尺墮柳絮，溪上一旗開茗芽。絶愛晴泥翻燕子，未須風雨落梨花。重江碧樹遠連雁，刺水緑蒲深映沙。想見方舟端取醉，酒酣風帽任欹斜。』後三十年，避地剡溪山中，時可師委蜕亦二紀矣。靈隱明上人追和此爲贈，感念存没，淚落衣巾，因用韻謝之。」可師，指廬山詩僧祖可。據全宋文卷三九九二王銍游東山記云：「僕以紹興七年六月往剡中，繫舟山下，盡室游焉。」可知其避地剡溪山中當在紹興七年（一一三七），上推二紀（二十四年），則祖可卒於政和四年（一一一四）。上推三十年，則爲大觀二年（一一〇八），是年春王銍嘗與祖可唱和。王銍子王明清揮麈録餘話卷二：「大觀丁亥，家祖（王莘）守九江。」大觀丁亥即大觀元年。又王明清玉照新志卷二：「已而文肅（曾布）罷相，遷宅衡陽，北歸。後先祖（王莘）守九江，遣先人（王銍）訪文肅於京口。」據宋史徽宗本紀二，曾布卒於大觀元年八月。又據羅寧北宋大觀年間廬山詩社考（文學遺産二〇一二年第二期），大觀四年王銍尚在江州。則王銍於大觀元年八月曾布卒後，重返江州。惠洪大觀二年春即已在江寧府，故此詩當作於大觀元年秋過江州游廬山時。

〔二〕英特人：蘇軾贈月長老：「十年此中過，却是英特人。」此用其語。

〔三〕唯恐富貴來逼身：言其雖無心求富貴，却難逃富貴之追逼，此爲恭維話。隋書楊素傳：「（北齊武帝）拜素爲車騎大將軍、儀同三司，漸見禮遇。帝命素爲詔書，下筆立成，詞義兼美，帝嘉之，顧謂素曰：『善自勉之，勿憂不富貴。』素應聲答曰：『臣但恐富貴來逼臣，臣無心圖富貴。』」

〔四〕「我非寶公亦識子」二句：陳書徐陵傳：「母臧氏，嘗夢五色雲化而爲鳳，集左肩上，已而誕陵焉。時寶誌上人者，世稱其有道，陵年數歲，家人攜以候之，寶誌手摩其頂曰：『天上石麒麟也。』」宋王得臣麈史卷二：「王樂道幼子銍少而博學，善持論。」其幼穎異似徐陵，故以天上石麒麟喻之。參見本集卷一贈汪十四注〔二〕。

〔五〕「眉間爽氣照秋色」二句：謂王銍眉間之爽氣使山水增色，充滿生氣。開元天寶遺事卷三精神頓生：「明皇每朝政有闕，則虚懷納諫，大開士路。早朝，百辟趨班，帝見張九齡風威秀整，異於衆僚，謂左右曰：『朕每見九齡，使我精神頓生。』」此借用其語。

〔六〕胸中撑拄萬卷讀：謂王銍博極羣書。蘇軾試院煎茶：「不用撑腸拄腹文字五千卷。」此借用其語。　鍇按：李之儀姑溪居士後集卷一五歐陽文忠公别集後序：「汝陰王樂道與其子性之，皆博極羣書，手未嘗釋卷。」蔡絛鐵圍山叢談卷三：「王銍雪溪集卷一附高荷（子勉）國香詩并序：「性之文詞俊敏，好奇博雅。」陸游老學庵筆記卷二：「王性之銍，博洽士也。」性之讀書真能五行俱下，往往他人纔三四行，性之已盡一紙。後生有投贄者，且觀且捲，俄頃即置之。以此，人疑其輕薄，遂多謗毁，其實工拙皆能記也。既卒，秦熺方恃其父（秦檜）氣焰熏灼，手書移郡將，欲取其所藏書，且許以官其子。長子仲信名廉清，苦學有守，號泣拒之曰：『願守此書以死，而不願官也。』郡將以禍福誘脅之，皆不聽。熺亦不能奪而止。」

〔七〕對客傾瀉如崩雲：寫其對客揮毫之情景，以奔湧之雲彩喻書法之飛灑飄逸。鮑照飛白書勢銘：「輕如游霧，重似崩雲。」李白獻從叔當塗宰陽冰：「落筆灑篆文，崩雲使人驚。」本集卷三金華超不羣用前韻作詩見贈亦和三首超不羣翦髮参黄蘗：「興來落筆如崩雲。」亦用此喻。

〔八〕「不恨子未識和仲」二句：以蘇軾未識王銍而感遺憾。蘇轍亡兄子瞻端明墓誌銘：「公諱軾，姓蘇，字子瞻，一字和仲，世家眉山。」南史張融傳：「融善草書，常自美其能。帝曰：『卿書殊有骨力，但恨無二王法。』答曰：『非恨臣無二王法，亦恨二王無臣法。』……常歎曰：『不恨我不見古人，所恨古人又不見我。』」此仿其句法。

〔九〕道山：此喻指祕閣，宮中收藏珍貴圖書之處。後漢書竇章傳：「是時學者稱東觀爲老氏臧室，道家蓬萊山。」李賢注：「老子爲守臧史，復爲柱下史，四方所記文書皆歸柱下，事見史記。言東觀經籍多也。蓬萊，海中神山，爲仙府，幽經祕録並皆在焉。」山谷内集詩注卷六和答子瞻和子由常父憶館中故事：「天網極恢疏，道山非簿領。」任淵注：「蓬萊道山，天帝圖書之府也。」　儻：或許。

〔一〇〕白帢：白色便帽，與「拖」字不侔，當爲「白袷」之誤。白袷，指白色夾衣，無功名士人所著。李商隱春雨：「悵卧新春白袷衣。」即此。本集「白袷」均作「白帢」，如卷四謝李商老伯仲見過：「胡爲披白帢，作隊趨塵泥。」卷六題萬富樓：「丈人披白帢，凭欄清兩眸。」王仲誠舒嘯堂：「閑披白帢登此堂。」卷一二資國寺西齋示超然二首之二：「更披白帢稱閑身。」豈惠洪以「帢」通「袷」乎？姑從底本。

〔一一〕「他年攜我渡弱水」二句：望今後王銍能提攜己到祕閣藏書處一游。此承「道山」句而來。東坡詩集注卷二金山妙高臺：「蓬萊不可到，弱水三萬里。」程縯注：「史記：方士言海中有三神山，蓬萊、方丈、瀛洲，諸仙人及不死之藥皆在焉。未至，望之如雲，及到，三神山反居水下。臨之，風輒引去，終莫能至。」宋援注：「神仙傳：謝自然泛海求蓬萊，一道士謂曰：『蓬萊隔弱水三萬里，非飛仙不可到。』」

〔三〕玉輪：喻月。蘇軾和錢四寄其弟龢：「再見濤頭湧玉輪。」此用其語。

次韻性之送其伯氏西上〔一〕

乃翁純孝曾種玉，一雙秀榦森如束〔二〕。憶昨同舟游鄰都，鬢鬚尚帶廬山緑〔三〕。只今追想如夢魂，更堪哦子陽關曲〔四〕。霜蹄暫蹶堪一笑〔五〕，連璧終當照金屋〔六〕。且醉山中浩蕩春，錦繡誰同賞雲谷〔七〕。

【注釋】

〔一〕政和五年春作於廬山。時惠洪自京師南下，過廬山。此詩有「且醉山中浩蕩春，錦繡誰同賞雲谷」之句，故繫於此。　性之：王銍字性之。見前贈王性之注〔一〕。　伯氏：王銍之兄，名不可考。

〔二〕「乃翁純孝曾種玉」二句：指王銍兄弟人才俊秀，如其父所種一雙玉樹，秀榦高聳。東坡詩集注卷一八過建昌李野夫公擇舊居：「何人修水上，種此一雙玉。」趙次公注：「雙玉以言公擇昆仲。」鍇按：李莘字野夫，李常字公擇，爲兄弟二人。此二句乃點化其意以寫王銍兄弟。　乃翁：王銍之父王莘，字樂道。麈史卷三：「王莘樂道奉議，潁人也。」王銍四六話序：「先君子少居汝陰鄉里，而游學四方，學文於歐陽文忠公，授經於王荊公、王深父、常夷父。既仕，從滕元發、鄭毅夫論作賦與四六，其學皆極先民之淵藴。銍每侍，教誨常語以爲文爲詩賦之法。」　種玉：晉干寶搜神記卷一一：「楊公伯雍，雒陽縣人也。本以儈賣爲業，性篤孝，父母亡，葬無終山，遂家焉。山高八十里，上無水。公汲水作義漿於阪頭，行者皆飲之。三年，有一人就飲，以一斗石子與之，使至高平好地有石處種之，云：『玉當生其中。』楊公未娶，又語云：『汝後當得好婦。』語畢不見。乃種其石。數歲，時時往視，見玉子生石上，人莫知也。有徐氏者，右北平著姓，女甚有行，時人求，多不許。公乃試求徐氏，徐氏笑以爲狂，因戲云：『得白璧一雙來，當聽爲婚。』公至所種玉田中，得白璧五雙，以聘。徐氏大驚，遂以女妻公。」種玉本指締結良緣，此喻生得貴子。　秀幹森如束：枝幹挺拔高聳。元稹連昌宮詞：「連昌宮中滿宮竹，歲久無人森似束。」謝薖竹友集卷一次董彥速次輪老韻三首之三：「翠竹森如束。」蘇軾過建昌李野夫公擇故居：「思之不可見，破宅餘修竹。四鄰戒莫犯，十畝森似束。」此乃借用，以竹喻玉，復以玉喻人。

〔三〕「憶昨同舟游鄴都」二句：惠洪與王銍同游鄴都，當在游廬山之後而客居京師時。據前贈王性之注〔一〕，惠洪大觀元年（一一〇二）嘗與王銍在廬山唱酬，大觀四年八月至政和元年（一一一一）八月在京師，游鄴都當在是時。　王莘時爲兵部員外郎，參見注〔五〕，王銍亦當隨其父在京師。　鄴都：三國魏置鄴都，晉避愍帝司馬業諱，改名臨漳。宋爲臨漳縣，屬河北西路相州。

〔四〕陽關曲：此泛指送別歌曲。宋郭茂倩樂府詩集卷八〇近代曲辭二渭城曲解題：「渭城一曰陽關，王維之所作也。本送人使安西詩，後遂被於歌。劉禹錫與歌者詩云：『舊人唯有何戡在，更與殷勤唱渭城。』白居易對酒詩云：『相逢且莫推辭醉，聽唱陽關第四聲。』陽關第四聲，即『勸君更盡一杯酒，西出陽關無故人』也。渭城、陽關之名，蓋因辭云。」

〔五〕霜蹄暫蹶：喻暫時挫折。杜甫醉歌行：「暫蹶霜蹄未爲失。」此化用其語。霜蹄：馬蹄。語出莊子馬蹄：「馬蹄可以踐霜雪。」蹶：顛仆，跌倒。鍇按：宋會要輯稿職官六八之二五：「（政和二年）九月五日，兵部員外郎王莘降一官，送吏部與監當差遣。言者論其前任江州日任情不法，江西提刑體量到有實，故有是命。」王銍兄弟「霜蹄暫蹶」當爲乃翁王莘降官所牽連。

〔六〕連璧：並列之美玉，喻並美之人，或喻並美之兄弟。世説新語容止：「潘安仁、夏侯湛並有美容，喜同行，時人謂之連璧。」黄庭堅和答子瞻和子由常父憶館中故事：「二蘇上連璧，三孔立分鼎。」　金屋：華美之屋，此泛指宫中殿閣。本集卷三魯直弟稚川作屋峰頂名雲巢：「只今海上青石牛，曾卧天子黄金屋。」又奉陪王少監朝請游南澗宿山寺步月二首之一：「明年守北屏，夜直黄金屋。」

〔七〕錦繡誰同賞雲谷：感歎無人同賞廬山名勝錦繡谷之美景。太平寰宇記卷一一一江南西道江州：「錦繡谷在山疊，四季芳妍，百花錦繡。」廬山記卷二叙北山：「由天池直下山十五里，同名錦繡谷。舊録云：谷中奇花異卉，不可殫述。三四月間，紅紫匝地，如被錦繡，故以爲名。」

次韻余慶長春夢〔一〕

阿環夢回如墮雲㊀〔二〕，硯中玉纖如醉文㊁〔三〕。香囊翠被不復見〔四〕，華清草木猶醺醺〔五〕。仙郎春光洗懷抱〔六〕，柔情不斷如芳草〔七〕。軟風細漲玉横斜〔八〕，一尾追風北山道〔九〕。詞鋒落紙磨秋霜〔一〇〕，千首今餘萬丈光〔一一〕。從來支遁識神駿〔一二〕，歲月不知君意長。

【校記】

㊀墮：石倉本作「墜」。

㊁硯：石倉本作「研」。

【注釋】

〔一〕大觀二年春作於江寧府。　余慶長：名未詳，生平失考。惠洪與慶長遊，當在寓居江寧時。参見後同慶長遊草堂注〔一〕。　春夢：當爲余慶長所作詩，所詠乃唐楊貴妃之春夢。

〔二〕阿環：即楊貴妃。宋周密癸辛雜識前集玉環：「楊太真小字玉環，故今古詩人多以阿環稱之。」　墮雲：猶言如墮雲霧之中，寫其迷惑沉醉之貌。

〔三〕玉纖：喻細白之手。唐李羣玉戲贈姬人：「骰子巡抛裹手拈，無因得見玉纖纖。但知謔道金釵落，故向人前露指尖。」

〔四〕香囊翠被不復見：新唐書楊貴妃傳：「帝不得已，與妃訣，引而去，縊路祠下，裹屍以紫茵，瘞道側，年三十八。帝至自蜀道，過其所，使祭之。且詔改葬。禮部侍郎李揆曰：『龍武將士以國忠負上速亂，爲天下殺之。今葬妃，恐反仄自疑。』帝乃止，密遣中使者具棺槨它葬焉。啓瘞，故香囊猶在。中人以獻，帝視之，悽感流涕，命工貌妃於別殿，朝夕往，必爲鯁欷。」

〔五〕華清：即華清宮。宮中有温泉，稱華清池。太平寰宇記卷二七關西道三昭應：「唐開元十年，置温泉宮於驪山。至天寶六年，改爲華清宮。……元帝歲常幸焉。」白居易長恨歌：「春寒賜浴華清池，温泉水滑洗凝脂。」　醺醺：酣醉貌。

〔六〕仙郎：郎官之美稱，見白氏六帖卷二一。

〔七〕柔情不斷如芳草：寇準江南曲：「柔情不斷如春水。」此化用其語。

〔八〕軟風：和風，柔風。 細漲：初漲之春水。 玉橫斜：東坡詩集注卷二〇次韻王仲至喜雪御筵：「故殘鳷鵲玉橫斜。」注：「玉橫斜，雪殘之貌也。」此借用其語寫輕風吹掠水面波光粼粼之貌。

〔九〕一尾追風北山道：駿馬奔馳在鍾山道上。此句與上句寫余慶長之春夢，然其本事已不可考。施注蘇詩卷一五次韻參寥師寄秦太虛三絶句時秦君舉進士不得之二：「一尾追風抹萬蹄。」注：「崔豹古今注：秦始皇有七名馬，一曰追風。杜子美遺興詩：『地用莫如馬，無良誰復記。此日千里鳴，追風可君意。』」此借用其語。 北山：即鍾山，以在江寧府城北故稱。六臣注文選卷四三南朝齊孔德璋（稚珪）北山移文題下呂向注：「鍾山在都北，其先周彥倫隱於此山，後應詔出，爲海鹽縣令，欲却過此山。孔生乃假山靈之意移之，使不許得至，故云北山移文。」

〔一〇〕詞鋒落紙磨秋霜：喻其文筆犀利。 廓門注：「秋霜謂箋。」誤。 鍇按：秋霜喻劍。 曹丕大牆上蒿行：「白如積雪，利若秋霜。」李白白馬篇：「秋霜切玉劍，落日明珠袍。」據此句既言「詞鋒」，又繼以「磨」字，可知乃以秋霜喻劍，復以劍喻文筆。

〔一一〕千首今餘萬丈光：韓愈調張籍：「李杜文章在，光焰萬丈長。」此化用其意，以譽余慶長詩作。

〔一二〕從來支遁識神駿：言己有人物之鑒，能賞識英俊人才。 世説新語言語：「支道林嘗養數匹馬，或言道人畜馬不韻，支曰：『貧道重其神駿。』」支道林即支遁，東晉名僧。惠洪爲僧人，故本集屢以支遁自況。如卷三寄蔡子因：「平生閲詩如閲馬，自憐雙眼如支遁。」子因句法馬羣空，爽氣横秋太神駿。」神駿贊譽良馬，亦引申爲贊譽英才之詞。

讀慶長詩軸〔一〕

韻如春水初含風〔二〕，秀如蘭芽新出叢〔三〕。人間何從有此客〔四〕，坐令衰老忘龍鍾〔五〕。新詞鏘金紛滿眼〔六〕，妙語屑玉霏無窮〔七〕。讀之置卷欲仙去，風度絶似歐陽公〔八〕。儒生寒酸不上眼〔九〕，江南風流翻手空〔一〇〕。那知此郎蹶然起〔一一〕，筆端五色回春工〔一二〕。只今陛下固天縱，文章星斗懸高穹〔一三〕。天生堯舜稷契主〔一四〕，君宜置在明光宫〔一五〕。雪中呵手研破硯〔一六〕，詩成一笑天開容。

【注釋】

〔一〕大觀二年正月作於江寧府。慶長：即余慶長。詩軸：書寫詩作之卷軸。此詩有「雪中呵手研破硯」句，當作於正月。

〔二〕韻如春水初含風：喻其詩韻味自然，如春風吹拂水上所起之漣漪。此乃宋人論詩之常談，如蘇洵嘉祐集卷一五仲兄字文甫説：「兄嘗見夫水之與風乎？油然而行，淵然而留，渟洄汪洋，滿而上浮者，是水也，而風實起之。蓬蓬然而發乎太空，不終日而行乎四方，蕩乎其無形，飄乎其遠來，既往而不知其跡之所存者，是風也，而水實形之。……故曰『風行水上渙』，此亦天下之至文也。然而此二物者，豈有求乎文哉？無意乎相求，不期而相遭，而文生焉。是其爲文也，非水之文也，非風之文也，二物者非能爲文，而不能不爲文也。物之相使而文出於其間也，故曰此天下之至文也。今夫玉非不温然美矣，而不得以爲文；刻鏤組繡非不文矣，而不可與論乎自然。故天下之無營而文生之者，唯水與風而已。」蘇軾書辯才次韻參寥詩：「（辯才）平生不學作詩，如風吹水，自成文理。」張元幹跋蘇詔君贈王道士詩後：「文章蓋自造化窟中來，又如風行水上，自然成文。」

〔三〕秀如蘭芽新出叢：喻其詩風格俊拔，如蘭之嫩芽高出叢草。本集屢用此喻，如卷五和曾逢原試茶連韻：「仙風照人虔敬加，秀如春露濕蘭芽，和如東風吹奇葩。」卷九次忠子韻二首之一：「坐客經年别，蘭芽茁舊叢。」

〔四〕人間何從有此客：蘇軾昨見韓丞相言王定國今日玉堂獨坐有懷其人：「人間有此客，折簡呼不難。」此反其意而用之。本集屢用此語，如卷七和游谷山：「人間何從有此客，滿腹精神真可掬。」

〔五〕龍鍾：老態或衰憊貌。九家集注杜詩卷二〇寄彭州高三十五使君適虢州二十七長史參三十韻：「何太龍鍾極，於今出處妨。」薛注：「按廣韻，龍鍾，竹名。世言龍鍾取此義也。謂其年老如竹之枝葉搖曳，而不能自禁持也。」

〔六〕鏘金：撞擊金石，喻詩之音節響亮。唐黄滔魏侍中諫獵賦：「蓋以詩也，中律鏘金，成章璨綺。」釋齊己讀李白集：「鏘金鏗玉千餘篇，膾吞炙嚼人口傳。」蘇軾次韻蔣穎叔二首扈從景靈宫：「英姿連璧從多士，妙句鏘金和八鑾。」

〔七〕屑玉：研碎玉石，喻詩之文詞優美。猶言玉屑。黄庭堅奉和慎思寺丞太康傳舍相逢並寄扶溝程太丞尉氏孫著作二十韻：「鄧侯詩成錦繡段，浣花屑玉邀我賦。」蘇軾送參寥師：「新詩如玉屑，出語便清警。」

〔八〕風度絶似歐陽公：贊其詩之風格極似歐陽修。參見前贈閻資欽「絶如歐陽公」句及注〔一七〕。

〔九〕儒生寒酸：參見本集卷一贈吴世承「便覺儒生寒，枯衰酸凍色」句及注〔八〕。

〔一〇〕江南風流翻手空：謂其翻手之間便可使江南風流爲之一空。此乃極言其豪邁之氣。

〔一一〕蹶然：疾起貌。孔子家語論禮：「子夏蹶然而起，負牆而立，曰：『弟子敢不志之？』」逸周書卷九太子晉：「師曠蹶然起，曰：『瞑臣請歸。』」孔晁注：「蹶然，疾貌。」

〔一二〕筆端五色回春工：言其文筆優美，有春回大地之工。參見前贈李敬修「那應夢筆生春紅」句及注〔一〇〕。筆端五色：南朝梁鍾嶸詩品卷中齊光禄江淹：「初，淹罷宣城郡，遂宿冶亭。夢一美丈夫，自稱郭璞，謂淹曰：『我有筆在卿處多年矣，可以見還。』淹探懷中，得五色筆以授之。爾後爲詩，不復成語，故世傳江淹才盡。」　春工：春天造化萬物之工。本集屢用筆回春工之喻，如卷三贈王聖侔教授：「爭看灑筆回春工。」王敦素李道夫游兩翁軒次敦素韻：「識君筆力回春工。」卷六予頃還自海外夏均父以襄陽別業見要使居之後六年均父謫祁陽酒官余自長沙往謝之夜語感而作：「筆力回春工。」

〔一三〕「只今陛下固天縱」二句：謂徽宗皇帝有上天所賦予多能之才，其文章如北斗令天下人仰望。宋蔡絛西清詩話卷上：「今上皇帝（徽宗）天縱神聖文武，雖藝文餘事，天下瞻仰如日月星斗，一篇朝出，四海夕傳。」當爲時人之共識。徽宗趙佶（一〇八二～一一三五），神宗第十一子。建元建中靖國、崇寧、大觀、政和、重和、宣和，在位二十六年（一一〇〇～一一二五）。内禪皇太子，尊爲教主道君太上皇帝。靖康二年爲金人所俘，北去。紹興五年卒於五國城。徽宗工詩詞，善書畫。宋趙溍養痾漫筆：「徽宗即江南李主。神祖幸秘書省，閱江南李主像，見其人物儼雅，再三歎訝，而徽宗生。生時夢李主來謁。所以文采風流，過李主百倍。及北狩，女真用江南李主見藝祖故事。」張端義貴耳集卷中亦載此事。　天縱：天所放任，意謂天所賦予。論語子罕：「大宰問於子貢曰：『夫子聖者與？何其多能也。』子貢曰：『固天縱之將聖，又多能也。』」後多用以諛美帝王。　文章星斗：廓門注：「唐韓愈以六經之文，爲諸儒倡。自愈歿，其學盛行，學者仰之如泰山北斗。」

〔一四〕天生堯舜稷契主：贊徽宗爲聖明君主。鍇按：稷與契，本唐堯之賢臣。宋王由道儒宗賦序：「儒道之用天下大矣，堯舜稷契之君臣，孔曾思孟之師弟，化時傳道，厥德用彰。」古謂堯舜稷契，多合君臣而言之。故杜甫自京赴奉先縣詠懷五百字自稱「許身一何愚，竊比稷與契」，乃願作賢臣輔佐聖君。然契稷分別爲商周始祖，後世亦有追尊其爲君主者，如論語憲問：「禹稷躬稼，而有天下。」何晏集解：「禹及其身，稷及後世，皆王。」契亦及後世而王者。惠洪此處「稷契」取明君義。

〔一五〕君宜置在明光宮：謂其當入宮中，爲皇帝起草作制。集千家注杜工部詩集卷一二十二月一日三首之一：「明光起草人所羨，肺病幾時朝日邊。」王洙注：「明光，殿名也，漢王商借明光殿起草作制誥。」東坡詩集注卷一七廣陵會三同舍各以其字爲韻仍邀同賦劉莘老：「再見明光宮。」趙次公注：「明光，漢宮名。武帝太初四年起明光殿。師古曰：『三輔黄圖：在城中，近桂宮。』元后傳曰：『成都侯商病，欲避暑，從上借明光宮。』」

〔一六〕呵手：向手噓氣使暖。

同慶長游草堂〔一〕

萬株蒼煙間，杳然出微徑〔二〕。相逢知有得，一笑洗孤憒〔三〕。蕭蕭半窗雨，終日滿風聽。緑雲到巉絶〔四〕，小立鋭清興〔五〕。約公我輩人〔六〕，發此一區勝〔七〕。春工自無私〔八〕，風力亦强敏。柳垂拂掠黄〔九〕，溪作揩磨淨〔一〇〕。籬間殿寒梅〔一一〕，吴姬發微哂〔一二〕。已忻鳥聲樂㊀〔一三〕，更愛游絲迥。余郎妙天下〔一四〕，氣與山嶽峻〔一五〕。春光纏肺腸〔一六〕，霽月磨風韻㊁〔一七〕。詩如畫好馬，落筆得神駿〔一八〕。日斜興未闌，山窮春不盡㊂。更爲明日游，踏遍鍾山頂㊃〔一九〕。旋汲一人泉〔二〇〕，峰頭煮春茗。

【校記】

㊀ 忻：石倉本作「欣」。

㊁ 磨：石倉本作「恍」。

㊂ 山：石倉本作「路」。

㊃ 鍾：石倉本作「鐘」，誤。

【注釋】

〔一〕大觀二年春作於江寧府。　慶長：見前注。　草堂：草堂寺，即寶乘寺，在鍾山。宋周應合景定建康志卷四六：「隆報寶乘禪寺，即舊草堂寺，在上元縣鍾山鄉，去城十一里。考證：齊周顒隱居之所，後顒出仕，孔稚珪作北山移文，假草堂之靈以譏之。高僧傳云：『時有釋慧約，姓婁，少達妙理，顒素所欽服，迺於鍾山舊館造草堂寺以居之。』今寺左乃婁約置臺講經文之地，寺後即顒舊居也。唐會昌中寺廢，國朝復建。治平中賜額寶乘，紹興三十二年六月改賜今額。」王安石與道原過西莊游寶乘：「周顒宅作阿蘭若，婁約身歸窣堵波。」所游寶乘即此草堂。故能改齋漫録卷七謂：「王荆公草堂懷古詩：『周顒宅作阿蘭若。』」

〔二〕杳然：幽深，幽寂。　微徑：小路。

〔三〕孤憤：孤高嫉俗而生之憤世之情。史記老子韓非列傳：「（韓非）悲廉直不容於邪枉之臣，觀往者得失之變，故做孤憤。」司馬貞索隱：「孤憤，憤孤直不容於時也。」錯按：惠洪於禪門中屢受排擠，故有此言。參見本集卷四次韻雲居詮上人有感、送凝上人等。

〔四〕緑雲：緑葉如雲，形容山色青翠。　巉絶：險峻陡峭之巖。蘇軾和孫同年卞山龍洞禱晴：「梯山上巉絶。」

〔五〕小立：暫時佇立，稍稍停留。宋李壁王荆公詩注卷二二歲晚：「小立佇幽香。」注：「王立之詩話云：山谷『小立近幽香』，與荆公『小立佇幽香』，韻聯頗相同，當是暗合耳。」　鋭清興：因巖之巉絶而致游山之興亦鋭利。蓋「巉」字有鋭義，故游興亦隨之「鋭」。此即移情之例。

〔六〕約公：指南朝梁釋慧約。續高僧傳卷六梁國師草堂寺智者釋慧約傳略曰：「釋慧約，字德素，姓婁，東陽烏場人也。至年十二，始游於剡，遍禮塔廟，肆意山川，遠會素心，多究經典。故東境謡曰：『少達妙理婁居士。』宋泰始四年，於上虞東山寺辭親翦落，時年十七。齊中書郎汝南周顒爲剡令，欽服道素，側席加禮，於鍾山雷次宗舊館造草堂寺，亦號山茨，屈知寺任。此寺結宇山椒，疏壤幽岫，雖邑居非遠，而蕭條物外，既冥賞素誠，便有終焉之託。顒歎曰：『山茨約主，清虛滿世。』」　我輩人：惠洪亦少年出家，故稱慧約爲我輩人。

〔七〕發此一區勝：意謂婁約開發出此鍾山草堂之勝景。一區，一處宅院。語本漢書揚雄傳：「有田一壥，有宅一區。」此指草堂。鍇按：本集頗多此寫法，如卷一一次韻敦素兩翁軒見寄：「天藏鍾阜一區勝。」卷一三次韻題雲峰齊雲閣：「欲窮深谷一區勝。」次韻題必照軒：「一區形勝發天藏。」卷二一潭州白鹿山靈應禪寺大佛殿記：「寺占巖腹，臨清流，發一區之形勝。」

〔八〕春工自無私：謂春天有造化萬物之工，而平等無私。宋范鎮東齋記事卷三：「薛簡肅贄謁馮魏公，首篇有『囊書空自負，早晚達明君』句，馮曰：『不知秀才所負何事？』讀至第三篇春詩云：『千林如有喜，一氣自無私。』乃曰：『秀才所負者，此也。』」

〔九〕拂掠：輕掠過，形容輕抹化妝。蘇軾游太平寺淨土院觀牡丹中有澹黃一朵特奇爲作一小詩：「一朵宮黃微拂掠，鞓紅魏紫不須看。」

〔一〇〕揩磨：擦拭。

〔一一〕殿寒梅：居於嚴寒之後而特出之梅花。殿，居後，在後。論語雍也：「孟之反不伐，奔而殿。」何晏集解：「殿，在軍後者也。」亦指居後而出衆者。蘇軾雨晴後步至四望亭下魚池上遂自乾明寺前東岡上歸二首之一：「殷勤木芍藥，獨自殿餘春。」

〔一二〕吴姬發微哂：喻梅花開放如美女微笑。吴姬：猶言吴娃，美女之代稱。微哂：猶微笑。鍇按：本集好以吴姬喻梅花。如卷一仁老以墨梅遠景見寄作此謝之二首之一：「吴姬風鬢亂。」卷一六次韻通明叟晚春二十七首之二十：「紅梅真是醉吴姬。」皆語本蘇軾王伯敭所藏趙昌花四首梅花：「殷勤小梅花，髣髴吴姬面。」或是蘇軾再和楊公濟梅花十絶之十：「他年欲識吴姬面，秉燭三更對此花。」

〔一三〕忻：心喜。

〔一四〕余郎：即余慶長。惠洪與慶長爲忘年交，因慶長年少，故呼曰郎。

〔一五〕氣與山嶽峻：喻其氣度超凡出衆，如山嶽般高聳挺拔。宋饒節倚松詩集卷一送彭淵才如北都：「夜半一商略，氣與山嶽峻。」惠洪嘗讀此詩，並次韻，見本卷饒德操瑩中客世與淵才友善有詩送之予偶讀想見其爲人時聞已薙髮出家矣因次其韻，此乃借用其語。

〔一六〕春光纏肺腸：猶言胸中藏滿春光，故文詞優美華麗。參見前贈李敬修注〔七〕。

〔一七〕霽月磨風韻：以雨後明月喻其人品高尚，胸襟開闊。山谷别集詩注卷上濂溪詩序：「春陵周茂叔，人品甚高，胸中灑落，如光風霽月。」史季温注：「光風，和也，如顔子之春；霽月，清也，如孟子之秋。合清和於一體，則夫子之元氣可識矣。李延平愿中嘗誦此語，以爲善形容有道氣象。」

〔一八〕「詩如畫好馬」二句：此以畫馬喻作詩，稱其詩神奇新穎。鍇按：唐宋詩人題畫馬，多愛其神駿。如杜甫韋諷録事宅觀曹將軍畫馬圖引：「可憐九馬爭神駿。」蘇軾三馬圖贊引：「追思一時之事，而歎三馬之神駿。」黄庭堅次韻子瞻和子由觀韓幹馬因論伯時畫天馬：「况我平生賞神駿，僧中云是道林師。」參見前次韻余慶長春夢注〔一二〕。

〔一九〕鍾山：方輿勝覽卷一四江東路建康府：「鍾山，在上元縣東北十八里。輿地志：古曰金陵山，縣名因此。又名蔣山。漢末秣陵尉蔣子文討賊，死事於此。吴大帝爲立廟。子文祖諱鍾，因改曰蔣山。此山本無草木，東晉時刺史還任者，栽松三千株，下至郡守，各有差。一名北山。齊周顒隱於此。」

〔二〇〕一人泉：泉名，在鍾山絶頂。輿地紀勝卷一七江南東路建康府：「一人泉：在蔣山高峰絶頂，有一人泉，僅容一勺多，挹之不竭。皆山之勝處也。荆公詩云：『蹇淺一人泉。』」景定建康志卷一九：「一人泉在蔣山北高峰絶頂，古定林寺後，僅容一勺，挹之不竭。自山下至泉五里。」王安石和子瞻同王勝之游蔣山：「森疏五願木，蹇淺一人泉。」

慶長出仲宣詩語意有及者作此寄之〔一〕

我有忘年生〔二〕，氣韻亦秀拔。豈惟有詩癖〔三〕，亦醉淩波韈〔四〕。平生慎許可，期期不忍發〔五〕。但餘説仲宣，十常在七八〔六〕。袖中出清詩㊀，韻字清到骨。遥知亦説我，喜氣見鬚髮。相思一水間〔七〕，楚岫出毫末〔八〕。昨夜西風高，凭欄暮天闊。識君定何時，目送孤鴻没〔九〕。

【校記】

㊀清：武林本作「新」。

【注釋】

〔一〕大觀二年秋作於江寧府。慶長：見前注。仲宣：姓馮，名未詳，生平不可考。李彭日涉園集卷八和馮仲宣韻：「喜有斯人出淮海，追還舊觀極風流。」本卷送慶長兼簡仲宣：「淮南不獨江山勝，國士英才從古盛。」據此可知馮仲宣爲揚州人，蓋淮海、淮南均揚州之别稱。

〔二〕忘年生：猶言忘年友。

〔三〕詩癖：作詩之癖好。梁書簡文帝紀：「雅好題詩，其序云：『余七歲有詩癖，長而不倦。』」

〔四〕淩波韈：喻美女步履輕盈，如踏碧波而行，此代指美女。六臣注文選卷一九曹子建洛神賦：「淩波微步，羅韈生塵。」吕向注：「微步，輕步也。步於水波之上，如塵生也。」李善注：「説文曰：韈，足衣也。」

〔五〕期期：口吃結巴貌。漢書周昌傳：「昌爲人吃，又盛怒，曰：『臣口不能言，然臣期期知其不可。陛下欲廢太子，臣期期不奉詔。』」顔師古注：「吃，言之難也，音訖。」又曰：「以口吃，故每重言期期。」此寫慶長難言貌，以狀其慎許可。

〔六〕十常在七八：言常常十之七八在稱道馮仲宣。晉書羊祜傳：「祜歎曰：『天下不如意，恒十居七八。』」此借用其語。

〔七〕相思一水間：馮仲宣在揚州，惠洪在江寧，相隔長江，故稱。王安石泊船瓜洲：「京口瓜洲一水間，鍾山只隔數重山。」

〔八〕楚岫出毫末：言楚山平遠，相望間如現出一毫髮。此即奪胎於蘇軾澄邁驛通潮閣二首之二「青山一髮是中原」句。楚岫：楚地山巒。江寧、揚州春秋戰國時均嘗屬楚地，故稱。

〔九〕目送孤鴻没：嵇康贈秀才入軍五首之四：「目送歸鴻，手揮五絃。」此借用其語。

送慶長兼簡仲宣〔一〕

君詩秀氣終不没，長吉精神義山骨〔二〕。諸公貴人亦識面，想見宗之雙鬢緑〔三〕。嗟予棄置卧空山〔四〕，索寞何人著眼看〔五〕。高軒一日肯過我〔六〕，誇聲萬口鋒刃攢〔七〕。當時見君喜不徹〔八〕，喜中便知有此别。秋風雲帆十幅開〔九〕，石城浩蕩天水接〔一〇〕。

淮南不獨江山勝〔一一〕，國士英才從古盛〔一二〕。期與高人馮仲宣，小字同聯寄我篇〔一三〕。

【注釋】

〔一〕大觀二年秋作於江寧府。據詩意，時余慶長將至揚州訪馮仲宣。

〔二〕長吉精神義山骨：喻其詩風如唐詩人李賀、李商隱。新唐書文藝傳下李賀傳略曰：「李賀字長吉，系出鄭王後。七歲能辭章，韓愈、皇甫湜始聞未信，過其家，使賀賦詩，援筆輒就，如素構，自目曰高軒過。二人大驚，自是有名。每旦日出，騎弱馬，從小奚奴，背古錦囊，遇所得，書投囊中。未始先立題然後爲詩，如它人牽合程課者。及暮歸，足成之。非大醉、弔喪日率如此，過亦不甚省。母使婢探囊中，見所書多，即怒曰：『是兒要嘔出心乃已耳。』辭尚奇詭，所得皆驚邁，絶去翰墨畦逕，當時無能效者。樂府數十篇，雲韶諸工皆合之絃管。」新唐書文藝傳下李商隱傳略曰：「李商隱，字義山，懷州河内人。或言英國公世勣之裔孫。商隱初爲文，瑰邁奇古。及在令狐楚府，楚本工章奏，因授其學。商隱儷偶長短，而繁縟過之。時温庭筠、段成式俱用是相夸，號三十六體。」鍇按：冷齋夜話卷四西崑體：「詩到李義山，謂之文章一厄。以其用事僻澀，時稱西崑體。」則惠洪對李商隱頗有微詞，然此處用褒義。

〔三〕宗之：美少年之代稱。語出杜甫飲中八仙歌：「宗之瀟灑美少年。」此喻指余慶長。雙鬢緑：古稱烏黑之鬢髮爲緑鬢。

〔四〕嗟予棄置臥空山：此稱出家爲棄置空山，似心有不甘。蓋惠洪謫海南前，功名心未滅，多有此歎。如本集卷三南豐曾垂綬天性好學余至臨川欲見以還匡山作此寄之：「一從廢棄脱毛髪，乃與石田樗木同。」贈王聖侔教授：「巖僧廢棄誰比數。」均以出家爲「廢棄」。

〔五〕索寞：寂寥，無生氣貌。

〔六〕高軒一日肯過我：謂余慶長竟然肯大駕過訪，如韓愈、皇甫湜車駕過李賀家。見前注〔二〕引新唐書李賀傳。參見本集卷一贈蔡儒效注〔一八〕。高軒：高大馬車，貴顯者所乘。

〔七〕誇聲萬口鋒刃攢：言萬口同誇贊其詩如鋒刃聚集，令人驚悚。本卷贈巽中亦云：「誇聲萬口鋒刃攢。」鋒刃攢之喻甚奇，本集卷四覓蔡儒效：「忽驚鋒刃攢，凛然爲毛豎。可讀不可識，森嚴開武庫。」可知其乃有矛戟森然開武庫之意。參見前贈閻資欽注〔一四〕。

〔八〕喜不徹：猶言喜不盡。蘇舜欽永叔石月屏圖：「玉川子若在，見必喜不徹。」

〔九〕秋風雲帆十幅開：李肇唐國史補卷下：「舟船之盛，盡於江西，編蒲爲帆，大者或數十幅。自白沙泝流而上，常待東北風，謂之潮信。」陸龜蒙微涼賦：「輕帆十幅乘秋，好唱湘歌。」杜荀鶴贈友人罷舉赴辟命：「連天一水浸吴東，十幅帆飛二月風。」幅：布帛寬度。漢書食貨志下：「布帛廣二尺二寸爲幅，長四丈爲匹。」

〔一〇〕石城：石頭城之省稱，指江寧府。晉左思吴都賦：「戎車盈於石城，戈船掩乎江湖。」唐李吉甫元和郡縣志卷二六江南道一：「石頭城，在縣西四里，即楚之金陵城也。吴改爲石頭城。建安十六年，吴大帝修築，以貯財寶軍器，有戍。吴都賦云『戎車盈於石城』是也。諸葛亮云：『鍾山龍盤，石城虎踞。』言其形之險固也。」廓門注：「一統志太平府：石城山，在府城東二十里，有石環繞如城。」其注殊誤。

〔一一〕淮南：指淮南東路揚州。

〔一二〕國士英才從古盛：據方輿勝覽卷四四淮東路揚州，其地歷代「名宦」有韓信、董仲舒、張綱、謝安、謝玄、何遜、李德裕、杜牧、杜鴻漸、陳升之、鄒浩、韓琦、歐陽修、吕公著、蘇軾、晁補之、晁詠之等，「人物」有陳琳、張祐、李邕、李紳、淳于棼、徐鉉、張方平、秦觀、吕溱等，「名賢」有陳瓘等。　國士：一國中最優秀之人物。

〔一三〕小字同聯：用小字抄成之聯句詩。

吴子副送性之詩有老子只堪持蟹螯之句因寄之〔一〕

秋來殘暑猶頑賴，推擠不去吁可怪〔二〕。哦君妙語齒頰清〔三〕，冰壺照人吐精彩〔四〕。絶知此公風味高〔五〕，想見尊前持蟹螯〔六〕。説禪（蟬）不用朱藤杖㊀〔七〕，看月却披宫錦袍〔八〕。大藩衣冠蔚城市〔九〕，君所過從天下士〔一〇〕。忘懷一笑餞年華〔一一〕，醉裏千篇是生計〔一二〕。相知何必蓋須傾〔一三〕，此語荒唐却甚真〔一四〕。人生懷抱要磊落〔一五〕，他年相逢是故人。

【校記】

㊀襌：底本、天寧本作「蟬」，誤，今從四庫本、廓門本。

【注釋】

〔一〕約大觀三年初秋作於江寧府。　吳子副：吳則禮（？～一一二一）字子副，富川人。御史中丞吳中復子，以父蔭入仕。晚居洪州，自號北湖居士。官至直秘閣，知虢州。有北湖集，韓駒爲序。則禮，曾布婿。清徐乾學資治通鑑後編卷九四：「（徽宗崇寧元年六月）壬戌，詔罷（曾）布爲觀文殿大學士知潤州。御史遂攻之，言布與韓忠彥、李清臣交通爲私，使其子婿吳則禮、外甥婿高茂華往來計議，共成元祐之黨。」　性之：王銍字性之，爲曾紆婿，曾布孫婿，視吳則禮爲姑父。王明清玉照新志卷二：「外曾祖空青，文肅之第三子也。（劉）快活每以三運使呼之。後果終漕輓。……文肅當國，先祖爲起曹郎中。一日，（劉快活）忽見過曰：『我今見曾三女兒，他日當爲公之子婦。』時先妣方五六歲。又謂先人曰：『曾三女，汝之夫人也。』歸見文肅，呼先祖字云：『王樂道之子，三運使之婿，此兒他日名滿天下，然位壽俱嗇，奈何！』已而文肅罷相，遷宅衡陽，北歸。後先祖守九江，遣先人訪文肅於京口。一見奇之，遂以先妣歸焉。」鍇按：王明清，王銍子，王莘孫，故先人指王銍，先祖指王莘。空青指曾紆，文肅指曾布。據周明泰曾子宣年譜稿，曾布崇寧五年（一一〇六）自衡州北歸，徙舒州。與弟曾肇還居潤州里第。大觀元年（一一〇七）卒於潤州。大觀元年王莘知江州，王銍訪曾布於京口，當在曾布居潤州時。故曾布孫女歸王銈，當在大觀元年。吳則禮送王銈詩，當在王、曾聯姻之後。大觀年間，惠洪在江寧與曾布外甥婿高茂華游，讀吳則禮詩並次韻當在是時。惠洪與吳則禮、王銈、高茂華之交往，或與其嘗游曾布之門有關。老子只堪持蟹螯：今存北湖集未見此句，原詩已佚。

〔二〕「秋來殘暑猶頑賴」二句：謂時已秋日而暑熱未退，令人詫異。山谷内集詩注卷二和答外舅孫莘老：「西風挽不來，殘暑推不去。」任淵注：「晉書鄧攸傳：吳人歌曰：『紞如打五鼓，雞鳴天欲曙。鄧侯挽不留，謝令推不去。』」此化用其意。吁可怪：書堯典：「帝曰：『吁！嚚頌，可乎？』」孔傳：「吁，疑怪之辭。」杜甫戲作俳諧體遣悶二首之一：「異俗吁可怪。」蘇軾與胡祠部游法華山：「一覽震澤吁可怪。」此借用其語。

〔三〕哦君妙語齒頰清：喻詩如泉水，吟哦時令人齒頰清涼。蘇軾至秀州贈錢端公安道並寄其弟惠山山人：「陸子遺味泉冰齒。」又道者院池上作：「井好能冰齒。」本集卷一同超然無塵飯柏林寺分題得柏字：「下有洄渦泉，甘涼冰齒頰。」此借泉爲喻。

〔四〕冰壺：貯冰之玉壺。六臣注文選卷二八鮑明遠白頭吟：「直如朱絲繩，清如玉壺冰。」李周翰注：「玉壺冰，取其絜淨也。」唐姚崇冰壺誡序：「冰壺者，清潔之至也。君子對之，示不忘乎清也。」又喻指月。清王琦李太白集注卷三〇詩文拾遺收李白雜題四首之二：「夜來月下卧醒，花影零亂，滿人衿袖，疑如濯魄於冰壺也。」此言「照人」，或指月，要之，皆喻其詩清絶也。

〔五〕此公：指吴則禮。　風味：風度，風采。

〔六〕想見尊前持蟹螯：世説新語任誕：「畢茂世云：『一手持蟹螯，一手持酒桮，拍浮酒池中，便足了一生。』」此用其事。　鍇按：吴則禮送王銍詩有「老子只堪持蟹螯」之句，故惠洪此句想象其對酒持蟹螯之風味。

〔七〕説禪不用朱藤杖：意謂其談禪理不用拄手杖到山中禪院。　黄庭堅勝業寺悦亭：「不見白頭禪，空倚紫藤杖。」又題落星寺：「不知青雲梯幾級，更借瘦藤游上方。」均言倚藤杖以至寺院訪禪僧，此則反其意而言之。

〔八〕看月却披宫錦袍：稱其吟詩飲酒瀟灑放浪如李白。　舊唐書文苑傳下李白傳：「時侍御史崔宗之謫官金陵，與白詩酒唱和，嘗月夜乘舟，自采石達金陵，白衣宫錦袍，於舟中顧瞻笑傲，旁若無人。」

〔九〕大藩：古指重要州郡，此當指揚州。　蓋宋時揚州爲淮南東路之首府，據元豐九域志卷五，其地爲「大都督府揚州廣陵郡淮南節度」。　吴則禮北湖集卷一離淮南寄公卷：「九年窮不死，魚鳥怪我在。」卷二以淮白寄公卷：「九年雷繞羈臣腹」「羈臣曩者僕射兒」。　公卷即曾紆，自崇寧元年（一一〇二）謫永州始，至大觀四年（一一一〇）爲九年。　據此，則吴則禮大觀三年或當在淮南揚州。　參見本卷贈閻資欽注〔二〕、〔三〕。

〔一〇〕天下士：天下最傑出之士，即才德非凡之士。史記魯仲連鄒陽列傳：「始以先生爲庸人，吾乃今日知先生爲天下士也。」

〔一一〕餞年華：猶言送別歲月。餞：送行。

〔一二〕醉裏千篇是生計：謂平生乃以醉中作詩爲生計。惜其無由立功名，徒以詩酒爲業。

〔一三〕相知何必蓋須傾：謂相知者不必相識。東坡詩集注卷一八次韻答孫侔：「千里論交一言足，與君蓋亦不須傾。」程縯注：「孔子與程子相遇，傾蓋而語厚。鄒陽書：『諺云：有白頭如新，傾蓋如故。何則？知與不知也。』」楊萬里誠齋詩話：「孔子、老子相見傾蓋。鄒陽云：『傾蓋如故。』孫侔與東坡不相識，以詩寄。東坡云：『與君蓋亦不須傾。』此皆翻案法也。」此化用蘇軾詩意。

〔一四〕却甚真：杜甫又呈吴郎：「使插疏籬却甚真。」此借用其語。

〔一五〕磊落：形容胸懷坦蕩。廓門注：「退之詩：『爾雅注蟲魚，定非磊落人。』」錯按：廓門所引詩見韓愈讀皇甫湜公安園池詩書其後。

高氏釣魚臺〔一〕

當時吕望要周室，渭水垂綸恣遺佚〔二〕。後來嚴陵傲漢家，七里灘頭釣月華〔三〕。二賢一旦辭隱淪，當年平步升青雲〔四〕。至今蹤跡耀經史，千載何人能繼此？宜陽高人真賢族〔五〕，構亭仍以釣魚目。時人盡詠釣魚詩，獨我來歌釣魚曲〔六〕。君不見吳山青湘水綠，唯愛夏絃春誦聲相續〔七〕。以軻雄百氏爲絲綸，以周孔六經爲餌屬〔八〕。遇時伸，不時縮〔九〕。人言君釣魚，我言君釣祿〔一〇〕，盛代兒孫滿場屋〔一一〕。前春舉手得鯨鼇〔一二〕，猶恐主人心不足。

【注釋】

〔一〕宣和四年春作於長沙。高氏：指萍鄉縣高侯。本集卷二二布景堂記略曰：「宣和三年秋，萍鄉文益之還自大梁，過湘上，會余，夜語及里中奇豪，而高侯尤其魁壘者。越明年春，以書抵余曰：『山川之妍美……子其爲我書之。』」此詩有「宜陽高人真賢族」之句，萍鄉縣屬古宜陽郡，故此宜陽高人當爲萍鄉之高侯。此詩與布景堂記或爲同時所作。姑繫於此。

〔二〕「當時呂望要周室」二句：史記齊太公世家：「太公望呂尚者，東海上人。……本姓姜氏，從其封姓，故曰呂尚。呂尚蓋嘗窮困，年老矣，以漁釣奸周西伯。西伯將出獵，卜之，曰：『所獲非龍非彲，非虎非羆，所獲霸王之輔。』於是周西伯獵，果遇太公於渭之陽，與語大說，曰：『自吾先君太公曰：當有聖人適周，周以興。子真是邪？吾太公望子久矣。』故號之曰『太公望』，載與俱歸，立爲師。」

〔三〕「後來嚴陵傲漢家」二句：後漢書逸民傳嚴光傳略曰：「嚴光，字子陵，一名遵，會稽餘姚人也。少有高名，與光武同遊學。及光武即位，乃變名姓，隱身不見。帝思其賢，乃令以物色訪之。後齊國上言：『有一男子，披羊裘釣澤中。』帝疑其光，乃備安車玄纁，遣使聘之。三反而後至。舍於北軍，給牀褥，太官朝夕進膳。……除爲諫議大夫，不屈，乃耕於富春山，後人名其釣處爲嚴陵瀨焉。」李賢注引顧野王輿地志曰：「七里瀨，在東陽江下，與嚴陵瀨相接，有嚴山。桐廬縣南有嚴子陵漁釣處，今山邊有石，上平，可坐十人，臨水，名爲嚴陵釣壇也。」

〔四〕當年平步升青雲：喻境遇突變，驟至高位。語本唐曹鄴杏園即席上同年：「一旦公道開，青雲在平地。」宋沈遼雲巢編卷五奉送孝續歸九江：「使者交章任爲令，從此平步青雲衢。」錯按：吕尚爲帝師，可謂平步青雲。然嚴陵傲然歸隱，不得謂平步青雲。惠洪此將吕、嚴並稱，殆欲爲恭維高氏功名富貴張目，非嚴陵垂釣本意。

〔五〕宜陽：即宜春，代指袁州。元和郡縣志卷二九江南道袁州：「管縣三：宜春、新喻、萍鄉。宜春縣，本漢舊縣，灌嬰定江南所築城。晉武帝太康元年，以太后諱春，改爲宜陽縣。隋開皇十一年，於縣置袁州，移縣於城東五里，復改爲宜春。」故宜陽亦代指袁州。方輿勝覽卷一九江西路袁州事要：「郡名宜春、宜陽。」宋詩紀事卷六李宗諤送何水部蒙出牧袁州：「宜陽郡客多才子，誰伴山公醉夕暉。」

〔六〕釣魚曲：此以釣魚曲與釣魚詩對舉，二者當有不同。錯按：曲，古詩之一體。李之儀姑溪居士前集卷一六謝人寄詩並問詩中格目小紙：「凡所謂古與近體，格與半格，及曰歎，曰行，曰歌，曰曲，曰謡之類，皆出於作者一時之所寓，比方四詩，而强名之耳。……千歧萬轍，非詰屈折旋則不可盡，則爲曲。」張表臣珊瑚鉤詩話卷三：「聲音雜比，高下短長，謂之曲。」姜夔白石道人詩説：「委屈盡情曰曲。」此詩各句長短非一，韻脚平仄互换，故曰曲。

〔七〕夏絃春誦：指以詩書禮樂教化子弟。禮記文王世子：「春誦夏弦，大師詔之。」鄭玄注：「誦，謂歌樂也。弦，謂以絲播詩。」孔穎達疏：「誦謂歌樂者，謂口誦歌樂之篇章，不以琴瑟歌也。云絃謂以絲播詩者，謂以琴瑟播彼詩之音節，詩音則樂章也。」

〔八〕「以軻雄百氏爲絲綸」二句：謂以儒家和諸子百家經典作爲垂釣之工具。淮南子俶真：「是故以道爲竿，以德爲綸，禮樂爲鈎，仁義爲餌，投之於江，浮之於海。」此仿其句法。軻雄：孟軻、揚雄。百氏：諸子百家。絲綸：即釣絲。周孔：周公、孔子。六經：詩、書、禮、樂、易、春秋。餌屬：魚餌之類。

〔九〕「遇時伸」二句：此即論語述而「用之則行，舍之則藏」之義。不時：不遇時。

〔一〇〕釣禄：謀取俸禄，指做官。漢書公孫弘傳：「夫以三公爲布被，誠飾詐欲以釣名。」顔師古注：「釣，取也。言若釣魚之謂也。」文苑英華卷四八七才識兼茂明於體用策韋處厚對策曰：「郡邑長吏，偷容朝夕，養聲釣禄。」此處「釣禄」用爲恭維之義。

〔一一〕盛代：猶盛世，太平興盛之世。　場屋：貢院，科舉考試之處。資治通鑑卷二四八唐紀六四武宗會昌六年：「景莊老於場屋。」胡三省注：「唐人謂貢院爲場屋，至今猶然。」

〔一二〕舉手得鯨鼇：即釣鼇之引申，喻抱負遠大。列子湯問：「而龍伯之國有大人，舉足不盈數步而暨五山之所，一釣而連六鼇，合負而趣歸其國。」宋陳巖肖庚溪詩話卷下：「宋景文有詩曰：『捫虱須逢英俊主，釣鼇豈在牛蹄涔。』以小物與大爲對，而語壯氣勁，可嘉也。」宋以鼇頭喻狀元，故「得鯨鼇」或爲進士及第之喻。正德袁州府志卷七科舉：「高漸，熙寧九年徐鐸榜，縣尉，萍鄉人。」此即萍鄉高氏及第者。

李德修以烏蘭河石見示 并序〔一〕

予友李德修少豪逸，有美才，工文章，一時輩流推之〔二〕，聲稱著場屋〔三〕。紹聖初，選於廣文，至禮部〔四〕，好惡不合有司，棄去。游邊，往來蘭、會甚久〔五〕。晚屏跡田園〔六〕，然視其氣貌精特〔七〕，功名一念未置也。政和七年上元前四日，過予，袖中出美石一掬，大小二十八枚，有紅青碧緑色。細視之，有旋螺紋，如人指紋。以誇予曰：「吾嘗與諸將至古烏蘭大河，河中有洲，隣夏國〔八〕。此石得於大河洲中，其爲我賦之。」予爲大笑曰：「君同時輩流，皆踐清華〔九〕，爲顯仕〔一〇〕，躍馬食肉久矣〔一一〕。獨從予山中食脱粟〔一二〕，玩朽石，不亦大迂闊哉！」然德修以予言爲非。作詩，以還其石。

烏蘭洲塞夏國口，大河天來箭激溜〔一三〕。排空但聞地喘吼〔一四〕，勢撞石壁欲穿透。石堅捍之不肯受，擲雷濺雪喧夜晝〔一五〕。千年石骨亦不朽，碎爲青紅雜怪醜。疆場久空爛甲胄〔一六〕，舉觴天子千萬壽。李侯横槊千騎後，望雲賦詩劍礙肘〔一七〕。徐涉河流馬俯顙〔一八〕，下馬得之等瓊玖〔一九〕。萬里來歸亦何有？出以示我爲拊手，笑君兒嬉忘白首。李侯氣如春在柳〔二〇〕，大河西虜置懷袖〔二一〕。君徒自珍世不售〔二二〕，敲門那能易升斗〔二三〕。功名偶然夢豈久，道人乃爾自薄厚，此石笑汝汝慚否？

【注釋】

〔一〕政和七年正月十一日作於新昌縣。李德修：筠州人，生平未詳。參見本集卷一大雪晚睡夢李德修插瓊花一枝與語甚久既覺作此詩時在洞山注〔一〕。烏蘭河：指古烏蘭縣境之黄河，故詩序稱「烏蘭大河」。在宋蘭州與會州之間，爲宋與西夏之邊界。鍇按：此詩句句押韻，爲仄韻柏梁體詩。

〔二〕輩流：流輩，同輩。

〔三〕場屋：貢院，科舉考試之處。見前高氏釣魚臺注〔一一〕。

〔四〕「紹聖初」三句：宋史選舉志二：「紹聖初，三省立格，中制科及進士甲第、禮部奏名在上三人、府監廣文館第一人、從太學上舍得第，皆不待試，餘召試兩經大義各一道，合格則授教官。」

〔五〕蘭：蘭州，宋屬秦鳳路，治蘭泉縣。　會：會州，亦屬秦鳳路，治敷川縣。

〔六〕屏跡：猶隱居。杜甫有屏跡詩，又有屏跡二首，皆寫田園生活。

〔七〕精特：精明特立。惠洪自創詞，本集卷一九小字華嚴經贊：「願力猛利思精特。」小字金剛經贊：「惟道人瓊思精特。」

〔八〕夏國：即西夏。宋太祖乾德五年，党項羌貴族李彝興卒，追封夏王。其子克睿襲封。克睿子繼筠、繼捧相繼立爲夏王。太宗賜繼捧姓趙，更名保忠。其族弟繼遷立。宋仁宗明道元年，繼遷孫元昊立，建大夏國，改年號明道爲顯道，寶元元年即皇帝位，年號天授禮法延祚。據有今甘肅、寧夏以及內蒙古部分地區。立國一百九十六年（一〇三二～一二二七），亡於蒙古。宋史夏國傳下論曰：「概其歷世二百五十八年，雖嘗受封册於宋，宋亦稱有歲幣之賜、誓詔之答，要皆出於一時之言，其心未嘗有臣順之實也。」此言二百五十八年者，乃自克睿襲封夏王時計起。

〔九〕清華：清高顯貴之官職。北齊書袁聿修傳：「以名家子歷任清華，時望多相器待，許其風監。」

〔一〇〕顯仕：高官，顯宦。歐陽修相州晝錦堂記：「自公少時，已擢高科，登顯仕。」

〔一一〕躍馬食肉：謂富貴者之生活待遇。語本史記范雎蔡澤列傳：「吾持粱刺齒肥，躍馬疾驅，懷黄金之印，結紫綬於要，揖讓人主之前，食肉富貴，四十三年足矣。」

〔一二〕脱粟：粗糧，糙米。晏子春秋内篇雜下：「晏子相齊，衣十升之布，脱粟之食。」史記平津侯主父列傳：「食一肉、脱粟之飯。」司馬貞索隱：「脱粟，纔脱殼而已，言不精鑿也。」

〔一三〕激溜：急瀉之瀑布。

〔一四〕地喘吼：喻川流奔騰轟鳴如大地喘息。此喻爲惠洪獨創，如本集卷四次韻彭子長僉判二首之一：「細看發豪放，川犇驚地喘。」卷一九靈源清禪師贊五首之五：「披衣肯來，奔百川而地喘；袖手歸去，碧一天而電收。」

〔一五〕擲雷濺雪：謂水撞石壁其聲如雷，其浪如雪。擲，跌，摔。鍇按：「擲雷濺雪」爲惠洪獨創詞，本集凡三用之，卷六送悟上人歸潙山禮覲：「擲雷濺雪出煙雨。」卷二一重修龍王寺記：「泉滿石裂，擲雷濺雪。」

〔一六〕疆場久空爛甲胄：謂太平日久戰場久空，而軍隊無用武之地，故使甲胄鏽爛。

〔一七〕「李侯横槊千騎後」二句：廓門注：「使横槊賦詩事。」言其豪邁。元稹唐校工部員外郎杜君墓係銘序：「曹氏父子鞍馬間爲文，往往横槊賦詩。」蘇軾赤壁賦：「釃酒臨江，横槊賦詩，固一世之雄也。」

〔一八〕齅：同「嗅」。

〔一九〕等瓊玖：謂美石等同美玉。詩衛風木瓜：「投我以木李，報之以瓊玖。」毛傳：「瓊玖，玉名。」

〔二〇〕氣如春在柳：世説新語容止：「有人歎王恭形茂者云：『濯濯如春月柳。』」本集多由此奪胎，以喻友人之氣韻。如卷三喜會李公弱：「氣如春容在楊柳。」卷七次韻讀韓柳文：「潁皋韻秀徹，如春在楊柳。」次韻游南嶽：「細窺如春在花柳。」

〔二一〕大河西虜置懷袖：蘇軾文登蓬萊閣下石壁千丈爲海浪所戰時有碎裂淘灑歲久皆圓熟可愛詩：「我持此石歸，袖中有東海。」此化用其意。西虜，對西夏之蔑稱。

〔二二〕君徒自珍世不售：蘇軾和子由記園中草木十一首之一：「懷寶自足珍。」

〔二三〕敲門那能易升斗：蘇軾楊康功有石狀如醉道士爲賦此詩：「樵夫見之笑，抱賣易升斗。」此寫石，故借用蘇詩語。

次韻君武中秋月下〔一〕

秋光一半去無迹〔二〕，萬里陰晴占此夕〔三〕。書生醉語哦月詩，想見看朱眩成碧〔四〕。

白公初擕佳句歸〔五〕，便覺草露寒霑衣。夜晴蘭室亦懷古㊀〔六〕，領略太白懷玄暉〔七〕。

千字一揮纔瞬息，流珠走盤紛的皪〔八〕。故應奇韻自天成〔九〕，此詩如女有正色〔一〇〕。風鑒從來別俗氛，吐詞句句含煙雲〔一一〕。坐令一日傳萬口〔一二〕，不減長吉題高軒〔一三〕。君家客皆天下士，放意高談飲文字〔一四〕。江左風流掃地空〔一五〕，今日追游可無媿。嗟予禿鬢欲逃名〔一六〕，揭來百慮霜雪凝〔一七〕。世間垢習揩磨盡，但餘猿鶴哀吟聲〔一八〕。劉生滄痂亦何美〔一九〕，玄德結毦（⿰月毛）應有旨㊁〔二〇〕。平生清境吾所嗜〔二一〕，正如翔鸞飲須醴〔二二〕。君看清河夜升鏡〔二三〕，微雲滅盡如磨瑩〔二四〕。定當先生度青冥〔二五〕，思冷魂澄亦幽興〔二六〕。笑中筆陣橫詞鋒，照人秀色煙茸茸〔二七〕。調高未數紫芝曲〔二八〕，酒美且臥黄金鍾㊂〔二九〕。人生一笑如電掣〔三〇〕，豈特山舟藏歲月〔三一〕。自慙陋句類無鹽，敢並高人天下白〔三二〕。

【校記】

㊀ 晴：廓門本作「睛」，誤。　亦懷：石倉本作「思千」。

㊁ 毦：底本、四庫本、天寧本、武林本作「⿰月毛」，誤，今從廓門本。

㊂ 美：四庫本作「味」，誤。

【注釋】

〔一〕大觀二年中秋作於江寧府。此詩言「江左風流」，當指六朝王謝世家，其地在金陵；又言「領略太白懷玄暉」，蓋李白懷謝朓亦在金陵，參見注〔七〕、〔一五〕。故此詩當作於江寧府。惠洪大觀二年春至江寧，大觀三年秋住清涼寺，冬入獄。故詩當作於大觀二年中秋。君武：姓名不可考。

〔二〕秋光一半去無迹：謂中秋乃秋日已過一半。唐羅隱中秋不見月：「風簾淅淅漏燈痕，一半秋光此夕分。」

〔三〕萬里陰晴占此夕：蘇軾中秋月三首之三：「嘗聞此宵月，萬里同陰晴。」自注：「故人史生爲余言：嘗見海賈云，中秋有月，則是歲珠多而圓。賈人常以此候之。雖相去萬里，他日會合，相問陰晴，無不同者。」

〔四〕看朱眩成碧：謂眼花不辨顔色，此形容醉態。能改齋漫録卷六看朱成碧：「李太白前有樽酒行云：『催絃拂柱與君飲，看朱成碧顔始紅。』按梁王僧孺夜愁示諸賓詩云：『誰知心眼亂，看朱忽成碧。』又云：『看朱成碧思紛紛，憔悴支離爲憶君。不信比來長下淚，開箱看取石榴裙。』武則天詩也。見郭茂倩樂府。」

〔五〕白公：未詳所指。豈君武姓白乎？待考。

〔六〕蘭室：芳香高雅之室。南朝齊謝朓奉和隨王殿下之五：「肅景游清都，脩簪侍蘭室。」文選注卷三〇謝靈運擬魏太子鄴中集詩八首徐幹：「已免負薪苦，仍游椒蘭室。」李善注：「大戴禮曰：『與君子游，苾乎如入蘭芷之室，久而不聞，則與之化矣。』」

〔七〕太白懷玄暉：李白金陵城西樓月下吟：「月下沉吟久不歸，古來相接眼中稀。解道『澄江淨如練』，令人長憶謝玄暉。」

〔八〕流珠走盤：喻詩流轉圓美而無迹可求。杜牧孫子注序：「猶盤中走丸。丸之走盤，横斜圓直，計於臨時，不可盡知。其必可知者，是知丸不能出於盤也。」鍇按：流珠走盤，杜牧以喻兵法奇與正、變化與規矩之關係，而惠洪則藉以喻詩法或禪法之圓轉無迹。如本集卷二二思古堂記：「夫珠非有二者，走盤則影迹不留。」卷二四無住字序：「珠之爲物，體舒光而自照，置於盆而未嘗定，衡斜圓轉，不留影迹。」卷二五題讓和尚傳：「大哉言乎！如走盤之珠，不留影迹也。」林間録卷下：「定公所用，舒卷自在，如明珠走盤，不留影迹，可畏仰哉！」　的皪：明珠光亮貌。文選注卷八司馬長卿上林賦：「明月珠子，的皪江靡。」李善注：「説文曰：『玓瓅，明珠光也。』『玓瓅』與『的皪』音義同。」同書卷一七傅武仲舞賦：「珠翠的皪而炤燿兮。」李善注：「珠翠，珠及翡翠也。説文曰：『的皪，珠光也。』」清錢謙益牧齋有學集卷四八題費所中山中詠古詩：「余少壯亦好論兵，抵掌白山黑水間，老歸空門，都如幻夢。然每笑洪覺範論禪，輒唱言杜牧論兵『如珠走盤』，知此老胸中尚有事在。」

〔九〕奇韻自天成：廓門注：「退之上于頔書曰：『渾然天成，無有畔岸。』」

〔一〇〕此詩如女有正色：謂詩如女人有美色，令人賞心悦目。正色，即美色。山谷内集詩注卷九次韻子瞻送李廌：「斯文如女有正色。」任淵注：「法言曰：『女有色，書亦有色乎？

曰：女有惡華丹之亂窈窕也，書惡淫辭之淈法度也。』」同書卷一次韻劉景文登鄴王臺見思五首之五：「公詩如美色，未嫁已傾城。」此借用其喻。

〔一一〕「風鑒從來別俗氛」二句：意謂其詩風度鑒識如薰香吐出之煙霏，有別於塵俗之氣氛。山谷内集詩注卷五賈天錫惠寶薰乞詩予以兵衛森畫戟燕寢凝清香十字作詩報之之二：「俗氛無因來，煙霏作輿衛。」任淵注：「文選謝靈運詩：『兼抱濟物性，而不纓垢氛。』李善注：『謂世事皆惡，不相纓繞，不雜塵霧。』……山谷意謂香煙隔去俗氛，便足以當兵衛耳。」此化用其意。　俗氛：塵俗之事，庸俗之氣氛。冷齋夜話卷四滿城風雨近重陽：「黄州潘大臨工詩，多佳句，然甚貧。東坡、山谷尤喜之。臨川謝無逸以書問有新作否，潘答書曰：『秋來景物件件是佳句，恨爲俗氛所蔽翳。昨日閒卧，聞攪林風雨聲，欣然起，題其壁曰：滿城風雨近重陽。忽催租人至，遂敗意。止此一句奉寄。』」催租人至之類便是「俗氛」。

〔一二〕坐令一日傳萬口：蘇軾孔長源挽詞二首之二：「詩句明朝萬口傳。」

〔一三〕長吉題高軒：新唐書文藝傳下李賀傳：「李賀字長吉，系出鄭王後。七歲能辭章，韓愈、皇甫湜始聞未信，過其家，使賀賦詩，援筆輒就，如素構，自目曰高軒過。二人大驚，自是有名。」參見前送慶長兼簡仲宣注〔二〕、〔六〕。

〔一四〕放意：縱情，恣意。陶淵明詠二疏：「放意樂餘年，遑恤身後慮。」　飲文字：言文字唱酬而佐宴飲。韓愈醉贈張秘書：「長安衆富兒，盤饌羅羶葷。不解文字飲，惟能醉紅裙。」參見前仇彥和佐邑崇仁有白蓮雙葩並幹芝草叢生於縣齋之旁作堂名曰瑞應求詩敬爲賦之注〔一九〕。

〔一五〕江左風流：東坡詩集注卷二七王進叔所藏畫跋尾五首徐熙杏花：「江左風流王謝家。」林子仁注：「南齊書：王儉嘗謂人曰：『江左風流宰相，惟有謝安。』」江左：即江東，宋之江南東路，治江寧府。錯按：六朝世族王、謝世居金陵烏衣巷，故此江左當特指金陵。

〔一六〕禿鬢：指削髮出家。逃名：逃避名聲而不願人知。後漢書逸民傳法真傳：「友人郭正稱之曰：『法真名可得聞，身難得而見，逃名而名我隨，避名而名我追，可謂百世之師者矣！』」歐陽修六一居士傳：「客笑曰：『子欲逃名者乎，而屢易其號？此莊生所誚畏影而走乎日中者也。』」

〔一七〕朅來：爾來，近來。百慮霜雪凝：指百般憂慮在心，致使雙鬢斑白。歐陽修秋聲賦：「百憂感其心，萬事勞其形，有動於中，必搖其精。而況思其力之所不及，憂其智之所不能，宜其渥然丹者爲槁木，黟然黑者爲星星。」此化月其意。

〔一八〕「世間垢習揩磨盡」二句：蘇軾次韻僧潛見贈：「多生綺語磨不盡，尚有宛轉詩人情。猿吟鶴唳本無意，不知下有行人行。」此化用其語意。猿鶴哀吟聲：此喻作詩苦吟，如猿啼鶴唳，其聲哀怨。孔稚珪北山移文：「蕙帳空兮夜鶴怨，山人去兮曉猿驚。」

〔一九〕劉生飡痂：南史劉穆之傳附劉邕傳：「邕性嗜食瘡痂，以爲味似鰒魚。嘗詣孟靈休，靈休先患灸瘡，痂落在床，邕取食之，靈休大驚，痂未落者，悉褫取飴邕。邕去，靈休與何勗書曰：『劉邕向顧，見噉，遂舉體流血。』南康國吏二百許人，不問有罪無罪，遞與鞭，瘡痂常以給膳。」

〔二〇〕玄德結毦：三國志蜀書諸葛亮傳裴松之注引魏略：「亮乃北行見（劉）備，備與亮非舊，又以其年少，以諸生意待之。坐集既畢，衆賓皆去，而亮獨留。備亦不問其所欲言。備性好結毦，時適有人以髦牛尾與備者，備因手自結之。亮乃進曰：『明將軍當復有遠志，但結毦而已邪？』備知亮非常人也，乃投毦而答曰：『是何言與？我聊以忘憂耳。』」三國志蜀書先主傳：「先主姓劉，諱備，字玄德，涿郡涿縣人，漢景帝子中山靖王勝之後也。」毦，氈類毛織品。以上「劉生飡痂」與「玄德結毦」皆爲嗜好怪癖之例。

〔二一〕平生清境吾所嗜：冷齋夜話卷三荆公鍾山東坡餘杭詩：「山谷云：『天下清景，初不擇賢愚而與之遇，然吾特疑端爲我輩設。』」此即其意。　清境：即清景，指清静幽絶之境界。

〔二二〕翔鸞飲須醴：以喻其嗜好之清高。　莊子秋水：「夫鵷鶵，發於南海而飛於北海，非梧桐不止，非練實不食，非醴泉不飲。」郭象注：「鵷鶵，鸞鳳之屬。」　醴：醴泉，甜美之泉水。

〔二三〕清河：清澈之銀漢。　鏡：喻明月。

〔二四〕微雲滅盡如磨瑩：謂微雲散盡，月如明磨瑩之鏡。　世説新語言語：「司馬太傅齋中夜坐，于時天月明淨，都無纖翳，太傅歎以爲佳。謝景重在坐，答曰：『意謂乃不如微雲點綴。』太傅因戲謝曰：『卿居心不淨，乃復强欲滓穢太清邪？』」此化用其意。　磨瑩：磨治光亮。西京雜記卷一：「高祖斬白蛇劍……十二年一加磨瑩，刃上常若霜雪。」

〔二五〕定當：定對。　青冥：青天。　楚辭九章悲回風：「據青冥而攄虹兮，遂儵忽而捫天。」李白蜀道難：「上有青冥之高天。」

〔二六〕思冷魂澄亦幽興：韓愈桃源圖：「月明伴宿玉堂空，骨冷魂清無夢寐。」此化用其句法意境。

〔二七〕照人秀色：指花草之色，如本集卷一〇宗公以蘭見遺風葉蕭散蘭芽並茁一榦雙花鬬開宗以爲瑞乞詩記其事：「照人秀色真堪畫。」此喻君武之詩。　茸茸：柔細濃密貌，多形容花草。如王安石春江：「煙草茸茸一片愁。」此曰「煙茸茸」，殆不可解，豈「煙草茸茸」之略乎？

〔二八〕紫芝曲：九家集注杜詩卷四洗兵馬：「隱士休歌紫芝曲，詞人解撰河清頌。」集注：「皇甫謐高士傳：秦世道滅德消，坑黜儒術，四皓於是退而作歌曰：『莫莫高山，深谷逶迤。奕奕紫芝，可以療飢。唐虞世遠，吾將何歸？駟馬高蓋，其憂甚大。富貴之畏人兮，不如貧賤之肆志。』乃共入商洛，隱地肺山。」

〔二九〕黃金鍾：猶言黃金杯、黃金盞、黃金罍，酒杯之美稱。　宋郭祥正青山續集卷一夏日游環碧亭：「置酒黃金鍾。」

〔三〇〕電掣：喻迅疾，轉瞬即逝。

〔三一〕山舟藏歲月：莊子大宗師：「夫藏舟於壑，藏山於澤，謂之固矣。然而夜半有力者負之而走，味者不知也。」歲月流逝亦如山舟爲有力者負走，而世人昧然不知。參見前高安會諒師出諸公所惠詩求予爲賦用祖原韻注〔四〕。

〔三〕「自慚陋句類無鹽」二句：謂己之陋句如醜女無鹽，豈敢與君武如美女西施之佳作相提並論，此乃呼應前「此詩如女有正色」句。無鹽：醜女之代稱。漢劉向列女傳卷六齊鍾離春：「鍾離春者，齊無鹽邑之女，宣王之正后也。其爲人極醜無雙，臼頭深目，長指大節，卬鼻結喉，肥項少髮，折腰出胸，皮膚若漆。行年四十，無所容入，衒嫁不售，流棄莫執。」無鹽極賢德，此取其醜義。天下白：指越地美女。九家集注杜詩卷一二壯游：「越女天下白，鏡湖五月涼。」趙次公注：「越女，枚乘七發：『越女侍前，齊姬奉後。』天下白，言其色至美。」蓋古以女人肌膚白爲美，黑爲醜。如宋黄鶴杜詩補注卷一二注「越女天下白」引風俗記梁援曰：「天下之女白，不如越溪之女肌皙。」本集特指越女西施。如卷五復次蔡元中韻：「君才比西子，果識天下白；我句陋無鹽，筆硯焚欲亟。」

七月七日晚步至齊雲樓走筆贈吴邦直〔一〕

錦江風晚吹征裘〔二〕，幽人詩思遏不休。心知無處可告訴〔三〕，掉臂直上齊雲樓〔四〕。

凭欄展目時一快，萬山奔走趨簾鈎〔五〕。回頭下視茫茫者〔六〕，軀囚蠶縛令人愁〔七〕。

樓中夫子神仙流㊀〔一八〕，道容玉頰紅光浮〔一九〕。少年讀書浩江海〔一〇〕，回春妙語生筆頭〔一一〕。致君終使堯舜上〔一二〕，大作一雨蘇林丘〔一三〕。深山野僧拙筆語〔一四〕，作詩欲贈煩冥搜〔一五〕。艱苦思索得箇字〔一六〕，謹用持上君牢收〔一七〕。謝安昔與支遁游，及其貴也加綢繆〔一八〕，高風氣識正相侔〔一九〕。他年身退百無憂，復來把臂登此樓〔二〇〕，軒渠一笑三千秋〔二一〕。

【校記】

㊀ 夫：廓門本作「天」，誤。

【注釋】

〔一〕元祐八年七月七日作於上高縣。江西通志卷三八古蹟一：「齊雲樓，明一統志：在上高縣治西，宋縣丞黃鋭建。」吴邦直：名未詳，生平不可考。

〔二〕錦江：又稱蜀江、錦水。明一統志卷五七瑞州府：「蜀江，源出袁州府萬載縣龍河渡，流至上高淩江，合新昌滕江，歷郡城而東，匯於南昌之象潭，而入章江。世傳許遜爲蜀旌陽令，有奇術，晉末人皆疫癘，多詣遜請救。遜與器水投於上流，疾者飲之無不愈。邑人以所投器水即蜀濯錦江之水，故名蜀江，亦曰錦水。」參見前高安會諒師出諸公所惠詩求予爲賦用祖原韻注〔六〕。錦江流經上高縣，亦可證此詩所寫即上高縣之齊雲樓。

〔三〕心知無處可告訴：杜甫江畔獨步尋花七絶句之一：「江上被花惱不徹，無處告訴只顛狂。」此借用其語。

〔四〕掉臂：甩動手臂，奮起不顧貌。

〔五〕萬山奔走趨簾鈎：意謂萬山迫人眼目，如奔走，而至樓頭，供己欣賞。王安石書湖陰先生壁二首之一：「兩山排闥送青來。」此點化其意。本集頗多類似描寫，如卷六湘西飛來湖：「萬山爭走趨。」卷九次韻雲庵老人題妙用軒：「萬象競趨陪。」

〔六〕回頭下視茫茫者：極言樓之高，俯瞰世間萬象，渾然莫辨。暗示「齊雲」之義。李白古風五十九首之十九：「俯視洛陽川，茫茫走胡兵。」杜甫同諸公登慈恩寺塔：「俯視但一氣，焉能辨皇州。」

〔七〕龜囚蠶縛：如龜爲他人網所囚，蠶爲自己繭所縛，喻人爲名利所束縛。「龜囚」語出史記龜策列傳：「江使神龜使於河，至於泉陽，漁者豫且舉網得而囚之，置之籠中。夜半，龜來見夢於宋元王。……故云：神至能見夢於元王，而不能自出漁者之籠。」「蠶縛」語出白居易江州赴忠州自江陵已來舟中示舍弟五十韻：「燭蛾誰救護？蠶繭自纏縈。」黄庭堅演雅：「桑蠶作繭自纏裹。」

〔八〕樓中夫子：指吴邦直。　神仙流：神仙一類人物。酉陽雜俎卷二：「刺客之死，屍亦不見，所論多奇怪，蓋神仙之流也。」

〔九〕道容：得道之容顏，恭維語。即前贈李敬修「天容道骨」之義。玉頰紅光浮：即紅光滿面之義。蘇軾陪歐陽公宴西湖：「謂公方壯鬢似雪，謂公已老光浮頰。」此借用。

〔一〇〕讀書浩江海：喻其讀書廣博而知源流。黄庭堅答王子飛書：「陳履常正字，天下士也。讀書如禹之治水，知天下之絡脈，有開有塞，而至於九州滌源、四海會同者也。」此化用其意。

〔一一〕回春妙語生筆頭：謂其夢筆生花，筆端妙語有春回大地之工。參見前贈李敬修注〔一〇〕，讀慶長詩軸注〔一二〕。

〔一二〕致君終使堯舜上：後漢書張衡傳：「是故伊尹思使君爲堯舜，而民處唐虞，彼豈虚言而已哉，必旌厥素爾。」杜甫奉贈韋左丞丈二十二韻：「致君堯舜上，再使風俗淳。」

〔一三〕大作一雨蘇林丘：謂其詩作如甘霖使久旱林木得蘇息。蘇：蘇醒，復活。

〔一四〕野僧：惠洪自稱。參見前予與故人别因得寄詩三十韻走筆答之「野僧頑鈍誰比數」句及注〔一七〕。

〔一五〕冥搜：搜訪於極幽遠之處。文選注卷一一孫興公（綽）遊天台山賦序：「非夫遠寄冥搜，篤信通神者，何肯遥想而存之。」李善注：「言非寄情遐遠，搜訪幽冥，篤信善道，通神感化者，何肯存之也。」後多指冥思苦想，搜索詩句。唐陸龜蒙補沈恭子詩：「異才偶絶境，佳藻窮冥搜。」鄭谷讀故許昌薛尚書詩集：「屬思看山眼，冥搜倚樹身。」本集均指詩搜句索，如卷一一靈隱山次超然韻時超然歸南嶽住庵勸之：「君亦工詩苦入神，冥搜物象故應貧。」卷一三題胥大夫欣欣堂：「摹寫高情無好句，謾橫詩眼付冥搜。」

〔一六〕艱苦思索得箇字：自謙語，意謂詩思艱澀，僅得箇字，難以成詩。唐盧延讓苦吟：「吟安一箇字，撚斷數莖鬚。」此化用其意。

〔一七〕牢收：猶言穩穩接收。景德傳燈録卷二四永興北院可休禪師：「僧問：『如何是西來意？』師曰：『遍滿天下。』僧曰：『莫便是麼？』師曰：『是即牢收取。』」蘇軾子由在筠作東軒記或戲之爲東軒長老其婿曹煥往筠余作一絶句送曹以戲子由詩：「贈君一籠牢收取，盛取東軒長老來。」

〔一八〕「謝安昔與支遁游」二句：高僧傳卷四晉剡沃洲山支遁傳略曰：「支遁，字道林，本姓關氏，陳留人。或云河東林慮人。年二十五出家，每至講肆，善標宗會，而章句或有所遺，時爲守文者所陋。謝安聞而善之，曰：『此乃九方堙之相馬也，略其玄黄，而取其駿逸。』謝安爲吴興，與遁書曰：『思君日積，計辰傾遲，知欲還剡自治，甚以悵然。人生如寄耳，頃風流得意之事，殆爲都盡。終日慼慼，觸事惆悵，唯遲君來，以晤言消之，一日當千載耳。此多山縣，閑靜，差可養疾，事不異剡，而醫藥不同，必思此緣，副其積想也。』郄超問謝安：『林公談何如嵇中散？』安曰：『嵇努力裁得去耳。』又問：『何如殷浩？』安曰：『亹亹論辯，恐殷制支；超拔直上淵源，浩實有慚德。』遁先經餘姚塢山中住，至於明辰猶還塢中。或問其意，答云：『謝安在，昔數來見，輒移旬日，今觸情舉目，莫不興想。』後病甚，移還塢中。」此以謝安比吴邦直，以支遁比己。綢繆：宋姚寬西溪叢語卷上：「綢繆兩字而有數義。詩云：『綢繆牖户。』注云：『纏綿也。』王粲云：『綢繆清燕娱。』五臣云：『綢繆，親重貌。』吴質答東阿王書云：『是何慰喻之綢繆乎？』注云：『綢繆，殷勤之意也。』」此爲親重之意。

〔一九〕相侔：相等，相當。

〔二〇〕把臂：握持手臂，表示親密。後漢書吕布傳：「陳留太守張邈遣使迎之，相待甚厚，臨别把臂言誓。」

〔二一〕軒渠：歡悦貌，笑貌。後漢書方術傳下薊子訓傳：「兒識父母，軒渠笑悦，欲往就之。」

王表臣忘機堂次蔡德符韻〔一〕

風埃九陌吹冠巾，凍蟻旋磨無富貧〔二〕。憂患著人骨肉隔〔三〕，奔勢熏天吴楚親〔四〕。何妨社櫟（擽）神其拙㊀〔五〕，壑舟不暇供歲月〔六〕。句法不醫霜鬢秋，邇來覽鏡莖莖雪〔七〕。蔡侯大家言不誣〔八〕，筆端五色圖空虛〔九〕。酒闌耳熱題詩處〔一〇〕，豪放超逸先鋒車〔一一〕。古來百局坐奇智〔一二〕，並頭暗中爭射利〔一三〕。對人含笑真含沙〔一四〕，幻影浮屠同一世〔一五〕。世味甘於涴蜜刀，舐之割利那可逃。癡兒坐守忘啼哭，乃欲避就空勤勞〔一六〕。君看秋風秀江叟〔一七〕，枯木形骸外塵垢〔一八〕。屋下沙鷗交友同，耳邊勝利蚊雷吼〔一九〕。水光緑静山青葱，意行回反遭路窮〔二〇〕。莞然一笑答山谷〔二一〕，忽見幽林小徑通。我詩贈君無傑句〔二二〕，碧灣明月不可取。游人欲上忘機堂，請哦蔡侯醉時語。

【校記】

㈠ 櫟：原作「擽」，誤，今從廓門本、武林本。參見注〔五〕。

【注釋】

〔一〕建中靖國元年秋作於袁州。王表臣：生平不可考。此詩稱其爲「秀江叟」，秀江流經袁州，可知表臣當爲袁州人。蔡德符：惠洪故友，生平亦不可考，本集卷一五有余將經行他山德莊自邑中馳書作詩見留是夕胡彦通亦會二君于談達旦不寐明日霜重共讀蔡德符兄弟所寄詩有懷其人五首，可參見。

〔二〕凍蟻旋磨無富貧：意謂世人生於天地之間，皆如蟻在旋磨之上，本無貧富之别。隋書天文志：「周髀家云：天圓如張蓋，地方如棋局。天旁轉如推磨而左行，日月右行，天左轉，故日月實東行，而天牽之以西没。譬之於蟻行磨石之上，磨左旋而蟻右去，磨疾而蟻遲，故不得不隨磨以左迴焉。」黄庭堅演雅：「枉過一生蟻旋磨。」

〔三〕憂患著人骨肉隔：謂困苦患難使骨肉分離。寒山富貴疏親聚：「貧賤骨肉離，非關少兄弟。」貧賤，即人生之憂患。

〔四〕奔勢熏天吴楚親：謂趨炎附勢可使遠在異地者亦相親。吴楚，喻異地他鄉。唐李復言續玄怪録卷四定婚店：「雖讎敵之家，貴賤懸隔，天涯從宦，吴楚異鄉，此繩一繫，終不可逭。」

〔五〕何妨社櫟神其拙：謂何妨如櫟社樹，以其拙而無用得享天年。莊子人間世：「匠石之齊，至乎曲轅，見櫟社樹，其大蔽數千牛，絜之百圍。其高臨山十仞而後有枝，其可以爲舟者旁十數。觀者如市，匠伯不顧，遂行不輟。弟子厭觀之，走及匠石曰：『自吾執斧斤以隨夫子，未嘗見材如此其美也。先生不肯視，行不輟，何邪？』曰：『已矣，勿言之矣。散木也，以爲舟則沉，以爲棺槨則速腐，以爲器則速毁，以爲門户則液樠，以爲柱則蠹，是不材之木也。無所可用，故能若是之壽。』」

〔六〕壑舟不暇供歲月：莊子大宗師：「夫藏舟於壑，藏山於澤，謂之固矣。然而夜半有力者負之而走，昧者不知也。」謂即便將歲月如舟藏於壑，亦不能阻止其流走。本集多用此喻，已見前次韻君武中秋月下注〔三二〕。

〔七〕「句法不醫霜鬢秋」二句：謂作詩覓句無法醫治人之日益衰老，近來鏡中已驚現白髮。蓋其時惠洪僅三十一歲。錯按：作詩不能解救飢餓，爲詩人口頭禪，如蘇軾虔州吕倚承事年八十三讀書作詩不已好收古今帖貧甚至食不足：「飢來據空案，一字不堪煮。」參見本集卷一龍安送宗上人游東吴注〔一二〕。而句法不能治療衰老，則是惠洪獨創，又如本集卷一六次韻孫先輩見寄二首之二：「安知投老空拳在，句法不醫雙鬢秋。」

〔八〕蔡侯：蔡德符。「侯」爲尊稱。　大家：猶言世家，士大夫之家。　不誣：可信。

〔九〕筆端五色圖空虛：意謂文筆雖美却如虛空作畫，於世無補。　筆端五色：指江淹借郭璞五色筆，見前讀慶長詩軸注〔一二〕。　圖空虛：王安石次韻酬微之贈池紙并詩：「咨予文章非世用，畫鏤空爾縻冰脂。」此化用其意。

〔一〇〕酒闌耳熱題詩處：梁書劉遵傳：「酒闌耳熱，言志賦詩，校覆忠賢，搉揚文史。」

〔一一〕豪放超逸先鋒車：喻其詩筆之勇，力壓衆作，如先鋒之戰車。九家集注杜詩卷一七敬贈鄭諫議十韻：「破的由來事，先鋒孰敢爭。」趙次公注：「破的如射之中，先鋒如戰之勇。」

〔一二〕古來百局坐奇智：意謂自古以來世事如弈棋百局，以智巧取勝。宋彭汝礪鄱陽集卷一寄葉法曹：「圍棋坐爭百局勝。」

〔一三〕並頭：頭挨頭。　射利：謀取財利。晉左思吴都賦：「富中之甿，貨殖之選，乘時射利，財豐巨萬。」

〔一四〕對人含笑真含沙：謂人之交往，每當面含笑，而背地中傷。晉干寶搜神記卷一二：「漢光武中平中，有物處於江水，其名曰蜮，一曰短狐，能含沙射人，所中者，身體筋急，頭痛發熱，劇者至死。」白居易讀史五首之四：「含沙射人影，雖病人不知；巧言搆人罪，至死人不疑。」

〔一五〕幻影浮屠同一世：意謂幻影之妄與浮屠之真構成同一世界，本無區別。此即真妄不二之禪理。　浮屠：即佛陀，此代指佛之真理。

〔一六〕「世味甘於涴蜜刀」四句：意謂人沉溺於世上財色等物，而爲其所傷，無法逃脱。蓋蜜與刀、利與害本爲一體，故欲趨利避害，自是徒勞。意出四十二章經：「佛言：財色於人，人之不捨，譬如刀刃有蜜，不足一餐之美；小兒舐之，則有割舌之患。」世味：世俗之趣味。涴：浸漬，沾染。舐：以舌舔物。避就：避開與趨就。莊子盜跖：「夫欲惡避就，固不待師，此人之性也。」成玄英疏：「夫欲之則就，惡之則避，斯乃人物之常情，不待師教而後爲之哉！」

〔一七〕秀江叟：指王表臣。秀江，明一統志卷五七袁州府：「秀江，在府城北門外，源發羅霄山，流經府城西十五里爲稠江，至此爲秀江。下經分宜縣入臨江府境，合章江。」

〔一八〕枯木形骸：形體如枯木，喻其自然淡定。晉書嵇康傳：「土木形骸，不自藻飾，人以爲龍章鳳姿，天質自然。」此改「土木」爲「枯木」，有禪定之意，蓋唐石霜慶諸禪師嘗以「枯木禪」名世。外塵垢：超越於世俗塵垢之外。莊子齊物論：「吾聞諸夫子，聖人不從事於務，不就利，不違害，不喜求，不緣道，無謂有謂，有謂無謂，而游乎塵垢之外。」

〔一九〕耳邊勝利蚊雷吼：謂世人勝利之歡呼，無非如耳邊之蚊聲而已，微不足道。淮南子淑真：「毁譽之於己，猶蚊虻之一過也。」蚊雷：漢書中山靖王傳：「夫衆喣漂山，聚蟁成靁。」顔師古注：「蟁，古蚊字。靁，古雷字。言衆蚊飛聲有若雷也。」本集屢用此喻，如卷四次韻彦由見寄：「君看功名事，真如過耳蚊。」卷五贈雲道：「視世一虻蚊。」卷八雨中聞端叔敦素飲作此寄之：「人間萬事一虻蚊。」

〔二〇〕意行回反遭路窮：晉書阮籍傳：「時率意獨駕，不由徑路，車迹所窮，輒慟哭而反。」意行：率意而行。

〔二一〕莞然一笑：論語陽貨：「子之武城，聞弦歌之聲。夫子莞爾而笑曰：『割雞焉用牛刀。』」何晏集解：「莞爾，小笑貌。」莞然，猶莞爾。

〔二二〕我詩贈君無傑句：自謙語。蘇軾太虛以黃樓賦見寄作詩爲謝：「我詩無傑句，萬景驕莫隨。」本集屢借用其語，如卷四次韻彥由見寄：「我詩無傑句，愧子才逸羣。」卷六次韻元不伐知縣見寄：「重慚無傑句，酬君語豪壯。」卷七和杜司録嶽麓祈雪分韻得嶽字：「和詩無傑句，鈍澀費磨琢。」

贈巽中〔一〕

道人少小來廬山，水光山色供盤飡〔二〕。坐令山水秀傑氣，繚繞胸中成塊摶。我初未識已嗟駭，誇聲萬口鋒刃攢〔三〕。故人坐上適相值，妙語生我世間歡〔四〕。新詩脱口劃如霓〔五〕，奮毫狂赴龍蛇鑽〔六〕。翩翩奕奕出意外〔七〕，慓然茅屋翻狂瀾〔八〕。初(切)疑湯休蹲舌底㊀〔九〕，又疑醉素戲筆端〔一〇〕。作詩問君覓奇字，留待老年假日看〔一一〕。

【校記】

㊀初：原作「切」，誤，今改。參見注〔九〕。

【注釋】

〔一〕崇寧五年、大觀元年間作於廬山。　巽中：僧善權，字巽中，號真隱，洪州靖安人，俗姓高氏。因相貌清癯，人稱瘦權。本集卷二九馮氏墓銘：「初，幼子善權俊發，夫人曰：『此兒非仕林可致也。』施以從石門道人應乾游，以文學之美，致高名於世。」石門應乾即泐潭應乾，爲東林常總禪師法嗣，事具建中靖國續燈録卷一九。常總師從黄龍慧南禪師，屬臨濟宗黄龍派。善權應爲南嶽下十四世、黄龍慧南三傳弟子，於惠洪爲法侄。善權以詩鳴，入江西宗派圖。宋陳振孫直齋書録解題卷二〇：「真隱集三卷。僧善權巽中撰，靖安人，落魄嗜酒。」宋孫紹遠聲畫集卷一載善權王性之得李伯時所作歸去來圖並自書淵明詞刻石於琢玉坊爲賦長句、奉題性之所藏李伯時畫淵明三首，卷五載其送墨梅與王性之，永樂大典卷二二五六載其同王性之游西林有老衲畜碧壺製作甚古把玩久之性之求得欲以相寄復爲瞻明所奪戲作此，而聲畫集卷一載祖可李伯時作淵明歸去來圖王性之刻於琢玉坊病僧祖可見而賦詩，可證善權嘗於廬山與王銍、祖可唱酬。而王銍之父王莘知江州在崇寧五年、大觀元年間，惠洪與善權、王銍唱酬，亦當在此時。參見前贈王性之注〔一〕。

〔二〕水光山色供盤飧：意謂山水之美景如盤中之美味，令詩人飽覽品嘗。

〔三〕詩聲萬口鋒刃攢：言萬口同誇贊其詩如鋒刃聚集，令人驚悚。參見前送慶長兼簡仲宣注〔七〕。

〔四〕妙語生我世間歡：惠洪、善權雖爲僧，即出世間人，然世間詩之妙語，亦可令其生出歡樂。廓門注：「『歡』，當作『歎』。」似未明詩僧之樂趣。

〔五〕新詩脱口：喻作詩迅疾。蘇軾次韻答王鞏：「新詩如彈丸，脱手不暫停。」此化用其意。　劃如霓：如劃過天空之彩虹，喻詩之色彩鮮明。宋李綱次韻和曾徽言登北禪寺塔：「劃如五彩虹，上與青霄干。」

〔六〕奮毫狂赴龍蛇鑽：形容其落筆疾書，如龍蛇飛動。李白草書歌行：「時時只見龍蛇走，左盤右蹙如驚電。」

〔七〕翩翩：飄忽摇曳貌。　奕奕：光彩閃動貌。承上虹霓、龍蛇之喻而言，皆形容其詩筆之美。

〔八〕慓然茅屋翻狂瀾：形容其作詩脱口奮毫，滔滔不絶，如茅屋中突然翻湧狂瀾。此極盡誇張之詞。　慓然：急疾貌。廓門注：「文選三十四卷七發注：『慓，恐懼之貌。』」亦通，謂其詩如茅屋中翻狂瀾，令人震恐。

〔九〕初疑湯休蹲舌底：意謂善權如此善吟詩，令人懷疑詩僧湯惠休蹲藏其舌底。湯休：南朝宋詩僧。宋書徐湛之傳：「時有沙門釋惠休，善屬文，辭采綺艷，湛之與之甚厚。世祖命使還俗。本姓湯，位至揚州從事史。」底本「初」作「切」，涉形近而誤。　錯按：下句「又疑醉素戲筆端」云云，今考宋詩賦句法，「初疑」常與「又疑」對舉，如黄庶伐檀集卷上次韻和酬真長對雪之作：「初疑萬國會盟散，斷珪破璧盈枯田。禽巢一一鶴上下，冰殿掃灑迎群仙。又疑水官愛雪柳，故把衆庶爲飛縣。」司馬光温國文正公文集卷四藏珠石：「初疑偓佺養靈藥，魑魅觴之無故落；又疑蛟龍伏巨卵，雷電擊之從此蝦。」程俱北山小集卷二張公洞：「初疑天台聚，納此一室間，夸娥運神化，不隘亦不顛。又疑清都客，翩然下雲軿，幢旄儼行立，導從森蟬聯。」洪咨夔平齋文集卷六靨葛行：「初疑大湿龍蛇蟄，又疑京觀鯨鯢屠。」姜特立梅山續稿卷三次韻仲志荷珠：「初疑鮫人泣，淚向盤中擲；又疑石筍街，抛灑天不惜。」釋居簡北磵文集卷一死灰賦：「初疑陳編斷，而發是殘照；又疑疏襟虚，而粲此冷蕊。」兩宋名賢小集卷一二五曾季貍艇齋小集躍馬泉：「初疑夫差軍，水犀光照夜；又疑鬭於戰，聲撼武安馬。」皆「初疑」與「又疑」對舉，今據其例改「切」爲「初」。

〔一〇〕又疑醉素戲筆端：意謂善權如此善作草書，令人疑書僧懷素游戲其筆端。宣和書譜卷一九草書七：「釋懷素，字藏真，俗姓錢，長沙人，徙家京兆，玄奘三藏之門人也。初勵律法，晚精意於翰墨，追倣不輟，秃筆成家。一夕，觀夏雲隨風，頓悟筆意，自謂得草書三昧。斯亦見其用志不分，乃凝於神也。當時名流如李白、戴叔倫、竇㬥、錢起之徒，舉皆有詩美之。狀其勢以謂如驚蛇走虺，驟雨狂風，人不以爲過論。又評者謂張長史爲顛，懷素爲狂。以狂繼顛，孰爲不可？及其晚年益進，則復評其與張芝逐鹿，兹亦有加無已。故其譽之者，亦若是耶？考其平日，得酒發興，要欲字字飛動，圓轉之妙，宛若有神，是可尚者。」蘇軾題王逸少帖：「張顛醉素兩秃翁，追逐世好稱書工。」

〔一一〕老年偎日：老年人冬天喜偎依於日照之處以取暖。宋釋曉瑩羅湖野録卷四載蘇州定慧信禪師貽老僧詩曰：「暴日終無厭，登階漸覺勞。」偎日，猶言暴日，即曝日。

寄巽中〔一〕

熏風度南枝㊀〔二〕，餘芳委紅緑。微雲生晚陰，梅雨淨林麓〔三〕。穿花鶯語遲，翻泥燕飛速。遐想幽人居，夢過剡（㷋）溪曲㊁〔四〕。清聲久絶耳，斯懷抱煩燠〔五〕。仰道思彌高〔六〕，哦詩出凡俗。脱屨滿户外，輪蹄日相逐〔七〕。吾徒不得人，大法世陵叔〔八〕。智刃剪蒿蓬，利鋒揮樸樕〔九〕。念往造前席㊂〔一〇〕，初筮不我卜〔一一〕。别來空相思，徙倚蒼山木〔一二〕。懸知清興多〔一三〕，銀鉤墮盈軸〔一四〕。願得三百篇，遺我藏諸櫝〔一五〕。如彼知音知，價不低金玉〔一六〕。

【校記】

㊀熏：古今禪藻集卷八作「薰」。

㈡剡：原作「倓」，誤，今從四庫本、石倉本、武林本、古今禪藻集作「剡」。參見注〔五〕。

㈢造：四庫本、石倉本作「追」。

【注釋】

〔一〕作年未詳。　巽中：即僧善權。見前注。

〔二〕熏風：東南風，和風。呂氏春秋有始：「東南曰熏風。」

〔三〕梅雨：宋陳長方步里客談卷下：「江淮春夏之交多雨，其俗謂之梅雨也。蓋夏至前後各半月。」

〔四〕剡溪曲：底本作「倓溪曲」。廓門注：「倓溪，未考，俟後人。」鍇按：古無倓溪之名，當作「剡溪」。剡溪爲曹娥江上游，北流入上虞，爲上虞江，在今浙江嵊州。太平寰宇記卷九六江南東道越州：「剡溪在（剡）縣南一百五十步，一源出台州天台縣，一源出婺州武義縣。即王子猷雪夜訪戴逵之所也，亦名戴溪。」惠洪詩友李彭日涉園集卷三觀訪戴圖：「終身剡溪曲，何嘗返山陰。」卷六歸舟：「訪戴人歸剡溪曲。」卷八扇上畫雪景戲書：「短棹人歸剡溪曲。」均同此例。善權嘗至剡溪，宋高似孫剡録卷七、卷九、卷一〇載其詩及斷句。此詩當作於善權在剡溪時，故曰「夢過剡溪曲」，然年月不可考。

〔五〕煩燠：煩悶，悶熱。南朝梁蕭子範夏夜獨坐：「馮軒佇涼氣，中庭倦煩燠。」

〔六〕仰道思彌高：論語子罕：「顏淵喟然歎曰：『仰之彌高，鑽之彌深，瞻之在前，忽焉在後，夫子循循然善誘人。』」此借用其語。

〔七〕「脱屨滿户外」二句：指禪師上堂説法，聽者甚衆，以致門外鞋堆滿，車馬相逐而至。本集卷二三潛庵禪師序：「州郡聞，爭命居天寧。衲子方雲趨座下，一時名士，摳衣問道。公以目疾隱居龍興寺房，户外之屨亦滿。」卷二九蘄州資福院逢禪師碑銘：「雖不事接納，而户外之屨常滿。」卷三〇雲庵真淨和尚行狀：「士大夫經游無虚日，師未及嗽盥，而户外之屨滿矣。」語本莊子列禦寇：「伯昏瞀人曰：『善哉觀乎！汝處己，人將保汝矣。』無幾何而往，則户外之屨滿矣。」成玄英疏：「俄頃之間，伯昏往禦寇之所，適見脱屨户外，跣足升堂，請益者多矣。」　輪蹄：車輪與馬蹄，代指車馬。

〔八〕「吾徒不得人」二句：意謂禪林主事者多不得其人，致使佛法衰微，如同末世。　陵：衰落。後漢書儒林傳論：「自桓、靈之間，君道秕僻，朝綱日陵，國隙屢啓。」李賢注：「陵，陵遲也。」　叔：指叔世，衰微之世。左傳昭公六年：「三辟之興，皆叔世也。」孔穎達疏引服虔云：「政衰爲叔世。」

〔九〕「智刃剪蒿蓬」二句：譽善權能揮智慧之利刃，斬斷近世禪學淺陋平庸之弊。　智刃：山谷内集詩注卷一三又答斌老病癒遺悶二首之二：「一揮四百病，智刃有餘地。」任淵注：「（維摩經）又曰：『以智慧劍破煩惱賊。』文選頭陀寺碑曰：『智刃所游，日新月故。』」　利鋒：韓詩外傳卷三：「仁人之兵……鋭居則若莫邪之利鋒，當之者潰。」　蒿蓬：野草。　樸樕：灌木，小樹。詩召南野有死麕：「林有樸樕，野有死鹿。」毛傳：「樸樕，小木也。」此皆喻平庸淺陋。

〔一〇〕念往造前席：感念往昔曾造訪善權，就其法席。漢書賈誼傳：「文帝思誼，徵之。至，入見，上方受釐，坐宣室。上因感鬼神事，而問鬼神之本。誼具道所以然之故。至夜半，文帝前席。」顏師古注：「漸迫近誼，聽説其言也。」此借用其詞。

〔一一〕初筮不我卜：謂己如童蒙，求善權爲之決其所疑，而非善權求我決疑也。易蒙卦：「蒙，亨。匪我求童蒙，童蒙求我。初筮，告；再三，瀆。瀆則不告。」注：「筮者，決疑之物也。童蒙之來求我，欲決所惑也。決之不一，不知所從，則復惑也。故初筮則告，再三則瀆。瀆，蒙也。能爲初筮，其味二乎？以剛處中，能斷夫疑者也。」

〔一二〕徙倚：猶徘徊，彷徨，逡巡。楚辭遠遊：「步徙倚而遥思兮，怊惝怳而乖懷。」王逸注：「彷徨東西，意愁憤也。」

〔一三〕懸知：料想，預知。庾信和趙王看伎：「懸知曲不誤，無事畏周郎。」

〔一四〕銀鉤墮盈軸：謂其所書詩篇，如銀鉤墮滿卷軸。銀鉤：喻草書遒媚剛勁之筆劃。晉書索靖傳：「蓋草書之爲狀也，婉若銀鉤，飄若驚鸞。」據前贈巽中「奮毫狂赴龍蛇鑽」、「又疑醉素戲筆端」等句，可知善權擅草書。

〔一五〕藏諸櫝：蘇軾生日王郎以詩見慶次其韻并寄茶二十一片：「但信櫝藏終自售。」此借用其語，謂視其詩如寶物，故珍藏於櫝中。

〔一六〕價不低金玉：謂其詩之價值不亞於金玉，此乃宋人關於文學價值之新認識。歐陽修蘇氏文集序：「斯文，金玉也，棄擲埋没糞土，不能銷蝕。其見遺於一時，必有收而寶之於後世者。雖其埋没而未出，其精氣光怪，已能常自發見，而物亦不能揜也。」蘇軾答謝民師推官書：「歐陽文忠公言：文章如精金美玉，市有定價，非人所能以口舌定貴賤也。」答劉沔都曹書：「以此知文章如金玉珠貝，未易鄙棄也。」

次韻聖任病中作〔一〕

君詩素雄放〔二〕，出語秀不俗。更讀病中吟，清婉猶可録〔三〕。自愧魯鈍者，文字每見辱〔四〕。有取定鄉閭〔五〕，餘事亦何足。夫子飽書史，屢曬便便腹〔六〕。蓄深故發遠〔七〕，詩成驚衆目。我詩雖不少，俗馬空多肉〔八〕。賴遇禿毛髮，苟仕安得禄〔九〕。所至有青山，是處堪藏育〔一〇〕。行當拂衣去〔一一〕，此志吾已卜〔一二〕。君須更勉旃〔一三〕，當以謙自牧〔一四〕。功成還故鄉，竹杖巾一幅〔一五〕。永從林下游，此詩無厭讀。

【注釋】

〔一〕作年未詳。聖任：宋人字聖任者有數人，考其時地，或爲吴致堯。京口耆舊傳卷五：

「吳致堯，字聖任，延陵人。延陵故地今隸丹陽。宣和間爲安化令，以事忤當路。上歎曰：『論兵於刑，作史於腐，病茂陵而草束封，棄湘湄而著貞符，以窮故通，以晦故明。』論次所爲文，名歸愚集，聖任長於集古人句，作集句調笑甚工，宣和間嘗經御覽。」

〔二〕君詩素雄放：蘇軾王維吳道子畫：「道子實雄放，浩如海波翻。」雄放本形容畫，此藉以形容詩。

〔三〕清婉：清新美好。世説新語賞譽：「襟懷之詠，偏是許之所長。辭寄清婉，有逾平日。」

〔四〕「自愧魯鈍者」二句：謂聖任之詩常使愚鈍如己者感到恥辱。見辱：使己受辱。

〔五〕鄉閭：家鄉，故里。

〔六〕「夫子飽書史」二句：後漢書文苑傳邊韶傳：「邊韶，字孝先，陳留浚儀人也。以文章知名，教授數百人。韶口辯，曾晝日假卧，弟子私嘲之曰：『邊孝先，腹便便。嬾讀書，但欲眠。』韶潛聞之，應時對曰：『邊爲姓，孝爲字。腹便便，五經笥。但欲眠，思經事。寐與周公通夢，靜與孔子同意。師而可嘲，出何典記？』嘲者大慚。」世説新語排調：「郝隆七月七日出日中仰卧。人問其故，答曰：『我曬書。』」此合用二事，譽聖任滿腹書史。

〔七〕蓄深故發遠：意謂學養蓄積深厚，故發而爲詩必氣勢宏遠。此即韓愈答李翊書所言「根之茂者其實遂，膏之沃者其光曄」，或進學解所言「閎其中而肆其外」之意。

〔八〕俗馬空多肉：杜甫李鄠縣丈人胡馬行：「始知神龍別有種，不比俗馬空多肉。」此借用其語。

〔九〕「賴遇禿毛髮」二句：意謂幸好遇上自己剃度出家，若是走仕途，如此拙劣詩文又何能取得俸禄。自謙之語。

〔一〇〕「所至有青山」二句：意謂處處青山均可隱居生活，不必定要故鄉之山。陸機吴趨行：「山澤多藏育，土風清且嘉。」蘇軾予以事繫御史臺獄獄吏頗見侵自度不能堪死獄中不得一别子由故作二詩授獄卒梁成以遺子由二首之一：「是處青山可埋骨。」此化用其意。

〔一一〕拂衣去：提起衣襟而去，指歸隱。李白登金陵冶城西北謝安墩：「功成拂衣去，歸入武陵源。」

〔一二〕此志吾已卜：謂吾已抉擇此歸隱之志。卜：選擇。吕氏春秋舉難：「卜相曰成與璜孰可。」高誘注：「卜，擇也。」

〔一三〕勉旃：猶言努力，勉勵之詞。旃：之焉二字之合音字。漢書楊惲傳：「方當盛漢之隆，願勉旃，毋多談。」

〔一四〕謙自牧：易謙卦：「象曰：『謙謙君子』，卑以自牧也。」孔穎達疏：「『卑以自牧』者，牧，養也，解『謙謙君子』之義，恒以謙卑自養其德也。」

〔一五〕竹杖巾一幅：拄竹杖，著幅巾，寫閒居之貌。蘇軾過建昌李野夫公擇故居：「遥想他年歸，解組巾一幅。」此借用其意。

何忠孺家有石如硯以水灌之有枝葉出石間如巖桂狀爲作此〔一〕

君不見海門比丘海爲家，説法光明生齒牙。坐令十二緣生浪，幻出定慧青蓮華〔二〕。又不見佛圖澄師氣邁往，披拳山川俱在掌〔三〕。從來身世無二法，勿作情與無情想〔四〕。何如巴丘老居士〔五〕，聲名雷霆喧一世〔六〕。邇來趣味等頭陀〔七〕，山中兒嬉雜童稚。宅相天藏公發之〔八〕，卷簾萬山登睫眉〔九〕。糞除得石大如硯〔一〇〕，中有傲霜巖桂枝〔一一〕。婆娑望之花六出〔一二〕，熟視直氣終不屈〔一三〕。言不得意以象傳〔一四〕，桂枝馨香石介然〔一五〕。

【注釋】

〔一〕政和八年作於臨江軍新淦縣。何忠孺（？～一一二七），名昌言。宋曾敏行獨醒雜志卷八：「何忠孺昌言，新淦人。紹聖四年進士第一。徽宗朝累遷給事中。張商英罷，蔡京復用，遂以散官出，閒居十有餘年，物論歸之。淵聖即位，復召用，除兵部侍郎、太子詹事。未幾，金人再犯京師，二聖北狩，太子、諸王、宰職、侍從皆從，而昌言逃匿太子宮溝中，偶得不行。張邦昌僭號，因更其名。及隆祐垂簾，始欲復舊，而人言已不可掩，恚憤成疾而死。」昌言大觀三年嘗彈劾蔡京，政和二年蔡京復用，得罪罷歸，閒居故里，故其時「物論歸之」。　巖桂：木犀之别名。宋張邦基墨莊漫録卷八：「木犀花，江浙多有之。清芬漚郁，餘花所不及也。湖南呼九里香，江東曰巖桂，浙人曰木犀，以木紋理如犀也。」　鍇按：惠洪訪何昌言，在其貶謫閒居故鄉之後，當在政和年間。今考鳳墅帖續帖卷三收洪覺範浪淘沙詞，詞末署曰：「政和八年五月初吉作長短句送用極弟，覺範。」用極姓蕭名昊，新淦人。惠洪至新淦訪何昌言，亦當在是時，姑繫於此。

〔二〕「君不見海門比丘海爲家」四句：指海門國比丘海雲爲善財童子解説佛法之事。華嚴經卷六二入法界品：「南方有國，名曰海門；彼有比丘，名爲海雲。……海雲言：『善男子，若諸衆生不種善根，則不能發阿耨多羅三藐三菩提心。要得普門善根光明，具真實道三昧智光，出生種種廣大福海，長白淨法無有懈息。……我住此海門國十有二年，常以大海爲其境界。……我作是念時，此海之下，有大蓮華忽然出現，以無能勝因陀羅尼羅寶爲莖，吠瑠璃寶爲藏，閻浮檀金爲葉，沈水爲臺，碼碯爲鬚，芬敷布濩，彌覆大海。』」

〔三〕「又不見佛圖澄師氣邁往」二句：高僧傳卷九晉鄴中竺佛圖澄傳：「竺佛圖澄者，西域人也，本姓帛氏。少出家，清真務學，誦經數百萬言，善解文義。……善誦神咒，能役使鬼物，以蔴油雜胭脂塗掌，千里外事，皆徹見掌中，如對面焉，亦能令潔齋者見。」　氣邁往：其氣超凡脱俗。參見前次後韻注〔二〕。

〔四〕「從來身世無二法」二句：意謂從來自身與世界、主體與客體本無二致，故不必生出有情與無情相區別之妄想。情：指有情，有情識者，有愛情者，即有生物。無情：指無情識者，即無生物。唐杜順和尚法界頌：「若人欲識真空理，身内真如還徧外。情與無情共一體，處處皆同真法界。」此即認同其説。林間録卷上：「晦堂老人嘗以小疾，醫寓漳江。轉運判官夏倚公立往見之，因劇談妙道，至會萬物爲自己及情與無情共一體，時有犬卧香案下，以壓尺擊犬，又擊香案，曰：『犬有情即去，香案無情自住。情與無情，如何得成一體去？』夏不能答。晦堂曰：『纔入思惟，便成剩法，何曾會物爲己耶？』」晦堂老人即祖心禪師，此事本黄庭堅黄龍心禪師塔銘。錯按：海門比丘幻出海中蓮花，佛圖澄掌上幻出千里山川，皆合情與無情爲一體。何昌言家如硯石幻出叢桂枝葉，亦與此類似。

〔五〕巴丘老居士：指何昌言。巴丘，新淦縣舊名。昌言爲新淦人，故稱。太平寰宇記卷一〇九吉州新淦縣：「故巴山縣，按輿地志云：吴後主分新淦、石陽兩縣，置巴丘郡。吴志云：周瑜進尋陽，破劉勳，討江夏，定豫章、廬陵，留鎮巴丘。周瑜堞今在縣南。」明一統志卷五五臨江府：「新淦縣，在府南七十里，本秦舊縣，因淦水爲名，屬九江郡，漢屬豫章郡，爲南部都尉治所。吴分置巴丘縣，屬廬陵郡。隋省巴丘入新淦，屬吉州。……宋初屬吉州，淳化中改屬臨江軍。」

〔六〕聲名雷霆喧一世：謂其名震天下。黄庭堅書徐德占題壁後：「豫章有二豪傑，雷霆一世。」

此用其語。何昌言得盛名因二事。其一爲江南西路首位狀元。獨醒雜志卷二：「江西自國初以來，士人未有以狀元及第者。紹聖四年，何忠孺昌言始以對策居第一。里人傳以爲盛事，故謝民師有詩寄忠孺云：『萬里一時開驥足，百年今始破天荒。』蓋記時人之語也。」其二爲彈劾蔡京。同書卷八：「大觀中，吴執中子權爲御史，上言乞遵祖宗成憲，不許直牒差官，及論輕賜予以蠹邦用，捐爵禄以市私恩等事。蔡京以少保致仕。何給事昌言封駁麻制，乞以罪狀宣布四方。時人以爲盛事。」

〔七〕邇來：近來。頭陀：梵文音譯，意爲抖擻，即去掉塵垢煩惱，指僧人。

〔八〕宅相天藏：謂何氏宅出貴人之相由昌言所應驗，何氏宅天生寶藏由昌言所開發。晉書魏舒傳：「少孤，爲外家寧氏所養。寧氏起宅，相宅者云：『當出貴甥。』外祖母以魏氏小而慧，意謂應之，舒曰：『當爲外氏成此宅相。』」後宅相多指風水寶地。

〔九〕卷簾萬山登睫眉：言萬山主動强行闖進詩人視野。此種「登眉睫」之描寫，本集屢見，如卷三游南嶽福嚴寺：「雲開千里上眉睫。」飛來峰：「雲開飛來峰，巋然眉睫上。」崇因會王敦素：「萬頃煙波上眉睫。」卷四次韻公弼寄胡强仲：「登睫排千峰。」卷八覽秀亭：「忽驚無邊春，登我眉睫上。」卷一二次韻縱目亭：「絶境天藏今日獻，千峰登睫豈人工。」卷一三次韻題必照軒：「千里穠纖上眉睫，一區形勝發天藏。」

〔一〇〕糞除：打掃，清除。戰國策秦策五：「負秦之日，太子爲糞矣。」吴師道補正：「糞，棄除也。」

〔一一〕中有傲霜巖桂枝：蘇軾贈劉景文：「菊殘猶有傲霜枝。」

〔一二〕婆娑：草木扶疏紛披貌。黄庭堅題徐氏書院：「空餘巖桂緑婆娑。」　花六出：宋史繩祖學齋佔畢卷二四出六出花：「吕氏春秋云：『草木之花皆五出，雪花獨六出。』古今莫喻其理，獨朱文公謂：『地六爲水之成數，雪者，水結爲花，故六出。』或言花中惟巖桂四出之異，余謂：土之生物，其成數五，故草木花皆五。惟桂乃月中之木，居西方地，四乃西方金之成數，故花四出而金色，且開於秋云。」鍇按：據此，則「花六出」當爲「花四出」之誤，豈石中之巖桂望之如六出之雪花耶？

〔一三〕熟視：注目細看。

〔一四〕言不得意以象傳：易繫辭上：「子曰：『書不盡言，言不盡意。然則聖人之意其不可見乎？』子曰：『聖人立象以盡意，設卦以盡情僞，繫辭焉以盡其言。……是故夫象，聖人有以見天下之賾，而擬諸其形容。』」

〔一五〕桂枝馨香石介然：謂石中如巖桂之花紋，兼有桂之馨香與石之堅貞，此即石硯之象所傳之意。藉以譬何昌言品格高潔耿介。　石介然：易豫卦：「六二，介于石，不終日，貞吉。」唐權德輿兩漢辯亡論：「吾獨異羣議爲廣計者，亦當中立如石，介然不回。」

【集評】

清王士禛云：寂音石門文字禪有云：「何忠孺家有石如研，以水灌之，則枝葉出石間，如叢桂

狀。」亦奇物。（古夫于亭雜録卷一）

余方登列岫愛西山思欲一游時皋上人來覓詩作此〔一〕

西山層翠長倚天，我來正及社燕前〔二〕。城中高閣時縱倚〔三〕，妙語已復凌芳鮮〔四〕。方將結伴未有侶，而子乃敢犯衆先〔五〕。會當披雲亂峰頂，却下濯足寒澗邊。遥知笑語山答響〔六〕，詩句時作何必編。就巖折桂亦細事〔七〕，海棠爛熳燒晴川〔八〕。歸來仰屋念清境，夜未央兮猶不眠〔九〕。此詩未到已如見，戲爲圖畫人間傳。

【注釋】

〔一〕元祐八年春作於南昌，時自京師南還筠州途經此地。列岫：即列岫亭。輿地紀勝卷二六江南西路隆興府：「列岫亭，在光孝寺之北，前對西山，取謝玄暉詩『窗中列遠岫』之意。」西山：洪州新建縣西。輿地紀勝卷二六江南西路隆興府：「西山，在新建西大江之外，高二千丈，週三百里，壓豫章數縣之地。寰宇記云：『又名南昌山。』九域志云：『吴王濞鑄錢之所。』余襄公靖記云：『西山在縣西四十里，巖岫四出，千峰北來，嵐光染空，連屬三百里，其所經行，盡西山之景。』」皋上人：法系未詳，生平不可考。據詩題意，惠洪尚未游西山，當爲早年過南昌時所作。此詩有「海棠爛熳燒晴川」之句，時爲春日，姑繫於此。

〔二〕社燕：燕子春社時來，秋社時去，故稱。此指春社時來之燕。鍇按：春社，春季祭土神之日，在立春後第五個戊日。

〔三〕城中高閣：南昌城中有滕王閣、秋屏閣諸勝。

〔四〕妙語已復淩芳鮮：意謂登臨所作之詩，其妙語已壓倒芳鮮之春色。芳鮮：指美味新鮮之食物。蘇軾雪後便欲與同僚尋春一病彌月雜花都盡獨牡丹在爾劉景文左藏和順閣黎詩見贈次韻答之：「知君苦寂寞，妙語嚼芳鮮。」鍇按：本集屢化用蘇詩此語，如卷六聽道人諳公琴：「氣清日應嚼芳鮮。」卷一一贈湧上人乃仁老子也：「齒牙嶽色嚼芳鮮。」海上初還至南嶽寄方廣首座：「初嚼芳鮮動詩思。」卷一五本上人久游歸宗贈之二首之二：「故應妙語嚼芳鮮。」

〔五〕敢犯衆先：意謂敢於冒犯衆人，搶先與我爲侶。鍇按：犯衆本爲觸犯衆怒之意。左傳襄公十年：「衆怒難犯，專欲難成。……專欲無成，犯衆興禍。」惠洪則多用作不顧衆人之意，如本集卷二一五慈觀閣記：「龍舒禪鑑大師無學犯衆而言。」卷二四送嚴修造序：「有道人嚴公犯衆請行。」

〔六〕遥知笑語山答響：想像游西山之詞。「山答響」之詞爲惠洪首創，意謂聲音迴響於山谷，本集屢用之，如卷一同超然無塵飯柏林寺分題得柏字：「扣扉山答響。」卷五仙廬同巽中阿祐忠禪山行：「顧語山答響。」季長盡室來長沙留一月乃還邵陽作是詩送之：「大鐘横撞山答響。」卷七和游谷山：「岸中一笑山答響。」

〔七〕就巖折桂：折桂雙闗及第。　細事：小事。蘇軾初别子由：「妻子亦細事，文章固虚名。」

〔八〕爛熳：色澤絢麗貌，亦作爛漫。　燒：花紅如火，故以「燒」字形容之。

〔九〕夜未央：夜未盡。詩小雅庭燎：「夜如何其？夜未央。」鄭玄箋：「夜未央，猶言夜未渠央也。渠，其據反。」宋王楙野客叢書卷二未渠央：「今人詩句多用未渠央事，往往不究來處，渠字作平聲用。按庭燎詩『夜未央』，注云：『夜未渠央。』渠，其據切，當呼遽，只此一音，謂夜未遽盡也。」

饒德操塋（營）中客世與淵才友善有詩送之予偶讀想見其爲人時聞已薙髮出家矣因次其韻〔一〕

吾聞彼上人〔二〕，不惰不精進〔三〕。觀其吐詞氣，人品極爽俊。邇來效丹霞，裂冠鏟須鬢〔四〕。高才固難容〔五〕，世議久迫窘〔六〕。想於龍象羣〔七〕，眉宇發奇韻。淵才幹國器〔八〕，美若兵廚醞〔九〕。平生至孝節，初不愧虞舜〔一〇〕。相逢大梁城〔一一〕，連榻盡底藴〔一二〕。如開衡嶽雲，仰此摩天峻〔一三〕。此詩爲渠作〔一四〕，崖略見筆陣〔一五〕。把玩立東風，料峭應花信〔一六〕。明窗小字臨〔一七〕，握管腕不運〔一八〕。愛君透真境〔一九〕，邁往無顧徇〔二〇〕。脱身索寞濱〔二一〕，洗我岑寂憤〔二二〕。掉頭一長哦，語卒意未盡。

【校記】

㈠ 瑩：原作「營」，誤，今改。參見注〔一〕。

【注釋】

〔一〕崇寧三年春作於新昌縣。時惠洪自長沙往分寧縣龍安山，途經新昌，其叔彭几亦自京師歸新昌。讀饒節送彭几詩，當在新昌與彭几見面時。饒德操：饒節（一〇六五～一一二九）字德操，一字次守，撫州臨川人。工詩，名入呂本中江西宗派圖。出家後法名如璧，號倚松道人，屬雲門宗青原下第十三世，爲香嚴海印智月禪師法嗣。有倚松詩集傳世。瑩中：陳瓘（一〇五七～一一二二）字瑩中，號了翁，又號華嚴居士，南劍州沙縣人。登進士甲科，徽宗初以曾布薦，官右司諫。忤蔡京，屢遭竄責。宋史有傳。底本作「營中」，誤，今改。宋費袞梁谿漫志卷九二儒爲僧：「饒節字德操，臨川人，以文章著名。曾子宣丞相禮爲上客，陳了翁諸公皆與之游。」故此稱饒節爲「瑩中客」。淵才：彭几字淵才，一作淵材，筠州新昌人，惠洪叔父。曉音樂，嘗獻樂書，爲協律郎。參見本集卷一同彭淵才謁陶淵明祠讀崔鑒碑注〔一〕。饒節送彭几原詩見倚松詩集卷一送彭淵才如北都，詳本詩「附録」。薙髮：削髮。薙，同「剃」。饒節出家事嘉泰普燈録卷一二載之甚詳：「鄧州香嚴倚松如璧禪師，撫之臨川人，族饒氏，舊名節，字德操。業儒起家，自妙齡飽於學，優於才，工於搜抉，高於志節，深爲人所知。然連蹇場屋，不第。後走京師，以詩文鳴上庠，故一時名士皆與之游。丞相曾公布聞其名，延爲上客。一日，上書陳利害，曾不納。去，之鄧，依俞公彦明。留數月，因館僕占對異常，竊怪之，謂僕曰：『汝其有以語我來？』僕徐對曰：『某向守舍，無所用心。聞鄰寺海印長老有道價，往請一轉語體究，忽爾覺悟，身心泰然，無它也。』顧僕曰：『汝能是，我乃不能，何哉？』徑往扣印。旬餘，忽掣鎖而悟，印印之以偈。師作書報友人吕公本中舍人曰：『某自去年十二月二十八日於海印老人處請話咨決，從此日日去參，正月半間瞥然有個省處，奇哉奇哉！世間元來有此不可説不可説不可説無量無邊勝事！佛言一大事因緣，豈欺我哉！便向山河大地、草木叢林、牆壁瓦礫、雞鳴狗吠、著衣吃飯、舉手動足處，一一見本來面目，始悟無始以來，生死顛倒，爲物所轉，到這裏如燈破暗，一時失却，豈不是無量大緣乎？』於是棄婚宦，盡發囊橐市之，與僕同祝髮。僕名如琳，尊爲兄。已而偕琳遍參諸名宿，所至蒙肯可。歸結茅香嚴之鶻壁。賢士大夫初聞師圓顱，太息曰：『吾黨中失一國士，重爲四海惜。』……建炎三年四月旦，書偈遺衆，無疾而逝，士庶致祭不輟。五月旦，奉金身塔於白崖之下，世壽六十有五，夏臘二十有七。」按此所記夏臘計算，饒節出家當在崇寧二年正月。然詩話總龜前集卷八評論門引王直方詩話曰：「癸未三月三日，徐師川、胡少汲、謝夷季、林子仁、潘邠老、吴君裕、饒次守、楊信祖、吴迪吉見過，會飲於賦歸堂，亦可爲一時之盛。」癸未即崇寧二年。據此，饒節崇寧二年三月三日尚在京師，且未改僧名，則其出家，必在此後。又呂本中呂氏童蒙訓卷下：「崇寧間，饒德操節、黎介然確、汪信民革同寓宿州。」又呂氏師友雜志謂饒節「崇寧初，客宿州，從予父祖游。後往鄧州，滎陽公（呂希哲）使之見香嚴智月師，遂悟道祝髮，更名如璧」。據此，則饒節當於崇寧二年三月後離京師，客宿州，從呂希哲游。復往鄧州，於崇寧二年十二月二十八日見海印智月禪師問道，崇寧三年正月半悟道，遂祝髮出家。伍曉蔓江西宗派研究（巴蜀書社二〇〇五年版）謂饒節往鄧州，應在崇寧二年以後（頁二八〇），其説可從。嘉泰普燈録所計夏臘或計自崇寧二年十二月從智月問道之時。惠洪聞饒節出家事，亦當來自彭几。冷齋夜話卷八劉（彭）淵材南歸布橐：「淵材游京師貴人之門十餘年，貴人皆前席。其家在筠之新昌，其貧至饘粥不給，父以書召其歸。」紹聖元年（一〇九四）春，惠洪與彭几至京師。彭几游京師十餘年，其回新昌，當在崇寧三年。今既已知饒節於崇寧三年正月出家，彭几回新昌亦在是年，故此詩必作於是年春，詩有「把玩立東風，料峭應花信」之句，亦可爲證。

〔二〕吾聞彼上人：廓門注：「東坡詩集十九卷：『善哉彼上人。』維摩經曰：『佛告文殊師利：汝行詣維摩詰問疾。文殊言：彼上人者，難爲酬對。』」

〔三〕不惰不精進：不懶惰亦不勤奮，言其順應本性而不造作取捨。精進：佛教六波羅蜜之一，謂堅持修善法，斷惡法，毫不懈怠。成唯識論卷六：「勤謂精進，於善惡品修斷事中勇悍爲性，對治懈怠滿善爲業。」

〔四〕「邇來效丹霞」二句：謂其近來仿效唐丹霞天然禪師棄儒冠而剃髮出家。景德傳燈録卷一四：「鄧州丹霞山天然禪師，不知何許人也。初習儒學，將入長安應舉。方宿於逆旅，忽夢白光滿室。占者曰：『解空之祥也。』偶一禪客問曰：『仁者何往？』曰：『選官去。』禪客曰：『選官何如選佛？』曰：『選佛當往何所？』禪客曰：『今江西馬大師出世，是選佛之場。仁者可往。』遂直造江西。纔見馬大師，以手托襆頭額。馬顧視良久，曰：『南嶽石頭是汝師也。』遽抵南嶽，還以前意投之。石頭曰：『著槽廠去。』師禮謝，入行者房。隨次執爨役，凡三年。忽一日，石頭告衆曰：『來日剗佛殿前草。』至來日，大衆諸童各備鍬钁剗草，獨師以盆盛水淨頭，於和尚前胡跪。石頭見而笑之，便與剃髮，又爲説戒法。師乃掩耳而出，便往江西，再謁馬師。未參禮，便入僧堂内，騎聖僧頸而坐。時大衆驚愕，遽報馬師。馬躬入堂，視之曰：『我子天然。』師即下地禮拜，曰：『謝師賜法號。』因名天然。」

〔五〕高才固難容：宋祝穆編古今事文類聚前集卷五四載李方叔悼東坡文曰：「道大不容，才高爲累。」此化用其意。鍇按：本集卷二七跋李豸弔東坡文作「道大難名，才高衆忌」。李豸，即李廌，字方叔。

〔六〕世議久迫窘：謂世人刻薄褊狹之議論久使其感到壓抑。施注蘇詩卷四游徑山：「近來愈覺世議隘。」注：「公烏臺詩話：『熙寧六年游徑山留題云：「近來愈覺世議隘，每到勝處差安便。」以譏諷朝廷進用之人多是刻薄褊隘，不少容人過失，見山中寬閑之處爲樂也。』」本集多用此語意，如卷四敦素坐誦公衮烏臼樹絶句歎愛不已其詩云三年逐客弄湘流華氣遮欄兩鬢秋秖有荒寒江上樹尚成詩句聚眉頭成此寄之：「世議隘不容。」卷五次韻蘇東坡：「褊心隘世議。」次韻登蘇仙絶頂：「世議從來嗟迫隘。」卷六次韻周達道運句二首之二：「世議苦迫窄。」送珠侍者重修真淨塔：「亦驚世議隘。」卷七次韻題明白庵：「世議嗟迫窄。」卷一四余游鍾山宿石佛峰下因上人自歸宗來贈之六首之二：「世議嗟嗟迫隘。」卷一九華嚴居士贊：「居然不容，世議迫隘。」蓋其身世遭遇使之然。

〔七〕龍象羣：喻指衆高僧。大行中龍力大，陸行中象力大，故佛家用以喻諸阿羅漢中修行勇猛有最大力者。宋高僧傳卷二〇唐洪州黄蘗山希運傳載裴休贈希運詩：「一千龍象隨高步，萬里香花結勝因。」

〔八〕幹國器：治國之才。後漢書史弼傳：「議郎何休又訟弼有幹國之器，宜登台相。」

〔九〕美若兵廚醞：以美酒喻人風味之美。事見晉書阮籍傳：「籍聞步兵廚營人善釀，有貯酒三百斛，乃求爲步兵校尉。」鍇按：世説新語任誕亦載：「步兵校尉缺，廚中有貯酒數百斛，阮籍乃求爲步兵校尉。」然無「兵廚營人善釀」之説，此言「美醞」，乃用晉書典。

〔一〇〕初不愧虞舜：史傳虞舜爲孝子。史記五帝本紀：「舜父瞽叟盲，而舜母死，瞽叟更娶妻而生象，象傲。瞽叟愛後妻子，常欲殺舜，舜避逃。及有小過，則受罪。順事父及後母與弟，日以篤謹，匪有解。」「舜父瞽叟頑，母嚚，弟象傲，皆欲殺舜。舜順適不失子道，兄弟孝慈。欲殺，不可得；即求，嘗在側。舜年二十以孝聞。」

〔一〕大梁城：指東京開封府。大梁，戰國魏都。史記秦始皇本紀：「二十二年，王賁攻魏，引河溝灌大梁。」廓門注：「一統志開封府：郡名大梁，戰國魏名。」

〔二〕連榻：並榻，形容關係親密。　盡底藴：充分展示内心藴藏之才智見識。新唐書魏徵傳：「徵亦自以不世遇，乃展盡底藴無所隱。」錯按：饒節詩有「懷抱爲吾盡」之句，即此意。

〔三〕「如開衡嶽雲」二句：謂其底藴盡露，如衡嶽雲開，露出摩天高峰。蘇軾潮州韓文公廟碑：「公之精誠能開衡山之雲，而不能回憲宗之惑。」開衡山雲事見韓愈謁衡嶽廟遂宿嶽寺題門樓：「須臾靜掃衆峰出，仰見突兀撑青空。」此化用其意。

〔四〕渠：他。此指彭几。

〔五〕崖略：大略，梗概。莊子知北遊：「夫道，窅然難言哉！將爲汝言其崖略。」成玄英疏：「崖，分也。……將爲汝舉其崖分，粗略言之。」崖，邊際，分界。

〔六〕料峭：風寒砭肌貌，多形容春寒。唐陸龜蒙京口：「東風料峭客帆遠，落葉夕陽天際明。」　應花信：謂東風吹拂正應花開之期，此即花信風。山谷外集詩注卷一二元翁坐中見次元寄到和孔四飲王夔玉家長韻因次韻率元翁同作寄溢城：「葉暗黄鳥時，風號報花信。」史容注：「東皋雜録云：『江南自初春至初夏，有二十四風信。梅花風最先，楝花風最後。』」

〔一七〕小字臨：謂以小字臨帖，此指抄録饒節詩。蘇軾次韻秦觀秀才見贈秦與孫莘老李公擇甚熟將入京應舉：「硬黄小字臨黄庭。」

〔一八〕握管腕不運：山谷内集詩注卷一二用前韻謝子舟爲予作風雨竹：「看君回腕筆，猶喜漢儀在。」任淵注：「言得前輩筆法也。墨藪載筆髓云：須手腕輕虛。索靖叙草書曰：『命杜度運其指，使伯英回其腕。』」

〔一九〕真境：佛教謂真理之境界。宋釋祖琇隆興編年通論卷二一：「帝問國師澄觀曰：『華嚴所詮，何謂法界？』奏曰：『法界者，一切衆生之本體也。從本以來，靈明廓徹，廣大虛寂。唯一真境而已。』」

〔二〇〕邁往：超凡脱俗。　顧徇：回顧徘徊。此爲惠洪趁韻生造之詞。

〔二一〕脱身索寞濱：時惠洪離長沙湘水濱而至故鄉。其客居長沙，乃爲寶峰禪院住持所排擠之故。　索寞：寂寞無聊，失意消沉。

〔二二〕洗我岑寂憒：謂饒節送彭几詩能一洗寂寞無友之孤憒。　岑寂：猶寂寞，孤獨冷清。參見前同慶長游草堂「一笑洗孤憒」句及注〔三〕。

【附録】

宋饒節云：我學如水馬，盡日忙不進。結交有神奇，所得盡豪俊。十年困三舍，萬事到兩鬢。風流半零落，吾道或拘窘。彭侯南方來，超妙有遠韻。落落澗壑姿，倒屣解吾愠。胸中幾年讀，正朔謹堯舜。盤盂百家伎，鈎致得幽藴。夜半一商略，氣與山嶽峻。方洋及衛霍，似是老行陣。崢嶸濟時術，百未一見信。自言窮達機，默與寒暑運。功名蓋偶然，未暇以身殉。偉哉君子勇，一語破幽憤。何時燈火底，懷抱爲吾盡。（倚松詩集卷一送彭淵才如北都）

次韻平無等歲暮有懷〔一〕

文章有神驚穎脱〔二〕，風雷先聽毫端落〔三〕。窮年秀氣不知休，此蓋道餘德之粕〔四〕。大人見世當有馭〔五〕，一枝區區何足托〔六〕。此語令君意自消〔七〕，雙眸新退重重膜〔八〕。鼻端餘地大於天，揮斤請看無沾堊〔九〕。吟詩寫字到骨清，寓意乃佳工折莫〔一〇〕。我年十五恃豪偉，廢食忘眠專製作〔一一〕。忍(人)令瑕玷混吞聲〔一〕〔一二〕，將使駭世驅時惡〔一三〕。那知任己返吾病，邇來猛省能自薄〔一四〕。默脣僻處兀聾癡，十問煩人慵一答〔一五〕。聚呵隨罵嗟愚狂〔一六〕，不詳乃背初心約〔二〕〔一七〕。我不怪君亦不嗔，君獨何心惟喜躍。人生異趣各有謀，分定那可相更博〔一八〕。君不見謫仙歷落解全真，月下一尊常（堂）獨酌㊂〔一九〕。又不見淵明坦率從所好，悶遭五斗相纏縛〔二〇〕。矧予於世百無求〔二一〕，紛紛固可俱抛却。歲月更如秋晚池，草木向枯泉欲涸。行看東風顛沛來〔二二〕，又麗繁紅入斜萼〔二三〕。

【校記】

㊀忍：原作「人」，誤，今改。

㊁詳：武林本作「祥」。

㊂常：原作「堂」，誤，今改。

【注釋】

〔一〕元符元年歲末作於靖安縣寶峰寺。平無等：乃法名與表字連稱，當指真淨克文禪師之弟子允平，字無等，惠洪師兄，屬臨濟宗黃龍派南嶽下十三世。古尊宿語録卷四五載鄱陽任軒程衮述寶峰雲庵真淨禪師語録後序曰：「緒餘珠霧，流落人間，衲子允平，貫穿收拾，揭爲標鑑，挂向叢林。」可知允平嘗編克文禪師語録。又本集卷一七四偈序曰：「和州褒禪山二禪者甲乙，俱學於長老允平。」續傳燈録卷二二克文法嗣有龜山允平，當即此僧。張商英黃龍崇恩禪院記稱「廣漢沙門允平」，則允平當爲廣漢人。據此詩所述好吟詠爲人譏呵事，當在克文門下從學時，姑繫於此。

〔二〕文章有神：杜甫蘇端薛復筵簡薛華醉歌：「文章有神交有道。」此借其語。　穎脱：鋒芒顯露，猶言脱穎而出。

〔三〕風雷先聽毫端落：喻寫作時下筆迅捷而有力。　蘇軾和王斿二首之一：「舌有風雷筆有神。」

〔四〕此蓋德餘道之粕：意謂詩文爲道德之餘事或糟粕，此爲唐宋時流行之觀念。　如杜甫貽華陽柳少府：「文章一小伎，於道未爲尊。」韓愈和席八十二韻：「餘事作詩人。」蘇軾文與可畫墨竹屏風贊：「與可之文，其德之糟粕；與可之詩，其文之毫末。」晁補之海陵集序：「文學，古人之餘事，不足以發身。……至於詩，又文學之餘事。」邢恕伊川擊壤集後序：「其發爲文章者，蓋特先生之遺餘；至其形於詠歌，聲而成詩者，又其文章之餘。」

〔五〕大人見世當有馭：謂志趣遠大之人面對世事當有主見。　孟子告子上：「從其大體爲大人，從其小體爲小人。」揚雄法言學行：「大人之學也爲道，小人之學也爲利。」

〔六〕一枝區區何足托：意謂詩文乃區區小事，不足以寄託大人之志趣，如區區小枝，不足以棲息大鳥之身。　莊子逍遥遊：「鷦鷯巢於深林，不過一枝。」此反其意而用之。

〔七〕此語令君意自消：莊子田子方：「物無道，正容以悟之，使人之意也消。」成玄英疏：「世間無道之物，斜僻之人，東郭自正容儀，令其曉悟，使惑亂之意自然消除也。」　此語：指「大人見世」二句。

〔八〕雙眸新退重重膜：退除眼中重重薄膜，以喻其惑亂消除，眼明心亮。　膜：包裹眼球之薄皮。大般涅槃經卷八如來性品：「如百盲人爲治目故，造詣良醫。是時良醫即以金錍決其眼膜。」九家集注杜詩卷九謁文公上方：「金篦刮眼膜。」趙次公注：「公用此以比佛法之能刮除昏翳也。」

〔九〕「鼻端餘地大於天」二句：莊子徐无鬼：「郢人堊慢其鼻端，若蠅翼，使匠石斲之。匠石運斤成風，聽而斲之。盡堊而鼻不傷，郢人立不失容。」蘇軾贈眼醫王生彦若：「鼻端有餘地，肝膽分楚蜀。」此借用其語意以言作詩運筆已達神妙之境界。

〔一〇〕寓意乃佳工折莫：意謂若寓意於詩，則任憑下筆，皆爲佳作。折莫：俚語，儘管、任憑之義。亦作「遮莫」。宋羅大經鶴林玉露卷一：「詩家用遮莫字，蓋今俗語所謂儘教者是也。故杜陵詩云：『已判野鶴如雙鬢，遮莫鄰雞下五更。』言鬢如野鶴，已拚老矣；儘教鄰雞下五更，日月逾邁，不復惜矣。」古今事文類聚別集卷六遮莫：「藝苑雌黄云：遮莫，蓋俚語，猶言儘教也。自唐以來有之。」「折莫」不當用於句尾，此言「工折莫」，乃趁韻。

〔一一〕「我年十五恃豪偉」二句：本集卷二六題佛鑑蓄文字禪：「余幼孤，知讀書爲樂，而不得其要，落筆嘗如人掣其肘，又如瘖者之欲語而意窒舌大，而濃笑者數數然。年十六七，從洞山雲庵學出世法，忽自信而不疑，誦生書七千，下筆千言，跬步可待也。」

〔一二〕忍令瑕玷混吞聲：意謂怎忍心讓詩之言與禪之無言相混。忍令：豈忍令。本集卷五次韻思禹思晦見寄二首之一：「才高合在明光宮，忍令流落江湖外。」底本作「人令」，語意不通，「人」字涉音近而誤，今改。　瑕玷：指語言文字，禪宗以不立文字爲宗旨，故視語言文字爲瑕玷。　吞聲：無言，不説話。

〔一三〕將使駭世驅時惡：謂其作詩乃欲驚世駭俗，驅除其時禪門飽食無事之弊。

〔一四〕自薄：自我菲薄。

〔一五〕「默唇僻處兀聾癡」二句：意謂己乃轉而學聾癡盲啞，以合不立文字之旨。此爲憤激語，蓋惠洪實鄙棄所謂「啞羊苾芻」，如本集卷四示忠上人：「啞羊苾芻紛作隊，口吻遲鈍懶酬對。」卷二六題隆道人僧寶傳：「然其爲人，不甘爲啞羊苾芻。」

〔一六〕聚呵隨罵嗟愚狂：本集卷二〇明白庵銘序：「余世緣深重，夙習羈縻，好論古今治亂是非成敗，交遊多譏呵之。」又宜獨巖銘序：「余性喜笑傲，不了人之愛憎，比坐譁衆，人所鄙棄。」

〔一七〕不詳：不知。廓門注：「『詳』當作『祥』字歟？」不確。　乃背初心約：指違背出家學佛之本意。初心，指初發心願學佛法者。景德傳燈録卷一九泉州睡龍道溥禪師：「初心後學，近入叢林，方便門中，乞師指示。」

〔一八〕分定那可相更博：謂名分已定不可更相爭奪。意本慎子君人：「一兔走，百人追之。積兔於市，過而不顧。非不欲兔，分定不可爭也。」

〔一九〕「君不見謫仙歷落解全真」二句：謂李白胸懷磊落，月下常獨酌，已領悟保全天性之理。　謫仙：李白。新唐書文藝傳中李白傳：「知章見其文，歎曰：『子謫仙人也。』」李白有月下獨酌詩四首，其二曰「三杯通大道，一斗合自然」，此即「解全真」。歷落：磊落，灑脱不拘。世説新語容止：「周伯仁道：『桓茂倫，嶔崎歷落可笑人。』」錯按：常獨酌，底本作「堂獨酌」，字義不通，「堂」當爲「常」之誤，今改。

〔一〇〕「又不見淵明坦率從所好」二句：謂陶淵明性格坦率，從己所好，而不願爲五斗米折腰。宋書陶潛傳：「郡遣督郵至，縣吏白應束帶見之。潛歎曰：『我不能爲五斗米折腰向鄉里小人！』即日，解印綬去職，賦歸去來。」「潛不解音聲，而蓄素琴一張，無絃，每有酒適，輒撫弄以寄其意。貴賤造之者，有酒輒設。潛若先醉，便語客：『我醉欲眠，卿可去。』其真率如此。」

〔一一〕矧：況且。

〔一二〕行看：將看。此時尚爲冬日，故稱。顛沛：摇蕩貌。以此詞形容東風，似爲惠洪首創。廓門注：「論語里仁篇曰：『顛沛必於是。』」此借月。

〔一三〕繁紅：繁花。蘇軾正月二十四日與兒子過賴仙芝王原秀才僧曇穎行全道士何宗一同游羅浮道院詩：「瘴花已繁紅。」斜萼：指梅花。蓋宋人賞梅以斜枝爲美。如林逋梅花三首之三：「屋簷斜入一枝低。」蘇軾和秦太虛梅花：「竹外一枝斜更好。」

送濟上人歸漳南〔一〕

密林影羣陰，露葉光翻夕。幽人獨經行〔二〕，滿院許秋色〔三〕。幾年涉嶺海〔四〕，頗亦歷佳席〔五〕。邇來寄江寺，癡坐室生白〔六〕。吾家在漳南〔七〕，萬頃蒼玉碧（璧）㊀〔八〕。何當附舶歸〔九〕，重拂林下石。此生一夢耳，夢覺試尋繹。倚筇作長嘯〔一〇〕，萬事付鳥迹〔一一〕。若有閒中吟，無惜寄飛翼〔一二〕。

【校記】

㊀碧：原作「璧」，誤，今從四庫本。石倉本作「壁」，尤誤。

【注釋】

〔一〕宣和二年秋作於長沙水西南臺寺。詩言「邇來寄江寺，癡坐室生白」，所寫境況頗同本集卷七和堪維那移居所言「歸來湘西寺，兀坐依蒲團」。宣和二年三月惠洪遷居水西南臺寺，寺臨湘江，故稱江寺。此詩稱「邇來」，當在遷居南臺寺後不久。又詩言「滿院許秋色」，則當在是年秋。　濟上人：生平法系未詳。本集卷一五有濟上人求偈二首，當即此僧。　漳南：代指洪州。輿地紀勝卷二六江南西路隆興府：「章江，源出豫章，故名章江。西漢志云：出贛縣。」沈括夢溪筆談卷三：「水以漳名洛名者最多，今略舉數處。趙晉之間有清漳、濁漳，當陽有漳水，灨上有漳水，鄣郡有漳江，漳州有漳浦，亳州有漳水，安州有漳水。……予考其義，乃清濁相蹂者爲漳。章者，文也，別也。漳謂兩物相合有文章且可別也。清漳、濁漳合於上党，當陽即沮、漳合流，灨上即漳、湞合流。」本集所言漳江、漳水，皆指贛江。如卷五贈雲道：「西山遶漳水，玉潤連石門。」西山、玉潤、石門均洪州地名，則漳水即贛江。故漳南代指洪州豫章郡。

〔二〕經行：佛教語，指於一定之地旋繞往來，坐禪而欲睡眠時，爲此防之。法華經卷一序品：「未嘗睡眠，經行林中。」宋釋道誠釋氏要覽卷下：「十誦律云：經行有五利：一勦健，二有力，三不病，四消食，五意堅固。三千威儀經：有五處可經行：一閑處，二户前，三講堂前，四塔下，五閣下。」

〔三〕許：多，許多。

〔四〕幾年涉嶺海：此當指惠洪流配海南事。嶺海：泛指嶺南海南。鍇按：本集卷二四寂音自序：「以政和元年十月二十六日配海外。以二年二月二十五日到瓊州，五月七日到崖州。三年五月二十五日蒙恩釋放，十一月十七日北渡海。以明年四月到筠。」

〔五〕佳席：指有著名禪師住持之寺院。席，指禪席。黄庭堅洪州分寧縣雲巖禪院經藏記：「江西多古尊宿道場，居洪州境内者以百數；而洪州境内禪席，居分寧縣者以十數。」

〔六〕癡坐：呆坐如癡。孟郊寒溪八首之二：「癡坐直視聽，戇行失蹤蹊。」本集「癡坐」用作自謂，指坐禪，如卷三南豐曾垂綬天性好學余至臨川欲見以還匡山作此寄之：「癡坐掩扃知命窮。」卷七次韻經蔡道夫書堂：「野僧舊不歡，癡坐相嘲駡。」　室生白：莊子人間世：「瞻彼闋者，虚室生白，吉祥止止。」郭象注：「夫視有若無，虚室者也。虚室而純白獨生矣。夫吉祥之所集者，至虚至靜也。」釋文引司馬云：「室比喻心，心能空虚，則純白獨生矣。」成玄英疏：「瞻，觀照也。彼，前境也。闋，空也。觀察萬有，悉皆空寂，故能虚其心室，乃照真源而智惠明白隨用而生。白，道也。」

〔七〕吾家在漳南：惠洪家在筠州新昌縣。宋歐陽忞輿地廣記卷二五江南西路：「筠州自唐以前地理與洪州同，南唐李景置筠州，皇朝因之。」鍇按：筠州兩漢屬豫章郡，隋唐屬洪州，州之錦江匯入漳江，故亦可稱漳南。

〔八〕蒼玉碧：喻指蒼翠之竹林。黄庭堅從斌老乞苦筍：「煩君便致蒼玉束，明日風雨皆成竹。」輿地紀勝卷二七江南西路瑞州州沿革：「是年又改爲筠州，以土産篁竹，故名。」底本作「蒼玉璧」。鍇按：蒼玉璧本喻團茶，蓋其色蒼翠而其形圓如璧。梅堯臣宋著作寄鳳茶：「團爲蒼玉璧。」底本「萬頃蒼玉璧」，比擬不倫，故當從四庫本作「碧」。

〔九〕附舶：猶言搭船。鍇按：自長沙回筠州，可經瀏陽河而上，再陸行而轉入錦江，旅程以舟行爲主。

〔一〇〕筇：筇杖之略稱，即手杖。

〔一一〕萬事付鳥迹：謂世間萬事空無，如鳥飛空中，無跡可求。語本華嚴經卷五八離世間品：「知一切法如空中鳥迹。」唐釋澄觀華嚴經疏卷三三：「論云：鳥行空中，迹處不可説，相亦不可見。」一切法，即萬法，亦即萬事。

〔一三〕寄飛翼：猶言傳寄書信。飛翼，指鴻雁之翼，此化用漢書蘇武傳雁足傳書之事。

送能上人參源禪師〔一〕

我昔游東吳，曾過南山寺。一識山中人，知是黄龍子〔二〕。超然精悍姿〔三〕，曉日出塵滓。坐令平生懷，未吐心已死〔四〕。別來今十載，歲月乃如此。近聞歸南都〔五〕，老色更豐美〔六〕。遥知君見時，機妙乳生水。道眼真鵝王，揀辨不容擬〔七〕。應怪納飯師〔八〕，趕逐倒脱履〔九〕。萬象爭驚吁，虚空笑啓齒〔一〇〕。却歸下板頭〔一一〕，破衲蒙凍耳〔一二〕。他日重相逢，煩君再指似〔一三〕。

【注釋】

〔一〕大觀二年冬作於江寧府。能上人：生平法系未詳。源禪師：法名清源，號潛庵。本集卷二三潛庵禪師序：「南康太守徐公聞名，延居南山清隱寺。……元符二年秋，余與弟希祖自南昌舟而東下，訪之。」卷二四寂音自序：「年二十九，乃游東吳。」元符二年（一〇九九），惠洪年二十九。詩言「我昔游東吳，曾過南山寺」，即指此事。又詩言「別來今十載」，元符二年下推十年，乃大觀二年。詩有「破衲蒙凍耳」之句，當作於冬日，時惠洪寓居江寧府鍾山。惠洪訪南山清隱寺之事，參見本集卷一送充上人謁南山源禪師注〔一〕、本卷自豫章至南山月下望廬山注〔一〕。

〔二〕黄龍子：清源從黄龍慧南禪師悟得佛法，爲慧南法嗣，惠洪師叔。五燈會元卷一七列臨濟宗黄龍派南嶽下十二世。

〔三〕超然：即超卓，高超出衆。　精悍：即短小精悍，謂身材不高而精明强幹。史記游俠列傳：「（郭）解爲人短小精悍。」漢書酷吏傳嚴延年傳：「延年爲人短小精悍，敏捷於事。」鍇按：潛庵禪師序稱清源「幼超卓，短小精悍」。

〔四〕「坐令平生懷」二句：意謂一見清源禪師，致使平生功名之心尚未吐露於世，便已如死灰。本集卷二三昭默禪師序記惟清禪師語：「今之學者多不脱生死者，正坐偷心不死耳。然非學者過也。如漢高帝詔韓信以殺之，信雖死，而其心果死乎？今之宗師爲人多類此。古之道人於生死之際，遊戲自在者，已死却偷心耳。」禪林僧寶傳卷三〇黄龍佛壽清禪師傳亦記其語：「今之學者未脱生死，病在什麽處？在偷心未死耳。……古之學者言下脱生死，效在什麽處？在偷心已死。」偷有取義，偷心當指竊取之心，功名心亦在此列。

〔五〕歸南都：潛庵禪師序：「南昌隱君子潘延之與爲方外友，延之迎歸西山，而州郡聞，爭命居天寧。」即指此事。　南都：此指洪州南昌。

〔六〕老色：老人之容顔。白居易東城尋春：「老色日上面，歡情日去心。」

〔七〕「遥知君見時」四句：想像能上人見清源禪師，問答之間便能如鵝王别乳般擇其禪機之精華，而不需思考。　機妙：禪法機要之微妙。　道眼：猶法眼，指洞察一切、辨别真妄之眼力。　鵝王：佛之三十二相中有鵝王相，以其手指、足指間有縵網交合，似鵝之足，故稱。　揀辨：選擇分辨。　擬：擬議，揣度商議。　鵝王擇乳事見正法念處經卷六四身念處品：「譬如水乳同置一器，鵝王飲之，但飲乳汁，其水猶存。」

〔八〕納飯師：只知混飯喫之禪師。　納飯，接納飯食。　雲門匡真禪師廣録卷上：「有僧出，禮拜，擬伸問次，師以拄杖趁云：『似這般滅胡種，長連床上納飯阿師，堪什麽共語處？這般打野榸漢。』以拄杖一時趁下。」

〔九〕趕逐倒脱履：謂其前後追逐而至，脱履户外，跣足升堂，聽清源禪師説法。　潛庵禪師序：「州郡聞，爭命居天寧。衲子方雲趨座下，一時名士摳衣問道。公以目疾隱居龍興寺房，户外之屨亦滿。」　脱履：即脱屨。　語本莊子列禦寇：「無幾何而往，則户外之屨滿矣。」參見前寄巽中注〔八〕。此言「履」，爲趁韻，蓋履屬上聲四紙，與此詩同韻。　倒脱履：形容爭先恐後脱履之狀。　此蓋點化倒屣之事，三國志魏書王粲傳：「（蔡邕）聞粲在門，倒屣迎之。」履、屣、屨，均爲鞋類。

〔一〇〕「萬象爭驚吁」二句：戲嘲納飯師們奔走清源禪師門下之行爲，致使萬象感到驚訝，虚空感到可笑。　啓齒：露齒而笑。　莊子徐无鬼：「奉事而大有功者不可爲數，而吾君未嘗啓齒。」王先謙集解：「笑也。」

〔一〕板頭：猶言板牀，木板製牀榻，禪籍俗語詞。鎮州臨濟慧照禪師語録行録：「師在堂中睡。黄蘗下來見，以拄杖打板頭一下。師舉頭見是黄蘗，却睡。黄蘗又打板頭一下，却往上間。見首座坐禪，乃云：『下間後生却坐禪，汝這裏妄想作什麽？』首座云：『這老漢作什麽？』黄蘗打板頭一下。」黄蘗在睡處、坐禪處打板頭，可見板頭即板牀。

〔二〕破衲蒙凍耳：以破衲爲被蓋，蒙頭而睡。此想象能上人已得清源禪法之真諦，不必隨衲飯師趕逐脱履，可歸板牀睡卧。

〔三〕指似：指給，指與。蘇軾次韻黄魯直見贈古風二首之二：「閶風安在哉？要君相指似。」

夏日雨晴過宗上人房〔一〕

仲夏林木深，古寺雨初足。殿閣風甌鳴〔二〕，閒庭草空緑。小軒試憑几，解籜愛新竹〔三〕。點筆記題詩，粉色不受觸〔四〕。道人有佳處，面數良以熟〔五〕。翛然亦無營〔六〕，來往相追逐。此時偶相值，一笑天宇局〔七〕。何當烹壑源〔八〕，看此粟米粥〔一〇〕〔九〕。

【校記】

㊀看此粟米粥：石倉本作「涴此腸胃俗」。

【注釋】

〔一〕崇寧元年夏作於洪州分寧縣龍安山。宗上人：生平法系未詳。本集卷一龍安送宗上人游東吴詩曰「淮水送君春雨餘」，又曰「江南别我秋天遠」，即此僧。蓋此詩言「面數良以熟」，又言「來往相追逐」，正與龍安送宗上人游東吴詩所述相合。鍇按：宗上人游東吴，在崇寧元年秋，此詩作於前。

〔二〕風甌：瓷質風鈴，懸於殿閣塔簷，因風動而響。見前自豫章至南山月一、望廬山注〔一二〕。

〔三〕解籜愛新竹：蘇軾過建昌李野夫公擇故居：「我來仲夏初，解籜呈新緑。」解籜：謂竹筍脱殼。籜，竹筍皮，俗稱筍殼。

〔四〕粉色不受觸：言嫩白色新竹皮不受塵濁。蘇轍遺老齋絶句十二首之二：「聞見長歷然，靈源不受觸。」觸，通「濁」。宋張君房雲笈七籤卷五五存身神法：「胃不受穢，心不受觸。」穢與觸互文，義同。五燈會元卷八婺州明招德謙禪師：「師跳下牀，提起淨瓶曰：『這個是觸是淨？』」觸與淨對舉，當是濁義。

〔五〕面數良以熟：謂數次見面自然相熟。語本陶淵明答龐參軍序：「俗諺云：『數面成親舊。』況情過此者乎？」本集屢用此語，或作「面數」，如卷三秀江逢石門徽上人將北行乞食而予方南游衡嶽作此送之：「相逢作熟視，面數心莫識。」或作「數面」，如卷四懷忠子：「忠也新數面，義已到刎頸。」卷七贈别通慧選徑禪師：「相親出數面，别袂聊一挽。」卷一〇悼性上人：「與君數面自成親。」

〔六〕倏然：無拘無束貌。莊子大宗師：「倏然而往，倏然而來而已矣。」成玄英疏：「倏然，無係貌。」

〔七〕一笑天宇局：言放曠一笑以致感覺天宇狹小。蘇軾將官雷勝得過字代作：「稍覺天宇大。」此反其意而用之。

〔八〕壑源：此指壑源所産之名茶。苕溪漁隱叢話後集卷一一：「建安北苑茶，始於太宗朝，太平興國二年，遣使造之，取像於龍鳳，以别庶飲，由此入貢。……惟壑源諸處私焙茶，其絶品亦可敵官焙。自昔至今，亦皆入貢，其流販四方，悉私焙茶耳。蘇、黄皆有詩稱道壑源茶，蓋壑源與北苑爲鄰，山阜相接，纔二里餘。其茶甘香，特在諸私焙之上。」山谷内集詩注卷二謝送碾壑源揀芽：「壑源包貢第一春。」任淵注：「第一春，謂元豐元年建州茶，以北苑、壑源爲上，沙溪爲下。」東坡詩集注卷一四有次韻曹輔寄壑源試焙新茶，可參見。

〔九〕看此粟米粥：謂烹茶時茶多水少，致使其稠如米粥。蔡襄茶録上篇論茶點茶：「茶少湯多，則雲脚亂；湯少茶多，則粥面聚。」廓門注：「筠溪集作『洗此腸胃俗』。」

次韻權巽中送太上人謁道鄉居士〔一〕

我讀瘦權詩〔二〕，起舞忘華顛〔三〕。疑與雪溪畫（晝）㊀，句法爭後先〔四〕。遥知清嘯處，逸氣生雲泉。聊將笑時語〔五〕，乞與人間傳〔六〕。思君發遐想，瘦坐如癡禪〔七〕。便覺香爐峰〔八〕，青碧開連天。太禪十年舊〔九〕，生計良蕭然〔一〇〕。清辰一鉢外，卧有三根椽〔一一〕。偷笑癡種子，夢幻供肥鮮〔一二〕。鍾山領略游〔一三〕，相值衡門前〔一四〕。將謁道鄉老，巨浪翻吴船。想見笑撫掌，衣裾雪花濺〔一五〕。

【校記】

㊀ 晝：原作「畫」，誤，今從廓門本。參見注〔四〕。

【注釋】

〔一〕大觀二年冬作於江寧府。權巽中：即詩僧善權，字巽中。參見前贈巽中注〔一〕。太上人：名法太，字希先，時稱太希先，臨川人，爲臨濟宗黄龍派雲蓋守智禪師弟子，屬南嶽下十三世，與惠洪爲法門師兄弟。嘗爲南嶽方廣寺首座，後住持潭州白鹿山清修院。僧傳、燈録失載，嘉泰普燈録目録卷六雲蓋守智禪師法嗣中有撫州疎山法泰禪師，疑即此僧，因「泰」與「太」字通。本集與法太交往唱酬極多，如卷六游白鹿贈太希先、卷一一海上初還至南嶽寄方廣首座、還太首座詩卷、卷一三同希先游石犖、卷一五道逢南嶽太上人游京師戲贈其行、卷二〇明極堂銘、甘露滅齋銘、卷二六題芳上人僧寶傳、題休上人僧寶傳、題白鹿寺壁、卷二七跋三學士帖、跋蘭亭記并詩，多載其事，可參看。道鄉居士：鄒浩（一〇六〇～一一一一）字志完，自號道鄉居士，常州晉陵人。元豐五年進士。哲宗朝爲右正言，累上疏言事。章惇獨相用事，浩露章數其不忠，因削官，羈管新州。徽宗立，復爲右正言，累遷兵部侍郎。兩謫嶺表，還，復直龍圖閣。學者稱道鄉先生。政和元年三月卒，謚曰忠。有道鄉集四十卷。宋史有傳。據清李兆洛道鄉先生年譜，鄒浩自崇寧五年自嶺表歸，至政和元年卒，一直居常州鄉里。法太謁鄒浩，當在惠洪寓江寧而鄒浩居常州時。詩話總龜卷二八寄贈門引冷齋夜話：「鄒志完歸常州，余在蔣山，以書見招，有長短句曰：『慧眼舒光無不見，塵中一一藏經卷。閒話大千攤已遍。門方便，法輪盡向毛端轉。月挂燭籠知再見，西方可履休回盼。要與老岑同掣電（原注：新與岑禪師游）。酬所願，欣逢十二觀音面。』余未相識，作偈答之曰：『知有道鄉何處是（原注：鄒自號道鄉居士）？個中歸路滑於苔。萬機罷後見城郭，一念不生金鎖開。』『丹霞未識彭居士，已有言詞滿四方。何似他時親面識，不勞語默强遮藏。』」惠洪答鄒浩偈見本集卷一五寄道鄉居士三首。

〔二〕瘦權：即善權。西清詩話卷下：「近時詩僧有祖可者，馳譽江南，被惡疾，人號癩可。善權者，亦能詩，人物清癯，人目爲瘦權。可得之雄爽，權得之清淡。」

〔三〕起舞忘華顛：謂因興奮手舞足蹈而忘記滿頭白髮。後漢書崔駰傳：「唐且華顛以悟秦。」李賢注：「爾雅曰：『顛，頂也。』華顛謂白首也。」鍇按：惠洪其時三十八歲，稱華顛者，或因早衰之故。

〔四〕「疑與霅溪晝」二句：謂善權詩之句法可與唐詩僧皎然相媲美。宋高僧傳卷二九唐湖州杼山皎然傳：「釋皎然，名晝，姓謝氏，長城人，康樂侯十世孫也。……於篇什中，吟詠情性，所謂造其微矣。文章儁麗，當時號爲釋門偉器哉。後博訪名山，法席罕不登聽者。然其兼攻並進，子史經書，各臻其極。凡所游歷，京師則公相敦重，諸郡則邦伯所欽，莫非始以詩句牽勸，令入佛智，行化之意，本在乎兹。及中年，謁諸禪祖，了心地法門，與武丘山元浩、會稽靈澈爲道交，故時諺曰：『霅之晝，能清秀。』」又同書卷一五唐杭州靈隱山道標傳：「標經行之外，尤練詩章，辭體古健，比之潘、劉。當時吴興有晝，會稽有靈澈，相與訓唱，遞作笙簧。故人諺云：『霅之晝，能清秀；越之澈，洞冰雪；杭之標，摩雲霄。』」霅溪：宋屬兩浙路湖州。太平寰宇記卷九四江南東道湖州烏程縣：「霅溪在縣東南一里，凡四水合爲一溪。自浮玉山曰苕溪，自銅峴山曰前溪，自天目山曰餘不溪，自德清縣前北流至州南興國寺前曰霅溪。東北流四十里合太湖。」

〔五〕笑時語：此指詩。本集屢言「詩成一大笑」，故詩皆笑時所作之語。

〔六〕乞與人間傳：亦是惠洪對藝術品之態度，希望其流傳後世。本集卷八游廬山簡寂觀三首之三：「樹間宜畫我，乞與人間傳。」亦是此意。

〔七〕瘦坐如癡禪：意謂靜坐不動如癡愚無明之禪僧。唐釋宗密禪源諸詮集都序卷上之一：「豈比夫空守默之癡禪，但尋文之狂慧者。」

〔八〕香爐峰：代指廬山。太平寰宇記卷一一一江南西道江州德化縣：「廬山在州南。……香爐峰在山西北，其峰尖圓，煙雲聚散，如博山香爐之狀。」宋陳舜俞廬山記卷二叙北山：「香爐峰，此峰山南山北皆有，真形圓聳，常出雲氣，故名以象形。李白詩云：『日照香爐生紫煙，遥看瀑布挂長川。』即謂在山南者也。孟浩然詩云：『挂席數千里，好山都未逢。艤舟尋陽郭，始見香爐峰。』即此峰也。東林寺正在其下。」

〔九〕太禪十年舊：太禪指法太禪師，與惠洪已有十年交情。元符元年（一〇九八），法太自南嶽欲游京師，初與惠洪相逢於臨川途中，至此已十一年。參見本集卷一五道逢南嶽太上人游京師戲贈其行注〔一〕。此言「十年」者，乃舉其成數。

〔一〇〕蕭然：蕭條空寂貌。陶淵明五柳先生傳：「環堵蕭然，不蔽風日。」

〔一一〕「清辰一鉢外」二句：寫其苦行僧之生活。清辰一鉢：僧之苦行者，清晨一鉢飯之外，過午不再食。三根椽：指簡陋之屋。宋黄裳演山集卷三四照覺大師行狀：「自非超悟之士，必向三根椽下潔己虚心，收視反聽，體究大事。」宋釋紹隆等編圓悟佛果禪師語録卷一三普說：「且向三根椽下，七尺單前，默默地究取。」

〔一二〕「偷笑癡種子」二句：嘲笑世上癡愚之人，其肥鮮之物質生活無非夢幻中之享受而已。此乃與法太清苦修行相對照。

〔一三〕鍾山：即蔣山，在江寧府。惠洪時寓居於此。

〔一四〕相值：相遇。莊子知北遊：「明見無值。」成玄英疏：「值，會遇也。」衡門：指簡陋之屋。詩陳風衡門：「衡門之下，可以棲遲。」毛傳：「衡門，横木爲門，言淺陋也。」孔穎達疏：「門之深者有阿塾堂宇，此唯横木爲之，言其淺也。」漢書韋玄成傳：「聖王貴以禮讓爲國，宜優養玄成，勿枉其志，使得自安衡門之下。」顔師古注：「衡門，謂横一木於門上，貧者之所居也。」

〔一五〕衣裾雪花湔：謂巨浪如雪花沾濕衣襟。湔，洗滌。

南昌重會汪彦章〔一〕

彦章退然才中人〔二〕，譏呵唾笑皆奇偉。看君落筆挾風雷，涣然成文風行水〔三〕。坐令前輩作九原〔四〕，子固精神老坡氣〔五〕。儒生寒酸不上眼，此郎要是天下士。嗟予生計等飛鳥，翩翩吴頭復楚尾〔六〕。去年興發看京華㊀〔七〕，笑傲清狂人背指。君獨折簡坐致我〔八〕，迎門歡笑自挈履〔九〕。舊聞牛鳴馬不仰〔一〇〕，女逐臭夫那有理〔一一〕。今年黃花南浦岸〔一二〕，忽然見君失聲喜。僧房借榻營夜語，燈火照人如夢寐〔一三〕。懷中卿相且袖手〔一四〕，翰墨風流聊戲耳。行看上書苦塊中〔一五〕，凜凜范公只君是〔一六〕。

【校記】

㈠ 發：四庫本作「廢」，誤。

【注釋】

〔一〕崇寧四年深秋作於南昌。汪彥章：汪藻字彥章，饒州德興人。宋史有傳。崇寧三年惠洪與汪藻相識，故此南昌相見曰「重會」。時汪藻丁父憂道經南昌。參見本集卷一贈汪十四注〔一〕。

〔二〕退然才中人：語本新唐書裴度傳：「度退然纔中人，而神觀邁爽，操守堅正。」退然，柔和恬退貌。才，通「纔」。

〔三〕涣然成文風行水：以風吹水面所生漣漪喻其詩文自然而有文采。汪藻浮溪集卷一七鮑吏部集序亦曰：「古之作者，無意於文也，理至而文則隨之，如印印泥，如風行水上，縱横錯綜，燦然而成者，夫豈待繩削而後合哉！」此語本易涣卦：「象曰：風行水上，涣。」蘇洵仲兄字文甫説首發揮其意以論文：「故曰『風行水上涣』，此亦天下之至文也。」後爲宋人論詩文之普遍觀念。參見前讀慶長詩軸注〔二〕。本集屢用此，如卷七次韻漕使陳公題萊公祠堂：

「如風行水上，涣然成漪漣。」卷一四寄巽中三首之二：「文章風行水上。」卷二七跋達道所蓄伶子于文：「風行水上，涣然成文者，非有意於爲文也。」

〔四〕坐令前輩作九原：謂其詩文如使前輩大師再生。國語晉語八：「趙文子與叔向游於九京，曰：『死者若可作也，吾誰與歸？』」韋昭注：「『京』當爲『原』。九原，晉墓地。作，起也。」禮記檀弓下：「趙文子與叔譽觀乎九原。文子曰：『死者如可作也，吾誰與歸？』」故「九原可作」以謂死者復生。蘇軾故李誠之待制六丈挽詞：「九原不可作，千古有餘悲。」此反其意而用之。

〔五〕子固精神老坡氣：謂其詩文具曾鞏、蘇軾之精神風貌。子固：曾鞏（一〇一九～一〇八三）字子固，南豐人。少警敏，揮筆成文，歐陽修一見奇之。登嘉祐二年進士第。遷史館修撰，擢試中書舍人。有元豐類稿五十卷、續元豐類稿四十卷、外集十卷。宋史有傳。老坡：指蘇軾，號東坡居士，亦嘉祐二年進士。時人稱軾子蘇過爲小坡，故稱軾爲老坡以别之。此詩作於曾、蘇卒後，故有「作九原」之歎。

〔六〕「嗟予生計等飛鳥」二句：惠洪於崇寧年間，嘗往來於杭州、揚州、江州、廬山、洪州、潭州、衡山、筠州、袁州等處。吴頭楚尾：本指古豫章一帶，以其地位於春秋時楚之下游，吴之上游，故稱。方輿勝覽卷一九江西路隆興府：「吴頭楚尾：職方乘記：豫章之地，爲吴頭楚尾。」黄庭堅謁金門贈知命弟詞：「山又水，行盡吴頭楚尾。」詩話總龜後集卷四二引冷齋夜話記吴城小龍女詞：「淚眼不曾晴，家在吴頭楚尾。」此言「吴頭復楚尾」，意似指往來吴楚之間。

〔七〕去年興發看京華：廓門注：「京華，疑東華歟？」錯按：京華，京師之美稱，此指東京開封府。又東京有東華門，故本集「東華」亦代指京師。據此，則惠洪崇寧三年嘗至東京，然其行跡不可考。

〔八〕折簡：猶言裁紙作書信以招邀。三國志魏書王淩傳「淩至項，飲藥死」裴松之注引魏略：「卿直以折簡招我，我當敢不至邪？」古以竹簡作書，折簡者，折半之簡，言其禮輕。宋時「折簡」已無禮輕之意，乃爲寫書信之代稱。如蘇軾昨見韓丞相言王定國今日玉堂獨坐有懷其人：「人間有此客，折簡呼不難。」本集卷一五寄道夫三首之三：「折簡招之應出山。」

〔九〕迎門歡笑自挈履：言其熱情迎客。挈履：提鞋。三國志魏書王粲傳：「時（蔡）邕才學顯著，貴重朝廷，常車騎填巷，賓客盈坐。聞粲在門，倒屣迎之。」此化用其意。

〔一〇〕牛鳴馬不仰：牛鳴叫而馬不會仰頭應，喻道不同不相爲謀。韓詩外傳卷一：「君子潔其身而同者合焉，善其音而類者應焉。馬鳴而馬應之，牛鳴而牛應之。非知也，其勢然也。」此化用其意。本集卷一七珪上人兩過吾家既去作此：「牛鳴馬不仰，火必就燥地。」

〔一一〕女逐臭夫那有理：自謙語，謂己乃衆人所厭，而汪藻獨好之，焉有是理。三國魏曹植與楊德祖書：「人各有好尚，蘭茝蓀蕙之芳，衆人所好，而海畔有逐臭之夫。」事見呂氏春秋遇合：「人有大臭者，其親戚兄弟妻妾知識無能與居者，自苦而居海上。海上有人説其臭者，晝夜隨之而弗能去。」

〔一二〕黄花：菊花。　南浦：指南昌南浦亭。方輿勝覽卷一九江西路隆興府：「南浦亭，在廣潤門外，往來艤舟之所，唐已有之。王介甫詩：『南浦隨花去，回舟路已迷。暗香無覓處，日落畫橋西。』」

〔一三〕燈火照人如夢寐：杜甫羌村三首之一：「夜闌更秉燭，相對如夢寐。」此用其語意。

〔一四〕懷中卿相且袖手：謂卿相猶如懷袖中之物，取之極易。參見本集卷一贈范伯履承奉二子「公卿在懷袖」句及注〔八〕。

〔一五〕苫塊：寢苫枕塊之略稱，指服喪。苫，草薦；塊，土塊。古禮，居父母之喪，孝子以苫爲席，以塊爲枕。禮記間傳：「父母之喪，居倚廬，寢苫枕塊。」孫覿鴻慶居士集卷三四宋故顯謨閣學士左大中大夫汪公墓誌銘載，崇寧二年汪藻進士及第，「調婺州觀察推官，方待次，除宣州州學教授，丁少傅公憂」。據汪藻浮溪集卷二四奉議公行狀，其父汪轂卒於崇寧乙酉六月，即崇寧四年。

〔一六〕凜凜范公只君是：期待汪藻仿效本朝名臣范仲淹，服除後上書論天下事。范仲淹字希文，吳縣人。舉大中祥符八年進士。累拜樞密副使，進參知政事。卒謚文正。宋史范仲淹傳稱仲淹母喪去官，服除，以晏殊薦爲秘閣校理。「每感激論天下事，奮不顧身，一時士大夫矯厲尚風節，自仲淹倡之」。

贈王敦素兼簡正平〔一〕

空山無人舟壑移〔二〕，坐看香燒行篆畦〔三〕。兄弟華軒肯過我〔四〕，墮甑弊(與)簞生光輝㊀〔五〕。著屐登山亦不惡〔六〕，攜被假宿良幽期〔七〕。燈前緑髮映玉頰，風流未數崔宗之〔八〕。夜談詞辯出神駿〔九〕，頓塵赤兔真權奇㊁〔一〇〕。我欲置君帥河朔〔一一〕，軍前千騎紅粧隨〔一二〕。望雲題詩付横槊㊂〔一三〕，玉帶錦袍英特姿〔一四〕。又欲置君玉堂卧〔一五〕，霧窗棐几春晝遲〔一六〕。醉中草制敏風雨〔一七〕，諸公堵立相嗟咨〔一八〕。微吟擁鼻笑不語，恐未免爾無多辭〔一九〕。爲君張燈掃東壁〔二〇〕，他日重來讀此詩。

【校記】

㊀弊：原作「與」，石倉本作「敝」，今從廓門本。

㊁頓：石倉本作「絶」。

㊂望雲題詩付横槊：石倉本作「横槊吟詩氣慷慨」。

【注釋】

〔一〕大觀二年作於江寧府。王敦素：宋晁沖之晁具茨先生詩集卷二送王敦素樸：「先君有六女，所托皆高門。季也久擇壻，晚得與子婚。子家望海内，實惟謫仙孫。……子家鍾山下，隨事有田園。竹徑背古寺，草堂面江村。」據此可知，王樸字敦素，爲晁沖之妹夫。宋會要輯稿選舉三三之三八：「（宣和七年）二月八日，朝奉大夫、直徽猷閣、新差通判鄧州王枋奏：『伏覩御筆，王安石輔相神考，建立法度。弟安國、安禮、安上，亦曾被遇先帝。今其家聞頗零替，可特與推恩。三房見居長人，與除初等職名，姪樸、棁各係除職名人，續奉聖旨，樸改合入官，棁止依餘人轉一官。伏望特與推恩。』詔王樸、王棁並除直秘閣。」可證王樸爲安石之姪孫。又晁沖之送王敦素樸稱其「實惟謫仙孫」，考蘇軾詩集卷二四和王斿二首之一「異時常怪謫仙人」句，注引劉須溪曰：「謂平甫。」又引施注記王平甫夢靈芝宮事。平甫即安石弟安國，其熙寧中夢至海上靈芝宮之事，亦見於趙令畤侯鯖録卷四、冷齋夜話卷二。據元張鉉至正金陵新志卷一三下之上，安國長子旊，字元均，任將作監，知滑州、壽春府，贈諫議大夫。次子斿，字元龍，知滑州，京西路提點刑獄，差監江寧府糧料院。旊子樸。可知王樸爲安國之孫，本臨川人，因伯祖安石晚年居江寧，遂爲江寧人。正平：王樸兄弟行，名不可考。廓門注：「王明清揮麈前録四卷曰：王絲，字敦素，越之蕭山人。景祐初爲縣令，會歲歉，絲每家支錢一千以濟之，期與明年夏輸絹壹匹。邑人大受其惠，稱爲德政。繇此當路薦之。蓋是時，一縑舊價不逾其數爾。仕止郎曹典州而已。范文正公爲墓誌，具載其事。」其注殊誤，蓋范仲淹卒於皇祐四年（一〇五二），爲王絲作墓誌更在其前，惠洪生於熙寧四年（一〇七一），焉得與王絲交往？此乃爲同名字者所誤。

〔二〕空山無人舟壑移：莊子大宗師：「夫藏舟於壑，藏山於澤，謂之固矣。然而夜半有力者負之而走，昧者不知也。」謂歲月之流逝如壑中之舟爲有力者負走，而無人可知。本集屢用此事，而句法各異。已見前注。

〔三〕坐看香燒行篆畦：謂歲月便在篆香之青煙中移走。篆畦：迴曲如篆字、形製如田畦之盤香。

〔四〕華軒：富貴人所乘華美之馬車。文選注卷三一江文通雜體詩三十首左記室思：「金張服貂冕，許史乘華軒。」李善注：「漢書劉向曰：『王氏乘朱輪華轂。』」鍇按：此化用李賀高軒過之意。

〔五〕墮甑弊箒生光輝：自謙語，猶言蓬蓽生輝，使陋室增添光彩。墮甑：此指破甑。語本後漢書郭太傳：「孟敏字叔達，鉅鹿楊氏人也。客居太原。荷甑墮地，不顧而去。林宗見而問其意。對曰：『甑以破矣，視之何益？』」弊箒：破舊之掃箒。語本東觀漢記卷一世祖光武皇帝紀：「家有敝箒，享之千金。」又文選注卷五二魏文帝典論論文：「里語曰：『家有弊箒，享之千金。』斯不自見之患也。」此言墮甑弊箒，蓋形容陋室陳設之貧寒。

〔六〕著屐登山亦不惡：意謂與王樸兄弟同登鍾山本是好事。語本南史謝靈運傳：「尋山陟嶺，必造幽峻，巖嶂數十重，莫不備盡登躡。常著木屐，上山則去其前齒，下山去其後齒。」

〔七〕攜被假宿良幽期：意謂王樸兄弟攜被借宿，對牀夜語，更是幽雅之期約。參見本集卷一陳氏貫時軒注〔一一〕。

〔八〕風流未數崔宗之：謂其風流超過美少年崔宗之。語本杜甫飲中八仙歌：「宗之蕭灑美少年，舉觴白眼望青天，皎如玉樹臨風前。」

〔九〕夜談詞辯出神駿：謂其詞辯敏捷如駿馬迅疾。晁沖之送王敦素樸稱其「沉酣左氏學，浩蕩極辭源」，又誡其「客至勿多語，欲吐且復吞」，則可知王樸博學而好談論。

〔一〇〕頓塵：抖落塵土。黃庭堅題伯時畫頓塵馬：「忽看高馬頓風塵，亦思歸家洗袍袴。」此形容駿馬奔逸之狀。　赤兔：駿馬名。後漢書呂布傳：「布常御良馬，號曰赤菟，能馳城飛塹。」　權奇：漢書禮樂志二載天馬歌：「太一況，天馬下。霑赤汗，沫流赭。志俶儻，精權奇。」三先謙補注：「權奇者，奇詭非常之意。」六臣注文選卷一七顏延年赭白馬賦：「雄志倜儻精權奇兮。」張銑注：「權奇，善行也。」

〔一一〕河朔：宋指河北路。東坡詩集注卷一六送顧子敦奉使河朔題下林子仁注：「子敦，顧臨也。元祐二年，自給事中除天章閣待制，出爲河北都轉運使。」

〔一二〕軍前千騎紅粧隨：紅粧此指營妓，即軍中之官妓。本集卷一三代人上李龍圖並廉使致語十首之三：「雨後園林花木新，傳聞千騎出城闉。異能未中侯中鵠，佳氣先浮盞面春。畫鼓繡韉筵奏曲，紅粧細馬地無塵。」所寫即此情景，蓋惠洪所艷羡之風流事。

〔一三〕望雲題詩付橫槊：仰望雲空，橫持長矛而吟詩，極言其能文能武，豪邁瀟灑。元稹唐故工部員外郎杜君墓係銘：「曹氏父子鞍馬間爲文，往往横槊賦詩，故其遒文壯節，抑揚怨哀，悲離之作，尤極於古。」此取其慷慨豪邁。蘇軾赤壁賦：「釃酒臨江，横槊賦詩，固一世之雄也。」

〔一四〕玉帶錦袍英特姿：披玉帶，著錦袍，蓋言其立功受賞，英姿煥發。本集卷一題李愬畫像：「錦袍玉帶仍父風。」

〔一五〕又欲置君玉堂卧：言其當爲翰林學士於玉堂中夜宿。玉堂，指學士院。葉夢得石林燕語卷七：「學士院正廳曰玉堂，蓋道家之名。初，李肇翰林志末言：『居翰苑者，皆謂淩玉清，遡紫霄，豈止於登瀛洲哉，亦曰登玉堂焉。』自是，遂以玉堂爲學士院之稱，而不爲榜。太宗時，蘇易簡爲學士，上嘗語曰：『玉堂之設，但虚傳其説，終未有正名。』乃以紅羅飛白『玉堂之署』四字賜之。易簡即扃鐍置堂上。」宋學士院置翰林學士，有輪直、宿直之責，以應皇帝隨時宣召。

〔一六〕霧窗棐几春晝遲：黄庭堅子瞻詩句妙一世乃云效庭堅體次韻道之：「玉堂雲霧窗。」此化用其意。

〔一七〕草制：爲皇帝草擬制書。　敏風雨：言其落筆如急風暴雨般敏捷。蘇軾王維吴道子畫：「當其下手風雨快，筆所未到氣已吞。」

〔一八〕諸公堵立相嗟咨：言諸公圍觀如牆而立，贊歎不已。語本禮記射義：「孔子射于矍相之圃，蓋觀者如堵牆。」

〔一九〕「微吟擁鼻笑不語」二句：恭維話，言其富貴不可免。語本世説新語排調：「初，謝安在東山居，布衣，時兄弟已有富貴者，翕集家門，傾動人物。劉夫人戲謂安曰：『大丈夫不當如此乎？』謝乃捉鼻曰：『但恐不免耳！』」晉書謝安傳作「掩鼻」，皆擁鼻義。

〔二〇〕掃東壁：猶言壁上題詩。掃，謂揮灑筆下。本集卷一謁蔡州顔魯公祠堂：「此詩我欲掃東壁。」

贈黃得運神童〔一〕

君初髮齊眉〔二〕，玉頰照秋光。誦詩巨萬紙，一目俱五行〔三〕。不信同舍兒，所閲隨廢忘。姓名入清禁〔四〕，詔落銅山陽〔五〕。十三見天子，奏對允且詳。飜瀾誦五經，如水傳觥觴〔六〕。環觀共嗟異，朱紫如堵牆〔七〕。華裾小旋製㊀，初挂煩宮粧〔八〕。歸來汝水濆〔九〕，夾道萬夫望〔一〇〕。指目無雙裔〔一一〕，吟嗄有此郎〔一二〕。異態懸睿想〔一三〕，行看登廟堂〔一四〕。那知事齟齬〔一五〕，放浪魚稻鄉〔一六〕。顧我與君別，忽忽移十霜〔一七〕。更逢石門下〔一八〕，美髯如許長。抵掌話夙昔〔一九〕，夜語響山房。古人當大謬，噪索失其常〔二〇〕。夫子獨何得，坦率追羲皇〔二一〕。乃爲任重器〔二二〕，愈抑道愈昌〔二三〕。作詩以壽君，他日未易量。功成徑歸來，復此山水傍。幅巾青杖竹〔二四〕，卒歲以徜徉〔二五〕。

【校記】

㈠小：廓門本作「少」。

【注釋】

〔一〕大觀元年作於撫州臨川縣。黄得運：生平不可考。詩稱其「姓名入清禁，詔落銅山陽」，又稱其「歸來汝水濆，夾道萬夫望」，則當爲撫州臨川人，蓋銅山、汝水皆在臨川，參見注〔五〕、〔九〕。詩有「更逢石門下」之句，石門亦在臨川，參見注〔一八〕。神童：宋時科舉考試特設有童子科，赴舉者稱應神童試。此詩稱「顧我與君别，忽忽移十霜」，考惠洪元符元年（一〇九八）嘗寓居撫州臨川，初見黄得運當在是時。下推十年，正爲大觀元年。時應撫州知州朱彦之請住臨川北景德寺，與黄得運重逢，必在此年。

〔二〕髮齊眉：謂童子剪髮齊眉，尚未束髮。本集卷一贈蔡儒效：「君髮齊眉我總角。」

〔三〕「誦詩巨萬紙」二句：寫神童之聰明强記。後漢書應奉傳：「奉少聰明，自爲童兒及長，凡所經履，莫不暗記，誦書五行竝下。」北齊書邢邵傳：「十歲便能屬文，雅有才思，聰明彊記，日誦萬餘言。……廣尋經史，五行俱下，一覽便記，無所遺忘。」巨萬：極言其多。史記平準書：「京師之錢累巨萬。」裴駰集解引韋昭曰：「巨萬，今萬萬。」

〔四〕姓名入清禁：謂因地方官員推薦，神童姓名已爲宫廷所知。清禁：皇宫，以其清静嚴肅，故稱。

〔五〕詔落銅山陽：謂皇帝下詔撫州，召其至京應神童舉。鍇按：古銅山之名甚多，然此詩有「歸來汝水濆」句，汝水在臨川，故此當指臨川銅山。太平寰宇記卷一一〇江南西道八撫州臨川縣：「崀峰山，在縣西四十里，出銅，因號銅山。天寶六年敕改爲崀峰山。」輿地廣記卷二五江南西路撫州臨川縣：「東漢永元八年置臨汝縣，屬豫章郡。吴孫亮分置臨川郡，晉以後因之。隋置撫州，改臨汝縣爲臨川，唐因之。有崀峰山，本曰銅山，唐天寶中改名。」清一統志卷二四六撫州府：「銅山，在臨川縣西四十里。隋書地理志：臨川有銅山。寰宇記：舊出銅，因號銅山。縣志：銅山在縣西三十里，或謂之銅陵。」廓門注：「一統志南陽府：銅山，在泌陽縣東四十里。」殊誤。

〔六〕「飜灡誦五經」二句：謂其誦經言辭流暢，口舌翻滾，如水傾注於酒杯中。參見本集卷一贈蔡儒效「君誦盤庚如注瓶」句。飜灡：猶言灡翻，水勢翻騰貌，喻言辭滔滔不絶貌。蘇軾戲用晁補之韻：「知君忍飢空誦詩，口頰灡翻如布穀。」見子由與孔常父唱和詩輒次其韻詩：「誦書口灡翻，布穀雜杜宇。」

〔七〕「環觀共嗟異」二句：能改齋漫録卷七觀者如堵牆：「世説：『衛玠從豫章至下都，人久聞其名，觀者如堵牆。』故杜子美詩：『集賢學士如堵牆，觀我落筆中書堂。』」此化用其意。朱紫：官服之色，代指朝廷高官。宋因唐制，五品以上服朱，三品以上服紫。

〔八〕「華裾小旋製」二句：謂其年幼身材短小，故宫中尚無現成禮服，需煩宫女臨時爲之畫裁製作。　華裾：美服。　旋：臨時。　挂：説文解字手部：「挂，畫也。」此指畫尺寸。　宮粧：指宮女。

〔九〕汝水：臨川東漢至晉爲臨汝縣，蓋以臨汝水而得名。方輿勝覽卷二一撫州：「汝水，在臨川東北六里。」明一統志卷五四撫州府：「形勝，瀕汝水以爲郡。宋謝逸文集序：『臨川在江西，瀕汝之水以爲郡，而靈谷、銅陵諸峰環列於屏障。』」同卷又曰：「汝水，其源上接盱江，流經金谿縣南，曲折行百餘里，東流合豫章水。其上流之分派，自千金陂西流至郡城東，抱城而北，合宜黃、崇仁二縣溪水，流至南昌界，合豫章水入鄱陽湖。」廓門注：「南陽府：汝水，源出嵩縣。」殊誤。　濆：岸邊，水邊。詩大雅常武：「鋪敦淮濆，仍執醜虜。」毛傳：「濆，涯。」

〔一〇〕夾道萬夫望：萬人夾道，衆所瞻望，極言其衣錦還鄉之榮。易繫辭下：「君子知微知彰，知柔知剛，萬夫之望。」此借用其語。

〔一一〕指目：手指而目視之。語本禮記大學：「曾子曰：『十目所視，十手所指，其嚴乎！』」此言衆人矚目。　無雙裔：譽黃得運爲東漢名士黃香之後裔。後漢書文苑傳黃香傳：「黃香字文彊，江夏安陸人也。……年十二，太守劉護聞而召之，署門下孝子，甚見愛敬。香家貧，內無僕妾，躬執苦勤，盡心奉養。遂博學經典，究精道術，能文章，京師號曰：『天下無雙，江夏黃童。』」此以同姓喻之。

〔一二〕吟嗄：猶言吟詠，指善作詩。　鍇按：嗄，本指聲音嘶啞。老子五十五章：「終日號而不嗄，和之至也。」此以吟嗄爲詞，乃生造。或刊刻有誤。

〔一三〕異態懸睿想：謂其超凡姿態爲皇帝所挂念。　懸：牽挂。　睿想：皇帝之係想。本集卷一謁蔡州顏魯公祠堂：「公時風姿入睿想。」

〔一四〕登廟堂：指入朝廷接受皇帝召見，任職朝官。

〔一五〕齟齬：上下齒不相對應，此喻仕途不順達。新唐書王求禮傳：「然以剛正故，宦齟齬。神龍初，終衛王府參軍。」

〔一六〕放浪：放縱而不拘束。晉郭璞客傲：「故不恢心而形遺，不外累而智喪。無巖穴而冥寂，無江湖而放浪。」　魚稻鄉：猶言魚米之鄉。蘇軾乘舟過賈收水閣收不在見其子三首之二：「得意詩酒社，終身魚稻鄉。」

〔一七〕忽忽：倏忽，急速貌。楚辭離騷：「日忽忽兮其將暮。」　十霜：十年。

〔一八〕更逢石門下：石門之地名甚多，然此詩言「功成徑歸來，復此山水傍」，則知此石門當在黃得運故鄉臨川。太平寰宇記卷一一〇江南西道八建昌軍南城縣：「（盱水）西北沿流至臨川縣石門，改爲汝水。」清一統志卷二四六撫州府：「石門山，在金谿縣西南四十里，盱水與清江水合流，環其四面，山屹立中央。」

〔一九〕抵掌：擊掌，形容談笑風生之神情。戰國策秦策一：「（蘇秦）見説趙王于華屋之下，抵掌而談，趙王大悦。」　夙昔：昔時，往日。

〔二〇〕噪索：鼓噪索取。此爲惠洪生造詞。

〔二一〕坦率追羲皇：陶淵明與子儼等疏：「常言：五六月中，北窗下卧，遇涼風暫至，自謂是羲皇上人。」此用其意。　羲皇：伏羲，此指伏羲之世，其時民風古樸自然。

〔二二〕任重器：指擔負天下重責之人才。論語泰伯：「曾子曰：『士不可以不弘毅，任重而道遠。仁以爲已任，不亦重乎？死而後已，不亦遠乎？』」

〔二三〕愈抑道愈昌：宋張耒書韓退之傳後：「然每斥而名益彰，每沮而事益顯，抑者之力不勝譽者之舌。」此化用其意。

〔二四〕幅巾青杖竹：著平民之頭巾，拄青竹杖，寫功成身退而閒居之貌。三國志魏書武帝紀「斂以時服」裴松之注引晉傅玄傅子：「漢末王公，多委王服，以幅巾爲雅。」本卷次韻聖任病中作：「功成還故鄉，竹杖巾一幅。」

〔二五〕卒歲以徜徉：史記孔子世家：「蓋優哉游哉，維以卒歲。」裴駰集解引王肅注：「言仕不遇也，故且優游以終歲。」晉袁宏後漢紀卷二三載郭泰答友勸仕進者書曰：「吾將巖棲歸神，咀嚼元氣，以修伯陽、彭祖之術，爲優哉游哉聊以卒歲者。」抱朴子外篇卷四正郭亦載郭泰書，文字小異：「未若巖岫頤神，娛心彭老，優哉游哉，聊以卒歲。」此化用其意。　卒歲：度過歲月。　徜徉：猶言優游，安閒自得貌。　韓愈送李愿歸盤谷序：「膏吾車兮秣吾馬，從子於盤兮，終吾生以徜徉。」